Jana Stieler
Brackwasser

JANA
STIELER

BRACKWASSER

PSYCHOTHRILLER

LIMES

Der Verlag behält sich die Verwertung des urheberrechtlich geschützten Inhalts dieses Werkes für Zwecke des Text- und Data-Minings nach § 44b UrhG ausdrücklich vor.
Jegliche unbefugte Nutzung ist hiermit ausgeschlossen.

Penguin Random House Verlagsgruppe FSC® N001967

1. Auflage 2025
Copyright © Jana Stieler 2025.
Dieses Werk wurde vermittelt durch die
Literarische Agentur Michael Gaeb.
© 2025 by Limes in der Penguin Random House Verlagsgruppe GmbH,
Neumarkter Straße 28, 81673 München
produktsicherheit@penguinrandomhouse.de
(Vorstehende Angaben sind zugleich Pflichtinformationen nach GPSR)

Redaktion: Beate De Salve
Umschlaggestaltung: Johannes Wiebel | punchdesign,
unter Verwendung von Motiven von photocase.de (kallejipp) und
Adobe Stock (knssr, Prasanth, Aleksey, photoenchen)
BSt · Herstellung: KH
Satz: GGP Media GmbH, Pößneck
Druck und Bindung: GGP Media GmbH, Pößneck
Printed in Germany
ISBN 978-3-8090-2792-8

www.limes-verlag.de

Yet each man kills the thing he loves
By each let this be heard,
Some do it with a bitter look,
Some with a flattering word,
The coward does it with a kiss,
The brave man with a sword!

                                        Oscar Wilde

PROLOG

Wenn ich an dich im Wasser denke, stelle ich mir vor, dass der stille Jäger am Grund, der Hecht, ehrfürchtig verharrt, angesichts des mächtigen Schattens, der zwischen ihn und die Oberfläche gleitet. Ich sehe dich wie Ophelia auf dem Wasser schweben, die Lippen wie zu einem erleichterten Seufzer geöffnet. Um dich herum schwebt ein Feuerkranz aus rotem Haar. Manchmal tupfe ich noch weiße Punkte auf das Bild, die Blütenblätter des Wiesen-Wasserfenchels und der stängellosen Primeln. Du hast diese Landschaft geliebt, genau wie ich.

Diese Bilder spenden mir Trost, obwohl ich weiß, wie trügerisch sie sind. Auch im Brackwasser treibt eine Leiche nicht oben. Es enthält weniger Salz als die großen Ozeane – hier nur noch in etwa so viel wie das menschliche Blut.

Bestimmt konntest du dir am Anfang nicht vorstellen, dass nie wieder Sonnenlicht deine Netzhaut berührt. Beim ersten Untertauchen schnappst du überrascht nach Luft. Ein Fehler, denn so dringt das Wasser ein. Zuerst kämpfst du ohne echte Verzweiflung dagegen an. Du hältst für einen bösen Scherz, was mit dir geschieht. Der Augenblick, in dem du begreifst, dass du tatsächlich nie wieder atmen wirst, kommt dir wie eine Ewigkeit vor. Deine Hände greifen ins Leere, du schreist lautlos ins Wasser, bis unzählige Bläschen nach oben dringen. Dann tritt die Ohnmacht ein.

Nachdem du auf den Grund gesunken bist, ruhst du dort eine Weile. Ich habe herausgefunden, dass Schaum und Schleim aus den Atemlöchern kriechen, dass die Haare bald nur noch lose mit der Haut verbunden sind und der Körper erst wieder an die Oberfläche gehoben wird, wenn sich in ihm ausreichend Gase gebildet haben. Aber du bist nicht aufgetaucht. Hast so gut wie nichts für uns zurückgelassen, nur dein Haarband, das der Wind ins Schilf getrieben hat. Erst jetzt haben sie einen Knochen von dir gefunden. Seither treibt mich die Frage um: Wie konnte er in den Wald gelangen?

Du hattest Angst vor dem Tod, schon als Kind. Vor nichts anderem, aber vor dem Tod schon. Mich hingegen schreckt der Gedanke nicht, umzufallen und wie Totholz von Insekten zerfressen zu werden. Es würde mich nicht stören, wenn sich die Blaukehlchen im Röhricht ein paar meiner Haare nähmen, um sie in ihr Nest einzuflechten. So ist die Natur nun einmal, denkst du nicht auch?

Sterben tut nicht weh, so sagt man. Aber etwas muss dir doch Schmerzen bereitet haben – all der Hass, der notwendig war, damit es hierzu kam. Der Verrat, der alledem vorausging.

Was mich jedoch am meisten entsetzt, ist der Anblick der Hände, die dich unter Wasser halten. Denn es sind meine.

TORGE

Mama umarmt mich so fest wie schon lange nicht mehr. Ich muss den Kopf zur Seite drehen, damit ich Luft bekomme, und sehe meinen Vater. Er liegt auf der Lauer, ich kenne diesen Blick. Ich muss ihm zeigen, dass mir dieser Gefühlskram eigentlich nicht passt. Also mache ich den Rücken ganz steif, bis meine Mutter mich loslässt und einen Schritt zurückgeht. Sie seufzt auf diese Art, wie es Erwachsene manchmal tun – traurig-glücklich. »Dreizehn Jahre, mein Großer. Ist das zu fassen?«

Irgendetwas ist mit ihren Augen. Ich glaube, sie heult gleich los. Schnell drehe ich mich weg. Sie hat den Kuchen mit der vielen Schokolade gebacken. Den gibt es nur an Geburtstagen. Sonst bekommen wir so gut wie nie Süßigkeiten. Zucker macht Menschen zu süchtigen Schlappschwänzen, sagt mein Vater. Trotzdem war der Kuchen früher für mich das Beste an solchen Tagen. Heute denke ich, Mama sollte langsam mal aufhören, Herzchen aus Smarties darauf zu legen.

»Ich habe noch etwas für dich, nur eine Kleinigkeit.« Sie hat etwas in ein sauberes Stofftuch gewickelt. Geschenkpapier gibt es bei uns nicht. Papier wird aus Holz gemacht und dann weggeworfen, das ist Verschwendung.

Der Knoten in der Mitte des Bündels ist nicht fest, er geht fast von selbst auf. Das vierte *Harry-Potter*-Buch. Es ist nicht neu, das erkennt man an den Ecken. Sie sind eingedellt, sodass man das Weiße unter der Farbe sieht. Aber das ist okay. Ein neues würde schnell genauso aussehen, weil es überall rumfliegt. Bücherregale haben wir nicht.

»Danke«, murmele ich.

Am liebsten würde ich mich sofort wieder ins Bett legen, um herauszufinden, wie die Geschichte weitergeht, aber das kann ich leider nicht, weil ich gleich zur Schule muss. Und mein Vater hat auch noch etwas für mich.

Er grinst. »Das Beste zum Schluss.«

Er hat sein Geschenk gar nicht erst verpackt. Beeindruckt wiege ich das Messer in der Hand, ein richtiges, so eins für Erwachsene. Ich ziehe es langsam aus der Scheide und bewundere die Klinge. Sie hat am Rücken eine scharfzackige Säge, und der Knauf ist gleichzeitig ein Feuerstahl.

»Cool!«, rufe ich.

Mit einem Feuerstahl muss man nur noch etwas Zunder auftreiben. Das ist easy, wenn es nicht geregnet hat.

Wir haben keinen Fernseher, weil mein Vater sagt, dass da nur Schrott gezeigt wird. Dafür hat mich Onkel Sören manchmal was gucken lassen, wenn ich bei ihm war. In einem Film ist ein Flugzeug an einer Stelle abgestürzt, wo sonst nichts war. Als es in der Nacht kalt wurde, hat einer der Typen wie wild zwei Stöckchen aneinandergerieben, um ein Feuer zu machen. Plötzlich hat es gequalmt, und die anderen haben ihn gefeiert.

So ein Quatsch! Im echten Leben funktioniert das nicht so einfach. Sogar wenn man einen Feuerstein hat, macht man nicht mal eben so Feuer. Außer man hat noch einen Pyrit. Aber der liegt meistens nicht einfach so rum.

»Den Griff kannst du abschrauben«, sagt er. »Ganz schön viel Spielkram, aber darauf stehst du ja.«

Schnell checke ich sein Gesicht ab. Stellt er mir gerade wieder eine Falle? Wenn ich zugebe, dass ich auf *Spielkram* stehe, macht er sich vielleicht über mich lustig. Für undankbar soll er mich aber auch nicht halten, sonst wird er sauer.

Stumm sehe ich dabei zu, wie er mir das Messer aus der Hand nimmt und den Griff abschraubt. Er lässt den Inhalt auf den Tisch fallen. Da sind ein Kompass, eine Pinzette, eine Angelschnur, ein kleiner Schleifstein und noch anderer Kram.

»Danke. Ist ziemlich perfekt.« Ich versuche, nicht zu aufgeregt zu klingen, aber auch nicht so, als wäre es mir egal.

Er grinst breit mit geschlossenen Zähnen.

»Deine Mutter war nicht einverstanden«, sagt er dann. Dass sie es nicht mag, macht sein Geschenk noch besser für ihn, glaube ich.

Ich grinse zurück. Mit dreizehn ist man so gut wie erwachsen, hat er vor Kurzem gesagt. Vielleicht verbündet er sich ja jetzt lieber mit mir als mit Malte.

Ich mag es nicht, wenn sie das machen. Früher fand ich Malte gut, weil ich dachte, dass er alles kann und alles weiß. Das stimmt aber gar nicht. Inzwischen finde ich ihn oft sogar eklig. Ich habe immer gedacht, Mama geht es genauso, aber jetzt bin ich mir da nicht mehr so sicher. Egal. Ich will nicht darüber nachdenken, was ich gesehen habe, sonst drehe ich durch.

Irgendwie habe ich trotzdem ein schlechtes Gewissen, weil ich so abweisend bin, obwohl sie sich um den Kuchen und ein Geschenk gekümmert hat. Als Papa einmal den Raum verlässt, lächele ich ihr zu, aber das sieht sie nicht, weil sie mit meiner Schwester beschäftigt ist.

Lina sitzt auf Mamas Schoß und sagt keinen Mucks. Sie ist ganz blass. Die dunklen Schatten unter ihren Augen wirken wie aufgemalt – wie bei einem Halloween-Vampirkind.

Mama macht sich Sorgen, das erkenne ich daran, wie sie die Augenbrauen zusammenzieht. Stimmt etwas nicht mit Lina? Sie ist über neun Jahre jünger als ich und kann eine totale Nervensäge sein, aber trotzdem hänge ich an ihr.

Gerade will ich fragen, was los ist, als mein Vater zurückkommt.

»Und, ist es scharf?«

Statt zu antworten, fahre ich mit dem Daumen über die Klinge. Obwohl ich gar nicht doll gedrückt habe, kommt sofort ein dicker, dunkelroter Blutstropfen.

Meine Mutter macht ein seltsames Geräusch, aber ich stecke nur kurz den Finger in den Mund, um das Blut abzulutschen.

»Hat gar nicht wehgetan«, behaupte ich.

Mein Vater lacht. »Dachtest du, ich schenke dir ein stumpfes Messer? Du kannst alles damit machen. Holz bearbeiten ... oder Tiere. Selbst durch Knochen fährt es wie durch Butter.«

Ich sehe, wie meine Mutter zusammenzuckt.

»Erik ...«

Die Augen meines Vaters werden ganz klein, aber Mama scheint es nicht zu bemerken. Ich wünschte wirklich, sie würde den Mund halten.

Bestimmt haben sie schon vorher wegen des Messers gestritten – oder aus irgendeinem anderen Grund. Es ist schlimmer geworden in letzter Zeit. Da ist dieser hässliche neue Ring um Mamas Handgelenk, so dunkelblau wie die Schatten unter den Augen meiner Schwester.

»Lass es nirgends rumliegen, wo Lina rankommt«, bittet sie mich.

Ich rolle genervt mit den Augen. Als ob mir so etwas Dämliches passieren würde! Wenn hier jemand schusselig ist, dann Mama. Sie ist doch diejenige, die gegen Schranktüren läuft und über den Treppenabsatz stolpert.

Angefangen hat das alles nach Linas Geburt. Da hat Mama an manchen Tagen einfach nur rumgesessen und irgendwo hingestarrt, wo gar nichts war. Eigentlich war *sie* plötzlich nicht mehr da. Fast wie ein Gespenst. Manchmal passiert das heute noch. Dann sieht mein Vater sie ganz komisch an, fast als würde es ihm Angst machen. Auf jeden Fall macht es ihn wütend.

Ich frage Mama auch an diesem Tag nicht, was mit ihrem Handgelenk passiert ist. Ich weiß sowieso, was sie sagen würde: dass sie es sich irgendwo eingeklemmt hat. Inzwischen bin ich mir fast sicher, dass sie lügt. Wahrscheinlich ist sie gar nicht so schusselig, aber auch darüber will ich lieber nicht nachdenken.

Heute ist sie eindeutig da. Vielleicht sage ich ihr später, dass ich mich über ihr Geschenk gefreut habe.

»Krieg ich was davon?« Lina zeigt auf den Kuchen.

Sofort nehme ich mein neues Messer und schneide ihr ein dickes Stück ab. Dabei spüre ich so gut wie keinen Widerstand, wie Papa gesagt hat.

Das Stück ist fast zu groß für Linas Hand. Beim Abbeißen fallen ihr dicke Krümel aufs Kleid. Schnell pickt sie die Brösel auf und schiebt sie sich in den Mund. Als sie mir zulächelt, sind ihre Zähne mit Schokolade verschmiert.

Ich grinse zurück und zeige auf ihren Kuchen, damit sie weiterisst. Wir sind alle schlank, aber Lina ist richtig dürr. Ihre Arme sehen aus wie dünne Zweige.

»Heute gehst du in den Wald«, bestimmt mein Vater.

Er hat mir schon vor einiger Zeit gesagt, dass ich mit dreizehn Jahren so weit bin. Er meint, ich muss lernen, mich selbst zu behaupten. *Mal sehen, ob aus einer Memme nicht doch noch ein Mann wird* – das waren seine Worte.

»Du kannst mitnehmen, was in einen Rucksack passt.« Er lässt es so klingen, als wäre es sehr großzügig von ihm, dass er mich nicht ganz ohne Gepäck in den Wald schickt.

Ich nicke automatisch, obwohl mir gerade klar wird, dass ich dann nicht mal eine Isomatte haben werde. Gut, dass ich im Juni Geburtstag habe und nicht im Januar. Trotzdem werden die Blätter auf dem Boden noch nass sein, denn in den letzten Tagen hat es ständig genieselt.

Ehrlich gesagt graut mir davor, im Dunklen alleine dort zu übernachten, aber das kann ich meinem Vater nicht sagen. Genauso wenig kann ich mit ihm über die Albträume sprechen.

Mama weiß davon. Sie schläft selbst nicht so gut, deshalb hat sie mich einmal nachts schreien gehört. Als sie ins Zimmer gekommen ist, war ich ganz durcheinander, sodass ich mit ihr über alles geredet habe.

Sie war wütend, aber nicht auf mich. »Er hätte wenigstens abschließen können, dieser Idiot.«

Mama hat ihren Onkel gemocht, genauso wie ich. Aber sie verzeiht es Sören nicht, dass er zugelassen hat, dass ich seine Leiche finde. Den Gestank in seinem Schuppen werde ich nie vergessen. Es hat nach Pisse und etwas anderem gerochen, ein bisschen süß – wie verfaultes Obst. Ich bin rausgerannt und habe gekotzt.

Vorher hatte nicht einmal mein Vater etwas gegen Sören, aber jetzt nennt er ihn einen Schwächling.

Es geht immer nur ums Überleben, sagt mein Vater. Deshalb soll ich in den Wald gehen, weil man nur da draußen etwas lernt.

»Man weiß nie, was kommt«, warnt er uns immer wieder. »Vielleicht musst du unseren Schutzraum mal verlassen, wenn *es* passiert.«

Malte hat uns genau erklärt, was *es* alles sein könnte. Die Russen haben Atomwaffen, die Chinesen Labore voller

Viren, die Muslime wollen uns aus unserem eigenen Land vertreiben. Und die deutsche Regierung ist vielleicht sogar am gefährlichsten, weil sie uns anlügt und manipuliert.

Mein Vater sagt, wir sollen auf Malte hören, weil er recht hat.

Ich habe Malte einmal gefragt, warum nicht mehr Menschen etwas dagegen tun, und auch darauf hatte er eine Antwort.

»Gehirnwäsche ... du weißt schon. All der Scheiß in den Zeitungen und im Fernsehen. Sie sind wie Zombies.«

Dann werden *sie* es wohl nicht schaffen, wenn *es* passiert, denn *sie* haben keinen Schutzraum im Keller.

Unseren hat mein Vater selbst gebaut. Von außen kann man den Eingang nicht gleich erkennen, er ist hinter einem Schrank versteckt. Natürlich kann man den wegschieben, aber erst einmal müssen *sie* darauf kommen. Und dann ist da noch die Tür, die sich nicht so leicht aufbrechen lässt.

In unserem Versteck lagern wir kistenweise Wasser und in den Regalen Konserven. Solange wir genügend Vorräte haben, wird keiner von uns den Raum verlassen müssen. Das ist gut, weil dann draußen viele Menschen rumlaufen werden, die sich nicht auf so etwas vorbereitet haben. Und die würden uns sicher bestehlen, vielleicht sogar umbringen.

Malte und Rena haben auch so einen Keller, aber sie sagen immer, wir sollen mit keinem über unsere Schutzräume reden.

Als es am Nachmittag so weit ist, kommt Mama mich holen.

»Kannst du nicht klopfen?«, frage ich genervt, weil sie so plötzlich im Raum steht.

»Habe ich, aber du hast es wohl nicht gehört.«

»Mhm.«

Kann sein, dass sie recht hat. Wenn ich mit irgendwas beschäftigt bin, kriege ich kaum etwas anderes mit. Sonst würde ich auch nichts schaffen, weil ich mir ein Zimmer mit Lina teile. Oft spielt sie neben mir, während ich Hausaufgaben mache, und redet dabei ganz viel.

Gerade sitze ich aber auf dem Fußboden, um zu zeichnen. Ein Schreibtisch hat nicht mehr ins Zimmer gepasst, und am Küchentisch habe ich erst recht nie meine Ruhe.

»Machst du noch Hausaufgaben?«, fragt Mama.

»Nein, ich hatte nur gerade eine Idee.«

»Für einen Comic?«

»Joa.«

»Zeigst du es mir?«

»Ist noch nicht fertig!«

»Okay.« Sie klingt enttäuscht. »Ich wollte dir eigentlich auch nur sagen, dass dein Vater wartet.«

Ich springe sofort auf. »Alles klar, hab den Rucksack schon gepackt. Steht da vorne. – Ey, Mama, was machst du da?«

Sie weiß, wie sehr ich es hasse, wenn jemand in meinen Sachen wühlt. Trotzdem hat sie sich meinen Rucksack geschnappt und fummelt an der Seitentasche herum.

»Ich will dir bloß ein Stück Kuchen einpacken – nur für den Fall, dass du später Hunger bekommst.« Keine Ahnung, wie sie ihn da reinbekommen will, der Rucksack sieht jetzt schon so aus, als ob er gleich platzt.

Zuerst habe ich den Schlafsack in den Rucksack gestopft. Danach war kaum noch Platz für irgendwas anderes, aber das ist mir egal. Ich will auf keinen Fall direkt auf der Erde liegen.

Ich hoffe nur, sie hat den Tampon nicht gesehen, den ich ihr geklaut habe. Den brauche ich als Zunder, wenn ich ein Feuer machen will. Es nieselt immer noch, sodass ich keine trockenen Baumschwämme finden werde. Ein Tampon nimmt kaum Platz weg, dafür geht die Watte ratzfatz in Flammen auf. Das hat mir mein Vater mal in einem YouTube-Video gezeigt.

Er ist der Einzige von uns, der ein Handy hat. So ist es sicherer, meint er.

Außerdem habe ich das Messer und mein neues Buch in den Rucksack gequetscht.

»Kann sein, dass der Kuchen nachher zerkrümelt ist.« Sie wirkt ganz traurig deswegen, und ich bekomme schon wieder ein schlechtes Gewissen.

»Macht doch nichts, Mama. Danke«, sage ich, während ich die Arme um sie lege.

»Schon gut. Und bitte sei vorsichtig.«

Schnell mache ich mich wieder los. »Mama!«

»Sei ganz ehrlich, soll ich mit ihm reden?«

»Denkst du etwa, ich bin zu feige?«

Sie seufzt. »Das hat doch nichts mit Feigheit zu tun, wenn du nicht im Wald übernachten willst. Das ist eine so dumme Idee, vor allem nachdem ... nach allem, was war.«

Es kommt selten vor, dass sie sich gegen meinen Vater stellt. Zum Glück, denn wenn es zwei Seiten gibt, kann ich mich nicht für ihre entscheiden. Mama ist zu schwach.

»Ich will es wirklich durchziehen.«

»Wenn das so ist ...«

Sie schaut zur Seite, aber es ist noch nicht vorbei. Die Art, wie sie an ihrem Arm herumpult, verrät mir, dass sie gleich noch etwas Peinliches sagen wird.

Ich presse die Lippen zusammen.

»Da ist so viel Angst in ihm, weißt du?«, flüstert sie und berührt mit einem Finger den dünnen, hellen Strich, der quer durch meine rechte Augenbraue geht, seit ich als kleines Kind gegen eine Tischkante geknallt bin.

Ich stöhne genervt auf. *Angst!* Als ob Papa vor irgendetwas

Angst hätte. Manchmal sieht Mama die Dinge nicht richtig – vielleicht, weil sie selbst sich dauernd Sorgen macht.
»Ich muss jetzt los, Mama.«
Schnell flitze ich an ihr vorbei aus dem Zimmer.
In der Küche wartet mein Vater auf mich. »Da bist du ja. Dachte schon, du drückst dich.«
»Quatsch, lass uns endlich losgehen.«
Ich ahne, warum er mitkommt: Er will dafür sorgen, dass ich nicht zu nahe beim Haus bleibe, weil er mich immer noch für einen Schisser hält. Das kränkt mich.

Er läuft neben mir her, ohne einen Ton zu sagen, bis wir in einem Waldstück ankommen, in dem die Bäume ganz dicht beieinanderstehen. Von hier aus ist der Weg nicht mehr zu erkennen.

Ich schneide eine Grimasse, die cool wirken soll. »Perfekt. Und jetzt hätte ich gerne ein wenig Privatsphäre.«

Der Spruch scheint meinem Vater zu gefallen. Lachend verschwindet er hinter den Büschen.

Ich sehe ihm nach und sage mir, dass ich jederzeit nach Hause finden würde. Dafür muss ich nicht irgendwelche Brotkrümel verstreuen, so wie Hänsel und Gretel. Von Papa weiß ich, wie man Wildwechsel, Bäume und Steine liest. Ich kann sogar die Sterne als Kompass benutzen, das hat mir Sören beigebracht.

Aber eine Sache habe ich ohne Hilfe verstanden: Die Angst ist auch gut darin, Fährten zu lesen. Ich weiß, dass sie mich später aufspüren wird. Die Dunkelheit löscht alles aus, was man im Licht erkennt, aber man sieht deshalb nicht weniger. Stattdessen tauchen Dinge auf, die sonst unsichtbar sind.

Ich darf nicht an Sören denken, sonst sehe ich ihn wieder vor mir. So, wie er war, als ich ihn gefunden habe.

Er hat sich ein verdrehtes Tuch um den Hals geknotet und

das andere Ende um eine Kante seiner Drechselbank geschlungen. Ganz komisch verrenkt, das Gesicht weiß und blau verfärbt, saß er darunter. Davor dachte ich, dass die Füße in der Luft baumeln müssen, wenn man sich erhängen will. So wie auf den Bildern von Menschen am Galgen.
Zu spät, jetzt habe ich doch an ihn gedacht.

SVEA

»Wie kannst du nur hier leben?«, fragt meine Mutter. Ich war noch nie gut darin, ihre stumpfe Miene zu deuten, aber in ihrem Tonfall glaube ich, einen Vorwurf ausgemacht zu haben.

In den vergangenen fünfundzwanzig Jahren deutete nichts darauf hin, dass ich jemals zurückkehren würde – außer für die üblichen kurzen Besuche zwischen zwei Projekten. Bei diesen wenigen Gelegenheiten, zu denen wir uns trafen, hat meine Mutter nie so etwas gesagt wie »Man hört ja so selten von dir!«, »Kommst du bald wieder vorbei?« oder »Willst du wirklich schon fahren?«.

Auch dass sie mir in die Augen sieht, kommt selten vor. Gerade folgt ihr Blick der Kuppe ihres Zeigefingers, mit der sie die Maserungen des schweren Eichentischs nachzeichnet.

Es ist das erste Mal, dass sie mich besucht, seit ich vor gut drei Wochen in das weiße Fachwerkhaus am Waldrand gezogen bin. Onkel Sören hat es mir vermacht, doch in der Gegenwart meiner Mutter will ich so wenig wie möglich an ihn denken. Der Schmerz ist zu roh, als dass ich ihn verbergen könnte, und er würde sie und mich beschämen. Zwischen uns existiert nicht diese Art von Vertrautheit, in der man seinen Gefühlen freien Lauf lässt.

Ich frage mich, warum sie hier ist, wo sie sich in diesem Haus doch so offensichtlich unwohl fühlt. Wahrscheinlich denkt sie, die Höflichkeit gebiete einen Gegenbesuch, nachdem ich am vergangenen Sonntag zum Kaffeetrinken bei ihnen war. Genau wie früher gab es Zuckerkuchen und Bienenstich, dazu starken Kaffee und Kondensmilch aus einem weißen Porzellankännchen mit Goldrand. An ihrem Sonntagskaffee halten meine Eltern fest, komme, was wolle. Man könnte annehmen, dass es um den Genuss geht, zumindest aber um ein lieb gewonnenes Ritual. Doch ich weiß es besser, die beiden haben noch nie etwas genossen. Für sie zählt nur eins: Die Dinge müssen so erledigt werden, wie sie immer erledigt wurden.

Für sie ist deshalb mein älterer Bruder Ole das gute Kind. Er hat seine Heimat nie verlassen, egal, welche Träume mal in ihm gesteckt haben mögen. Er erscheint jeden Sonntag pünktlich zum Kaffeetrinken, gemeinsam mit seiner Frau Doreen und den Zwillingen.

Unsere Schwester Fenja hingegen lässt sich nur selten blicken. Genau wie ich wohnt sie auf der anderen Seite der Schlei. Der Meeresarm hat sich schon früher als scharfe Trennlinie zwischen den kleinen Orten erwiesen, obgleich die Fähre andauernd das Wasser überquert.

Wenn Fenja doch einmal bei unseren Eltern auftaucht, dann alleine oder selten einmal mit den Kindern, nie mit ihrem Mann. Das weiß ich von Ole, mit dem ich von Zeit zu Zeit telefoniere.

Allerdings hat sich unsere Mutter auch nie bemüht, ihren beiden verlorenen Töchtern wieder näherzukommen. Andere würde die Trauer um einen engen Verwandten enger zusammenrücken lassen, bei uns ist das Gegenteil der Fall: Es gibt nun eine weitere Sache, über die wir nicht reden.

»Ich könnte hier niemals leben.« Diesmal hat sie ihre Abneigung nicht in eine Frage verpackt.

»Jemand muss sich um seine Sachen kümmern. Und vielleicht wird ja irgendwann Gras über alles wachsen«, entgegne ich.

21

Was redest du denn da? Halt die Klappe, Svea! Wie sollte Gras darüber wachsen, nachdem irgendein Hund Julias Schienbein ausgebuddelt hat und Onkel Sören mit einem handgeknüpften Strick um den Hals verreckt ist?

»Gras darüber wachsen«, wiederholt meine Mutter. »Meinst du die Sache mit Julia? Daran habe ich gar nicht gedacht.«

Ungläubig sehe ich meine Mutter an. Wie kann sie nicht an Julia gedacht haben? Nun, da er als ihr Mörder gilt, sind Sören und meine einstmals beste Freundin untrennbar miteinander verbunden, auch wenn sie damals auf zwei unterschiedlichen Planeten zu existieren schienen.

Ungeduldig wippe ich mit dem Fuß. »Woran hast du dann gedacht?«

Sie antwortet nicht, aber ihr Blick wandert zu den Jagdtrophäen an der Wand.

Ihre offen zur Schau getragene Abscheu gegenüber der Einrichtung ihres Bruders fühlt sich wie eine nicht hinnehmbare Kritik an ihm an.

Missmutig verziehe ich das Gesicht. »Die wollte ich längst abhängen.«

Die Geweihe an der Wand lassen ihn wie einen Trophäenjäger aussehen. Obwohl ich selbst von Zeit zu Zeit ein Tier erlege, käme es mir nie in den Sinn, das Töten als Heldentat auszustellen. Viel eher ist es der Preis, den ich zahle, um Fleisch essen zu können.

Auch bei Sören kann ich mir nicht vorstellen, dass er mit dem Wandschmuck protzen wollte. Die Geweihe sind das, was übrig bleibt, und es war ihm immer wichtig, nichts verkommen zu lassen. Seiner Meinung nach sollte niemand ein Filet braten, der nicht auch die Innereien verwertete – oder sie zumindest dem Hund überließ.

Ein paarmal nahm er meinen Bruder und mich mit auf die

Jagd. Unsere Eltern hatten nichts dagegen, obwohl wir noch Kinder waren. Wieso sollten sie auch, wo sie doch von der Fischerei lebten? Das Töten war für uns weder ein Vergnügen noch ein Skandal, es war Teil unseres Alltags.

»Und wenn ich dann noch an diese Leute da im Wald denke ...« Meine Mutter zieht ihre Strickjacke enger um sich, als könnte man an diesem warmen Junitag frieren. Bevor ich es aufhalten kann, entweicht mir ein kleines Kichern, woraufhin sich sofort ihre Kiefermuskeln verkrampfen. Ich hatte nicht vor, sie zu kränken, aber ihr kann doch unmöglich entfallen sein, dass ihre jüngste Tochter Fenja ebenfalls zu *diesen Leuten* gehört.

»Entschuldigung ...« Ich bringe das Wort »Mama« nicht über die Lippen, und »Mutter« erinnert zu sehr an verzogene Bälger in Internatsfilmen. »Soll ich uns einen Tee machen?«

»Mhm.«

Für mich klingt es wie ein Ja, also setze ich den Wasserkessel auf und hänge Teebeutel in zwei Weihnachtsmarkttassen mit angeschlagenen Rändern. Auf *gutes Porzellan*, wie es bei meinen Eltern sonntags auf den Tisch kommt, hat Sören keinen Wert gelegt.

Der Tee stammt von Tina, meiner ältesten Freundin – wenn man einmal nur die Lebenden zählt. Sie hat mich und die wenigen Habseligkeiten, die ich behalten wollte, mit ihrem Auto hierher kutschiert. Außerdem hat sie mir ein riesiges Care-Paket dagelassen. Bestimmt dachte sie, es gäbe hier nirgendwo einen Supermarkt. Es muss ihr vorgekommen sein, als stände mein Waldhaus am Ende der Welt.

»Pittoresk«, hat sie es nach einigem Hüsteln genannt. Ihr war anzusehen, wie sehr es sie bei der Vorstellung schauderte, an einem Ort wie diesem zu leben.

Ich habe schallend gelacht, da ihre geliebte Großstadt weitaus mehr Gefahren birgt und Menschenmassen vor gar nichts schützen.

Nur Zufall und Geldnot konnten zwei so gegensätzliche Menschen wie uns zusammenführen. Wir haben uns in Dresden kennengelernt, wo wir uns als Studentinnen eine Wohnung teilten. Ich hatte mich für Forstwirtschaft eingeschrieben, Tinas Wahl war auf Germanistik und Philosophie gefallen. Außer dass wir chronisch pleite waren, verband uns nichts, und doch hat sich das Band zwischen uns als erstaunlich haltbar erwiesen. Das Gewebe unserer Freundschaft wurde nicht zerschlissen, wie es bei großer Ähnlichkeit geschehen kann, wo kleine Abweichungen umso stärker irritieren. Wir lebten von Anfang an mit einer riesigen Kluft zwischen uns, die wir mit liebevollem Spott zur Kenntnis nahmen, aber gar nicht erst zu schließen versuchten. *Du nun wieder.*

Tina, die mittlerweile in Hamburg wohnt, ist eine unerschöpfliche Quelle an Sinnsprüchen wie denen, die auf den Papieretiketten der Teebeutel stehen. Heute lese ich auf dem einen: *Glück ist Liebe, nichts anderes*, und auf dem anderen: *Nächstenliebe liebt mit tausend Seelen.*

Hastig reiße ich die Zettelchen ab, bevor ich eine der Tassen vor meiner Mutter abstelle und den Gesprächsfaden wieder aufnehme.

»Wieso sollte ich mich vor ein paar Spinnern im Wald fürchten?«, frage ich. »In Kanada waren Bären und Wölfe um mich herum.«

Wehmütig denke ich an das Aufforstungsprojekt, an dem ich zuletzt mitgearbeitet habe. Von allen Ländern, die ich bereist habe, hat mir Kanada am besten gefallen. Ich bin im Frühherbst dort angekommen, als die Ahornblätter sich feuerrot verfärbten. Die Einheimischen versorgten uns mit frisch gebackenem Blaubeerkuchen und fragten uns neugierig über unsere Arbeit aus.

»Menschen sind gefährlicher«, brummt meine Mutter. *Der Mensch ist dem Menschen ein Wolf.* Insgesamt habe ich wenig Grund, an dieser Aussage zu zweifeln. Wenn sie nur nicht so oft von Leuten getätigt würde, die sich für gebildet halten. Mit einem Rotweinglas in der Hand und dieser kultivierten Weltverachtung in der Stimme, die ich lächerlich finde. Womöglich kennen solche Leute die Welt sogar auf Latein, aber immer nur aus zweiter Hand.

Meine Mutter zählt jedoch nicht zu ihnen, deshalb verkneife ich mir ein gehässiges Grinsen. Trotzdem irrt sie sich, was diese speziellen Menschen im Wald angeht. Sie sind Spinner, wahrscheinlich nicht einmal harmlose, aber garantiert zählen sie nicht zu den Spitzenprädatoren. Selbst Erik, meinem Schwager, würde ich das nicht zugestehen, obwohl ich ihn durchaus für gefährlich halte.

»Ich werde mich wohl irgendwie mit ihnen arrangieren«, entgegne ich.

»Du musst ja wissen, was du tust.« Die Aggressivität in ihrem Tonfall ist jetzt nicht mehr nur unterschwellig.

»Stört es dich, dass Sören mir alles hinterlassen hat?«, frage ich geradeheraus. Ich verstehe ja selbst nicht, was ihn da geritten hat.

Sie zuckt mit den Achseln. »Das Haus und den Wald hätte ich niemals gewollt, aber der Verkauf hätte einiges eingebracht.«

Die Fischerei ist ein hartes Geschäft und das Geld bei uns immer knapp gewesen. Sofort zwackt mich mein Gewissen.

»Braucht ihr Geld?«

»Es gehört ja nun dir.«

Natürlich werden sie keinen Cent von mir annehmen.

Es überrascht mich, wie mühelos meine Mutter und ich in unsere alten Rollen gleiten. Dabei war ich eine andere in den letzten Jahren. Ich glaube, dass die Bestandteile des Geistes den Molekülen des Wassers ähneln, die in einem wilden Tanz ständig neue Verbindungen eingehen. Es sind nur die von der Gewohnheit geformten Erwartungen der anderen, die uns immer wieder in unflexible Formen pressen. Manch einem gibt das womöglich Halt, aber mir gefällt nicht, wer ich in ihren Augen bin.

»Wie geht es Papa?«, wechsle ich das Thema.

»Sein Rücken ist schlimmer geworden. Vielleicht wäre er sonst mitgekommen.«

»Verstehe«, behaupte ich, doch in Wahrheit bezweifle ich, dass es sein Rücken war, der ihn von einem Besuch bei mir abgehalten hat.

»Hast du Fenja denn gesehen, seit du hier bist?« Meine Mutter deutet erneut in Richtung Wald. Ihr rechtes Auge zuckt, wie immer, wenn sie nervös ist. Sie hat also doch nicht vergessen, dass ihre jüngere Tochter zu *denen* gehört.

Bei dem Gedanken an Fenja durchfährt mich ein scharfer Schmerz. Als sie geboren wurde, war ich bereits zehn Jahre alt. Echte Spielkameradinnen konnten wir deshalb nicht mehr sein, stattdessen wurde sie für mich zu einer Mischung aus meinem eigenen Kind und einer innig geliebten Puppe.

Der Zauber ihres arglosen Lächelns schlug mich von Anfang an in seinen Bann. Alles, was an Liebe und Zärtlichkeit in mir war, richtete ich auf sie. Beim Rest unserer Familie standen solche Empfindungen nicht hoch im Kurs. Zäh und bodenständig sollten wir Kinder sein. Und im Sinne der Tradition handeln.

Niemand kam auf die Idee, dass auch einmal unser Bruder auf seine kleine Schwester hätte aufpassen können, aber es machte mir nichts aus, dass immer nur ich gefragt wurde.

Als meine Freundschaft mit Julia enger wurde, hätte dies das Ende meiner innigen Verbindung zu Fenja bedeuten können. Doch Julia akzeptierte nicht nur, dass ich von Zeit zu Zeit meine Schwester mitschleppte, sondern sie schien Fenja wirklich gernzuhaben. Wir fütterten die Kleine mit Walderdbeeren, kochten aus Bärlauch Tee für ihren zerzausten Plüschhasen und knüpften Blumenketten, mit denen wir Fenjas silberblondes Haupt krönten. Erst als Julia sich in Erik verliebte, tat sie all diese Spiele als kindisch ab. Seinetwegen ließ sie nicht nur Fenja und unser kleines Märchenreich auf den Feldern und am Wasser hinter sich, sondern zog sich auch von mir zurück.

Dass meine Schwester sich später für denselben Mann entschieden hat, kommt mir immer noch wie ein böser Scherz vor. Als Erik sie schwängerte, war Fenja gerade einmal zwanzig Jahre alt! Während ich auf der Suche nach Vergessen und Erkenntnis von einem Forschungsprojekt zum anderen raste, heiratete meine Schwester ausgerechnet den Mann, den ich hasste.

Die Nachricht erreichte mich im australischen Busch, in Form einer E-Mail. Alles, was Fenja mir mitteilen wollte, hielt sie direkt in der Betreffzeile fest: *Wage es nicht, etwas zu sagen.* Mehr schrieb sie nicht. Von einer bösen Vorahnung erfüllt, klickte ich auf das angehängte Foto. Darauf standen Erik und sie eng umschlungen nebeneinander. Fenja war barfuß, sie trug ein flatteriges Hippiekleid und eine Blume im Haar. Ich sah mir Erik an – und wollte danach nichts lieber, als das Bild quer durch sein triumphierendes Lächeln zu zerreißen. Dafür hätte ich es allerdings erst einmal ausdrucken müssen. In dem Moment kam es mir wie eine speziell an mich gerichtete Provokation vor, dass er seinen Arm so fest um sie gelegt hatte. Doch natürlich war es unwahrscheinlich, dass er sich auch nur einen Deut um meine Gefühle scherte.

Vielleicht hätte ich abreisen sollen, um in schillernder Rüstung zu Fenja zu eilen und sie seinen Klauen zu entreißen. Da es mir dafür aber zu spät zu sein schien, stürzte ich mich stattdessen in eine Affäre mit einem australischen Surfer. Ein Klischee, ich weiß.

»Hörst du mir überhaupt zu?«, fragt meine Mutter verärgert.

»Entschuldigung«, erwidere ich kühl. Was hat sie zuletzt gesagt? Ach ja, es ging um Fenja.

»Ich habe sie beim Einkaufen getroffen«, berichte ich widerwillig.

Ich wünschte, meine Mutter würde endlich verschwinden. Was versuchen wir uns eigentlich vorzumachen? Hier sitzen sich zwei Fremde gegenüber, die nur durch den primitiven Akt der Geburt miteinander verbunden sind.

Als hätte sie meine Gedanken gelesen, schüttet sie mit wenigen hastigen Schlucken ihren Tee hinunter.

»Ich muss los«, sagt sie dann. »Dein Vater fragt sich sicher schon, wo ich bleibe.«

Ohne zu zögern, springe ich auf, um sie zur Tür zu begleiten.

»Bleib sitzen«, sagt meine Mutter. »Ich finde den Weg.«

Es wäre auch kaum möglich, den Ausgang zu verfehlen, immerhin sitzen wir in Sichtweite der Haustür.

Wenn man das Haus betritt, gelangt man direkt in die geräumige Küche, wo auch der Esstisch steht. Es gibt im Erdgeschoss keinen Flur, sondern nur noch das Wohnzimmer nebenan sowie ein altmodisches Bad mit dunkelgrünen Kacheln und einer Wanne in Altrosa. Im oberen Stockwerk befinden sich drei weitere Zimmer – mehr Raum, als ich für mich alleine benötige.

Im Vorbeigehen fährt meine Mutter mit einem Finger durch den Staub auf der Kommode. »Du solltest hier dringend mal sauber machen. Vielleicht fragst du Fenja, wenn du selbst zu beschäftigt bist. Ich weiß, dass sie für Sören geputzt und er sie dafür bezahlt hat.«

Die Idee, Fenja für mich putzen zu lassen, ist dermaßen absurd, dass ich ungläubig auflache. Doch da hat meine Mutter bereits die Tür hinter sich geschlossen.

Beinahe hätte ich Fenja nicht erkannt, als sie mir auf dem Parkplatz des Supermarktes über den Weg lief. Ihr Haar, ihre Konturen und die Gestalt hatten sich kaum verändert, doch die Augen des Mädchens, das sie einmal gewesen war, hatten nie so stumpf ausgesehen. Auf ihrem Arm prangte ein frisches Schmetterlingstattoo, dessen Umrisse noch geschwollen und gerötet waren. Ich nahm an, dass es Freiheit symbolisieren sollte, dabei wirkte meine Schwester so abgemagert und nervös wie ein schlecht gehaltenes Tier.

»Das ist eure Tante, nur falls ihr euch nicht erinnert. Ist eine Weile her«, zischte sie in die Richtung ihrer Kinder, obwohl ihre Worte eigentlich mir galten. Ihre Wut hatte ich erwartet, doch der Schmerz, der dabei in ihrem Blick aufflackerte, raubte mir den Atem.

Bei unserer letzten Begegnung hatte mir der schlaksige Junge neben ihr bis unter die Brust gereicht, nun musterten wir uns auf Augenhöhe. Auch der finstere Blick, mit dem er mich bedachte, war neu.

Mehr setzte mir allerdings der Anblick des kleinen, lächelnden Mädchens auf Fenjas Arm zu. Ich hatte meine Nichte bislang kaum wahrgenommen. Für mich sieht ein Baby wie das andere aus. Ich fand es schon immer befremdlich, wie diese eigentümlichen Wesen manche Menschen derart in Verzückung versetzen, dass sie nur noch gurrende Laute von sich geben.

Doch Lina war kein Baby mehr. Stattdessen war sie ein Ebenbild meiner Schwester, als sie im gleichen Alter gewesen war. Bei ihrem Anblick überrollte mich eine Flut von schmerzlichen Erinnerungen.

Meine kleine Schwester! Ich wollte sie mit mir nehmen und vor allem beschützen, was ihren Augen den Glanz raubte. Doch wieder einmal habe ich sie nach einem unbeholfenen Abschied einfach so ziehen lassen.

Nachdem meine Mutter gegangen ist, fühle ich mich ausgehöhlt von ihrer vollkommenen Freudlosigkeit. Nur in einem Punkt hatte sie recht: Das Haus sieht wirklich aus wie ein Saustall. Bis zu diesem Moment ist es mir nicht einmal aufgefallen. Das viele Reisen zu entlegenen Orten hat mich resistent gegen kleinere Zumutungen gemacht. Zudem sind die Krümel und der Staub zum Teil immer noch *seine* Krümel und *sein* Staub, Spuren seines Lebens. Bisher habe ich es nicht über mich gebracht, sie mit einem Besenstrich zu tilgen.

Dies wäre ein guter Zeitpunkt, mich ins Bett zu verkriechen und dort apathisch die Decke anzustarren. Doch ein warmer Atem an meinem Oberschenkel erinnert mich daran, dass ich nicht länger nur für mich verantwortlich bin.

»Du hast recht, Laika«, sage ich und kraule Sörens Husky sanft den Hals. »Schluss mit dem Selbstmitleid. Es wird Zeit, die Hühner zu füttern.«

Ich habe die Hündin zusammen mit dem Haus, dem Waldstück, zwei herumstromernden Katzen und zehn Hühnern geerbt. Eines von Laikas Augen ist bernsteinfarben, das andere eisblau. Zu Beginn dachte ich, dass ich sie nie würde ansehen können, ohne diese Asymmetrie verstörend zu finden, aber letzten Endes habe ich mich schnell an ihre Gesellschaft gewöhnt.

In den ersten Tagen führten wir stumme Verhandlungen über unser Zusammenleben, bis wir einen Weg fanden, miteinander umzugehen, doch mittlerweile gefallen mir ihre Augen und das wölfische Gesicht. Und sie hat wohl begriffen, dass sonst niemand mehr da ist, um sie zu versorgen; jedenfalls bleibt sie immer in meiner Nähe. Auch auf dem Weg zum Stall weicht sie mir nicht von der Seite. Vielleicht will sie auch nur während der Abwesenheit ihres Herrchens aufpassen, dass ich keine Fehler mache.

Schon am Ende meiner ersten Woche hier hat der Habicht mir eines der Hühner gestohlen. Er hinterließ nicht mehr als eine hübsche gestreifte Feder, die nun die Wohnzimmerkommode schmückt.

Der Verlust der Henne kümmerte mich nicht, viel eher bewunderte ich die Schläue des Raubvogels. Ich wusste nicht, dass sie ihre Ziele ausspähen, um herauszufinden, wann sie mit Beute rechnen können. Wir hatten gerade erst Sörens Urne im Friedwald versenkt, und ich fühlte mich in keiner Weise verantwortlich für den Besitz, den er mir hinterlassen hatte. Es war mir unmöglich, zu begreifen, dass grobe Asche alles sein sollte, was von ihm geblieben ist. Für mich streifte Sören weiter durch den Wald.

Erst als ich mir nicht mehr vormachen konnte, dass er irgendwann zurückkehren würde, versorgte ich die Tiere gewissenhafter. So fand ich heraus, wie dumm es von mir gewesen war, die Hühner stets zur gleichen Zeit aus ihrem sicheren Verschlag in das Außengehege zu lassen. Der Habicht hatte nicht lange auf der Lauer liegen müssen, um meine Gewohnheiten zu erkunden.

Seit ich die Zeiten für den Freigang der Hühner variiere, hat keines von ihnen mehr gewaltsam Federn gelassen.

Beim Füttern bin ich jedoch weiterhin pünktlich, weil die Tiere sonst nervös werden. Ich gebe mir Mühe mit ihnen, mische Brennnesseln und etwas Pflanzenöl in das Grünfutter, aber ich fasse sie nicht an, niemals. Nicht einmal, um rasch ein Ei hervorzuklauben. Lieber warte ich, bis sie es von selbst freigeben. Alles an ihnen ist mir zuwider – ihr Kopfrucken, die Laute, ihr aufgeregtes Flattern und die starren Augen. Für Sören werde ich sie trotzdem behüten, so gut ich eben kann. Falls es notwendig werden sollte, spanne ich ein Netz über das Außengehege, obwohl ich denke, dass es jedes Lebewesen verdient, ab und zu freien Himmel über sich zu sehen, sogar diese Hühner.

SVEA

Später am Tag lasse ich mich mit einem Glas Weißwein auf der von Sören selbst gefertigten Holzbank hinter dem Haus nieder, von wo aus ich auf eine kleine Wiese und den Wald blicke. Auf der Vorderseite liegt die Schlei, nur durch den Zaun und einen schmalen Wanderpfad vom Grundstück getrennt. Entlang der moosbewachsenen, maroden Latten, die das Grundstück rundherum eingrenzen, hat mein Onkel Blumen und Sträucher gepflanzt. Die verholzten Hortensienbüsche sehen nicht so aus, als habe sie jemals irgendwer in Form gebracht, aber mir hat der verwilderte Garten schon immer gefallen.

Unvermittelt steigt mir der anisähnliche Duft der Lakritz-Tagetes in die Nase, die Sören angepflanzt hat, um daraus Likör zu machen. Wie erwachsen ich mich gefühlt habe, als er mich zum ersten Mal davon nippen ließ.

Und der alte knorrige Apfelbaum! Seine Rinde ist mittlerweile, ebenso wie der Zaun, von Moos überwuchert. An dem stärksten seiner Äste sind noch die tiefen Einkerbungen der Seile zu sehen, an denen Sören für uns Kinder eine Schaukel angebracht hatte. Ich habe darauf immer so viel Schwung geholt, wie ich nur konnte, um dem Himmel näher zu kommen. Den Oberkörper hielt ich dabei ganz weit nach hinten geneigt, sodass ich nur noch Blau und Wolken vor Augen hatte, bis ich nicht mehr wusste, ob ich über oder unter ihnen flog. Es ist eine der wenigen Erinnerungen, die mir ein Lächeln entlocken.

Zu meinen Füßen liegt Laika und lässt sich von mir hinter

den Ohren kraulen. Mit der Dämmerung gesellen sich die Fledermäuse zu uns. Unermüdlich flattern sie in immer gleichen Bahnen hin und her, bis sie hinabstoßen, um ein Insekt zu erbeuten.

Die Idylle um uns herum erfüllt mich für einen Moment mit Frieden, bis sie sich jäh in etwas anderes verwandelt. Es ist nichts Greifbares, nur eine winzige Verschiebung in der Atmosphäre, die jedoch ausreicht, um die Schweißperlen in meinem Nacken in eisige Nadelspitzen zu verwandeln. Diese diffuse Ahnung von Gefahr schärft jeden meiner Sinne, bis mir selbst das Zirpen der Grillen so schrill in den Ohren klingt wie die Violinen der Duschszene in *Psycho*. Zugleich schwillt das helle Fiepen in meinem Ohr an, das mich seit Jahren begleitet.

»Tinnitus, chronisch«, hat der Arzt gesagt. »Da hilft nicht viel, außer sich damit abzufinden.«

Aus Laikas Kehle dringt ein Knurren.

»Spürst du es etwa auch?«, flüstere ich.

Nicht weit von uns entfernt knackt es im Gehölz. Schon läuft Laika aufgeregt in die Richtung, aus der das Geräusch gekommen ist. Ich folge ihr gemächlich, während mein Herzschlag sich wieder beruhigt.

Der Laut war real – höchstwahrscheinlich wurde er von einem Tier verursacht –, aber meine Ängste sind anderer Natur. Sie haben nichts mit tatsächlichen Gefahren zu tun, denen ich mich, ohne zu zögern, stelle. Die Menschen, die in den vergangenen Jahren meine Furchtlosigkeit gerühmt haben, wären erstaunt, mich hier zu erleben. Seit ich zurückgekehrt bin, hat sich ein altes, diffuses Grauen wieder eingeschlichen. Ein Duft, eine Perspektive, manchmal sogar die Anordnung der Wolken über den Feldern … alles kann ausreichen, um es zu wecken. Ohne jede Vorwarnung flackern dann unscharfe, abgehackte Bilder vor meinem inneren Auge auf. Die beunruhigenden Leerstellen ergänze ich mit umso grauenerregenderen Details.

Und doch erfüllt mich die vertraute Landschaft zugleich immer wieder mit tiefem Glück. Weder die Ereignisse in meiner Jugend noch die spätere Entdeckung exotischerer Orte haben meiner einst naiven Liebe zu dem Wasser, dem Wald und den Salzwiesen etwas anhaben können.

Als Julia vor siebenundzwanzig Jahren verschwand, waren wir sechzehn Jahre alt. Zuerst haben sie das Wasser nach ihr abgesucht. Ihr Haarband hatte sich im Schilf verfangen, einige hundert Meter von der Stelle entfernt, an der sie zuletzt gesehen wurde.

Ich sollte vielleicht erwähnen, dass sie zu dem Zeitpunkt nicht alleine war. Eine Zeugin, die anonym bleiben wollte, hat uns beide beobachtet. Natürlich setzten die Polizisten alles daran, so viele Details wie möglich aus mir herauszukitzeln, doch ich konnte ihnen nicht helfen. Julias Verschwinden blieb ein Rätsel, aber sie war nicht wirklich fort. Sie verfolgte mich beharrlich. Julia war immer da, wie die Grundierung auf einer Leinwand, die alle Farben darauf beeinflusst, auch wenn man sie nicht bewusst wahrnimmt.

Dann brachte vor anderthalb Monaten ein Hund seinem Herrchen Julias Knochen aus dem Gehölz mit. Wie war ihr Schienbein auf die andere Seite der Schlei gelangt? Die Polizei durchkämmte den Wald, aber der Rest des Skeletts blieb verschollen. Trotzdem war anzunehmen, dass Julia den Verlust ihres Schienbeins nicht überlebt hatte.

Obwohl es keine Hinweise auf irgendetwas gab, war bald darauf mein Onkel tot – und so mordverdächtig, dass weitere Ermittlungen bestenfalls halbherzig vorangetrieben werden. Nachdem er sich den Strick genommen hatte, fanden sie bei ihm zwei Dinge: Zum einen verstaubte in einer seiner Schubladen das Armband, das Julia an jenem

Abend getragen hatte. Zum anderen entdeckte man einen Umschlag mit Fotos von sehr jungen Frauen. Sie waren nicht nackt, aber offensichtlich heimlich und mit sexuellem Unterton fotografiert worden. Die Abzüge zeigten Mädchen in Badeanzügen, mit runtergerutschten Trägern oder hochgewanderten Säumen. Auf einem älteren Foto stand Julia, nur mit einem knappen Bikini bekleidet, knietief im Wasser und lachte jemandem zu. Von den anderen Bildern weiß ich nur aus zweiter Hand, aber dieses haben sie mir vor die Nase gelegt, als sie fast direkt nach meiner Ankunft zu mir gekommen sind.

»Ist früher mal irgendetwas vorgefallen, was Ihnen komisch vorkam?«, fragte einer der Polizisten. »Immerhin haben Sie doch viel Zeit bei Ihrem Onkel verbracht ...«

Sobald ich begriff, was er andeutete, kroch mir Magensäure die Kehle hoch. Er und seine Kollegin wollten wissen, ob Sören mich jemals seltsam angesehen hatte, wenn ich auf dem Weg zum Wasser im Badeanzug durch sein Haus geflitzt bin. War etwas Verdächtiges an der Art gewesen, wie er von Zeit zu Zeit einen Arm um mich gelegt hatte?

Ihre Suggestivfragen waren mir zuwider. Obwohl ich die Polizisten am liebsten angebrüllt hätte, verneinte ich scheinbar gelassen. Alles andere hätten die Beamten womöglich als Bestätigung gedeutet. *Protestiert sie nicht etwas zu sehr?*

Die Bilder, die mir ihre Fragen und Ausführungen in den Kopf pflanzten, beschmutzten die wenigen guten Erinnerungen, die ich hatte. Plötzlich erschien mir mein geliebter Onkel wie ein Fremder.

Wir kennen die Menschen um uns herum nie so gut, wie wir annehmen. Natürlich kann ich nicht ausschließen, dass er eine dunkle Seite gehabt hat, aber ein Mörder war er ganz sicher nicht.

Die Ermittler waren anderer Meinung, schließlich hatte

man den Knochen in Sörens Wald gefunden. Sie nahmen an, dass mein Onkel sich nach dem Fund in die Enge getrieben fühlte. Möglicherweise habe die Entdeckung der Leiche auch an seinen Schuldgefühlen gerührt. Ihnen sei außerdem zu Ohren gekommen, dass er schon seit Jahren schwermütig gewesen sei.

»Unsinn«, habe ich scharf erwidert, doch im Grunde beschützte ich eher mich als ihn. Nachdem er mir beigestanden hatte, ertrug ich den Gedanken nicht, bei ihm so etwas wie *Schwermut* übersehen zu haben. Andererseits habe ich ebenso wenig erkannt, wie schlecht es meiner Schwester wirklich ging.

Oder hatte ich absichtlich die Augen verschlossen, damit die Sorge um die beiden mich nicht an diesem verhassten Ort festhielt?

Im Zusammenspiel mit dem Rest war Sörens Selbstmord für die Polizisten so gut wie ein Geständnis. Vielleicht hatten die Fotos nicht mehr gereicht. An dem Abend sollte ja jede Menge Alkohol im Spiel gewesen sein. Vielleicht hatte er sich der jungen Frau unsittlich genähert, und die Sache war außer Kontrolle geraten?

Ihre Vermutungen waren ekelerregend, wenn auch nicht ganz so widerlich wie die Fragen nach *meinem* Verhältnis zu Sören.

Unwillkürlich schweift mein Blick zu dem Schuppen. Wenn ich ihn betrete, schaudert es mich jedes Mal, weil ich dann nicht anders kann, als mir Sörens letzte Minuten vorzustellen. Und dann spüre ich, wie mir selbst die Luft knapp wird. Vielleicht hat er es bereut und mit schwindender Kraft an dem verknoteten Tuch gezerrt, bis er in eine Art Schlaf gefallen ist ...

Hör auf, Svea!, ermahne ich mich, aber auch jetzt ist es mir unmöglich, *nicht* daran zu denken, wie der Urin abgeht. Daran, wie der Herzschlag sich verlangsamt, um sich dann noch einmal zu beschleunigen, ein letztes Mal vor der Schnappatmung, die mit dem Kreislaufstillstand einhergeht.

War es so?

Und, viel wichtiger, warum hat er es getan?

Ich wollte von den Ermittlern erfahren, ob es auch ein Mord gewesen sein könnte. Dabei war ich mir keineswegs sicher, ob ich es tröstlicher finden würde, wenn ihn jemand derart gehasst hätte.

Ich erfuhr von ihnen, dass es nahezu unmöglich ist, einen Selbstmord durch Erhängen vorzutäuschen.

Nahezu.

In Sörens Gesicht befanden sich frische Kratzer, aber dafür könne es viele Gründe geben, sagten sie. Jedenfalls gebe es keine Abwehrspuren, was bei einem stämmigen Kerl wie Sören zu erwarten gewesen wäre, wenn ihm jemand gegen seinen Willen etwas um den Hals gelegt hätte.

»Können Sie uns sagen, warum er alles Ihnen hinterlassen hat? Warum wollte er nichts seiner Schwester, seinem Neffen oder der anderen Nichte vermachen?«

»Wir standen uns näher, vielleicht deshalb.«

Ihre Blicke ließen keinen Zweifel daran, wie sie meine vagen Worte auffassten, doch leider war es zu spät, das Gesagte zurückzunehmen. Offenbar nahmen die Polizisten weiterhin an, die enge Bindung zwischen Sören und mir hätte auf etwas Schändlichem beruht. Aber nichts, was ich sagen könnte, hätte etwas daran geändert.

Na ja, eigentlich doch. Es gibt nämlich durchaus Dinge, die ich ihnen mitteilen sollte. Zum Beispiel, dass sie sich in einem ihrer wertvollen Fundstücke irren und somit vielleicht auch andere Zusammenhänge nicht klar sehen.

Doch damit würde ich ein Risiko eingehen, das ich mir

zum jetzigen Zeitpunkt noch nicht erlauben kann. Vorher muss ich mich vergewissern, dass meine kleine Schwester klarkommt.

Seufzend knie ich mich neben Laika, die immer noch wachsam in Richtung Wald starrt.

»Es war nur irgendein Tier. Alles ist gut«, versichere ich, obwohl ich das Kribbeln im Nacken jetzt wieder deutlich spüre.

Lauert da draußen am Ende doch etwas auf mich – oder liegt die Gefahr in mir selbst?

TORGE

Ich will nach Hause, aber die Blöße werde ich mir nicht geben. Eher haue ich mich selbst mit einem Stein k. o.
Ich muss mir ein Lager bauen. Erstmal die Lage checken. Keine Ameisenstraße auf dem Boden, gut. Als Nächstes sind die Bäume dran. Ich hab echt keine Lust, dass ein großer Ast abbricht und mir auf den Kopf knallt. Ist vor Kurzem einer Spaziergängerin passiert, und die musste ins Krankenhaus. »Der Wald schlägt zurück«, hat mein Vater gesagt und gelacht, als er uns davon erzählt hat.
Ich höre nichts, dann bleibe ich wohl hier.
Ich sammele einen ganzen Haufen Äste. Danach bringe ich sie mit meinem Messer auf die passende Länge, suche mir sechs Stöcke aus, die beinahe gerade sind, und bastele daraus die Halterung. Drei über Kreuz auf der einen Seite, drei auf der anderen. Darauf lege ich einen dicken Ast als Dach. Die übrigen Äste lehne ich schräg daran an, bis das Ganze wie ein Zeltgerippe aussieht. Die Lücken decke ich mit Tannenzweigen, Moos und alten Blättern ab. Am Ende sind meine Finger total zerschrammt, aber ich bin ziemlich stolz auf mein Versteck.
Bis es dunkel wird, bleiben mir ungefähr zwei Stunden. Ich habe keine Uhr, bin aber gut darin, die Zeit zu schätzen. Besser, ich laufe noch ein bisschen durch die Gegend, bevor ich die ganze Nacht in meiner Hütte rumhocke.
»Du musst das Terrain zu deinem Freund machen«, hat Sören immer gesagt.
Mein Vater tickt da anders. Er sagt, man muss es bezwingen.

Unterwegs pule ich rotgoldenes Harz von einer Fichte und schiebe es mir in den Mund. Erst fühlt es sich zäh an, aber dann wird es weich wie Kaugummi und färbt sich lila. Auch das hat mir mein Vater gezeigt. »Unsere Vorfahren haben sich mit Kaupech ihre Zähne gereinigt. Es ist wichtig, dass die Kauwerkzeuge heil bleiben.« Solange die Welt um uns herum nicht untergeht, nehmen wir dafür aber die Zahnbürste.

Ich wünschte, Ahmed wäre hier. Dann würde das hier vielleicht sogar Spaß machen – ein Abenteuer mit einem Freund. Irgendwie fühlt es sich immer noch komisch an, wenn ich Ahmed so nenne. Als ich ihn zum ersten Mal gesehen habe, dachte ich: *Kanake.*

Eigentlich wusste ich gar nicht genau, was das heißt, aber so nennt Malte Ausländer mit dunkler Haut. Er sagt, dass sie alles Mögliche geschenkt bekommen, wofür wir schuften müssen – Autos, Wohnungen, Geld und so –, und trotzdem immer nur jammern. Wenn es nach ihm geht, sollen sie einfach wieder dahin gehen, wo sie hergekommen sind.

Meine Mutter presst jedes Mal die Lippen zusammen, wenn Malte davon anfängt, aber mein Vater hat mir erklärt, dass er keine vernünftigen Jobs findet, weil die Ausländer ihm die wegnehmen. Deswegen rede ich zu Hause nicht über Ahmed.

Vor ihm hatte ich keine Freunde in der Schule. Am Anfang haben die anderen Kinder andauernd über mich gelästert. Sie haben gesagt, dass ich stinke – vor allem im Winter, wenn die Wollpullis, die Rena für uns strickt, feucht werden. Dabei finde ich nicht, dass die anderen besser riechen. In der Umkleide nebeln sie den ganzen Raum mit »Ozeanbrise« und »Dschungelholz« ein, bis man fast erstickt wegen der ganzen Chemie. Nach Wasser und Wald riecht das Zeug jedenfalls nicht.

Ich habe versucht, mich zu wehren, aber nur mit Worten, und die haben alles viel schlimmer gemacht. Einmal haben sie sogar meinen Kopf in die Toilette gesteckt. Da waren noch braune Spuren drin, und es hat so ekelhaft gestunken, dass ich kotzen musste. Der Oberwichser Max und noch ein paar andere aus meiner Klasse haben sich schlapp gelacht.

Auch davon habe ich zu Hause nichts erzählt, aber meine Mutter hat die blauen Flecken an meinen Oberarmen bemerkt. Das muss passiert sein, als die anderen mich festgehalten haben. Mama wollte mit meinem Klassenlehrer sprechen, aber mein Vater war dagegen.

»Rumlabern bringt nichts«, hat er gesagt. »Du musst ihnen zeigen, wo die Grenze ist – am besten, bevor sie überhaupt auf dumme Gedanken kommen.«

Er hat mir ein paar ziemlich coole Tricks gezeigt, die angeblich vom israelischen Geheimdienst stammen. Bei unseren Trainingskämpfen musste ich eine Menge einstecken, aber es hat sich gelohnt.

Eigentlich hatte ich gar keine Lust, jemandem so doll wehzutun ... bis mich Max wieder einmal zur Toilette geschleift hat, da war er fällig. Damit haben weder er noch seine Freunde gerechnet. Keiner hat ihm geholfen, als ich ihn auf den Boden geschmettert habe. Dafür sind sie sofort alles petzen gegangen.

Nur Memmen tun so etwas, sagt mein Vater. Deshalb habe ich mich nie über den Mist beschwert, den sie mit mir gemacht haben.

Ich musste direkt zum Direktor, zusammen mit Max. Unter seiner Nase klebte dunkles Blut. Ich glaube, er hat es absichtlich nicht weggewischt, weil es schlimmer aussehen sollte, als es eigentlich war.

Seine Eltern waren bei ihm. Meine sollten auch kommen,

aber mein Vater geht nicht ans Handy, wenn er die Nummer nicht kennt oder keine Lust auf den hat, der anruft. Mama wäre wahrscheinlich gekommen, aber sie hat ja kein Telefon.

»War ja klar!«, hat Max' Vater gesagt und mich angeguckt, als wäre ich ein Haufen Hundescheiße unter seinem glänzenden Schuh. »Ich sehe das nicht ein! Warum muss mein Sohn darunter leiden, dass diese Assis ihre Kinder nicht erziehen? Es ist doch offensichtlich, dass dieser Junge nicht auf ein Gymnasium gehört!«

»Na, na!«, machte der Direktor. Aber wirklich widersprochen hat er nicht.

Max hat mich sofort arrogant angegrinst, als die anderen mal kurz nicht hingesehen haben. Leider konnte ich ihm schlecht gleich wieder eine verpassen, außerdem waren sie zu viert. Also hab ich die Arme vor der Brust verschränkt und so getan, als wäre mir alles egal.

Seid Ahmed da ist, fühle ich mich nicht mehr so allein. Schade, dass er nicht hier bei mir im Wald sein kann. Aber dann wäre es für meinen Vater natürlich nicht das Gleiche, denn dann hätte ich keine Angst.

»Schmerz ist Schwäche, die den Körper verlässt«, sagt er immer.

Genau weiß ich immer noch nicht, was er damit meint, und ich glaube auch nicht, dass er sich den Satz selbst ausgedacht hat.

Erschrocken bleibe ich stehen. Ich habe gar nicht gemerkt, dass ich fast bis zum Wasser gelaufen bin.

Durch die Blätter erkenne ich Sörens Haus. Früher war es der allerbeste Ort, aber jetzt denke ich nur noch daran, wie seine Leiche aussah und dass hier irgendwo noch Teile von dem Mädchen liegen, das er gekillt haben soll. Ich habe das keine Sekunde lang geglaubt, als ich gehört hab, wie meine Eltern darüber gesprochen haben. Doch sie meinen immer nur, ich soll nicht über Sachen quatschen, die ich nicht kapiere.

Nachdem ich ihn gefunden habe, wollte Mama mich zu einem Psycho-Arzt schleifen. Da will ich aber auf keinen Fall hin. Wer weiß, was der bei mir im Kopf alles findet! Zum Glück hat mein Vater gesagt, dass ich auch so klarkomme.»Außerdem ist es gut, wenn man früh mitbekommt, dass das Leben kein Seifenblasen-Einhorn-Wunderland ist.«
Das hat er gesagt, weil Lina gerade Seifenblasen gemacht hat, und auf dem Behälter war ein Einhorn abgebildet. Ein Geschenk von Mamas Mutter, Oma Katja. Lina tat mir ein bisschen leid, weil sie sich erst so über die Blasen gefreut hat, nach Papas Spruch aber nicht mehr.

Er mag unsere Oma nicht, und noch weniger kann er meine Tante ausstehen. Er nennt Svea eine Hexe, und sie sieht wirklich aus wie eine. Nicht wie die hässlichen aus Renas Märchenbuch. Sie hat keine haarigen Warzen im Gesicht und auch kein komisches Kinn. Sie hat viel mehr Ähnlichkeit mit der blonden Hexe aus dem *Narnia*-Film, den ich bei Sören gucken durfte.

Ein bisschen sieht Svea aber auch wie Mama aus, nur dass ihre Augen grün sind wie die von einer Katze. Mama hat blaue Augen, genau wie Lina, mein Vater und ich.

Früher hat meine Tante uns kleine Sachen von ihren Reisen mitgebracht, nichts richtig Tolles, aber ich habe mich trotzdem gefreut, weil wir fast nie Geschenke bekommen. Ich fand es doof, dass Mama alles wegwerfen musste, weil es meinem Vater nicht gepasst hat, wenn wir Zeug von Svea bekamen.

Inzwischen weiß ich, dass mein Vater auch damit recht hatte: Sie ist eine Bitch. Sie war nie da, trotzdem hat sie es irgendwie geschafft, sich das Haus und alles zu krallen. Ich wette, dass auch mein Buch bei ihr liegt.

Immer wenn es einen neuen *Jujutsu Kaisen* gab, hat Sören ihn mir gekauft. Er wusste, wie sehr ich auf die Mangas stehe. Einfach so geschenkt hat er sie mir aber nicht, ich habe ihm dafür bei irgendwelchem Kram geholfen – Holz stapeln und Hühner füttern zum Beispiel.

Das neue Buch ist kurz vor Sörens Tod rausgekommen. Als ich ihn gefunden habe, war ich eigentlich bei ihm, um es mir zu holen. Das habe ich dann natürlich vergessen, und jetzt hat sie es. Sie hat alles bekommen, ohne etwas dafür zu tun.

Der Gedanke macht mich so wütend, dass ich nicht mehr richtig aufpasse. Sonst wäre ich ganz bestimmt nicht auf den Ast getreten. Es knackt laut, als er zerbricht, und Laika bellt sofort los.

Zuerst freue ich mich, sie zu hören, weil ich sie vermisst habe, aber dann entdecke ich Svea hinter ihr. Schnell verstecke ich mich hinter einem Busch. Meine Tante hockt sich fast gleichzeitig mit mir hin, um Laika zu streicheln. Der scheint es zu gefallen.

Verräterin!

Aber wahrscheinlich hat sie keine andere Wahl.

»Beiß nie die Hand, die dich füttert«, sagt Malte immer zu Mama, wenn sie ihm doch mal widerspricht.

Ich will gerade abhauen, da sehe ich aus dem Augenwinkel einen Schatten über den Weg huschen. Erschrocken schaue ich genauer hin, aber da ist nichts.

Ich war zu lange unterwegs, das Licht ist fast weg. Die Bäume werden zu dunklen Körpern mit Knochenarmen. Ich habe mit ein wenig Angst gerechnet, doch nun erwischt sie mich so heftig, dass ich wie bekloppt losrenne. Davon klopft mein Herz noch schneller, und die Angst wird noch stärker, aber ich kann nicht anders.

Etwas klammert sich an meinen Knöchel fest, und ich

knalle voll auf den Boden. Ich schreie, bis ich sehe, dass da gar keine Skeletthände sind, sondern nur Brombeerranken. Jetzt krallen sie sich auch in mein Gesicht. Bestimmt habe ich morgen ein paar fette, rote Schrammen.

Schnell stehe ich auf und laufe weiter, bis zu meiner Höhle. Während ich hineinkrieche, wummert mein Herz weiter wie verrückt. Drinnen wühle ich sofort im Rucksack nach meiner Taschenlampe. Mit etwas Licht geht es mir sofort besser – bis mir einfällt, dass man jetzt auch von draußen erkennen kann, dass hier jemand ist. Da wird mir klar, dass mein Versteck gleichzeitig eine Falle ist.

Die Lampe schalte ich trotzdem nicht aus. Es ist mir lieber, wenn ich sehe, was kommt.

Hinter meinen Wänden knackt und raschelt es die ganze Zeit. Das Gruseligste ist, wie die Eule ruft. Ich kann mir vorstellen, wie die Mäuse und Frösche jetzt zittern – genauso wie ich.

Du Vollpfosten!

Mein Vater würde mich verachten, wenn er sehen könnte, wie ich hier sitze – zusammengekauert wie ein dämliches Beutetier.

Reiß dich zusammen! Heul nicht!

Ich wickele den Schlafsack ganz fest um mich, ohne den Reißverschluss zuzuziehen, damit ich notfalls besser weglaufen kann. Dann schnappe ich mir das *Harry-Potter*-Buch. Beim Lesen halte ich die Lampe dicht über die Buchstaben.

Ich hätte ein anderes Buch mitnehmen sollen. Gleich am Anfang wird irgendein alter Gärtner nachts von einer Schlange angegriffen. Ständig unterbreche ich, um in die Richtung des Eingangs zu leuchten.

Auch in diesem Wald sterben Menschen. Was, wenn gleich ein weißes Horrorgesicht durch die Öffnung starrt, durch die ich reingekrabbelt bin?

Ich verschließe die Lücke mit ein paar Zweigen, aber es hilft nicht richtig. Die Nacht ist jetzt überall, auch in mir drin, mit allem, was ich mir in der Dunkelheit vorstelle! Aber da ist noch etwas anderes. Hunger. Wie kann ich trotz der Angst so großen Hunger haben? Zum Glück hat Mama den Kuchen eingepackt. Ich wickele ihn vorsichtig aus, weil er fast nur noch aus Bröseln besteht. Damit nichts runterfällt, picke ich einen Krümel nach dem anderen aus der Serviette. Die Smarties hebe ich mir bis zum Schluss auf. Solange Schokolade auf meiner Zunge schmilzt, fühlt sich alles weniger schlimm an. Als ich fertig bin, lecke ich mir jeden einzelnen Finger ab.

»Denk an etwas Schönes«, hat Mama gesagt, wenn ich nicht schlafen konnte. Doch da sind kaum noch schöne Dinge, an die ich denken könnte. Da waren mal Tage, an denen Mama gelacht und Papa sie geküsst hat. Aber sofort fallen mir die vielen anderen Tage ein. In letzter Zeit scheint es nur noch die zu geben.

Ich versuche mir Ahmed vorzustellen. Dann Lina, wie sie mal wieder aus Versehen etwas total Witziges sagt.

Irgendwann fallen mir die Augen zu. Für eine Weile ist alles schwarz, bis jemand einen ultrabrutalen Film anknipst. Ich kann nicht einmal wegsehen, weil er in meinem Kopf ist.

War das Mädchen schon ganz tot, als es hier verbuddelt wurde? Lebendig begraben zu werden, muss das Schlimmste sein, denke ich.

Aber dann kommen Bilder, die noch unheimlicher sind. Eine Hand packt meine kleine Schwester am Hals. Knack. Sie liegt auf der Erde, als hätte sie keinen einzigen Knochen mehr im Körper.

Mama kommt angelaufen, überall mit Blut beschmiert. Sie macht mir Angst, deshalb bin ich fast froh, dass sie zusammenbricht, bevor sie mich erreicht.

Was stimmt nicht mit mir, dass ich so etwas sehe?

Die Nacht kommt mir länger vor als alle Zeit, die ich bis jetzt gelebt habe. Für einen Moment hasse ich meinen Vater. Scheiße, Mann! Voll die sinnlose Aktion.

Ich kann mich nicht beruhigen, bis von draußen endlich wieder etwas Licht durch die Ritzen kommt. Irgendwie macht es auch das Dunkle in meinem Kopf weg. Da ist jetzt gar nichts mehr drin, keine Gedanken und keine Gefühle. Endlich kann ich richtig schlafen ...

Beim Aufwachen tut mir der Kopf weh. Ich hätte doch Wasser mitnehmen sollen. Als ich aus dem Unterschlupf robbe, ist da so viel Licht, dass ich die Augen zumache. Das fühlt sich noch unangenehmer an, so als wäre Sand unter den Lidern.

Die Luft riecht frisch und irgendwie grün. Ich atme sie tief ein, ganz oft hintereinander. Dann stehe ich auf und lache los, immer lauter, bis ich mit ausgebreiteten Armen vor Freude kreische. Dieser doofe Wald mit seinen Lebenden und Toten konnte mir gar nichts. Vielleicht bin ich ja unbesiegbar! War ja klar, dass mein Vater am Ende wieder recht haben würde.

Teufelskerl!

Ich weiß nicht, woher dieses Wort gerade gekommen ist. Es klingt altmodisch. Wahrscheinlich habe ich es in einem von Sörens Büchern gelesen.

SVEA

Es ist das erste Mal nach Sörens Tod, dass ich in meine Laufschuhe geschlüpft bin. Ich wollte endlich einmal wieder scheinbar mühelos dahinfliegen, stattdessen fühlen sich meine Waden schwer und steif an. Wenigstens bin ich früh genug aufgestanden, um der Hitze zu entgehen, die sich bereits jetzt ankündigt. Doch unter dem Blätterdach umhüllt mich noch die Frische eines gerade erst angebrochenen Tages. Das Sonnenlicht fällt durch die Zweige und malt filigrane Ornamente auf den Boden. Die Spitzen der jüngeren Farnwedel sind eingerollt wie die Schwänze kleiner Chamäleons. Aufgeplatzte Eicheln graben ihre zarten Wurzeln wie Nabelschnüre in die Erde. Der letzte Sturm hat einen riesigen Baum umgerissen, dessen mächtiger Wurzelballen nun weit in die Höhe ragt. Buchensprösslinge nutzen die entstandene Lücke, um sich dem Licht entgegenzurecken.

Für meine Freundin Tina sind die Bäume stille Zen-Meister, die umarmt werden wollen, weil sich in ihrer Nähe der menschliche Herzschlag verlangsamt. Dabei sind wir längst nicht so gut für sie wie sie für uns, und sowieso täuscht der Frieden. Bei den Jungbuchen wird die Schnellste ihre Geschwister in den Schatten stellen, um sie dort verkümmern zu lassen.

Die Bäume befinden sich in einem ständigen Ringen um Zucker, Sonne und Wasser. Ihre Tauschgeschäfte schließen sie über das weit verzweigte Netzwerk aus Pilzfäden unter der Erde ab. Und ihr Kampf wird härter. Seit Jahren reicht die Trockenheit bis in die tiefen Bodenschichten, sodass selbst die Kiefer mit ihren langen Wurzeln nicht mehr sicher ist. Die Bäume werden zu schwach, um ihren Angreifern viel entgegenzusetzen – den Insekten ebenso wie den Stürmen.

Zum Steilufer hin lichtet sich der Wald. Ich folge dem Weg abwärts zur Schlei, lasse die Bäume hinter mir, bis nichts mehr den Blick auf Schilf, Raps, Wasser und Himmel verdeckt. Endlich habe ich beim Traben meinen Rhythmus wiedergefunden. Mein Geist und die Zeit lösen sich auf in einem Rausch aus Gelb und Blau.

In diesem entrückten Zustand bemerke ich den Labrador, der auf mich zuhechtet, erst in letzter Sekunde. Dann entdecke ich seine Halterin und komme abrupt zum Stehen.

Gemma! Was hat sie auf dieser Seite der Schlei zu suchen?

Natürlich zieht der Wald viele Hundebesitzer an, aber dass Gemma jetzt zu ihnen gehört, macht mich auf unsinnige Weise wütend. Julia hat sich so sehr einen Hund gewünscht, durfte aber keinen haben.

»Svea«, sagt sie ohne erkennbare Emotion in ihrer dunklen Stimme.

Damals wie heute erinnert sie mich an diese französische Schauspielerin, Isabelle Huppert. Je nachdem wie das Licht einfällt, changiert Gemmas Iris von bernsteinfarben zu grün. Das Haar, das ihr in rotbraunen Wellen auf die Schultern fällt, bildet einen hübschen Kontrast zu ihrer hellen Haut. An einer Seite lässt es den Blick auf ihr Ohr frei, an dem eine kleine goldfarbene Creole glänzt.

Um ihre Augen herum haben sich Fältchen eingegraben, auch die Stirn ist nicht mehr glatt, und dennoch ist sie so schön wie früher. Vielleicht sogar noch schöner, nun, da ihre einst makellosen Züge bereits Spuren der Vergänglichkeit zeigen.

Mittlerweile muss sie Mitte sechzig sein, überschlage ich schnell. Sie war sehr jung, als sie Julia bekam.

»Hallo«, presse ich hervor, noch atemlos von dem schnellen Trab.

Sie lässt sich Zeit, bevor sie mir antwortet.

»Hallo.« Da ist es wieder, dieses unvergleichliche und absolut undeutbare Lächeln zwischen Melancholie und Spott, dem ich so verfallen war. Nur ein kleines Zucken im Augenwinkel verrät, dass unsere Begegnung sie nicht kaltlässt.

Es ist ihr Duft, der mich endgültig in die Vergangenheit zurückkatapultiert. Chanel No. 5, immer noch. An ihr wirkt das Parfüm wie eine sinnliche Umarmung, warm, mit Nuancen von Sandelholz und Moschus.

In Gemmas Nähe kam mir die Welt immer leuchtender vor. Als sie sich von mir abwandte – über Nacht und mit vernichtender Absolutheit –, fühlte es sich wie kalter Entzug an.

Man sagt, dass kaum etwas Erinnerungen so gut konserviert wie ein Geruch. Später habe ich mir einmal ihr Parfüm aufs Handgelenk gesprüht, doch es vertrug sich nicht mit der Chemie meiner Haut. An mir wirkte der Duft dermaßen penetrant und altdamenhaft, dass mir zum Heulen zumute war.

»Es wird Sommer«, murmele ich und betrachte dabei angestrengt die Glanzlichter auf dem Wasser.

Gemma gibt einen desinteressierten Laut von sich, aber was hätte ich sagen sollen, nachdem mein Onkel ihre Tochter umgebracht haben soll? Ihr mein Beileid aussprechen, damit sie im Anschluss ihr Bedauern für meinen Verlust bekunden kann?

»Ich wollte gerade nach Hause laufen«, höre ich mich sagen.

Noch so eine überflüssige Information, die nicht einmal der Wahrheit entspricht. Sonst bin ich gut darin, Schweigen zu ertragen, aber nicht jetzt und hier. Nicht mit Gemma.

»Du lebst nun also im Haus deines Onkels?«, fragt sie.

»Es ist gar nicht sicher, dass ich bleibe. Nur fürs Erste, bis alles geregelt ist.«

Sie mustert mich prüfend, dann verzieht sie die Mundwinkel wieder zur Andeutung eines Lächelns. Es macht den Eindruck, als hätte sie mich gewogen und für zu leicht befunden. Sie hat mir nichts verziehen.

»Du läufst in die falsche Richtung.«

»Ich wollte gerade umkehren.«

»Na dann. Man sieht sich.«

»Ja, bis dann.«

Ich laufe eilig weiter, höre sie hinter mir aber noch rufen: »Komm her, King!«

Beinahe wäre mir ein albernes Kichern entfahren. *King?* Es kann unmöglich Gemmas Idee gewesen sein, den Hund so zu nennen.

Auf dem Heimweg geht mir ihre Bemerkung, dass ich in die falsche Richtung laufe, nicht aus dem Sinn. Ich frage mich, ob sie damit wirklich nur die Tatsache gemeint hat, dass ich dabei war, mich weiter von Sörens Haus zu entfernen.

Meine letzte Begegnung mit Gemma gehört zu den Begebenheiten, über die ich nicht gerne nachdenke. Nie zuvor hatte ich so tiefe Schrammen in ihrer Fassade gesehen.

Damals kam sie in unser Haus gestürmt wie eine Rächerin. Anders als der böse Cop im Film richtete sie während ihres Verhörs nicht den grellen Strahl einer Lampe auf mich, sondern ihre geballte Wut und Trauer. Die Wirkung war die gleiche: Ich konnte nicht hinsehen.

»Nichts«, brabbelte ich immer wieder, beinahe panisch. »Ich weiß wirklich nichts.«

»Und worum ging es bei eurem Streit?«

»Irgendetwas Unwichtiges, ich weiß nicht. Irgendwelcher Mädchenkram.«

Eine andere Mutter hätte mir sicher beigestanden, doch meine war längst wortlos davongehuscht. Vielleicht fand sie es genauso beschämend wie ich, jemanden wie Gemma in der schäbigen Umgebung unseres dunklen Hauses zu sehen. Ich jedenfalls hatte inmitten der zerschlissenen Polster und altbackenen Blümchentapeten das Gefühl, auf die Größe eines Wurms zu schrumpfen. Ich dachte an Gemmas schmucke Villa, die vorübergehend mein zweites Zuhause gewesen war und die ich ganz sicher nie wieder betreten durfte.

Solange ich ein willkommener Gast gewesen war, hatte ich alles darangesetzt, ihr ein Lachen zu entringen. Mir gefiel, wie schockierend dreckig es klingen konnte. Genauso herrlich kam es mir vor, wenn einer ihrer seltenen derben Flüche den perfekt geschwungenen Lippen entschlüpfte. Diese gelegentlichen Brüche in ihrer Perfektion ließen sie in meinen Augen noch vollkommener erscheinen.

Julia hatte von ihrer Mutter nur die roten Haare geerbt, sie selbst war von entwaffnender Offenheit. Zumindest bis Erik in ihr Leben trat. Trotzdem wirkten meine Freundin und Gemma anfangs wie ein eingeschworenes Team auf mich, und ich beneidete die beiden um ihre Verbindung. Später glaubte ich, eine eigenartige Anspannung zwischen ihnen wahrzunehmen, aber es schien mir nichts weiter als ein Kräuseln an der Oberfläche zu sein, verglichen mit der tiefen Entfremdung zwischen meiner Mutter und mir.

In einem war Julia ihrer Mutter allerdings doch ähnlich.

Schon als sie in der fünften Klasse zu uns stieß, ging von ihr dieser natürliche Magnetismus aus, der andere anzog wie Honig die Ameisen.

Ich war keine gemobbte Außenseiterin, aber trotzdem meistens für mich. Irgendetwas hielt die anderen davon ab, sich mir zu nähern. Ich stellte die Schultasche auf dem freien Platz neben mir ab, damit es wirkte, als hätte ich die Isolation selbst gewählt. Erst mit der Zeit erkannte ich, dass es mir so tatsächlich am besten gefiel.

Dann kam Julia in unsere Klasse. Eigentlich war klar, dass sie neben mir sitzen würde, da es sonst keinen freien Platz gab. Trotzdem ließ sie ihren Blick gelassen von Tisch zu Tisch schweifen, als halte sie nach der für sie besten Möglichkeit Ausschau. Ihre Haare hatten die Farbe von Rapshonig, und ihre Augen waren kornblumenblau. Sobald sie eines der Kinder ansah, schien es in die Höhe schießen zu wollen, um ihr eifrig den Platz neben sich anzubieten. Sie ließ sich Zeit und machte es so zu *ihrer* Wahl, ausgerechnet neben mir zu sitzen. Es wunderte und elektrisierte mich, als sich kurz darauf herausstellte, dass sie mich gleichzeitig zu ihrer besten Freundin gekürt hatte. Ich hätte mich vermutlich damit begnügt, sie aus der Ferne zu beobachten wie ein Fabelwesen.

»Du bist eben anders«, hat sie zu mir gesagt, und ich war nur allzu gewillt, das als Kompliment zu verstehen.

Gemma hatte von ihrem Vater die Villa am Rande des kleinen Dorfs geerbt, in dem auch meine Familie wohnt. Und da sie ohnehin gerade nach einem ruhigeren Ort für ihre Tochter und sich Ausschau hielt, zog sie aus München in ihre alte Heimat zurück.

Schon dass sie zu zweit in einem so großen Haus lebten, abgeschirmt von hohen Bäumen und Rhododendronbüschen, ließ sie in meinen Augen wie Märchenfiguren erscheinen.

Da ihr Vater Gemma zwar diesen fantastischen Ort, aber nur wenig Geld hinterlassen hatte, nahm sie ihre Arbeit als Rechtsanwaltsgehilfin wieder auf. So landete sie in der Kanzlei ihres späteren Mannes Karl in Schleswig. Nach seiner Scheidung zog er zu ihr in die Villa.

Es war seltsam, ihn dort ein- und ausgehen zu sehen, nachdem sich meine Besuche bis dahin immer wie eine besondere Angelegenheit unter Frauen angefühlt hatten. Auch Julia schien es nicht zu gefallen, wie er das Gefüge durcheinanderbrachte.

Meine eigene Enttäuschung hielt allerdings nur so lange an, bis Karls Sohn Christopher zu ihnen zog, nicht einmal ein Jahr, bevor Julia verschwand. Seine Mutter war ihrem neuen Partner, einem Ingenieur, nach Singapur gefolgt, aber Christopher wollte in Deutschland die Schule beenden. Mit seinem Umzug rückte er sogar noch ein Stück näher an die Eliteschmiede Louisenlund heran, die er als Externer besuchte. Karl schlug Julia vor, ebenfalls dorthin zu wechseln, aber sie weigerte sich standhaft.

»Ich bleibe lieber beim Pöbel«, hat sie einmal gesagt, während ich mit der Familie zu Abend aß.

Das war offensichtlich als Seitenhieb gegen Christopher gedacht. Ihr war wohl entgangen, dass sie damit auch mich vor den Kopf stieß.

Julias Stiefbruder war der attraktivste Junge, dem ich jemals begegnet war. Erst neckte er mich, und ich versuchte, ihn zu ignorieren, bis er mich einmal in eine dunkle Ecke zog und seine Lippen auf meine presste. Ich war zu überrascht und fasziniert, um darüber nachzudenken, ob es mir wirklich gefiel.

»Du bist also doch nicht so spröde«, sagte er grinsend.

Danach gingen wir irgendwie miteinander. Aber er knutschte nur mit mir, wenn niemand uns zusah.

»Es gefällt mir, dass wir ein kleines Geheimnis haben, verstehst du? Das macht es aufregender.«
Ich verstand. Zumindest glaubte ich das.
Nur Julia gegenüber brach ich die Schweigevereinbarung. Sie rollte mit den Augen, versuchte aber nicht, ihn mir auszureden.
»Verlieb dich nur nicht zu sehr in Christopher«, riet sie mir. »Irgendetwas an ihm ist komisch.«
Seine Aufmerksamkeit schmeichelte mir, aber mindestens ebenso genoss ich es, wie unsere Annäherung mein Leben noch enger mit dem der Familie verwob. Es hätte mir eine Warnung sein sollen, wie oft ich mir neben ihm wie Cinderella vorkam, wo ich doch viel lieber barfuß als in Glasschuhen laufe.

Zu Hause angekommen lasse ich mich verschwitzt, wie ich bin, in Sörens Sessel fallen und greife nach meinem Smartphone, um Tina anzurufen. Nach der Begegnung mit Gemma muss ich einfach mit jemandem sprechen, der nicht in all das hier verstrickt ist. Tina weiß, dass ich eine sehr gute Freundin hatte, die bis vor Kurzem spurlos verschwunden war, mehr nicht. Und von mir aus darf das auch gerne so bleiben.

Ich lasse sie reden, stelle ihr eine Frage nach der anderen zu ihrem Job und den Männern, die sie datet. Es tut so gut, ihre Stimme zu hören.

Genau wie bei mir hält keine ihrer Beziehungen lange. Anders als ich leidet sie aber darunter. Sie sucht jemanden, der ehrlich und bodenständig ist, zugleich aber auch aufregend sexy und künstlerisch begabt. Er sollte auf dem Kopf mit glänzender Fülle aufwarten, aber ansonsten nicht zu viele Haare am Körper haben.

»Ich glaube, das wird nichts mit uns«, beendet sie ihren Bericht.

»Was ist es diesmal?«, frage ich schmunzelnd.
»Es war alles perfekt, aber dann hat er zum Frühstück Helene Fischer gehört.«
»Okay, *das* ist ein Argument.«
»Du nimmst mich nicht ernst.«
»Dich schon, aber nicht unbedingt deine Kriterien für die Männersuche.«
Sie seufzt. »Ist ja gut. Eigentlich solltest sowieso du *mir* etwas erzählen. Meinst du nicht?«
»Wovon redest du?«
»Es steht sogar schon in den Zeitungen und im Internet, Svea! Warum hast du mir nicht gesagt, dass dein Onkel sich selbst und wahrscheinlich auch deine Freundin umgebracht hat? Das ist furchtbar. Und du sitzt da ganz allein in dem gruseligen Haus. Ich will gar nicht wissen, wie sich das anfühlt. Das heißt ... doch, eigentlich will ich das sogar ganz genau wissen!«

Bedauernd nehme ich zur Kenntnis, dass selbst Gespräche mit Tina nicht mehr als Atempause taugen.

»Das Haus ist nicht gruselig«, entgegne ich lahm.

»Dann ist ja alles gut.« Sie schnaubt. »Und in echt jetzt?«

So klingt Tina, wenn sie sich an etwas festgebissen hat. Nichts kann sie jetzt noch davon abhalten, weiter in mich zu dringen, es sei denn, ich beende das Gespräch. Die Versuchung, einfach aufzulegen, ist groß, aber nach all der gemeinsamen Zeit hat sie etwas Ehrlichkeit verdient.

»Sorry, ich habe es einfach nicht über die Lippen gebracht«, presse ich hervor. »Mein Onkel war wie ein Vater für mich. Ich habe ihn geliebt.«

»Hat er dich jemals ...«

»So war er nicht!«, unterbreche ich sie hastig. »Keine Ahnung, wieso er solche Bilder hatte, aber sie haben nichts mit mir und ihm zu tun. Es ist schrecklich für mich, dass viele annehmen werden, dass ... Wenigstens du musst mir glauben. Okay?«

»Okay.« Damit ist zumindest dieser Punkt für sie erledigt. Sie vertraut meinen Aussagen, was einer der Gründe ist, aus denen ich sie so mag.

»Magst du mir von Julia erzählen?«, fragt sie dann. »Wie war sie?«

Ich schlucke. Einmal, zweimal, dreimal. Danach rede ich, zuerst stockend, doch schon bald kann ich gar nicht mehr damit aufhören. Ich erzähle ihr von den guten Zeiten mit Julia, von den endlosen Sommern am Wasser und ihrem Lachen. Davon, wie sich alle Jungs in sie verliebten. Es tut gut, das Reine unserer Freundschaft ans Tageslicht zu holen, nachdem es so lange unter dem Schrecklichen verschüttet lag.

»Klingt ziemlich perfekt. Warst du nie eifersüchtig?«

»Im Grunde nicht.«

Julia konnte nichts dafür, dass sich andere nach ihr verzehrten. Mir wäre nie der Gedanke gekommen, mit ihr konkurrieren zu wollen. Ich nahm es meiner besten Freundin nicht einmal übel, als mich ein Mann ihretwegen zurückwies.

So war es doch, oder nicht?

Nicht ganz, wispert es irgendwo in mir drin. *Vielleicht ist das nur eine Geschichte, die du dir immer wieder erzählt hast, um nicht unterzugehen.*

»Du solltest ihr einen Abschiedsbrief schreiben«, sagt Tina.

»Sie ist tot.«

»Tu es für dich, auch wenn es dir erst einmal seltsam vorkommt. Du wirst sehen, Rituale helfen beim Loslassen.«

»Und was dann? Zerreiße ich den Brief, um die Schnipsel im Wasser zu verstreuen?«

»Keine schlechte Idee«, erwidert Tina ungerührt.
»Ich glaube nicht, dass mir das hilft.«
»Was hat denn bislang geholfen?«
Treffer, versenkt!

GEMMA

Sie kam mir am Wasser entgegengejoggt, dunkelrot im Gesicht und immer noch so dünn wie als Teenager. Natürlich war mir zu Ohren gekommen, dass sie zurückgekehrt ist, trotzdem traf es mich wie ein Schock, ihr plötzlich gegenüberzustehen.

Wie würde Julia jetzt wohl aussehen?
Eine Zeit lang konnte ich das Wasser nicht ertragen. Damals, als sie darin ihre Tauchgänge veranstalteten und vergeblich nach ihr suchten. Mir graute vor dem, was sie zum Vorschein bringen könnten. Aber schon seit ungezählten Jahren streife ich wieder gerne am Ufer der Schlei umher. Hier fühle ich mich meiner Tochter näher. Als wir noch zu zweit waren, spazierten wir manchmal stundenlang am Wasser entlang, genossen die Weite der Landschaft und streichelten das zottelige Fell der Highland-Rinder, während Julia unbefangen mit mir die Dinge teilte, die sie bewegten. Es hatte sich gut angefühlt, wieder hier zu sein, nun da mein Vater nicht mehr störte.

Gleich nach dem Abitur war ich in den Süden Deutschlands abgehauen, so weit weg von ihm wie möglich. Sollte er doch allein in seiner Villa leben! Obwohl ich es kaum erwarten konnte, aufzubrechen, wusste ich damals schon, dass mir die Schlei fehlen würde. Der Meeresarm blubbert, schwappt und gurgelt nicht, reißt nichts fort, wie es Flüsse und Bäche tun. Anders als das Meer begehrt er auch nicht auf, indem er Wellen und Gischt aufs Land jagt. An windstillen Tagen herrscht hier eine so vollkommene Ruhe, dass ich mir vorstellen kann, dass selbst die Zeit uns nicht in eine vorgegebene Richtung zerrt und ich mich darin bewegen kann, wie es mir beliebt.

Unzählige Male habe ich mir ausgemalt, was ich anders hätte machen können, bis mir die Bilder für einen Moment real erschienen. Doch natürlich konnte ich die Julia meiner Gedankenreise genauso wenig festhalten wie die echte. Hätten wir zu zweit bleiben sollen, sie und ich? Aber dann gäbe es Renée nicht, und wie könnte ich mir das wünschen? Sie durfte ich aufwachsen sehen – bis sie das Weite gesucht hat. Doch die Wehmut, die ich dabei empfunden habe, ist nichts im Vergleich zu dem Schmerz der Nicht-Existenz meiner anderen Tochter.

Um ehrlich zu sein, habe ich es ein bisschen genossen, wie Svea sich wand, als wir uns unerwartet gegenüberstanden. Dabei habe ich ihre Freundschaft mit Julia früher sogar unterstützt. Manchmal wirkte Svea wie ein verträumtes Naturkind, aber wenn es darauf ankam, bewies sie damals schon das robuste Naturell, das sich über die Jahre in ihre kantigen Züge eingeprägt hat. Ich dachte, der Umgang mit einer Person wie ihr wäre gut für Julia.

»Gemma, ist alles in Ordnung?«

Ich blinzele ein paarmal, während ich mit meinen Gedanken wieder in den Raum um mich herum zurückkehre. Vor mir sitzt Beatrix, die mich mit vorwurfsvollem Blick ansieht. Offenbar versucht sie schon eine Weile, meine Aufmerksamkeit zu erregen. Auch die anderen Kursteilnehmer beäugen mich jetzt.

»Alles bestens«, erwidere ich freundlich und tue so, als würde ich mir den Gegenstand auf ihrem Tisch genauer ansehen. »Das hast du sehr gut gemacht.«

Das kleine Lob genügt, damit Beatrix sich mit einem zufriedenen Lächeln wieder der Schale zuwendet, an der sie gerade arbeitet. Sobald eine Lehrerin vor ihnen steht, verhalten sich selbst erwachsene Kursteilnehmer wie Kinder, gierig nach Lob und Anerkennung. Ich unterrichte sie in der japanischen Kunst des *Kintsugi*. In einem kleinen Kunsthandwerkerhaus in Schleswig zeige ich ihnen, wie man zerbrochene Gefäße mit Goldlack wieder zusammensetzt.

Als Jugendliche wollte ich Japanisch studieren, dabei war ich niemals in Japan gewesen. Es waren die Filme und Bilder aus dem weit entfernten Land, die mich faszinierten. Alles hatte eine solche Anmut. Wer schon einmal bei einer Teezeremonie zugeschaut hat, weiß, wovon ich rede.

Doch mein Vater überzeugte mich davon, dass es unsinnig war, darüber auch nur nachzudenken.

»Das ist eine Spinnerei, die zu nichts führt«, bügelte er meine Ambitionen ab.

Und ich habe auf ihn gehört, schließlich war ich Gemma, sein Edelstein. Den Namen hat er ausgesucht, nicht meine Mutter, die es irgendwann nicht mehr mit ihm ausgehalten hat. Sie lief weg, als ich acht Jahre alt war.

Statt mich in meinen Plänen zu unterstützen, bereitete mein Vater mich darauf vor, der Edelstein im Leben eines anderen Mannes zu werden. Er ließ mich für sich kochen und den Haushalt führen. Oft genug habe ich ihn wegen seiner besitzergreifenden Art gehasst, dennoch habe ich mich später immer wieder zu Männern hingezogen gefühlt, die so wie er waren – machtbewusst, erfolgreich, von sich überzeugt.

Dass ich mit Karl verheiratet bin, beruht auf einem glücklichen Irrtum: Ich dachte, er sei genau wie diese anderen Männer. Und dann war er auch noch Jurist, so wie mein Vater. Doch anders als der, legte Karl im Privaten jedes Alphamännchen-Gebaren mit seiner Robe ab. Er blieb liebenswürdig und zugewandt, egal wie schwer Julia es ihm machte, bei uns anzukommen.

Es dauerte lange, bis ich es aushielt, bedingungslos geliebt zu werden, aber nach Julias Verschwinden sorgte er mit seiner geduldigen Art dafür, dass wir irgendwie weitermachen konnten. Später bereiste er mit mir Japan. Er ermutigte mich sogar, die Sprache zu lernen und tiefer in die Kultur einzutauchen.

Nachdem ich jahrelang eine wohlhabende Hausfrau mit den obligatorischen Ehrenämtern gewesen war, fing ich an, mit meinem neu belebten Faible Geld zu verdienen, indem ich Kurse wie diesen gab oder Veranstaltungen organisierte.

Für eine Weile hat es sich erfüllend angefühlt, den Teilnehmerinnen dabei zu helfen, ihre Gefäße zu kitten, denn schon lange ist mir klar, dass es vielen von ihnen nicht um ihre Keramiken geht – eigentlich wollen sie die Bruchstellen in ihrem Leben reparieren. Ich dachte sogar, mir selbst wäre das ein Stück weit gelungen ... bis sie Julia gefunden haben. Jetzt fühlt sich meine Arbeit wie Heuchelei an. Man kann nicht aus jeder *Scheiße* Gold machen, schon gar nicht, wenn Stücke fehlen.

Karl freut sich immer, wenn ich mal ein Schimpfwort gebrauche. Er hält es für eine liebenswerte Macke, weil er nach all den Jahren noch nicht dahintergekommen ist, dass die Flüche tatsächlich meinem Wesenskern entsprechen. Schon als ich noch ein Kind war, schwelte diese eigenartige Wut in mir, die mein Äußeres wie ein hübscher Tarnumhang kaschiert.

Trotzdem schlendere ich auch an diesem Tag lächelnd an den Tischen vorbei und ermutige die Frauen, mit ihren Arbeiten fortzufahren.

»Warum verwenden wir nicht auch *hon-urushi*, dann wäre es authentischer, oder?«, fragt Greta, die Streberin.

Ich habe am Anfang jeder von ihnen einen Spitznamen

gegeben, so konnte ich mir die eigentlichen Namen besser merken.

Daniela, die Dickfellige, verdreht genervt die Augen. Ihr scheint es wirklich nur darum zu gehen, ihr Geschirr halbwegs ansehnlich zu reparieren.

»Das Harz des Lackbaums ist hier schwer zu bekommen. Auch die Verarbeitung ist nicht ganz unkompliziert, deshalb verwenden wir synthetischen Lack.«

»*Shin-urushi*?«, fragt Greta.

»*Shin-urushi*«, bestätige ich mit einem höflichen Lächeln.

In meiner Hosentasche vibriert das Handy. Unauffällig ziehe ich es ein Stück heraus, um auf das Display spähen zu können. Renée.

»Verzeihung. Ich bin sofort wieder da«, versichere ich hastig, bevor ich den Raum verlasse.

Wenn ich meine jüngere Tochter anrufe, geht sie kaum einmal ran, und wer weiß, wann sie selbst es das nächste Mal versuchen wird.

»Hallo, mein Schatz«, sage ich.

»Hallo, Mama.« Wieder dieser leicht genervte Tonfall, den sie allein für mich reserviert zu haben scheint.

Renée wohnt inzwischen in einer Studenten-WG in Hamburg. Obwohl das nicht weit entfernt ist, sehen wir uns nur selten.

»Können wir später reden?«, frage ich. »Meine Kursteilnehmerinnen warten.«

»Tut mir leid, Mama, ich muss heute noch viel erledigen. Ich wollte nur kurz fragen, ob etwas Wichtiges war? Deine Nummer war auf meinem Display.«

Ich unterdrücke einen verärgerten Laut. Es ist über eine Woche her, dass ich sie angerufen habe.

»Sie haben die Ergebnisse der DNA-Analyse. Es ist Julia.«

Für einen Moment schweigt sie betroffen.

»Das tut mir leid, Mama«, sagt sie dann etwas freundlicher. »Aber du hast es dir ja schon gedacht, und zumindest habt ihr jetzt Gewissheit.«

Ihr! Dass sie sich einfach so von der Gruppe derjenigen ausnimmt, die diese Neuigkeit betrifft, schmerzt mich, aber natürlich ist ihre große Schwester eine vollkommen Fremde für sie.

»Da hast du recht«, sage ich so ruhig wie möglich.
»Kommst du am Wochenende?«
»Klar, ist doch Papas Geburtstag.«
Wenigstens hat sie *das* nicht vergessen.
»Du, Mama, ich muss jetzt wirklich weg, aber wir sehen uns am Sonntag, okay?«
»Das hoffe ich doch.«
Du fehlst mir, denke ich, sage es aber nicht laut. Sie soll mich nicht für bedürftig halten.

Nachdem wir uns verabschiedet haben, lasse ich das Handy wieder in die Hosentasche gleiten und kehre zu meinen Schülerinnen zurück.

Beim Reingehen höre ich, wie Beatrix »ihre Tochter« und »der Mann im Wald« zischelt. Ich hatte gehofft, Schleswig wäre weit genug entfernt, aber im Grunde ist es nur ein Katzensprung. Außerdem wohnt Beatrix in einem Nachbardorf von unserem. Natürlich hat sie es mitbekommen.

Der Mann im Wald. Ich will nicht an ihn denken. *Kodokushi* – Tote, die keiner vermisst. Sie haben das Armband bei ihm gefunden, und ich kann mir beim besten Willen nicht vorstellen, wie es in seine Hände gelangen konnte.

Genauso wenig will ich an seine Nichte denken. Die Abneigung gegen Svea ist über all die Jahre zu einem selbstverständlichen Teil von mir geworden. Sie weiß nicht, dass ich sie an jenem Abend gesehen habe. Dafür weiß ich nicht, was sie gesehen hat. Mich? Gesagt hat sie nie etwas, aber was heißt das schon? Sie ist gut darin, Dinge zu verschweigen.

Unwillkürlich balle ich eine Hand zur Faust. Erst als Lisbeth, die Schüchterne, neben mir entsetzt quietscht, bemerke ich das Blut, das mir durch die Finger rinnt und auf den Boden tropft. Ich habe die Scherbe darin vergessen, als ich die Hand zusammengepresst habe.

SVEA

Ach, Julia, denkst du auch noch an unser Floß, auf dem wir in abgeschnittenen Jeans Huckleberry Finn und Tom Sawyer sein durften, bevor wir zu Frauen wurden?

Trotz aller Zweifel bin ich Tinas Vorschlag gefolgt. Eine Weile halte ich durch, aber dann lasse ich den Stift frustriert sinken. Alles, was ich schreibe, ist wahr – und doch wieder nicht. Wie soll ich loslassen? In meinem Innern bohrt mir ein unsichtbares Ungeheuer stets aufs Neue seine Zacken in die Organe. Wenn ich einmal nicht auf der Hut bin, treibt es aus den Tiefen auf, bis sein hässliches Haupt über die Oberfläche ragt, wo ich es nicht ignorieren kann. Es lässt sich nicht zähmen, indem ich es mit Stift und Papier in eine Form zu bringen versuche. Loszulassen, würde bedeuten, mir selbst eine Absolution zu erteilen, die ich nicht verdient habe.

»Ihr habt doch dauernd zusammengehangen.« Das habe ich nach Julias Verschwinden oft gehört. Es klang nicht mehr wie eine Feststellung, sondern wie eine Anschuldigung. Mit mir hatte man sie zuletzt gesehen.

Natürlich richtete auch die Polizei einige Fragen an mich.

Meine Eltern hätten bei dem Gespräch dabei sein können, doch uns allen zuliebe verzichtete ich darauf. Außerdem wollte ich nicht, dass die Befragung bei uns zu Hause stattfand. Dann hätten es alle Nachbarn mitbekommen. Und ich hätte mich geschämt, wenn meine Mutter unseren *Gästen* Kaffee im Sonntagsporzellan serviert hätte.

Also fuhr ich alleine mit dem Bus nach Schleswig. Doch obwohl niemand mich das Revier betreten sah, bekam irgendjemand im Dorf Wind von meinem Ausflug. In der Gerüchteküche wurde aus der Zeugenbefragung erst eine Beschuldigung, dann eine vorläufige Festnahme. Da fast alle sonntags den *Tatort* schauten, waren sie Experten in diesen Dingen. Zu allem Überfluss verriet irgendjemand auch meinen Namen an die Presse.

Was verbirgt die Freundin?, lautete die Schlagzeile.

Der Verfasser des Artikels gab sich diskret, aber natürlich wusste bei uns jeder, um wen es sich bei S. handelte. Wie gierig unsere Nachbarn die Geschichte aufgesogen hatten, erkannte ich an ihren Blicken – lauernd, argwöhnisch, gehässig. Seltener sah ich so etwas wie Mitgefühl darin.

Mich wunderte, dass niemand Erik ins Spiel brachte, schließlich war er schon damals dafür bekannt, nichts als Ärger zu machen. Und in meinen Augen war sein Alibi nichts wert. Der einzige Mensch, der bezeugen konnte, dass Erik zum fraglichen Zeitpunkt bereits nach Hause zurückgekehrt war, war dessen Ziehmutter Rena. Sie selbst hatte unter Kopfschmerzen gelitten und deshalb die Feier noch früher verlassen. Und natürlich würde Rena für Erik lügen, davon bin ich überzeugt.

Trotzdem sahen sie nur bei mir genauer hin – ohne Ergebnis. An der Kleidung, die ich an dem Abend getragen hatte, fanden sie Spuren von Alkohol und meiner eigenen Kotze, nichts weiter.

Und dann tauchte plötzlich noch ein Zeuge auf, der angab, Julia gesehen zu haben, nachdem ich die Feier bereits verlassen hatte.

Ich hatte der Polizei gesagt, dass wir unter anderem deshalb gestritten hätten, weil meine Freundin betrunken schwimmen gehen wollte, deshalb schickte man Taucher los. Auch wenn die nichts fanden, kam man letztendlich zu dem Schluss, dass Julia ertrunken sein musste – wegen ihres

Haarbands im Schilf. Es gab keine weiteren Spuren, keine Hinweise, keine Leiche, und so verliefen die Ermittlungen bald schleppender, bis sie nur noch auf dem Papier stattfanden.

Obwohl die Polizisten von meiner Aussage nicht überzeugt waren, hielten sie sich mir gegenüber bedeckt, ganz anders als Gemma. Julias Mutter machte bei jeder sich bietenden Gelegenheit deutlich, dass sie annahm, ich würde zumindest einen Teil der Wahrheit verschweigen.

Wer konnte es ihr verübeln? Dass ich immer nur rumgedruckst habe, wenn es um den Abend von Julias Verschwinden ging, ließ sogar meine eigenen Eltern an mir zweifeln. Nicht, dass sie das jemals laut ausgesprochen hätten, aber während unsere Nachbarn weiterhin unverhohlen starrten, sah meine Mutter mich überhaupt nicht mehr an. Als ich mich schließlich zu Sören verkroch, wirkte sie nahezu erleichtert.

Es machte mir nicht viel aus. Größeren Schmerz bereitete mir, dass auch mein Vater nicht die geringste Anstrengung unternahm, mir den Umzug auszureden.

Nur die kleine Fenja klammerte sich an mir fest, und ihre Tränen durchweichten den Stoff meines T-Shirts. Zu beschäftigt mit meinem eigenen Kummer, schüttelte ich sie ab – nicht besonders grob, dafür aber ohne sie wirklich wahrzunehmen, und das war für sie vielleicht noch schlimmer. Mir hätte klar sein müssen, wie sehr sie das verwirrte. Wir standen uns so nahe, und gerade in dieser Situation hätte sie die Unterstützung ihrer großen Schwester gebraucht.

Ein Klopfen reißt mich aus meinen Gedanken.

Fenja, denke ich und stürze zur Tür.

TORGE

»Max ist halt ein blödes Arschloch«, sage ich.
Vorsichtig knuffe ich Ahmed in die Seite, gucke ihn dabei aber nicht an. Bestimmt wäre es ihm peinlich, wenn ich sehe, dass er traurig ist.
Mein Vater sagt immer: »Ein Indianer kennt keinen Schmerz.«
Wenn das stimmt, ist er ein guter Indianer. Er hat nicht einmal geheult, als ihm einmal die Axt abgerutscht und in sein Bein gefahren ist.
Max hat das Unverzeihliche gesagt, nachdem Ahmed im Unterricht einen Fehler nach dem anderen gemacht hat, obwohl Biologie sein Lieblingsfach ist.
Ich habe mich daran gewöhnt, dass er an manchen Tagen nichts hinkriegt. Trotzdem hasse ich solche Tage, weil ich keine Ahnung habe, was ich dann tun soll. Heute habe ich ihm kleine Zettel zugeschoben, mit Comics darauf. Ich glaube aber, er hat nur mir zuliebe gelächelt.
Sobald die Stunde zu Ende war, hat Max sich Ahmed vorgenommen. Zuerst war es gar nicht so schlimm, aber Max ist halt aufmerksamkeitsgeil. Deshalb ist er vollkommen ausgetickt, als Ahmed nicht reagiert hat.
»Das Gas hat wohl auch dein Winzhirn zerstört!«
Danach sah sogar Max selbst ein bisschen erschrocken aus.
Ella hat sofort losgekreischt: »Max, bist du total bescheuert? Halt die Fresse!«
Es hätte mich eigentlich freuen sollen, dass sich jemand für meinen Freund starkmacht. Aber ich war sauer, dass sie schneller reagiert hatte als ich.

»Tut es eigentlich weh, so dumm zu sein?«, fragte Ahmed. Ich habe noch nie einen so eiskalten Blick bei ihm gesehen. Wie er das rübergebracht hat, war eigentlich cool. Ich hätte mich nicht einmischen sollen, aber ich wollte Ahmed unbedingt zeigen, dass *ich* sein bester Freund bin. Außerdem dachte ich, dass Max gleich komplett ausrastet und Ahmed wehtut. Deshalb habe ich Max so doll geschubst, dass er gegen einen Schrank geknallt ist.

Was ich nicht wusste: Im Schloss steckte ein Schlüssel, und der hat sich voll in Max' Rücken gebohrt. Der hat natürlich megalaut geschrien.

Ich habe danach Ahmed angegrinst, aber der war total sauer – auf *mich*!

»Lass!«, hat er gerufen und mich am Arm gepackt. »Das ist meine Sache.«

Ich wusste gleich, dass er recht hat, und hätte meine Aktion am liebsten rückgängig gemacht.

Jeder muss alleine zurechtkommen.

War ich nicht genau deshalb im Wald gewesen? Wenn die anderen nun dachten, dass Ahmed sich nicht selbst wehren kann, war es meine Schuld.

»Sorry«, nuschele ich jetzt, wo wir alleine sind. »Und tut mir auch echt leid, was Max über deine Schwester gesagt hat.«

Ahmeds kleine Schwester starb bei einem Giftgas-Angriff auf ihre Schule in Syrien. An dem Tag, an dem Frau Schulte uns das erzählt hat, war Ahmed nicht da.

Frau Schulte hat uns ganz genau erklärt, wie brutal es ist, so zu sterben. Sie hat sich da krass reingesteigert, fast so, als wäre *ihr* das alles passiert. Das hat mich total gestresst, weil ich das Gefühl hatte, dass sie es eigentlich ein bisschen geil findet, das alles rauszuhauen. Wir sollten wohl sehen, wie mitfühlend sie ist.

Irgendwann habe ich nur noch die Arme verschränkt und sie wütend angeguckt. Sie wurde dann auch gleich sauer.

»Dir sind deine Mitmenschen vollkommen egal, oder?« Sie ließ es so klingen, als wäre sie geschockt, aber das wirkte nicht echt. Ich glaube, eigentlich dachte sie nur: *Klar, der Assi aus dem Wald mal wieder.*

Ich wette, sie hat Ahmed vorher nicht gefragt, ob sie uns das alles erzählen darf. Das hätte sie aber tun müssen, finde ich, schließlich ist es *seine* Geschichte. Und Drecksäcken wie Max bestätigt man mit so etwas nur, was sie ohnehin schon denken: *Opfer!*

Es war auch deswegen total überflüssig, weil niemand wirklich was gegen Ahmed hat. Die Mädchen mögen ihn, weil er für einen Jungen echt gut aussieht, und die Jungs finden ihn auch okay, weil er meistens entspannt ist. Nur Max ist hinter ihm her, aber das auch erst, seit Ahmed mit mir rumhängt.

Vielleicht musste ich Max auch deshalb eine reinhauen, weil es meine Schuld ist, dass er fies zu Ahmed ist.

»Ich hasse das voll!«, sagt Ahmed, während wir nach der Schule zusammen zur Bushaltestelle gehen.

»Klar«, sage ich.

»Das war echt peinlich.«

»Meinst du, weil ich Max geschubst habe? Sorry noch mal.«

Er rollt mit den Augen. »Ne, das war doof, aber nicht so schlimm wie Frau Schulte.«

Natürlich hat sie sich wieder eingemischt, nachdem die Mädchen ihr erzählt haben, was Max gesagt hat. Sie hat Ahmed voll genervt, weil sie ihn ständig gefragt hat, ob es ihm gut geht. Dabei wollte er nur, dass sie ihn in Ruhe lässt.

Zu mir ist nie ein Lehrer gekommen, wenn sie mich fertiggemacht haben. Was sie mir an den Kopf geworfen haben, war natürlich nicht so hart wie das, was Max zu Ahmed gesagt hat, aber hart genug. Zum Beispiel, dass meine Mutter eine dämliche Putze ist und bestimmt auch eine Nutte.

Inzwischen habe ich es kapiert: Wenn man so wie ich ist, dürfen einen sogar Erwachsene für Abschaum halten, ohne ein schlechtes Gewissen zu haben.

Nur unsere Musiklehrerin Frau Thun ist nicht so. Sie hat gesagt, wenn ich einfach mein Ding mache, werden sie schon sehen, was in mir steckt. Bis dahin soll ich die anderen einfach weiter mit guten Noten ärgern. Und genau das habe ich getan.

»Frau Schulte hätte dich echt in Ruhe lassen sollen«, sage ich.

»Ich spiele ziemlich gut Fußball. Ich kenne mich mit Mangas aus, und ich mache den besten Harise. Hat mir mein Opa in Syrien gezeigt. Und hier …«

»Mhm.« Ich nicke schnell, auch wenn ich keine Ahnung habe, was Harise ist und warum er mir das alles erzählt.

Aber dann begreife ich vielleicht doch etwas. Für viele ist er die arme Sau, die aus Syrien geflohen ist, für andere ein Schmarotzer. So wie ich der Assi aus dem Wald bin, egal, was ich sonst noch mache. Mich trifft es aber nicht mehr so doll, ich wurde immer schon so gesehen.

»Ist doch egal, was die anderen denken«, sage ich deshalb.

»Findest du das echt?«

»Keine Ahnung. Aber meistens schon, glaube ich.«

Inzwischen haben wir die Bushaltestelle erreicht, zu der mich Ahmed jeden Tag begleitet. Er selbst wohnt in Schleswig, in der Nähe unserer Schule.

»Okay, bis morgen dann«, sagt er.

»Bis morgen.«

Ich schaue ihm hinterher, bis er um die Ecke verschwunden ist. Als der Bus hält, steige ich ein, obwohl ich viel lieber

Ahmed hinterherlaufen würde, um irgendetwas Schlaues zu sagen. Irgendwie habe ich das Gefühl, dass ich ihn enttäuscht habe. Wenigstens weiß er nicht, wie ich am Anfang über ihn gedacht habe.

Es ist jetzt zwei Jahre her, dass er an unsere Schule gekommen ist. Er war zu allen nett, aber weil sonst niemand nett zu mir war, dachte ich, er will mich verarschen.

Einmal habe ich ihn weggeschubst, als er mich angelächelt hat. Jemand hat es gesehen und mich verpetzt.

Ahmed hat dann behauptet, dass er mich provoziert hat. Irgendwie stimmte das sogar, aber ich glaube, das wusste er nicht. Danach war ich zuerst noch wütender, weil ich ihm nichts schuldig sein wollte. Als ich ihn angepflaumt habe, hat er nur mit den Schultern gezuckt und irgendetwas gesagt, das ich nicht verstanden habe.

»Hä?« Ich war echt genervt.

Er hat dann ganz ruhig wiederholt, was er gesagt hat. Damals hat er noch nicht so gut Deutsch gesprochen, aber nachdem ich endlich kapiert hatte, was er meinte, musste ich grinsen, obwohl ich das gar nicht wollte. Er hat vorgeschlagen, dass ich ihn als Wiedergutmachung in den neuen *Jujutsu Kaisen* reinschauen lasse.

»Hast du in der Pause gelesen. Habe ich gesehen.«

»Echt jetzt? *Du* interessierst dich für *Jujutsu Kaisen*?«

»Ja«, sagte er, ohne mit der Wimper zu zucken.

Noch nie wollte sich jemand etwas von mir leihen, weil ich nichts habe, was irgendwer gut findet. Deshalb stand ich wohl unter Schock oder so, jedenfalls habe ich das Buch aus meinem Rucksack genommen und es ihm gegeben.

Danach waren wir irgendwie Freunde. Er ist genauso verrückt nach Mangas wie ich, aber seine Mutter kauft sie ihm nicht, weil sie die Comics für Schrott hält.

Meine Mutter denkt genauso, deshalb hat sie in der Bücherei nie welche für mich ausgeliehen. Aber zum Glück hat mir dann Onkel Sören einen Deal vorgeschlagen, wie ich doch an die Bücher komme.

Schon beim Reinkommen weiß ich, dass der Tag gelaufen ist. Mir knurrt der Magen, aber auf unserem Küchentisch steht kein Essen, sondern nur Tee für Malte und Rena. Den beiden gehört das Land, auf dem wir leben, und genau genommen auch unser kleines Haus. Es besteht zwar nur aus dieser einen Etage mit drei Zimmern, aber das ist nicht so schlimm, weil wir eh andauernd draußen sind. Malte und Rena wohnen in dem großen Haus nebenan. Und dann ist da noch ein riesiger Stall, der so umgebaut wurde, dass zehn Leute darin Platz finden. Jetzt steht er leer, aber früher war hier ständig was los. Immer wieder kamen neue Menschen, um in den Zimmern zu leben. Mir hat das gefallen, vor allem, wenn Kinder dabei waren.

Diese Kinder haben mich nie so angeschaut wie die in der Schule. Wir sind abends zusammen ums Lagerfeuer gerannt, während die Erwachsenen in die Flammen geschaut und darüber gesprochen haben, was in unserem Land schiefläuft.

Wenn sie getrunken hatten, haben sie manchmal wirklich heftige Pläne geschmiedet. Einmal haben sie überlegt, sich einen von den Typen zu schnappen, die das Sagen haben, und ihn so lange hierzubehalten, bis seine Leute auf uns hören. Aber das haben sie nicht gemacht. Andere, weniger krasse Sachen haben sie probiert, aber es hat nie richtig geklappt.

Am Anfang waren die Leute, die hierherkamen, immer ganz begeistert von Malte und seinen Ideen, doch das hielt nie lange an, und am Ende gab es dann Streit. Eine Frau hat ihm sogar vor seine Tür gekackt, bevor sie abgehauen ist.

Malte und Rena sagen, dass es schwer ist, Menschen zu

finden, die wirklich begreifen, worum es hier geht. Bis vor Kurzem lebte wenigstens Jörg noch hier, aber der ist inzwischen auch in die Stadt gezogen. Wir reden nicht mehr über ihn und grüßen ihn auch nicht, wenn wir ihn treffen. Er ist ein Verräter, sagen die Erwachsenen.

Solange keine neuen Leute kommen, haben Malte und Rena nur uns. Deshalb hängen sie andauernd hier rum. Wahrscheinlich ist das auch der Grund, weshalb Mama nicht dazu gekommen ist, mir etwas zu kochen. Viele essen mittags in der Schule, aber was es dort gibt, ist teuer und schlecht, sagen meine Eltern.

Lina sitzt auf Mamas Schoß und weint, während Mama ihr den Rücken streichelt und immer wieder leise flüstert: »Psssst.«

»Sie soll endlich aufhören. Du wirst doch wohl in der Lage sein, deine Tochter zu beruhigen«, sagt mein Vater.

Manchmal habe ich das Gefühl, er hat vergessen, dass Lina auch seine Tochter ist. Er ist nicht gemein zu ihr oder so, aber er kümmert sich auch nicht um sie. Vielleicht, weil sie ein kleines Mädchen ist und er nicht weiß, was er mit einem kleinen Mädchen anfangen soll.

»Haben wir uns verstanden, Fenja?«, fragt Malte.

Meine Mutter springt auf, dabei presst sie Lina an sich. »Ich verstehe nur, dass ihr *meine Tochter* umbringt, wenn ihr so weitermacht.«

Sofort heult Lina noch lauter, und ich zucke zusammen.

Mein Vater sieht genervt zu meiner Mutter, nur Malte lächelt, aber nicht auf eine nette Art.

»Deine Hysterie wird Lina nicht helfen, Fenja«, sagt er. »Es ist Teil der Heilung, dass es ihr vorübergehend schlechter geht. Du willst doch, dass sie gesund wird?«

»Welche Heilung denn?«, ruft meine Mutter. »Der Arzt hat gesagt, sie hat Diabetes.«

Malte schaut auf seine Fingernägel. »Wieso bist du gleich wieder zum Arzt gerannt und nicht erst einmal zu uns gekommen? Ich dachte, wir hätten eine Vereinbarung.«

Wir müssen auf der Hut sein vor denen da draußen. Einmal haben sie uns für zwei Wochen Lina weggenommen und sie in eine andere Familie gesteckt. Das war, nachdem Mama mit ihr zum Kinderarzt gegangen ist. Der meinte, dass wir meine Schwester vernachlässigen, und hat die Sache irgendwo gemeldet.

Damals war Lina noch dünner als jetzt, dabei haben wir ihr andauernd Essen angeboten, aber sie wollte oft nicht.

»Sie ist zu wählerisch«, hat mein Vater gesagt.

Niemand ist so stark wie er, deshalb denke ich, dass er tatsächlich weiß, was den Körper kräftig macht. Wir essen Fleisch, Fisch, Eier, Nüsse und rohes Gemüse. Obst nur selten, weil da Zucker drin ist.

Lina mag vieles davon nicht, trotzdem muss sie lernen, mit dem auszukommen, was da ist – sonst verhungert sie, wenn es losgeht.

»Wenn sie wirklich Hunger hat, isst sie«, hat mein Vater gesagt.

Nachdem sie meine Schwester geholt haben, wurde es mit Mama noch schlimmer als nach Linas Geburt. Sie saß bloß herum und hat wie ein Zombie vor sich hingestarrt. Das war sogar gruseliger als der Wutanfall, den mein Vater hatte.

»Sie nehmen mir nicht meine Familie weg!«, hat er geschrien und seine Faust so heftig gegen die Wand gerammt, dass das Holz splitterte. Danach ist er aus dem Haus gerannt, und wir haben ihn eine ganze Weile nicht gesehen.

Dafür kamen unsere Nachbarn zu uns rüber. Papa will nicht, dass wir etwas Schlechtes über sie sagen, dabei wird meistens alles schlimmer, wenn Malte sich einmischt.

Gegen Rena habe ich nicht richtig was, sie ist nur etwas seltsam. Früher hat sie mir aus einem zerfledderten Buch vorgelesen, auf dem *Grimms Märchenschatz* stand. Meistens ging es um Kinder, denen im Wald etwas Schlimmes passierte. Sie wurden vom Wolf gefressen oder von einer Hexe gefangen.

Nachdem Papa wegen Lina ausgerastet ist, hat Rena uns eine Geschichte erzählt, die wie eins von den Märchen klang, aber nicht ausgedacht war: Mein Vater wurde seinen Eltern weggenommen, als er klein war, genau wie Lina. Danach wurde er in verschiedene Familien gesteckt. Eine davon hat ihm die Narben auf dem Rücken verpasst. Unsere Nachbarn wollten ihn schon zu sich holen, als er elf war, aber Malte ist nur zwölf Jahre älter als mein Vater, deshalb durfte er es zuerst nicht. Ein Jahr später haben sie es dann doch erlaubt, weil es mit den anderen Familien nicht geklappt hat.

Einmal habe ich gehört, wie Papa zu Mama gesagt hat, dass er ohne die beiden vielleicht schon nicht mehr da wäre – und sie auch nicht – und sie deshalb machen soll, was sie sagen. Auf Malte und Rena hört er, obwohl er sonst auf niemanden hört.

Damals hat das Jugendamt eine Frau vorbeigeschickt, die gucken sollte, ob Lina zu uns zurückkann. Malte hat vorher zu mir gesagt, dass ich am besten die Klappe halte, wenn sie da ist.»Sonst passiert euch das Gleiche wie eurem Vater!«

Papa hat für den Besuch seine guten Sachen angezogen – eine saubere Jeans und ein kariertes Hemd. Mama hat ihn darum gebeten, und er hat es gemacht. Es musste also wirklich ernst sein.

Mama war dunkelrot im Gesicht, als sie der Frau die Tür geöffnet hat, weil sie bis zur letzten Sekunde geschrubbt hat. In der Küche roch es nach Schweiß, Zitrone und Essig.

Ich habe mich auf mein Bett verkrümelt und mir ein Buch geschnappt, damit ich nichts Falsches sage. Aber die Frau ist in unser Zimmer gekommen, um zu sehen, wo Lina und ich schlafen. Sie wollte wissen, was ich gerade lese und welche Fächer ich in der Schule am liebsten mag.

Mein Vater, der hinter ihr stand, hat mir zugenickt, deshalb habe ich ihr geantwortet.

»Musik und Deutsch. Darin bin ich gut.«

»Ich habe gehört, dass du überhaupt recht gut in der Schule bist. Jedenfalls in Fächern, die dich interessieren.«

Sie zwinkerte mir zu und wirkte gar nicht wie jemand, der anderen einfach die Kinder wegnimmt, obwohl Malte gesagt hat, dass sie so etwas tut.

»Natürlich ist er das«, sagte mein Vater. »Schule ist wichtig.«

Dabei hat er hinter ihrem Rücken die Augen verdreht und so getan, als würde er sich einen Finger in den Hals stecken.

Ich musste mir das Lachen verkneifen. Sonst schimpft er nämlich die ganze Zeit über die Schule. Er sagt, dass es in Amerika besser ist. Da darf man seine Kinder zu Hause unterrichten, und niemand redet einem rein.

Ich finde die Schule auch oft doof, aber vor allem wegen der Leute da. Eigentlich mag ich es, etwas Neues zu lernen und viele Dinge zu wissen.

Bevor Lina da war, sind Mama und ich öfter mit dem Bus zu der Bücherei in Schleswig gefahren. Dort durfte ich mir alle Bücher aussuchen, die mir gefallen, außer wenn sie fand, dass eins davon nicht gut für mich ist.

Bevor ich selbst lesen konnte, hat sie mir vorgelesen. Damals haben sich meine Eltern noch besser vertragen, deshalb hat mein Vater sie gelassen, obwohl er fand, dass ich lieber in den Wald gehen sollte.

»Bücher machen den Kopf wässrig, genau wie der Quatsch, der in den Zeitungen steht«, hat er immer behauptet, und das tut er auch heute noch.

Trotzdem lässt er mich weiter lesen. Er sagt auch nichts, wenn ich Lina etwas vorlese. Mama macht das nicht mehr, sie ist fast immer zu erschöpft.

In die Bücherei sind wir deshalb schon lange nicht mehr gefahren. Dafür hat mich Sören mit Büchern versorgt – über die Sterne, andere Länder, den Wald.

Wie man darin überlebt, habe ich von meinem Vater gelernt. Ganz bestimmt weiß ich mehr als die Arschlöcher in meiner Klasse.

Die Frau vom Jugendamt hat am Ende eingesehen, dass bei uns niemand verhungern oder zum Vollidioten werden muss, und so haben wir meine Schwester zurückbekommen. Ich war echt froh darüber.

Danach ist Mama nicht mehr mit Lina zum Arzt gegangen, dafür hat sie aber angefangen, für meine Schwester das zu kochen, was sie gerne mag. Ich glaube, mein Vater weiß davon, sagt aber nichts.

Einen Brief haben wir trotzdem bekommen, weil wir nicht wussten, dass Kinder zu bestimmten Untersuchungen gehen *müssen*. Das hat meine Mutter dann gemacht.

Der Arzt will, dass Lina gegen alles Mögliche geimpft wird. Aber niemand kann uns dazu zwingen, Gift in ihren kleinen Körper zu jagen, sagt mein Vater.

Mama bietet mir immer an, dass ich auch etwas von dem esse, was sie für Lina kocht, aber das mache ich nicht. Nicht einmal, wenn es Pommes gibt.

Dabei würde mein Vater es wahrscheinlich gar nicht merken, außer im Winter, weil er da immer zu Hause ist. Sonst arbeitet er auf Baustellen, aber das macht er schwarz, deshalb dürfen wir es keinem sagen.

Ich höre ein seltsames Geräusch, und als ich zu Lina sehe, weiß ich, was als Nächstes passieren wird. Sie kotzt so heftig los, dass es horrormäßig aussieht. Mama hält meine Schwester weiter fest im Arm, als würde sie nicht einmal merken, dass sie gerade vollgekotzt wird.

Dafür ist Malte schnell zur Seite gerückt und guckt auf seine Schulter, die einen Spritzer abbekommen hat. Beinahe muss ich lachen, als ich sehe, wie sehr er sich ekelt.

Gut so, Lina. Gib's ihm!

»Und, Fenja, hat es etwas gebracht, Insulin in das arme Kind hineinzupumpen? Schau sie dir doch an.« Maltes Stimme klingt freundlich, aber sein Blick ist immer noch fies.

»Der Arzt hat gesagt, wenn sie es schon als Kind haben, brauchen sie das Insulin. Sonst ist es lebensgefährlich«, sagt Mama.

»Du bist dir doch ganz sicher, oder, Malte?«, fragt mein Vater.

Malte sieht beleidigt aus. »Zweifelst du etwa an dem, was ich sage?«

»Nein.« Mein Vater sieht Mama streng an. »Wir ziehen das so durch, wie Malte sagt.«

Meine Schwester blinzelt noch ein paarmal, dann schläft sie ein, mit der Wange in ihrer Kotze auf Mamas Schulter. Wenigstens ist jetzt mein Hunger weg.

Malte legt seine Hand auf Mamas. Sie versucht, ihre Finger wegzuziehen, aber er hält sie fest.

»Beruhige dich, Fenja. Sonst muss ich mir ernsthaft Sorgen machen, ob du mit den beiden Kindern nicht doch überfordert bist.«

Mein Vater springt auf. »Hey, hey, hey! Das geht zu weit.«

Rena legt ihm eine Hand auf den Oberarm. »Das sollte doch keine Drohung sein, Erik. Aber Ärzten kann man nicht trauen. Du hast es selbst erlebt.«

»Bitte«, fleht meine Mutter. Sie sieht aus, als würde sie gleich weinen. »Ich glaube, Lina braucht wirklich professionelle Hilfe.«

»Malte hat recht, Fenja.« Es klingt, als würde es Rena schwerfallen, das zu sagen. »Insulin ist Gift. Aber du kannst ihr das hier geben.«

Sie schiebt eine Tasse über den Tisch. Das Zeug darin riecht wie schimmelige Erde. »Ich zeige dir, wie du den Tee zubereitest. Heidelbeeren, Löwenzahn und Bohnenschalen. Das ist besser als Insulin.«

Rena lächelt ihr zu, aber Mama schaut gar nicht hin.

»Wenn es schlimmer wird, versucht es mit einem Einlauf«, sagt Malte. »Es gibt ein spezielles Mittel, das wirkt Wunder.«

»Ich weiß nicht«, sagt mein Vater und verzieht angewidert das Gesicht. Er hat nun schon zum zweiten Mal an diesem Tag widersprochen, jedenfalls so gut wie.

Malte sieht verärgert aus. Er zieht einen kleinen Gegenstand aus seiner Hemdtasche, ein Röhrchen.

»Wie auch immer. Ich habe euch etwas besorgt. Das Mittel heißt MMS und stammt aus Amerika«, erklärt er. »Eine Tablette habe ich Lina schon gegeben. Dieses Zeug heilt alles, aber es wird unter Verschluss gehalten.«

Er legt das Röhrchen auf den Tisch. Meine Mutter starrt es an, ohne ein Wort zu sagen, dann fegt sie es plötzlich mit der Hand auf den Boden.

Blitzschnell greift mein Vater nach ihrem Handgelenk mit den blauen Flecken. Er hält es fest, bis ihr Gesicht wieder ganz leer wird.

Rena will sich bücken, aber mein Vater ist schon aufgesprungen.

»Lass mich das machen!«

Wir wissen alle, dass es Rena schwerfällt, sich hinzuknien. Sie hat ein schlimmes Bein, deshalb humpelt sie ein bisschen.

»Komm, wir gehen, Malte«, meint sie. »Ich glaube, sie brauchen jetzt einen Moment für sich.«

Nachdem unsere Nachbarn die Tür hinter sich geschlossen haben, motzt mein Vater sofort los.

»Verdammte Scheiße, was sollte der Aufstand? Wieso warst du überhaupt beim Arzt? Wir haben gesagt, nur die notwendigen Untersuchungen. Malte ist quasi in einer Apotheke aufgewachsen, du hättest gleich zu ihm gehen sollen.«

»Malte ...«

Mein Vater springt auf. »Was hast du eigentlich in letzter Zeit immer mit Malte? Du weißt, dass wir ihm fast alles zu verdanken haben!«

Wir müssen Malte nichts dafür bezahlen, dass wir hier leben. Er hat viel Geld, seit er zwei Apotheken von seinem Vater geerbt und verkauft hat.

Von dem ganzen Gemecker wird Lina wach. Sie weint.

»Verdammt! Nun gib ihr doch einfach eine Tablette«, ruft mein Vater.

»Ich ...« Meine Mutter hustet. »Bitte ...«

»Ich kümmere mich um sie«, sage ich schnell.

Mein Vater guckt mich überrascht an. Ich glaube, er hat ganz vergessen, dass ich auch im Zimmer bin.

Ich schnappe mir das Geschirrtuch und lege es mir über die Schulter, weil ich keine Lust habe, dass mir auch gleich Kotze am T-Shirt klebt.

Mama lässt zu, dass ich ihr Lina abnehme. Sie sieht aus wie eine Verrückte, mit dem Dreck auf ihrem Kleid, dem unordentlichen Haar und dem irren Blick. Vielleicht hat Papa recht, wenn er sagt, dass mit Mama etwas nicht stimmt.

Während ich Lina aus dem Raum trage, halte ich die Luft an, weil mir von dem sauren Geruch sonst speiübel wird. Der Körper meiner Schwester ist heiß. Vielleicht sollte ich Fieber messen, aber dafür müsste ich mir von Malte ein Thermometer leihen, und das will ich nicht.

Im Badezimmer lege ich ein Handtuch auf den Boden, damit Lina weich liegt. Ausgezogen sieht sie noch dünner und kleiner aus als sonst. Sie erinnert mich an den nackten Vogel, den ich mal bei Sören im Garten gefunden habe. Er meinte, ich soll ihn vorsichtig zurück ins Nest setzen, bevor eine der Katzen ihn findet. Ich dachte, man darf Tierbabys nicht anfassen, weil die Mutter sich dann nicht mehr um sie kümmert, aber Sören hat mir erklärt, dass Vögeln der Menschengeruch nichts ausmacht, weil sie nicht gut riechen können.

Als der nasse Waschlappen ihre Haut berührt, verzieht Lina das Gesicht. Ich will nicht, dass sie gleich wieder weint, deshalb mache ich Pupsgeräusche in ihren Bauchnabel, bis sie ein bisschen kichert.

»Wir haben es gleich geschafft.«

Ich ziehe ihr nur schnell ein neues Kleid über, das Gefummel mit der Unterwäsche lasse ich bleiben. Danach trage ich sie in unser Zimmer und lege sie vorsichtig auf ihr Bett. Für den Fall, dass sie wirklich Fieber hat, wickele ich noch zwei kalte, nasse Stofffetzen um ihre Beine. Das hat uns Rena gezeigt.

»Du musst was trinken.« Ich drücke Lina die mit Wasser gefüllte Flasche in die Hand, die immer in ihrem Bett steht.

»Will nicht. Mir ist schlecht.«

»Du musst, weil du gespuckt hast.«

Sie meckert noch ein bisschen, trinkt dann aber doch etwas von dem Wasser.

»Müde«, sagt sie.

»Dann schlaf.«
»Das ist nass an den Beinen.«
»Das merkst du gleich nicht mehr.«
»Bleibst du hier?«
»Okay.«

Nachdem sie endlich wieder eingeschlafen ist, klettere ich in mein Bett über ihrem. Ich habe einen kleinen Stern an die Decke geklebt, der im Dunklen leuchtet. Er steckte in der Tüte, die ich bei einem Kindergeburtstag bekommen habe. Es war das einzige Mal, dass ich zu einem eingeladen wurde. Da war ich vielleicht so acht Jahre alt, und der Stern kam mir wie ein fetter Schatz vor.

Hier oben fast unter der Decke kann ich mir vorstellen, ein eigenes Zimmer zu haben. Am Anfang wollte ich nichts mit Lina zu tun haben, weil ich ihr die Schuld daran gegeben habe, dass Mama plötzlich seltsam war. Außerdem hat sie als Baby andauernd geschrien, was echt nervte. Einmal habe ich sie hochgenommen und hätte sie beinahe geschüttelt, aber Mama meinte, das Babys davon sterben können.

Und dann hat Lina plötzlich in meinem Arm ganz von alleine aufgehört zu weinen. Das ist immer noch so. Bei mir beruhigt sie sich noch schneller als bei Mama. Vielleicht ist das keine krasse Superkraft, aber irgendwie fühle ich mich gut, wenn ich sie wieder zum Lächeln bringe.

Trotzdem hätte ich gerne ein eigenes Zimmer und mehr Zeit für mich alleine. Am liebsten wäre ich jetzt draußen im Wald. Aber dafür müsste ich an der Küche vorbei, wo sich meine Eltern immer noch streiten. Also bleibe ich liegen und drücke mir die Hände fest in den Bauch, damit er nicht so laut knurrt.

Während ich zu dem Stern schaue, stelle ich mir vor, später einmal zur See zu fahren. Ich mag das Meer. Früher sind meine Eltern manchmal mit mir an die Ostsee gefahren.

Wenn wir da waren, kam es mir immer so vor, als wären wir ganz woanders, obwohl die Busfahrt gar nicht so lang gedauert hat.

Am Meer war alles besser. Irgendwie hatte ich dort das Gefühl, viel mehr Luft zu bekommen. Sogar meine Mutter war glücklich. Sie hat gekichert und meinen Vater nassgespritzt, und er hat laut gelacht.

Zum letzten Mal waren wir da, als Mama schwanger war.

»Und wenn wir einfach hierbleiben?«, hat sie gefragt, den Kopf auf dem Schoß meines Vaters.

Sie hat so getan, als wäre das nur ein Scherz, aber ich glaube, es war gar keiner.

Mein Vater war dann auch gleich ganz genervt.

»Fang nicht wieder damit an. Die Welt da draußen ist nicht besser. Das weiß ich zufällig sehr genau.«

Jetzt ist das Meer ganz weit weg, zumindest fühlt es sich so an.

Einmal habe ich den anderen erzählt, dass ich später mal zur See fahren will. Das war dumm, aber ich hatte vergessen, dass es Malte nicht passt, wenn sich jemand etwas anderes erträumt, als hier zu sein.

»Was willst du denn da?«, hat er gefragt und mich ganz böse angeguckt. »Auf den Schiffen gibt es heutzutage nur noch Schlitzaugen. Denen kann man nicht trauen.«

Für ihre Verhältnisse ist Mama echt laut geworden. »Sag so etwas doch nicht immer, herrje!«

Malte hat sie ausgelacht. »Unsere Fenja, der naive Gutmensch!«

Danach habe ich lieber nichts mehr gesagt, aber aufgegeben habe ich meinen Plan nicht. Ich wäre an Bord gerne derjenige, der sich um die Technik kümmert. Dann könnte ich mich tagsüber in Ruhe in den Maschinenraum verkriechen. Den stelle ich mir so ähnlich vor wie unseren Schutzraum.

Nachts würde ich mir an Deck die Sterne anschauen. Auf dem Meer ist es viel dunkler als an Land, deshalb kann man über dem Wasser mehr Sterne sehen als anderswo.

Verglichen mit dem Sternenhimmel da draußen kommt mir das Klebeding an der Decke einfach nur noch erbärmlich vor. Ich lasse es trotzdem dran, vielleicht schenke ich den Stern ja irgendwann Lina.

Aber wenn ich gehe, was wird dann aus ihr?

SVEA

Neugierig schnuppert Laika an der Hand des Mannes vor meiner Tür, der ihr Interesse mit leicht angespanntem Gesichtsausdruck über sich ergehen lässt. Mit ihm hätte ich am allerwenigsten gerechnet.

»Die will nur spielen«, erkläre ich grinsend, nachdem ich die Enttäuschung darüber überwunden habe, dass nicht Fenja vor mir steht.

Vorsichtig krault er Laikas Fell. Es ist seltsam, die Hündin so zutraulich zu erleben, wo sie sonst Fremden gegenüber stets auf der Hut ist. Andererseits handelt es sich hier um Till. Wir waren bereits im Kindergarten miteinander befreundet, und sogar ich vertraue ihm. Er ist einfach so ein Mensch.

Etwa eine Woche ist es jetzt her, dass ich ihm vor dem Kaffeestand auf dem Parkplatz des Supermarktes begegnet bin, zum ersten Mal seit fast zwanzig Jahren.

»Svea?«

Ich fuhr verwirrt herum. In dieser Gegend kommt es selten vor, dass jemand meinen Namen mit so viel Enthusiasmus ruft. Wir standen uns gegenüber und haben ungläubig gelacht.

»Mensch, das gibt's doch gar nicht!«, sagte er.

»Was machst du hier?«, wollte ich wissen. »Besuchst du deine Mutter?«

Er nickte, und seine Miene verdunkelte sich. »Ich wohne wieder hier. Leider geht es ihr nicht besonders gut.«

»Oh, das tut mir leid.«

Obwohl ich Iris immer mochte, habe ich ihn nicht weiter ausgefragt. Irgendwie fand ich, dass mich seine Mutter nichts mehr anging, nachdem ich es damals zugelassen hatte, dass unsere Freundschaft im Sande verlief.

Als ich zu meinem Onkel auf die andere Seite der Schlei gezogen bin, habe ich auf das Gymnasium in Eckernförde gewechselt, während Till weiter in Schleswig zur Schule ging. Ich habe ihn vermisst, aber wichtiger war mir, die Leute aus Julias und meiner Klasse nicht mehr zu sehen. Ich konnte es nicht mehr ertragen, sie hinter meinem Rücken tuscheln zu hören. Es hätte nur eine Fährfahrt und einige hundert Meter mit dem Fahrrad gebraucht, um ihn weiterhin zu treffen, aber zu jener Zeit konnte ich mich nicht einmal dazu aufraffen.

Bei unserer unerwarteten Begegnung am Kaffeestand vor dem Supermarkt musterte ich ihn. In Gedanken kaschierte ich die Fältchen in seinen Augenwinkeln und übertönte die grauen Strähnen in dem dunklen Haar, bis er für einen Moment *meinem* Till glich. Doch im Grunde war er mir fremd. Er trug eines dieser bretonischen Langarmshirts – blau-weiß gestreift –, bei denen ich mir nie sicher bin, ob ich sie an Männern clownesk oder sexy finde, und als er seine Bestellung aufgab, wirkte er fast ein wenig hilflos. Ein Städter, der keine Ahnung hat, wie man sich verhält, wenn es keinen Flat White, sondern nur Filterkaffee gibt. Soweit ich weiß, lebt Till seit Beginn seines Studiums in Berlin.

Und jetzt steht er einfach so vor meiner Tür.

Während wir uns unbeholfen umarmen, atme ich den mir unbekannten, würzigen Duft seines Aftershaves ein, doch ein Teil von mir nimmt die Chemie seiner Haut darunter wahr, die mich sofort in die Vergangenheit zurückkatapultiert. Vor meinem geistigen Auge sehe ich ihn und mich, wie wir gemeinsam über die Felder jagen.

Nachdem wir uns voneinander gelöst haben, wird mir bewusst, dass man durch die Rippenstruktur meines khakifarbenen Baumwollkleids deutlich erkennt, dass ich keinen BH trage. Es ist das einzige Kleid, das ich besitze – schmal geschnitten, ärmellos, wadenlang und herrlich bequem. Ich ziehe es nur zu Hause an, ohne BH, weil meine kleinen Brüste keinen benötigen.

Es ist doch nur Till, Svea! Er hat dich oft genug im Badeanzug gesehen und weiß, wie du aussiehst.

Ausgesehen habe, korrigiere ich mich. Seither hat meine Haut ihren jugendlichen Schimmer verloren, und die vielen Sommersprossen auf meinen Oberarmen verschwinden selbst im Winter nicht mehr.

»Komm rein«, fordere ich ihn auf.

Drinnen dirigiere ich ihn direkt zum Esstisch. »Setz dich. Möchtest du etwas trinken?«

»Ein Kaffee wäre schön.«

»Okay.«

Als ich die Kaffeedose öffne, stelle ich fest, dass sie leer ist. »Sorry, habe vergessen, neuen zu kaufen.«

»Vielleicht eine Cola? Apfelsaftschorle?«

»Ich kann dir Leitungswasser anbieten. Oder Tee?«

»Auch okay«, sagt er.

»Also Tee?«

»Wasser. Wenn du mir verrätst, wo die Gläser sind, nehme ich es mir selbst.«

»Quatsch, ich mache das schon.«

Ich lasse das Wasser in die alte Emaille-Karaffe laufen, die ich in irgendeinem Schrank gefunden habe. Eigentlich wollte ich längst einen Sprudler gekauft haben, aber irgendwie bin ich bisher nicht dazu gekommen. Überhaupt habe ich in den letzten Wochen sehr wenig getan. Betreten schaue ich auf die immer noch staubigen Ablagen und frage mich, was für einen Eindruck ich gerade auf Till mache.

Ich stelle die Karaffe und zwei Gläser auf den Tisch, dazu eine Schale mit Erdbeeren.

»Die sind aus dem Garten«, erkläre ich. »Ich hab sie gewaschen.«

Er nimmt sich eine und beißt hinein.

»Lecker, richtig süß.«

»Und was führt dich zu mir?«

»Ich wollte schon früher nach dir sehen. Aber ich wusste nicht, ob es dir recht ist, weil du dich nie gemeldet hast.«

»Das hatte nichts mit dir zu tun.«

Da ist es wieder, sein verschmitztes Jungenlächeln, das ich so mochte. »Das habe ich auch nicht angenommen. Aber ich hatte den Eindruck, dass du alles hinter dir lassen wolltest.«

»Du hast in Berlin studiert?«, frage ich schnell, bevor er sich weiter auf gefährliches Terrain vorwagt.

Er nickt. »Aber so richtig gefallen hat es mir an der Uni nicht. Ich habe dann eine Ausbildung zum Grabungstechniker gemacht.«

»Das passt! Du wolltest damals schon herumreisen und in fernen Ländern geheimnisvolle Schätze ausbuddeln.«

Er grinst verlegen. »Genau. Aber dann habe ich lange in einer Beziehung gelebt, die mir wichtig war. Das hätte sich mit dem Unterwegssein nicht vertragen. Deshalb habe ich es bei kurzen Exkursionen belassen.«

»Klingt, als hättet ihr euch getrennt?«

»Ja, vor einem Jahr etwa.« Er zuckt mit den Schultern. »Offenbar kann man sich auch auseinanderleben, wenn man in einer Wohnung aufeinander hockt. Und was hast du gemacht?«

»Ich bin durch die Welt gegondelt und habe an verschiedenen Aufforstungsprojekten mitgearbeitet, zuletzt in Kanada.«

»Klingt wunderbar.« Er seufzt.

»Alles nicht mal halb so aufregend, wie man es sich vorstellt«, sage ich, um nicht in der Wunde zu bohren, doch Till durchschaut mich.

»Ne, ist klar.« Mit dem Zeigefinger zieht er die Haut unter dem äußeren Augenwinkel herunter. »Und jetzt? Bist du gerade auf dem Sprung?«

»Ich weiß es noch nicht genau«, antworte ich wahrheitsgemäß. »Und du, lebst du echt wieder richtig hier?«

Er nickt. »Vor ein paar Monaten habe ich eine Ausschreibung gesehen. Sie haben jemanden für Haithabu gesucht. Und sie haben mich tatsächlich genommen.«

»Haithabu!« Beinahe hätte ich gelacht, so gut kann ich ihn mir in dem Wikingermuseum vorstellen. »Das heißt, du durftest am Ende doch noch ein echter Nordmann werden?« Früher war das sein Lieblingsspiel.

»Ja, es gefällt mir gut. Das Team ist klasse. Und so bin ich näher bei meiner Mutter.«

»Magst du erzählen, was sie hat?«, frage ich nun doch vorsichtig.

»Multiple Sklerose.«

»Oh nein, das tut mir leid. Seit wann wisst ihr es?«

»Die Krankheit wurde offenbar schon diagnostiziert, kurz nachdem ich ausgezogen war. Solange die Medikamente gut angeschlagen haben, hat sie es mir einfach verschwiegen, aber seit einer Weile werden die Schübe heftiger und häufiger. Inzwischen ist es nicht mehr zu übersehen, dass sie krank ist.«

»Sie so zu sehen, war sicher schlimm für dich.«

»Ich konnte es nicht fassen, dass sie mir etwas so Wichtiges nicht erzählt hat. Sie meinte, ich solle mein Leben leben, statt hierherzuziehen, aber ich bereue es nicht, Berlin hinter mir gelassen zu haben.« Er sieht mir in die Augen. »Schau doch mal bei ihr vorbei, wenn du magst. Sie würde sich bestimmt freuen, dich zu sehen.«

Ich schnaube. »Dann wäre sie die Einzige hier.«

»Das kann ich mir nicht vorstellen. Du hast doch nichts getan. Und das Gerede – es ist alles so lange her.«

»Und gleichzeitig ganz frisch«, erinnere ich ihn.

»Entschuldige, du hast recht. Die Sache mit deinem Onkel tut mir leid. Ich weiß, wie sehr du an ihm gehangen hast, und ich mochte ihn auch. Unvorstellbar, dass ... es kann nicht leicht für dich sein, mit alldem klarzukommen.«

»Muss ich ja irgendwie.« Ich klinge wie meine Mutter.

»Wahrscheinlich ist das jetzt absolut unpassend, aber ich habe mich gefragt, was mit seinem Waldstück passiert?«

Irritiert ziehe ich die Augenbrauen hoch. »Wie kommst du gerade darauf? Wie es scheint, hat er mir alles vermacht.«

»Das macht uns quasi zu Partnern.« Er klingt erfreut.

»Gerade stehe ich auf dem Schlauch. Worüber sprichst du?«

»Nachdem ich hierhergezogen bin, habe ich Steins Witwe ihr kleines Waldstück abgekauft. Sie wollte sich nach seinem Tod nicht mehr darum kümmern, und mir hat der Gedanke gefallen, einen eigenen Wald zu haben.«

»Okaaay«, erwidere ich überrascht. »Seit wann machst *du* denn einen auf Naturburschen?«

»Wenn man zwei Jahrzehnte nur Hundekacke auf Asphalt gesehen hat, ändern sich die Vorlieben«, erklärt er grinsend. »Außerdem dachte ich, dass ich so meinen Beitrag zum Schutz der Wälder leisten kann. Wenn es mit dem Klimawandel so weitergeht, werden wir so viele Bäume wie möglich brauchen. Aber darüber muss ich dir ja nichts erzählen. Scheint, als wärst du da so etwas wie eine Expertin.«

»Wie kommst du darauf?«

»Ich muss gestehen, dass ich dich ab und zu mal gegoogelt habe. – Hey, schau mich nicht an, als wäre ich ein Stalker. Das nennt man aufrichtiges Interesse. Wir waren mal beste Freunde, schon vergessen?«

Ich schlucke betroffen. »Natürlich nicht. Und du hast recht. Bei vielen meiner Projekte ging es um die Frage, wie wir die Wälder fit machen können, damit sie für die anstehenden Veränderungen besser gerüstet sind.«

»Ich weiß nicht, ob es dir auch so geht. Vielleicht ist es, weil wir jetzt älter sind, aber manchmal kann man echt seinen Optimismus verlieren, oder?«

»Tu mir das nicht an! Was das angeht, warst du immer mein Vorbild.«

»Schwierig, sich das beizubehalten.«

Ich denke darüber nach, bis mir etwas Aufmunterndes einfällt.

»Was, wenn ich dir verrate, dass es jemandem gelungen ist, die Sahelzone wieder zu begrünen?«, frage ich ihn, und als er mich überrascht anschaut, fahre ich fort: »Hast du mal von Tony Rinaudo gehört? Er hat Bäume aus Wurzelsystemen gezogen, die unter dem Wüstensand verborgen lagen. Natürlich gibt es keine Wunderheilung, aber kleine Phänomene sind schon möglich.«

»Das habe ich vermisst.«

»Was? Bäume in der Sahelzone?«

»Nein, deine Begeisterung für diese Dinge. Die schien wie weggeblasen, nachdem …«

»Dann bist du in der nächsten Woche dabei?« Ich unterbreche ihn mit aufgesetzter Munterkeit, vor allem, um ihn abzulenken, zugleich bin ich aber tatsächlich neugierig, was er mit seinem Waldstück vorhat.

»Du meinst das Treffen mit den anderen Waldbesitzern? Klar!«

Da die meisten von uns nur kleine Flächen besitzen, müssen wir Forst und Jagd gemeinsam organisieren.

»Ich habe gehört, dass wir uns bald einen neuen Jagdpächter suchen müssen«, sage ich. »Der alte soll etwas viel getrunken haben.«

Till rollt mit den Augen. »Ich wünschte, wir würden die Jagd ganz abschaffen und die Natur sich selbst überlassen. Wäre das nicht das Beste?«

Wahrscheinlich sollte es mich nicht überraschen, dass sein Blick auf die Natur romantischer ausfällt als meiner. In keinem anderen Land habe ich es erlebt, dass die Menschen derart emotional werden, wenn sie unter grünen Wipfeln stehen. Dort geben sie sich der Illusion von Ganzheit und Naturverbundenheit hin, vermischt mit einem wohligen Schaudern, weil es sie an alte Märchen erinnert. Dabei bleibt ihnen das, was sie zu lieben glauben, fremd.

Ich werde nie vergessen, wie beeindruckt Tina war, wenn ich im Herbst in den Wald gefahren bin, um Pilze zu sammeln.

»Dass du dich das traust! Sei mir nicht böse, aber ich werde sie nicht anrühren. Ich vertraue deinen Kenntnissen voll und ganz, aber man weiß ja nie.«

Ich suche noch nach einer Antwort, die Till nicht allzu sehr vor den Kopf stößt, als er mir bereits zuvorkommt.

»Du sagst gar nichts«, stellt er erstaunt fest. »Befürwortest du etwa die Jagd?«

Sein finsterer Blick entlockt mir ein Schmunzeln.

»So einfach ist es nicht. Es sei denn, man blendet alle Fakten aus, die einem nicht in den Kram passen.«

»Ich habe von vielen jagdfreien Zonen gelesen, zum Beispiel in der Schweiz, in denen sich die Bestände selbst regulieren. Manchmal kommen sogar Tierarten zurück, die bis dahin als so gut wie ausgerottet galten.«

»Genau das meine ich. Die Fakten werden zu oft verdreht. In welche Richtung, hängt davon ab, auf welcher Seite man steht. Aber in dem *jagdfreien* Kanton, der immer so gerne als Vorbild genannt wird, wurde bloß die private Jagd abgeschafft. Dass es dort aus gutem Grund weiterhin staatliche Wildhüter gibt, fällt bei Tierschützern unter den Tisch. Ich glaube, die Wahrheit ist: Man weiß es nicht sicher. Dafür müsste man noch viel mehr ausprobieren.«

Ich habe meinen Jagdschein während des Studiums gemacht. Dort wurde uns vermittelt, dass die Jagd ein Teil der Waldpflege ist. Wer in diesem Bereich arbeitet, beherzigt die Regel »Wald vor Wild«, auch wenn sie Außenstehenden unbarmherzig erscheinen muss.

»Lassen wir zum Beispiel zu, dass sich die Rehe ungehindert vermehren, verlieren wir durch den Verbiss wahrscheinlich ausgerechnet die Baumarten, die uns durch den Klimawandel helfen könnten«, fahre ich mit meiner Erklärung fort.

»Dann brauchen wir mehr Wölfe.«

»Wenn es dir dabei wirklich um die Beutetiere ginge, müsstest du einen saubereren Schuss vorziehen. Hast du mal gesehen, wie Wölfe ein Tier hetzen und erlegen?«

Er seufzt. »Das eine ist eben Natur und das andere ... Okay, das ist vielleicht irrational.«

»Sorry, ich wollte dich nur ein bisschen aufziehen. Dass alle Jäger brutale Bambi-Killer und nur heiß auf Trophäen sind, ist ein Vorurteil. Aber natürlich gibt es die auch, gerade unter den Hobbyjägern.«

Während des Studiums habe ich einmal an einer Treibjagd teilgenommen, auf der einige der Männer, zum Teil angetrunken, in eine Art Blutrausch gerieten. Neulinge nahmen den Kopf der Beute ins Visier, der ein unsicheres Ziel ist. Oft werden die Tiere dabei nur angeschossen und leiden unnötig. Wieder andere vergaßen alle Regeln und achteten gar nicht mehr darauf, was ihnen vor die Flinte kam, sodass am Ende verwaiste Kälber zurückblieben.

Das ist unleugbar Tierquälerei, und es waren nicht irgendwelche armen Trottel, die sich so aufführten. Der Schlimmste von ihnen war ein Richter, der die Jagd als eine Art Erkundung seiner ursprünglichen Männlichkeit verstand und ihr so einen tiefgründigen Anstrich verlieh. Zumindest bis er seinen Flachmann geleert hatte. Danach beschränkte sich seine Philosophie auf: »Nicht geschossen ist auch vorbei.«

Ich hätte nichts dagegen, einige von ihnen durch Wölfe zu ersetzen, und das sage ich auch Till. »Bloß fehlen uns hier die großen zusammenhängenden Waldgebiete. Bislang wurde in dieser Gegend höchstens mal ein Paar oder ein Einzelgänger gesichtet.«

Till zuckt lächelnd mit den Schultern. »Ich sehe schon, in dir finde ich keine eifrige Mitstreiterin für meine Sache.«

»Was ich gesagt habe, bedeutet nicht, dass alles so bleiben muss, wie es ist. Man könnte zum Beispiel seltener und anders jagen. Außerdem gehört es eigentlich zur Aufgabe der Jäger, die Artenvielfalt zu wahren, Brutplätze zu pflegen und Ruhezonen einzurichten. Von denen bräuchten wir mehr, dann hätten wir auch weniger Verbiss. Dass Reh- und Rotwild sich geballt auf kleinem Raum verkriecht, ist aber nicht nur die Schuld der Jäger. Sogenannte Naturerlebnisse sind oft auch nicht so toll für die Natur. Halter, die ihre Hunde unangeleint durchs Gehölz preschen lassen. Mountainbiker und Läufer, die querfeldein sporteln, weil ihnen die vorgegebenen Trails zu langweilig sind ...«

»Schon gut, schon gut.« Er hebt lachend die Hände. »Ich werde mich tiefer in das Thema einarbeiten, bevor ich weiter mit dir diskutiere.«

»Sorry, ich wollte mich gar nicht so in Rage reden. Hängt wahrscheinlich alles davon ab, aus welcher Perspektive man gerade draufschaut. Viele denken, Natur-, Klima- und Tierschutz seien im Grunde das Gleiche. Dabei schließen sich die Anliegen manchmal sogar aus. Das macht die Sache kompliziert.«

Er nickt. »Und du? Gehst du auf die Jagd?«

»Sehr selten.«

»Macht es dir nichts aus, ein Tier zu töten?«

»Doch, aber wenn ich eins essen will, erlege ich es lieber selbst. Dann weiß ich zumindest, wie es gelebt hat – nicht eingepfercht, wie Schweine oder Rinder. Und ich weiß auch, wie es gestorben ist – nicht in einem gekachelten Raum, der nach Blut stinkt. Und ich schieße nur, wenn ich mir sicher bin, dass ich präzise treffe.«

»Klingt immerhin konsequent. Und das klappt auch jedes Mal?«

»Fast«, gebe ich zögernd zu.

»Ich bin Vegetarier.« Er lächelt. »Einigen wir uns darauf, dass wir uns nicht einig sind?«

Ich erwidere sein Lächeln. »Ja, gerne. Ich wusste nicht, dass das heutzutage noch eine Option ist.« Ich denke an all die verbissenen Grabenkämpfe dort draußen, oft sogar unter Menschen, die im Grunde das Gleiche wollen.

»Wie wäre es, wenn du mich mal in Haithabu besuchst?«, schlägt Till vor. »Du bekommst auch eine private Führung.«

»Nur, wenn du dich verkleidest.«

»Du wirst lachen, manchmal tue ich das sogar. Aber nur zu besonderen Anlässen. Meistens ist es dann meine Aufgabe, den Kindern zu zeigen, wie man mit dem Bogen schießt.«

»Also doch!«

»Auf Strohballen, nicht auf Tiere.«

Sein leuchtender Blick verrät, wie viel Spaß ihm die Arbeit macht. Er konnte schon früher gut mit Kindern. Bei Festen haben sich die Kleineren um ihn geschart, weil er mit ihnen herumalberte, ohne sich darum zu scheren, ob seine Altersgenossen das möglicherweise peinlich fanden.

Als wir selbst noch Kinder waren, haben wir *Indianer* gespielt, mit Schminke im Gesicht und Taubenfedern im Haar. Damals hat sich niemand Gedanken darüber gemacht, dass unser Bild von den amerikanischen Ureinwohnern jemanden vor den Kopf stoßen könnte. Aber bedeutet das, dass wir unschuldig waren?

Wenn ich ein Spiel aussuchen durfte, trugen wir Kriegsbemalung. Wir zählten uns dann zu dem Stamm der Delawaren, weil der von mir verehrte Chingachgook in *Der Wildtöter* von James Fenimore Cooper einer war.

Till hingegen war fasziniert von den Wikingern, schon als Teenager. Man sah es ihm allerdings nicht an. Ihm fehlten die blonden Zöpfe, die gletscherblauen Augen und der Hang zum Martialischen. Ich stellte mir einen Wikinger in etwa so vor, wie Erik damals herumlief. Tills Augen hingegen sind braun und sanft, außerdem ist er eher schmal gebaut. Wild an ihm sind nur die widerspenstigen braunen Locken.

Ich zog ihn beim Spielen damit auf, dass er sich zumindest einen Thor-Hammer umhängen sollte. »Und eine Axt brauchst du auch noch.«

»Mich interessiert doch nicht das Abschlachten«, erwiderte er gelassen. »Sie waren Entdecker, Händler und grandiose Handwerker.«

Er war schon damals kein Jäger. Wenn wir auf seinen Wunsch hin Wikinger spielten, kämpften wir nicht. Stattdessen handelten wir mit Runensteinen – bemalte Kiesel, die wir in handgenähten Lederbeuteln aufbewahrten. Seine Mutter hatte sie für uns angefertigt.

Die alleinerziehende Iris arbeitete als Floristin, zauberte nebenher mehrstöckige Torten und bastelte mit ihrem Sohn eindrucksvolle Kunstwerke. Zu allem Überfluss schien sie auch noch Freude an alledem zu haben. Auch sie habe ich geliebt, allerdings nicht mit der Ehrfurcht, die ich vor Gemma empfand, sondern unbeschwert. Angesichts ihrer unkomplizierten Fröhlichkeit fiel mir das nicht schwer.

Als ich mich später mit Julia anfreundete, unternahmen sie, Till und ich nur selten etwas zu dritt. Ausgerechnet meine liebsten – im Grunde meine einzigen – Freunde konnten nichts miteinander anfangen. Und zu meiner Schande muss ich gestehen, dass ich wenig tat, um sie einander näherzubringen. In einem Trio ist fast immer einer außen vor, und insgeheim hatte ich wohl Angst, dass es mich treffen könnte.

»Du hast dich kaum verändert«, stellt Till fest.

Was das Äußere angeht, mag er recht haben. Die Jahre sind gnädig mit mir umgegangen – vielleicht ist das der Ausgleich, den die Zeit eher durchschnittlich attraktiven Frauen schenkt. Nur wenn ich lächele, sind die kleinen Krähenfüße, die dem ständigen Blinzeln bei der Arbeit unter freiem Himmel geschuldet sind, deutlich zu erkennen.

»Willst du das Kompliment gar nicht erwidern?« Selbstironisch verzieht er den Mund.

»Aber du hast dich verändert.«

Er lacht gutmütig. »Du bist wirklich ganz die Alte. Bloß kein Blatt vor den Mund nehmen.«

Seine Worte schmeicheln mir. Sie zeichnen ein Bild von mir, das mir gefällt. In Wahrheit habe ich zu oft geschwiegen, wenn ich hätte reden sollen.

»Du hast mich missverstanden. Du siehst gut aus«, erwidere ich und meine es auch so.

»Ach ja?« Kokett lässt er seine Augen flattern, womit er mich sofort wieder zum Lachen bringt. Till ist nie eitel gewesen, und ich kann mir nicht vorstellen, dass er sich ausgerechnet in diesem Punkt verändert hat.

Sein jungenhaftes Lächeln wirkt im Zusammenspiel mit einer neuen Kantigkeit und den ersten Fältchen überraschend charmant. Trotzdem ist es mir unmöglich, Till auf *diese* Art zu sehen. Wir waren Blutsgeschwister, die ihre Schnittwunden aneinandergerieben haben.

Ich genieße es, ihn wieder bei mir zu haben, obwohl auch hinter den schönen Erinnerungen vermintes Gebiet liegt.

Irgendwann – *nein, bald* – muss ich ihn nach dem Abend damals fragen. Aber übermorgen ist auch noch ein Tag.

Nachdem er gegangen ist, stelle ich mich auf einen ruhigen Nachmittag ein. Umso überraschter bin ich, als es kurz darauf wieder an meine Tür klopft.

Sören hat so selten Besuch bekommen, dass sich die Anschaffung einer Klingel nicht lohnte. Ich glaube dennoch nicht, dass er sich jemals einsam gefühlt hat. Eher schien es mir so, als würde er aus dem Alleinsein Kraft schöpfen. Ich finde es ungerecht, dass man nur Männern ohne Häme zugesteht, *lonely wolves* zu sein, wohingegen alleinstehende Frauen als frustrierte Schachteln gelten. Und wehe, sie legen sich außerdem noch eine Katze zu!

So schön es mit Till auch war, hatte ich für einen Tag genügend Gesellschaft. Erst als das Klopfen penetranter wird, erhebe ich mich widerwillig und schlurfe zur Tür.

SVEA

»Fenja?«, frage ich verdattert.
»Lass mich rein«, faucht sie. »Ich muss mit dir reden.«
Ihre Haare sind wirr, ihr Blick wild.

Früher habe ich sie für einen Wechselbalg gehalten, der uns statt von bösen Geistern von einer guten Fee untergeschoben wurde. Sie freute sich über jede Kleinigkeit, egal ob ein Eis unter der Woche, ein Hündchen auf der Straße oder eine flatternde Libelle vor ihrer Nase. Sie besaß ein natürliches Talent zum Glücklichsein, das dem Rest unserer Familie abging.

Als sie zum ersten Mal mit einer Alkoholvergiftung ins Krankenhaus eingeliefert wurde, war sie sechzehn Jahre alt. Danach dauerte es nicht lange, bis sie härtere Drogen ausprobierte und mit den falschen Kerlen schlief. Es war offensichtlich, dass sie irgendetwas suchte.

Obwohl ich kurz vor meinen Abschlussprüfungen stand, lud ich sie für die vorlesungsfreie Zeit zu mir ein, weil ich hoffte, sie in eine gesündere Richtung lenken zu können. Für meine kleine Schwester hätte ich alles getan.

Tina nahm unsere vorübergehende Mitbewohnerin und deren Stimmungsschwankungen hin, ohne sich ein einziges Mal zu beschweren. Nur ihr besorgtes Stirnrunzeln von Zeit zu Zeit verriet, dass sie dieses Arrangement keinesfalls für ideal hielt.

Ich hingegen war glücklich, dass Fenja überhaupt gekommen war. Wir verbrachten jede Sekunde miteinander, die ich neben dem Lernen und meinem Job am Fließband einer Krankenhausküche erübrigen konnte. Fenjas wortkarge Abwehrhaltung deutete ich als schwierige Phase, die jeder Teenager durchmacht. Statt sie zu zwingen, mit mir zu reden, täuschte ich Munterkeit vor und versuchte, sie mit möglichst vielen Unternehmungen abzulenken. Kein Wunder, dass sie mich nicht mehr ernst nahm.

Bei ihrer Abreise hat sie mir das ganze Geld aus dem Portemonnaie geklaut.

Als sie meiner nächsten Einladung nicht mehr folgte, war ich deshalb insgeheim erleichtert – bis ich herausfand, dass Erik dahintersteckte.

Ich sollte ihm wohl zugutehalten, dass er sie von den Drogen und dem Alkohol wegbrachte. Soweit ich weiß, hat er selbst nie einen Tropfen angerührt. Schon früher hat er von der notwendigen *Reinheit* des Körpers gefaselt. Dabei würde ich jede Wette eingehen, dass es ihm einfach Spaß machte, ein junges Mädchen auf kalten Entzug zu setzen und dabei zuzuschauen, wie sie durchdreht.

Die neue Fenja anzusehen, tut mir weh. Zwar hat meine Schwester ihre elfenhafte Aura nicht vollständig verloren, aber sie wirkt älter und müde. Sie ist so dünn, dass man meinen könnte, sie würde sich jeden Moment in Luft auflösen, und als sie den Mund öffnet, sehe ich, dass ihr ein Zahn fehlt. Der Rest des Gebisses ist dunkel verfärbt. Offenbar gibt niemand auf sie acht, nicht einmal sie selbst.

Auch unsere Eltern haben zu wenig auf sie geachtet. Sie war die unerwartete Nachzüglerin, die ihnen den Schlaf raubte, als sie eigentlich schon zu erschöpft dafür waren. Natürlich hat mein Vater auch mit Ole und mir nicht viel Zeit verbringen können, aber wenigstens nahm er uns immer mal wieder mit aufs Wasser, wo er uns alte Fischerlegenden wie die von der Schwarzen Grete erzählte.

Als Fenja zu uns kam, war nicht mehr viel für sie übrig. Unser Vater fand, dass sie zu zerbrechlich war, um Teil seines Alltags zu sein. Ihre Überschwänglichkeit und ihre Gutherzigkeit übersah er, weil solche Eigenschaften ihm fremd waren.

Meine Mutter hingegen erkannte beides – als Probleme, die es zu zügeln galt. Sie ließ den Enthusiasmus ihrer Tochter an einer Mauer aus Gleichgültigkeit abprallen. Doch falls sie hoffte, meiner kleinen Schwester so zu mehr Selbstbeherrschung zu verhelfen, hat sie kläglich versagt. Als Fenjas Gefühle keinen Resonanzraum fanden, um frei zu schwingen, verbog sie sich nicht. Sie widersetzte sich, bis sie zerbrach.

Ole, der zu dem Zeitpunkt noch mit ihr zusammenlebte, hätte die Gefahr erkennen müssen, aber das tat er nicht. Und dann verließ auch er das Haus, um Doreen zu heiraten.

Wie gerne würde ich mir einreden, dass ich es gar nicht hätte bemerken können, schließlich war ich ja kaum noch zu Hause. Doch die Wahrheit ist, dass ich mich nach jedem Treffen mit Fenja unbehaglich fühlte. Jedes Mal, wenn ich sie sah, schien sie ein wenig mehr an Glanz verloren zu haben. Von dem bisschen, was blieb, ließ ich mich blenden, weil ich sonst niemals von zu Hause weggekommen wäre.

Jetzt jedoch will ich nichts lieber, als sie wieder auf die Wiese zu zerren, um ihr eine Krone aus Gänseblümchen auf den Kopf zu setzen. Kann ich es wagen, eine Hand nach ihr auszustrecken?

Als ich die Fingerspitzen wagemutig in die Richtung von Fenjas Oberarm bewege, schlüpft sie an mir vorbei und lässt sich auf einen der Stühle am Esstisch plumpsen. Sie verschränkt die Arme vor der Brust, und ich sehe, dass eines ihrer Handgelenke dunkel verfärbt ist. Ich komme nicht umhin, mich zu fragen, ob der fadenscheinige Stoff ihres Blümchenkleids weitere solcher Male verbirgt.

»Dreckskerl.« Ich deute auf das Mal.

Sofort schiebt sie die Hände unter das Gesäß. »Deswegen bin ich nicht hier.«

»Du solltest nicht mit ihm zusammen sein.«

»Wo soll ich denn deiner Meinung nach hin?«, fragt sie.

Zu mir.

Als ich nicht antworte, verdreht sie die Augen. »Es hilft mir nicht, wenn du dich einmischst. Ich brauche dich nicht.« *Nicht mehr.*

Das »mehr« schwingt für mich so vernehmbar mit, als hätte sie es wahrhaftig ausgesprochen.

»Aber ...«

»Ach, vergiss es. Es war bescheuert, zu glauben, gerade du würdest mir zuhören.«

»Was wolltest du mir denn sagen?«, frage ich beinahe panisch.

Hätte ich doch nur nicht gleich wieder mit Erik angefangen!

»Egal.« Eine Weile sieht sie an mir vorbei aus dem Küchenfenster, bevor sie harsch fortfährt: »Hast du Geld?«

Unwillkürlich lasse ich den Blick über ihre Arme gleiten – der nächste Fehler.

»Du denkst, ich bin wieder drauf?« Diesmal schwingt in ihrem schnodderigen Tonfall echte Enttäuschung mit.

»Tut mir leid«, sage ich.

Tut mir leid, dass ich dich im Stich gelassen habe. Tut mir leid, dass ich all die Jahre nicht für dich da war.

Sie kneift ihre Augen zusammen. »Du machst alles kaputt, und hinterher tut es dir leid. Erik hat mir erzählt, was du getan hast, weißt du? Er war fix und fertig, als sie ihren Knochen gefunden haben.«

»Was hat Erik dir denn gesagt?«, frage ich scharf.

»Alles. Er ist mein Mann, auch wenn es dir nicht passt. Wir reden miteinander.«

Dass Erik meiner Schwester irgendwelches krudes Zeug über mich erzählt, lässt mich die gerade erst gefassten Vorsätze vergessen. Verärgert zerre ich ihre verletzte Hand unter der Pobacke hervor und halte sie Fenja vor die Nase.

»Dein Mann ist gewalttätig und gefährlich. Und er war es damals schon. Hat er dir auch erzählt, was *er* getan hat?«

»Gerade bist du diejenige, die mir wehtut.«

Beschämt lasse ich ihre Hand los.

»Du weißt nichts über ihn«, erklärt sie. »Hast du eine Ahnung, wie es für ihn war, immer der Außenseiter zu sein?«, fährt sie mich an. »Von einer Familie zur anderen gereicht zu werden? Wie ein Stück Dreck behandelt zu werden? Er musste auf sich aufpassen. Weißt du, wie es ist, keine Familie zu haben?«

In diesem Moment werden mir zwei Dinge klar, die mich im gleichen Maße erschüttern. Fenja glaubt, zu wissen, wie es ist, keine Familie zu haben. Und: Sie liebt ihn. Sie liebt ihn immer noch, trotz allem, was er ihr antut.

So war sie früher schon. Ihr liebstes Kuscheltier hat sie am Wegesrand aufgelesen. Sie hörte nicht auf zu weinen, bis meine Mutter ihr erlaubte, den dreckigen Plüschhasen aufzuheben, damit wir nicht noch mehr Blicke auf uns zogen. Ihm fehlte ein Auge, und an seinem Ohr war der Stoff eingerissen, doch meine Schwester nannte das Tier zärtlich Stoffel. Sie fütterte Stoffel mit imaginärer Möhrensuppe und verteidigte ihn gegen die Hänseleien der anderen Spielzeuge, die nur sie hörte.

»Du hast eine Familie«, sage ich mit fester Stimme.

Doch gleich darauf kommt mir diese Behauptung so vermessen vor, dass ich eine Grimasse schneide.

Kurz erwidert sie mein schräges Grinsen.

Hoffnung. Daran klammere ich mich wie eine Ertrinkende an ein Stück Treibholz.

Ich bilde mir sogar ein, dass ihre Stimme sanfter klingt, als sie fragt:»Kannst du mir Geld besorgen? Das wäre nur fair, nachdem du dich hier ins gemachte Nest gesetzt hast. Weißt du eigentlich, dass ich diese Drecksbude über lange Zeit sauber gehalten habe?«
»Mama meinte, er hat dich dafür bezahlt.«
»Na und? Wenigstens war ich da, genau wie Torge, der hier dauernd rumhing.«
Erneut frage auch ich mich, warum Sören alles mir hinterlassen hat. Ich habe ihn immer für fair gehalten, und Fenja scheint das Geld gebrauchen zu können.

Allerdings kannte er auch Erik. Sicher hat Sören den Mann meiner Schwester mit dem gleichen Argwohn betrachtet wie ich. Er wusste, wozu Erik in der Lage war, schließlich musste Sören einmal dazwischengehen, als mein Schwager mich auf den Waldboden geworfen und mir mit seinen Händen beinahe die Luft abgedrückt hätte. Das war kurz nach Julias Verschwinden, an dem er mir und *meinen Lügen* die Schuld gab.

Solange Fenja mit diesem Typen zusammen ist, kann man ihr keine größeren Summen anvertrauen.

»Ich müsste zur Bank fahren«, sage ich ausweichend.

Wenigstens war ich diesmal clever genug, sie nicht zu fragen, wofür sie das Geld braucht.

»Tust du das für mich?« Ironisch-unschuldig reißt sie die Augen weit auf.

»Jetzt gleich?«
»Ich warte hier.«
»Warum kommst du nicht mit?«
»Mir ist es lieber so.«
»Okay, aber es wird bestimmt eine halbe Stunde dauern. Ich habe nur ein Fahrrad.«
Sie zuckt mit den Schultern.»Ich habe sonst nichts vor.«

Es ist nicht weit bis zum Einkaufscenter an der Landstraße, trotzdem trete ich mit Vollgas in die Pedale. Erst die Schlange vor dem Geldautomaten bremst mich aus. Bis ich endlich an der Reihe bin, grübele ich, welche Summe Fenja weder gönnerhaft noch geizig vorkommen würde. Schließlich entscheide ich mich dafür, fünfhundert Euro abzuheben, Fenja aber erst mal nur zweihundert in die Hand zu drücken.

Ich muss aufpassen, dass ich meine Rücklagen nicht zu schnell aufbrauche. Noch stehe ich gut da, weil ich all die Jahre kaum einen Cent ausgegeben habe. Wenn ich vernünftig haushalte, könnte ich mit dem Gesparten vermutlich die nächsten fünf Jahre bestreiten. Was Sören mir vermacht hat, reicht zum Leben nicht aus. Das kleine Waldstück wirft nur wenig ab, deshalb hat Sören bis vor ein paar Jahren noch eine Tischler-Werkstatt betrieben, in der ich als Kind gerne gespielt habe. Seither erkenne ich Holzarten mit geschlossenen Augen, nur anhand ihres Geruchs – die säuerlichen Ausdünstungen frischer Eiche, die harzige Würze der Kiefer.

Bei meiner Rückkehr sitzt Fenja nicht mehr am Esstisch. Sofort befürchte ich, dass sie die Geduld verloren hat und nach Hause gegangen ist, doch dann höre ich ein Geräusch aus dem Nebenzimmer. Als sie mich eintreten hört, fährt sie ertappt zusammen. Eine geballte Faust schnellt hinter ihren Rücken, doch ich habe etwas Glitzerndes darin gesehen. Vielleicht ein kleiner goldener Ring ...

Klaut sie etwa wieder? Aber was gäbe es hier schon zu holen? Ganz sicher werde ich nicht den winzigen Vertrauensvorschuss verspielen, den sie mir mit ihrer Bitte eingeräumt hat, indem ich sie auffordere, mir zu zeigen, was sie in ihrer Hand verbirgt.

»Reicht das erst einmal?« Ich halte ihr vier Fünfzigeuroscheine entgegen.

Sie betrachtet das Geld in meiner Hand und runzelt die Stirn. Fast könnte man meinen, ihr wäre in der Zwischenzeit entfallen, dass sie darum gebeten hat. Dann nimmt sie die Scheine wortlos an sich und lässt sie zusammen mit dem kleinen Gegenstand in die Tasche ihres Kleides gleiten, dabei scheint sie mit ihren Gedanken ganz weit weg zu sein.

»Alles okay?«, frage ich besorgt.

»Danke. Ich muss jetzt los.«

»Klar.« Ich verschränke die Arme hinter dem Rücken, um mich daran zu hindern, Fenja einfach festzuhalten.

»Ich habe dir noch nicht verziehen, weißt du?«, sagt sie ernst – und dann gibt sie mir einen flüchtigen Kuss auf die Wange.

Überrascht fasse ich an die Stelle, die ihre Lippen berührt haben. *Noch* nicht verziehen. Wollte sie damit andeuten, dass sich das eines Tages ändern könnte?

Während sie sich auf den Weg zur Haustür macht, gleitet mein hilfloser Blick über ihre schmalen, gebeugten Schultern. Sie so zu sehen, fühlt sich an, als würde mir jemand die Eingeweide herausreißen.

Was war das nur für ein Gegenstand in ihrer Hand?, frage ich mich, doch im Grunde spielt es keine Rolle. Von mir aus dürfte sie jedes einzelne Stück in diesem Haus hinaustragen, wenn sie nur wiederkommt.

Irgendwo in ihrem ausgemergelten Körper steckt noch ein Funken der alten Fenja. Ich habe ihn aufblitzen sehen.

Und noch etwas ist mir klar geworden: Nur ich kann sie retten. Vielleicht bin ich deshalb zurückgekommen – um meine kleine Schwester aus *seinen* Fängen zu befreien.

Erik muss weg, so schnell wie möglich.

GEMMA

Normalerweise wären Christophers Frau und die Kinder mitgekommen, aber offenbar haben er und Martha sich getrennt. Deshalb ist mein Stiefsohn alleine zum Geburtstag seines Vaters angereist – mit einer Reisetasche aus Leder im Kofferraum seines protzigen Schlittens.

»Ich werde ein paar Tage bleiben, bis die Wogen sich geglättet haben«, erklärt er uns. »Ihr habt doch nichts dagegen, oder?«

»Natürlich nicht«, versichert Karl eifrig.

Zähneknirschend stimme ich zu. Mir ist es nie gelungen, ein innigeres Verhältnis zu Christopher aufzubauen. Ich ertrage seine Gegenwart stets mit einem steifen Lächeln.

»Gerade jetzt sollten wir zusammenhalten«, fährt Karl fort und legt schützend einen Arm um mich.

Christopher nickt, wobei er verstohlen zu mir sieht. Natürlich ahnt er, dass mir seine Gegenwart nicht dabei hilft, über meinen Schmerz hinwegzukommen. Wir waren nie eine große, glückliche Familie. Wie auch? Julia und Christopher waren bereits Teenager, als Karl und ich zusammenkamen, und entsprechend wenig kompromissbereit.

Einmal habe ich ihn mit seinem Vater streiten gehört. »Sie ist nichts weiter als eine bessere Sekretärin, hättest du sie nicht einfach nur vögeln können?«

Abrupt blieb ich vor der nur angelehnten Bürotür stehen. Es kostete mich einige Mühe, nicht in den Raum zu stürmen, um ihm eine Ohrfeige zu verpassen.

Karl reagierte gefasst, wie immer. »Du solltest nicht alles nachplappern, was deine Mutter sagt.«

Er verweist seinen Sohn nie in seine Schranken. Vermutlich hat er wegen der Trennung immer noch ein schlechtes Gewissen.

Unsere Tochter Renée, die nie pünktlich ist, trudelt erst ein, als wir anderen schon beim Kaffee zusammensitzen. Danach dauert es keine zehn Minuten, bis sie sich mit Christopher kabbelt. Obwohl er weiß, mit welcher Überzeugung seine Schwester sich in diesem Bereich engagiert, lässt sich mein Stiefsohn wieder einmal über Klimaschützer aus. Dabei tut er so, als ginge von *ihnen* die größte Gefahr für die Menschheit aus.

»Du willst doch nur weiter deinen blöden Porsche fahren!«, wettert Renée. »Glaubst du wirklich, dass uns irgendeine Supertechnologie in letzter Sekunde retten wird?«

Karl räuspert sich. »Erzähl mal, Renée, was macht eigentlich dein Projekt?«

Seine Ablenkungsmanöver waren schon einmal geschickter. Ich seufze leise. Hat er denn vergessen, womit sich Renée gerade beschäftigt? Sie betreibt Gender-Studien, was für Christopher natürlich ebenso ein rotes Tuch ist wie die Vorstellung, sich der Umwelt zuliebe einzuschränken.

Nach dem Essen bitte ich Renée, mit mir nach oben zu kommen, um ein paar Kisten durchzugehen.

Meiner Tochter scheint es nichts auszumachen, ihr Zimmer zu räumen. Im vergangenen Jahr hat sie kaum mehr als eine Handvoll Nächte darin geschlafen. Es war sogar ihre Idee, dass ich mir dort einen Hobbyraum einrichten soll und sie in Zukunft im Gästezimmer übernachtet. Ich bin diejenige, die beim Packen gar nicht mehr aufhören konnte zu weinen. Zum Glück hat Renée mich so nicht gesehen.

»Das meiste sind Bücher«, sage ich, während wir die Treppe zu den Schlafzimmern hochgehen. »Vielleicht möchtest du ein paar davon für deine eigenen Kinder behalten.«

»Gut möglich, dass ich gar keine Kinder haben will.«
»Aber warum? Kinder sind etwas Wunderbares. Wenn ich irgendetwas nicht bereue, dann dich bekommen zu haben.«
»Früher habt ihr auch geglaubt, Plastik wäre eine großartige Erfindung«, erwidert sie schnippisch.

Verwirrt bleibe ich auf dem Treppenabsatz stehen. »Was hat denn Plastik mit Kindern zu tun?«

»Beides ist nicht so gut fürs Klima, oder?«

Danach sage ich nichts mehr. In ihren Augen glimmt Triumph, weil sie glaubt, ihr Argument hätte mich schachmatt gesetzt. Dabei habe ich mir mühsam einen Kommentar verkniffen, der ohnehin nirgendwo hinführen würde. Es war wohl naiv, darauf zu hoffen, dass unsere Beziehung nach der Pubertät weniger einem Schlachtfeld gleichen würde.

Angespannt sehe ich ihr im Zimmer dabei zu, wie sie ein Buch nach dem anderen mit verächtlicher Miene beiseitelegt. Wieso dachte ich nur, sie würde den sentimentalen Wert erkennen, den diese Bände für mich haben? In manchen davon steht sogar noch Julias Name.

»Ich kann nicht fassen, dass du mir diesen Mist vorgelesen hast, Mama.«

Betroffen schaue ich auf das zerlesene Pippi-Langstrumpf-Buch in ihrer Hand. Wie oft saßen wir eng aneinandergekuschelt in ihrem Kinderbett, um es zu lesen. Ich dachte, Pippi wäre ein gutes Vorbild für Mädchen.

Mehr als einmal flüsterte Renée mir vor dem Einschlafen zu: »Mama, wenn ich groß bin, möchte ich auch ein Äffchen und ein Pferd.«

Ich war glücklich darüber, dass sie sich keinen Prinzen und keine schicken Pantoffeln wünschte, und dachte, dass ich vielleicht etwas richtig gemacht hätte.

»Du weißt hoffentlich, dass die Geschichten rassistisch sind?«, fragt sie.

»Nun übertreib doch nicht so«, wehre ich reflexhaft ab, woraufhin sie mir noch mal jeden einzelnen Punkt aufzählt, der dieses Buch in ihren Augen verabscheuungswürdig macht.

Ich gehe ihr nicht wieder auf den Leim, indem ich mich tiefer in ein Streitgespräch hineinziehen lasse. Trotzdem koche ich innerlich vor Wut. Zählt es wegen ein oder zwei veralteten Begriffen wirklich gar nicht mehr, was Astrid Lindgren außerdem getan hat? Dass sie den Erwachsenen vor Augen geführt hat, dass Kinder vollwertige Menschen sind, die Respekt verdient haben?

Wäre ich nicht so erschöpft von Renées Attacken gegen mich, könnte ich ihr vielleicht sagen, wie sehr ich im Grunde die Vehemenz bewundere, mit der sie für ihre Ideale eintritt. Wenn sie doch nur auch sehen würde, wie lange andere Frauen vor ihr an dem hohen Podest gezimmert haben, auf dem sie steht!

Ich wünschte, ich hätte früher so lautstark meine Stimme erheben können, wie Renée es heute tut. Es sollte mich freuen, für wie selbstverständlich sie das erachtet. Und das tut es auch. Doch es stört mich eben, dass sie auf diejenigen herabblickt, die ihr den Weg geebnet haben, aber wohl irgendwann den Anschluss an die Zeit verloren haben.

Es war wohl vermessen, mit über vierzig Jahren noch ein Kind bekommen zu wollen. Bei Renées Geburt wäre ich beinahe gestorben, was lächerlich klingt, weil heutzutage so gut wie niemand mehr am Kinderkriegen stirbt, zumindest nicht in der westlichen Welt. Doch plötzlich wurde es um mich herum immer lauter, während ich wegdämmerte. Es war ein Blutbad, die gerechte Strafe für meinen Versuch, die Lücke zu füllen, die Julias Verschwinden hinterlassen hatte.

Kurz bevor ich das Bewusstsein verlor, war ich mir sicher, dass ich sterben würde. Doch ich wachte wieder auf und erlebte, wie es der Kleinen gelang, unsere Patchworkfamilie für eine Weile zu heilen.

Wir alle verliebten uns Hals über Kopf in das süße Mädchen. Selbst Christopher war hin und weg von Renées Babycharme, auch wenn die beiden später entgegengesetzte Richtungen einschlugen.

Für mich war sie eine zweite Chance. Mit dem Glück vertiefte sich aber auch das schlechte Gewissen, denn die neuen Eindrücke veränderten meine Erinnerungen an meine erste Tochter. Trauerte ich noch um die echte Julia oder vielmehr um eine Idee von ihr?

Wie viele späte Mütter strengte ich mich bei Renée etwas zu sehr an. Ich organisierte die aufwändigsten Geburtstagsfeiern, fuhr sie überallhin und versuchte, sie vor allen Gefahren zu behüten. Kein Wunder, dass sie sich irgendwann umso vehementer von mir lösen wollte. Leider wusste ich mir nicht anders zu helfen, als sie noch stärker zu umschlingen.

Unsere derzeitigen Probleme sind vielleicht nichts weiter als ein Echo der Befreiungsschläge, die für sie nötig waren, um Abstand von mir zu gewinnen. Dieser Gedanke gibt mir Hoffnung. Vielleicht wird alles besser, wenn ich bloß lange genug abwarte und mich zurückhalte. Bis dahin muss ich es aushalten, dabei zuzusehen, wie unbefangen sie und Karl miteinander umgehen. Für ihn ist es leichter, er hat nie ein Kind verloren. Sein Sohn ist immer noch da.

Nachdem Julia verschwunden war, hat Christopher zu meiner Überraschung so getan, als habe er von uns allen den größten Verlust erlitten. Die meiste Zeit verbrachte er in seinem Zimmer, wogegen ich nichts einzuwenden gehabt hätte, wäre nicht jedem Abgang eine dramatische Inszenierung vorausgegangen. Kurz darauf drang meist aggressive Musik zu uns herunter, so laut, dass auch in den anderen Räumen die Wände vibrierten.

»Das ist seine Art, alles zu verarbeiten«, meinte Karl.

Ich war wütend auf meinen Stiefsohn, der immer alles sofort wollte und meistens auch bekam. Nun beanspruchte er auch noch eine Trauer für sich, die ihm nicht zustand. *Ich war diejenige, die Julia verloren hatte.* Ich hatte sie geboren, an meiner Hand hatte sie ihre ersten Schritte gemacht. Ich hatte sie erst Nacht für Nacht in den Schlaf gewiegt und mich später um sie gesorgt.

Trotzdem erdrückte ich die anderen nicht mit meinem Kummer. Statt mich in meinem Zimmer zu verkriechen, verschloss ich alles in mir. Wenn mir mein Vater irgendetwas Nützliches beigebracht hat, dann die Fähigkeit, in jeder Lage die Haltung zu wahren.

Nun, in fast jeder Lage. Auch ich habe mehr als einmal die Kontrolle verloren, doch diese Erinnerungen verberge ich sogar vor mir selbst. Zerrte ich sie ans grelle Tageslicht, würde meine ganze Existenz zu Staub zerfallen.

»Du bist so stark. Aber der Junge …«

Wenn Karl so etwas sagte, überkam mich eine irrationale Wut, dabei war es nicht seine Schuld, dass er nicht in mich hineinsehen konnte. Ich war diejenige, die ihm den Zugang zu bestimmten Bereichen verwehrte, während er ruhig und verlässlich an meiner Seite blieb. Trotzdem dauerte es eine Weile, bis ich erkannte, was ich an ihm hatte. Mit niemandem sonst hätte ich es gewagt, noch ein Kind zu bekommen.

Nachdem Renée sich verabschiedet hat – mit einer stürmischen Umarmung und Schmatzern bei ihrem Papa, mit einem flüchtigen Wangenkuss von mir –, setzen wir übrigen uns noch mit einem Glas Wein auf die Veranda. Schweigend sehen wir dabei zu, wie der feuerrote Glutball über dem Feld hinter dem Haus tiefer sinkt. Karl hält meine Hand, während Christopher viel zu schnell die Flasche leert.

»Wie geht es Martha und den Kindern?«, erkundigt sich Karl.

Er liebt seine süßen Enkel über alles. Ich hingegen werde vielleicht niemals welche bekommen, das hat mir Renée heute klargemacht.

Christopher gibt einen unwilligen Laut von sich. »Wenn ich zurückkomme, suche ich mir eine Wohnung. Bestimmt erzählt sie ihnen irgendeinen Mist über mich.«

»Dafür ist Martha viel zu vernünftig«, widerspricht Karl.

Ich bin seiner Meinung, aber Christopher schnaubt verächtlich. »Das dachte ich auch mal.«

Also war sie diejenige, die es beendet hat. Ich habe sie von Anfang an für eine kluge Frau gehalten, die sich nicht dauerhaft von Geld, einem hübschen Gesicht und einem kultivierten Auftreten blenden lassen würde. Christopher hingegen hat wohl vor allem ihr umwerfendes Äußeres bemerkt. Das Bild, das sie gemeinsam im Spiegel abgaben, muss auf ihn betörend gewirkt haben. Er ist ein Egoist. Wer weiß, was er angestellt hat, um sie zu vertreiben.

»Stimmt es, dass Svea wieder hier wohnt? Ausgerechnet jetzt! Ist doch komisch, oder?« Christopher starrt grimmig in sein Weinglas.

Ich zucke zusammen. Auf keinen Fall will ich mit meinem Stiefsohn über die jüngsten Ereignisse sprechen. Aber natürlich hat Karl ihm von dem Fund im Wald erzählt.

Der Fund. Sprich es doch aus, Gemma: der Knochen. Nur ein verdammter Knochen.

»Ihr Onkel ist tot. Offenbar hat er alles ihr hinterlassen. Deshalb ist sie wieder da.«

»Und du denkst wirklich, das ist alles? Weißt du nicht

mehr, wie angestrengt sie uns damals aus dem Weg gegangen ist?«

Ach, dir auch?

Das wusste ich nicht. Ich bin überzeugt, dass er und Svea kurz vor Julias Tod etwas miteinander gehabt haben. Schon damals haben die beiden kein bisschen zueinander gepasst, aber ich habe die verräterischen Gesten gesehen.

»Was sollte sie sonst noch hier wollen?« Ich zucke mit den Schultern und tue so, als würde ich mir nicht die ganze Zeit über Sveas Rückkehr den Kopf zerbrechen.

Christopfer zieht missmutig die Augenbrauen zusammen. »Schon seltsam, dass ihre Schwester ausgerechnet den Typen geheiratet hat, mit dem Julia zusammen war, oder? Was für ein Haufen Freaks. Aber im Grunde war Svea ja auch immer einer. Wundert mich, dass *sie* nicht als Fischverkäuferin geendet ist.«

Trotz meiner – vorsichtig ausgedrückt – zwiespältigen Gefühle für Svea finde ich seinen Tonfall unerträglich.

»Sei nicht so überheblich.« Karls Stimme klingt so gelassen wie eh und je, aber es schwingt eine Schärfe darin mit, die mich überrascht.

»Ich gehe besser rein«, erwidert Christopher irritiert.

Da ihn niemand aufhält, steht er kurz darauf tatsächlich auf.

Karl sieht ihm nach, bis Christopher im Haus verschwunden ist. »Habe ich ihn zu sehr verwöhnt?«

»Er ist dein Sohn.«

»Du bist immer so diplomatisch«, sagt er lächelnd. »Da bin ich gespannt, was du über den neuen Freund unserer Bürgermeisterin zu sagen hast.«

Lydia Petersen und mein Mann sind seit Schulzeiten miteinander befreundet. Beide sind in Schleswig aufgewachsen.

»Ehrlich gesagt habe ich schon wieder vergessen, wie er heißt. Er ist niemand, der einen bleibenden Eindruck hinterlässt, oder?«

Karl legt einen Arm um mich. »Im Gegensatz zu dir.«

»Ach, du.« Ich gebe ihm einen liebevoll gemeinten Klaps auf die Hand, dann schmiege ich mich enger an ihn.

Im Gegensatz zu einigen anderen Paaren, die ich kenne, schlafen wir noch miteinander. Es wäre übertrieben, von feuriger Leidenschaft zu sprechen, aber ich fühle mich wohl mit unserer Routine. Bei ihm komme ich zuverlässig zum Höhepunkt – eine der wenigen Gelegenheiten, zu denen ich mich vollkommen fallen lassen kann.

»Es ist die Wahrheit«, flüstert er mir ins Ohr. »Wir sind schon so lange verheiratet, und trotzdem habe ich nie das Gefühl, dich durch und durch zu kennen.«

Innerlich seufze ich. Ich habe schon öfter feststellen müssen, dass ich so auf andere wirke. Geheimnisvoll. Und das nur, weil ich nicht das Bedürfnis habe, alles zu teilen.

»Und du?«, frage ich leichthin, während mein Zeigefinger den Rand des Weinglases nachzeichnet. »Weiß ich denn alles von dir?«

Er versteift sich. »Da ist nichts.«

Ich glaube ihm nicht. Er war immer ein offenes Buch für mich, aber seit Kurzem verschweigt er mir etwas, das spüre ich. Trotzdem dringe ich nicht weiter in ihn. Im Grunde will ich es gar nicht so genau wissen, zumal meine Geheimnisse ganz sicher schwerwiegender sind.

SVEA

Nachdem ich die Hühner gefüttert habe, unternehme ich einen langen Spaziergang mit Laika. Seit ich denken kann, hat es immer einen Husky mit diesem Namen an Sörens Seite gegeben. »Die erste Hündin im All hieß so.« Als er das sagte, war sein Lächeln von einem Geheimnis durchdrungen, das nur er kannte.

Wenn mein Onkel vom großen Ganzen sprach, dann meinte er nicht etwa den Mikrokosmos Wald oder die Erde, sondern den unendlichen Weltraum. Ich selbst konnte zwar damals kaum den Großen Bären vom Kleinen Wagen unterscheiden, dennoch geschah etwas mit mir, wenn ich durch sein Teleskop blickte. In solchen Momenten wurde mir klar, dass ich nicht eingekerkert war, sondern in Wirklichkeit auf der Oberfläche eines Planeten stand, inmitten des endlosen Raums. Ein befreiender Gedanke.

»Was ist aus der Laika im Weltraum geworden?«, habe ich ihn gefragt.

Er antwortete mit einem Schulterzucken, sodass ich es selbst herausfinden musste: Damit die Hündin vor Wiedereintritt in die Erdatmosphäre friedlich einschlief, hatten sie die letzte Ration ihres Futters mit Gift versetzt, doch stattdessen starb sie schon lange davor. Eingezwängt in ihren engen Weltraumanzug, vom Lärmen der Triebwerke in Panik versetzt und überfordert vom plötzlichen Temperaturanstieg kollabierte sie elendig. Trotzdem gab man wochenlang vor, sie sei am Leben.

Nachdem ich vom Ende der Weltraum-Laika erfahren

hatte, fragte ich mich, weshalb irgendjemand seine Hündinnen nach dieser geschundenen Kreatur benennen sollte. Und da wurde mir klar, dass Sören mir immer ein Rätsel bleiben würde, sosehr ich ihn auch liebte.

Ich kraule meine Laika kräftig am Hals, das mag sie.
»Leider muss ich jetzt gehen, auch wenn ich es gar nicht will.«

Sie antwortet mir mit einem kleinen Heulen. Sie bellt nur selten, dafür kann sie in unzähligen Tonlagen jaulen, je nachdem, was sie ausdrücken will. Natürlich weiß ich nicht wirklich, was in ihr vorgeht. Man sollte Tiere nicht vermenschlichen, und doch rede ich so mit ihr, wie es Eltern mit ihren Kindern tun. Wir Menschen können wohl nicht anders, als uns selbst zum Maßstab zu nehmen. Munter projizieren wir unser Denken und Fühlen auf andere. So ist Laika zu meiner *treuen Freundin* geworden.

Sie ist schnell genug, um neben meinem Fahrrad herzulaufen, aber zu meinen Eltern kann ich sie nicht mitnehmen; sie mögen keine Hunde im Haus. Außerdem werden die Kinder da sein, und ich weiß nicht, wie Laika auf sie reagieren würde.

Ich kraule sie ein letztes Mal hinter den Ohren, bevor ich mich draußen aufs Rad schwinge. Nach einer kurzen Fahrt gelange ich zu der Fähre, die auf die andere Seite übersetzt.

Nur ein paar Meter vom Anleger entfernt verkauft mein Bruder an drei Tagen die Woche seinen Fisch an Einheimische und Touristen. Der Rest geht an die Restaurants der Umgebung.

Auf der anderen Seite angelangt, radele ich an Gemmas Villa vorbei, die auf dem Weg zum Haus meiner Eltern liegt. Sofort muss ich wieder an unsere Begegnung denken. Ich wünschte, Julias Mutter würde mich nicht hassen.

Obwohl ich alles andere als schnell fahre, erreiche ich innerhalb weniger Minuten das Haus meiner Eltern. Beim Eintreten verschlägt mir der vertraute Geruch fast den Atem – vor Stunden gekochtes, deftiges Essen und altes Gemäuer. Nachdem ich mir die Schuhe ausgezogen habe, folge ich meiner Mutter ins Wohnzimmer.

»Sind Ole und die anderen noch nicht da?«, frage ich.

»Es dauert bestimmt wieder länger, wegen der Kinder. Dein Bruder lässt ihnen zu viel durchgehen.«

Meine Eltern sind immer noch der altmodischen Ansicht, dass man Kinder sehen, aber nicht hören sollte.

Ich kann es meiner Schwägerin nicht verdenken, dass sie unbedingt nach Schleswig ziehen wollte, statt auf dem Nachbargrundstück meiner Eltern ein Haus zu bauen. Das hatte mein Bruder vorgeschlagen, weil sein Kutter hier liegt.

»Wo ist Papa?«, frage ich.

»Oben.« Sie klingt gereizt.

Inzwischen verbringt mein Vater die meiste Zeit in dem kleinen Raum im Obergeschoss, wo der Fernseher steht. Es handelt sich um einen uralten Röhrenfernseher, was vermutlich Papas Art ist, gegen die Zeit und die Veränderungen, die sie mit sich bringt, zu protestieren.

Ich betrachte den angegilbten Läufer aus weißer Spitze auf dem Mahagonitisch. Man sieht es der Einrichtung an, dass viele Stücke noch von meinen Großeltern stammen. Bis sie vor dreißig Jahren kurz nacheinander starben, haben wir hier alle zusammengelebt.

Mich hat die Enge nie gestört. Oma und Opa hatten beide ein gutmütiges Naturell, und ich erinnere mich noch gut, wie sie immer gesagt haben: »Ach, lasst die Kinder doch einfach.«

Es hat eine Zeit gegeben, zu der auch mein Vater trotz der harten Arbeit überwiegend heiter gestimmt war. Damals kam ihm der tägliche Existenzkampf eines Schleifischers noch nicht wie eine Zumutung vor. Es war schlicht sein Leben, aus dem er das Beste zu machen hatte. Doch irgendwann übermannte ihn eine tiefe Frustration, weil nicht alles so bleiben konnte, wie es gewesen war.

»Stört es dich, wenn ich kurz lüfte?«, frage ich. »Mir ist ein bisschen warm.«

Wieder antwortet meine Mutter mir mit einem Schulterzucken.

Eilig reiße ich das Fenster auf und nehme ein paar tiefe Atemzüge. Aus dem Flur dringen Kinderstimmen zu uns. Ich habe keine Klingel gehört, also hat Ole wohl immer noch einen Schlüssel.

Und dann kommt auch schon die kleine Emily um die Ecke geflitzt.

Ole und seine Frau haben lange auf den ersehnten Nachwuchs gewartet. Doreen ist so alt wie ich, zwei Jahre jünger als mein Bruder. Mit ihren gerade einmal sechsjährigen Zwillingen gelten die beiden in dieser Gegend immer noch als geriatrische Eltern. Vermutlich würden die Nachbarn vom Glauben abfallen, wenn sie wüssten, dass meine Freundin Tina ihre Eizellen eingefroren hat und mit über vierzig Jahren gerade anfängt, über deren Einsatz nachzudenken.

Emily kommt direkt auf mich zugesprungen. »Papa sagt, du warst in Kanada. Hast du uns etwas mitgebracht?«

»Das fragt man nicht«, schimpft ihr Bruder Noah, der direkt hinter ihr den Raum betreten hat.

»Zieht euch Hausschuhe an«, sagt meine Mutter.

Noah verzieht das Gesicht. »Die kratzen so. Svea hat auch keine an.«

Keine zehn Pferde würden mich dazu bringen, in die grauen Filzpantoffeln zu schlüpfen, die im Flur für Gäste bereitstehen.

»So kalt ist es ja heute nicht«, sage ich, was mir einen verärgerten Blick meiner Mutter einbringt.

Aus dem Trecking-Rucksack aus dem Flur, der mich überallhin begleitet, krame ich zwei Bären aus schwarzem Speckstein hervor.

»Die sind ja süß«, ruft Emily erfreut.

»Cool«, murmelt Noah – es klingt weit weniger begeistert.

Sind sie auch schon zu alt für so etwas?

Für Torge habe ich ebenfalls einen Bären besorgt, aber einen mit bedrohlich aufgerissenem Maul, doch natürlich ist mir nach unserer Begegnung im Supermarkt sofort aufgegangen, dass ich einen Fehler begangen hatte. Torge ist ein Teenager geworden. Aus den weichen Konturen des zurückhaltenden Jungen hat sich ein hagerer Typ mit finsterem Blick herausgeschält. Sogar seine Stimme hat bereits einen dunkleren Klang angenommen. Sicher kann er mit dem Bären nichts mehr anfangen. Wenn er nach seinem Vater kommen sollte, würde er sich wohl eher über eine schmucke Handfeuerwaffe freuen …

Bisher hatte ich ohnehin keine Gelegenheit, ihm und seiner Schwester – sie bekommt einen niedlichen Biber – die Mitbringsel zu überreichen. Vielleicht lasse ich es einfach ganz bleiben.

An diesem Tag treten die Unterschiede zwischen Oles und Fenjas Kindern noch deutlicher hervor als sonst. Die Zwillinge tragen akkurate Friseur-Haarschnitte und dunkelgrüne Polo-Shirts.

Auch Doreen wirkt wie aus dem Ei gepellt. In ihrer Slim-Fit-Jeans steckt eine faltenfreie Bluse, deren obere zwei Knöpfe offen stehen, wodurch ihr üppiges Dekolleté und der lange, schlanke Hals betont werden. Trotz der Kinder hat sie sich die Figur einer Barbie-Puppe bewahrt.

Bereits als Jugendliche hat sie hart an ihrer äußeren Erscheinung gearbeitet. Sie kannte jede Schminktechnik und konnte mit einem dünnen Pinsel den perfekten Cat-Eye-Lidstrich ziehen, bevor wir anderen überhaupt wussten, was das war.

Noch lässt ihr geschickt aufgetragenes Make-up die Haut glatt aussehen, aber keine noch so teure Creme konnte verhindern, dass die Mimik auch in ihrem Gesicht Spuren hinterlassen hat. Mittlerweile sieht man dem verkniffenen Puppenmund die Verbitterung an.

»Sagst du bitte deinem Vater Bescheid, Svea? Dann können wir anfangen«, sagt meine Mutter.

Sobald alle gemeinsam am Tisch sitzen, reichen wir ihr reihum unsere Teller, damit sie jeweils ein Stück von dem Bienenstich und dem Streuselkuchen darauf hieven kann.

»Wenigstens habt ihr den Fliegenfänger abgehängt«, bemerkt Doreen.

Früher hing über dem Tisch meiner Eltern immer eine dieser gelben Klebespiralen, sodass man beim Essen die ganze Zeit auf schwarze Insektenkadaver starren musste.

Meine Mutter erwidert nichts darauf, und auch sonst hat niemand etwas zu sagen. Lediglich Noah und Emily reden wild durcheinander, und ich bin ihnen dankbar, dass sie die trostlose Runde mit ihrer Unbefangenheit auflockern. Doch bald wird es ihnen langweilig mit uns, und sie bitten darum, aufstehen und im Garten spielen zu dürfen.

»Geht ruhig«, sagt Ole lächelnd.

Ich muss nicht zu meiner Mutter hinsehen, um zu wissen, dass sie gerade wieder ihr Gesicht verzieht. *Man steht erst auf, wenn alle fertig sind.*

Nachdem das Geplapper der Kleinen verstummt ist, wird es schlagartig still am Tisch. Die Kuchengabeln, die über die Teller ratschen, verursachen bei mir einen pochenden

Schmerz hinter den Schläfen. Seit ich den Tinnitus habe, reagiere ich empfindlicher auf Geräusche. Auch die Laute, die die männlichen Mitglieder meiner Familie beim Kauen machen, lösen bei mir Fluchtinstinkte aus.

Sowieso würde ich am liebsten schreien, und innerlich tue ich das auch die ganze Zeit über. Wie können sie so beharrlich den Elefanten im Raum ignorieren?

Ich möchte sie dafür bestrafen, dass sie die ganze Zeit hier waren und es haben geschehen lassen. Dabei bin ich diejenige, die ihn zuerst zurückließ – und diejenige, die ihm so viel bedeutete, dass er ihr seinen gesamten Besitz vermacht hat.

Nach seinem Tod habe ich alle Informationen zu dieser Art zu sterben gesammelt. Ich habe mich in drastische Beschreibungen versenkt, nicht etwa aus irgendeiner morbiden Angstlust heraus, sondern aus Respekt ihm gegenüber. Ich verbot mir, sein Leiden zu verdrängen, und nahm mich stattdessen seiner an. Je intensiver ich mich auf den Horror seiner letzten Sekunden einließ, desto leichter konnte ich mir einbilden, ich wäre bei ihm gewesen.

Ob die anderen wissen, dass es keine drei Minuten dauert, bis das Hirn irreversibel geschädigt ist, es sich aber bis zu zehn Minuten hinzieht, bis der Kampf endgültig vorbei ist? Ich werde es wohl nie erfahren, denn mit meiner Familie könnte ich niemals über diese Dinge reden.

»Wie war die Heringssaison?«, frage ich stattdessen.

Wenn im Frühling die Schwärme zum Laichen in die Schlei schwimmen, stürzen sich die Fischer auf die silbernen Schätze des Meeresarms. Gewiss hat mein Bruder wieder einige Nächte auf dem Wasser verbracht, so wie unser Vater früher.

Ole zuckt mit den Schultern. »Besser als im letzten Jahr, aber es reicht immer noch nicht. Der Handel zahlt uns vielleicht fünfzig Cent pro Kilo. Und die Hälfte der Heringe war verletzt.«

»Verletzt?«

»Es wird schlimmer mit den Kormoranen. Die Naturschützer behaupten, die Viecher hätten nichts damit zu tun, dabei wird der Zander deshalb nicht mehr groß, weil die Vögel ihn sich vorher schnappen, genau wie die Heringe. Die fetten Exemplare überleben zwar, aber so zerrupft, dass sie keiner mehr haben will.«

»Tut mir leid.«

Das tut es wirklich, auch wenn ich Kormorane mag. Ihre Augen glänzen wie Türkise, und wenn sie es darauf anlegen, können sie über dreißig Meter tief tauchen. Doch für die Fischer sind Kormorane »die schwarze Pest«. Manchmal werden Tiere geschossen, obwohl es nicht erlaubt ist.

Ole wischt sich mit der flachen Hand über den Mund. Sie ist vor der Zeit gealtert, voller Schwielen und Pigmentflecken.

»Ihr kennt doch den alten Kranz, der auf dem Holm wohnt? Der hat inzwischen auch aufgegeben.«

Die Familie meines Vaters hat immer schon in dieser Gegend gelebt, aber der Schleswiger Holm ist die eigentliche Heimat der Schleifischer. Früher war es nur ihnen gestattet, in diesem Gewässer auf Beutefang zu gehen. Mitten im idyllischen Rund ihrer Häuser befindet sich ein Friedhof, auf dem die Steine kaum eine Handvoll Namen tragen. Es ist das Vorrecht der alten Fischerfamilien, dort bestattet zu werden.

Inzwischen gibt es auf dem Holm mehr tote als lebende Fischer, und ihre Nachkommen werfen nach und nach das Handtuch. Mein Bruder ist einer der Letzten seiner Art, doch auch ihm ist die Anspannung anzumerken. Wenn er spricht, sind die Hände zu Fäusten geballt und an den Armen bilden die hervortretenden Muskelstränge ein zorniges Muster. Er ist so kräftig, weil er die Reusen bei Sonnenaufgang per Hand aus dem Wasser zieht.

Manchmal hilft meine Mutter ihm beim Verkauf, so wie sie es früher für Papa getan hat. Und aus den beschädigten Fischen bereitet sie Salate mit viel Mayonnaise zu, damit sie doch noch etwas Geld einbringen.

Doreen hatte verständlicherweise wenig Lust, in die Fußstapfen ihrer Schwiegermutter zu treten. Nicht jede kommt mit dem Geruch klar, schon gar nicht, wenn der eigene Lieblingsort die Parfümerie ist.

Doreen arbeitet in einem Nagelstudio, das sie mittlerweile gemeinsam mit einer Kollegin leitet. Ihre Fingernägel sind das Aushängeschild für ihre Arbeit – lang, mit filigranen Mustern sowie einzelnen Strasssteinen verziert. Es ist, als würden sie und ich von zwei verschiedenen Planeten stammen.

Nach Oles Bemerkung ergreift zum ersten Mal an diesem Tag mein Vater das Wort. »Das kommt nur, weil ihr gegeneinander und nicht miteinander arbeitet. Früher haben wir zusammengehalten und uns ein Boot geteilt. Heute kämpft jeder für sich. Kein Wunder, dass alles den Bach runtergeht.«

»Den Meeresarm«, korrigiere ich albern, was mir nicht einmal von meinem Bruder ein müdes Lächeln einbringt.

Verärgert schüttelt er den Kopf. »Keiner von uns kann etwas dafür, dass der Fisch in anderen Ländern billiger zu haben ist und importiert wird. Inzwischen sogar die Süßwasserfische.«

»Aber es soll wieder mehr Aale geben«, werfe ich ein.

Wenn die Heringe das Silber der Schlei sind, so gelten die Aale als ihr Gold. Die schlangenförmigen Tiere sind unermüdliche Wanderer. Sie laichen in der Sargassosee, nicht weit entfernt von den Bermudas. Ihre Larven durchqueren den gesamten Atlantik, bis sie kurz vor der europäischen Küste zu noch durchscheinenden Jungtieren, den Glasaalen, werden. Doch ihre Wanderung wird seit Langem gestört, denn auch diesen Gewässern geht es nicht gut.

»Im letzten Sommer haben wir jede Menge von ihnen ausgesetzt«, bestätigt mein Bruder. »Es hilft ein wenig, auch wenn es den Naturschützern nicht passt.«

Es ist offensichtlich, dass er diese Menschen als seine Gegner betrachtet. Dabei stößt das *Aalutsetten* nicht ganz zu Unrecht auf Kritik, weil es der Aalpopulation langfristig vermutlich sogar schadet. Trotzdem bin ich immer noch zu sehr die Tochter eines Fischers, um mich über solche Tricks aufzuregen.

»Das ist gut«, sage ich.

Mein Bruder hingegen scheint jeden Optimismus verloren zu haben. »Mal sehen, wie lange uns das noch über Wasser hält. Die Touristen lieben es, mich auf dem Kutter zu fotografieren, vor allem, wenn ich dort mal ein Netz flicke. *Das ist so pittoresk*«, ahmt er die Stimme einer albernen Tussi nach. »Aber deshalb kaufen sie noch lange nicht unsere Aale – die sind zu fettig für den heutigen Geschmack.«

Besorgt sehe ich zu meinem Vater, dessen Lebenswerk gerade davondriftet, gemeinsam mit unserer weit zurückreichenden Geschichte. Niemand am Tisch kann ernstlich annehmen, dass Noah oder Emily das Handwerk übernehmen werden. Und niemand könnte ihnen guten Gewissens dazu raten.

Dennoch stimmt mich der Gedanke, dass es bald vorbei sein könnte, mit dem, was das Leben dieser Familie ausgemacht hat, wehmütig. Wie muss es da erst meinem Vater gehen? Doch der scheint schon wieder in seine eigenen Gedanken versunken zu sein, weit weg von uns und unserem Gespräch.

In diesem Moment platzen die Zwillinge herein.

»Dürfen wir noch Kuchen?«

»Dann setzt euch wieder hin«, sagt Doreen, während sie ihren Kindern Apfelsaftschorle einschenkt. »Und trinkt bitte etwas. Es ist warm, und ihr rennt die ganze Zeit herum.«

Gierig schlürfen die beiden noch im Stehen ihre Gläser leer, bevor sie sich wieder zu uns setzen.

Emily sieht neugierig zu mir. »War das Mädchen wirklich deine Freundin? Die mit dem Knochen im Wald?«

Ich verschlucke mich an einem Stück Kuchen und versuche danach laut hustend, es aus meiner Luftröhre zu zwängen.

»Emily!« Oles Stimme klingt scharf, aber die Art, wie er seine Hand auf ihre legt, verrät die Zärtlichkeit, die er für seine Tochter empfindet. »Wie kommt ihr denn auf so etwas?«

»Finns Mama hat das gesagt. Finn ist mein Freund. Sie hat gemeint, dass meine Tante die beste Freundin von dem Mädchen war. Und dass etwas daran komisch ist.«

»Dann bin ich inzwischen eine lebende Legende?«, frage ich aufgesetzt munter.

Doreen sieht mich aus zusammengekniffenen Augen an. »Sei nicht zu stolz drauf. In den letzten zwanzig Jahren hat niemand nach dir gefragt.«

Autsch, da hast du es mir aber gegeben! Denkt sie wirklich, ich sei scharf darauf, dass die Leute mein Leben mit ihrem Gerede in ihre piefigen Stuben zerren und dort ungehemmt sezieren? Aber Doreen war noch nie die hellste Kerze auf der Torte.

Es hat eine kurze Zeit gegeben, in der es so aussah, als könnten wir Freundinnen werden. Ich war schon deshalb bereit, sie zu mögen, weil sie meine Abneigung gegen die seltsame Verbindung zwischen Julia und Erik teilte. Doreen war vorher selbst mit ihm gegangen, und nun bestärkte sie mich in der Ansicht, dass man Erik nicht trauen konnte.

Leider stellte sich bald darauf heraus, dass eine gemeinsame Abneigung nicht genügte, um eine innige Freundschaft darauf aufzubauen. Nach einer Weile ging mir Doreen gewaltig auf die Nerven. Jede ihrer Gesten war auf ihren Effekt hin kalkuliert. Einige Jungs fühlten sich von der Mischung aus puppenhafter Niedlichkeit und losem Mundwerk angezogen, dabei wirkte sie nur amüsant und lässig, wenn sie im Mittelpunkt stand. Sobald Julia auftauchte, verhielt sie sich nervös und zickig. Es muss erniedrigend für sie gewesen sein, dass ihre schärfste Konkurrentin nicht einmal daran interessiert war, diese Rolle einzunehmen.

Anders als Doreen hat es Julia nie darauf angelegt, Aufmerksamkeit auf sich zu ziehen. Ich glaube, sie merkte es nicht einmal, wie sich die Menschen um sie scharten. Die Jungs träumten von einem Mädchen wie Julia, während sie Doreen auf ihren Gepäckträgern zum Strandbad chauffierten, wo sie ihr Pommes und Cola ausgaben und als Gegenleistung den ein oder anderen Kuss hinter dem Kiosk ergatterten.

»Jetzt kommt alles wieder hoch«, sagt Doreen vorwurfsvoll, als hätte ich persönlich die Leiche von Julia ausgegraben.

Emily rümpft die Nase. »Es ist gruselig, dass nur ein Knochen da war. Wo ist der Rest?«

»Nicht dieses Thema, nicht beim Essen«, ermahnt meine Mutter ihre Enkelin.

Emily widmet sich wieder ihrem Kuchen, aber Doreen lässt sich nicht so leicht bremsen. »Für Christopher ist es sicher schlimm. Er soll nur noch ein Schatten seiner selbst sein. Es heißt, dass er sehr an seiner Schwester gehangen hat.«

Ein Schatten seiner selbst? Drama, Baby!

Ich stochere trotzig in den Krümeln auf meinem Teller herum, damit Doreen nicht sieht, wie sehr mich ihre Bemerkung getroffen hat.

»Schatz, wir haben ihn nicht gesehen. Außerdem waren sie doch nicht *wirklich* Geschwister«, wendet mein Bruder leise ein. »Sie haben kaum ein Jahr unter einem Dach gelebt.«

»Warst du nicht mal mit Christopher zusammen?« Doreen mustert mich neugierig, doch sie lauert vergeblich auf eine verräterische Reaktion. Ich habe früh gelernt, meine Gesichtsmuskulatur zu kontrollieren, nachdem mir meine Mutter immer wieder vorgeworfen hat, dass ich zu empfindlich sei. Heute käme das niemandem mehr in den Sinn.

Leider bleibt aber nur meine Stirn regungslos, dahinter überschlagen sich die Erinnerungen an Christopher.

Einmal hat mich die Familie zu einem Segeltörn mitgenommen. Spielerisch brachten sie mir das Mann-über-Bord-Manöver bei, und ich malte mir ein Leben aus, in dem man zum puren Genuss und mit eisgekühlten Getränken auf dem Wasser ist.

An jenem Tag habe ich zum ersten Mal Schweinswale gesehen. Ich wusste auch schon vorher, dass sie bis in die Schlei schwammen, aber ich hatte noch nie einen von ihnen entdeckt. Ergriffen starrte ich aufs Wasser. Christopher drückte kurz meine Hand, als er sich unbeobachtet glaubte, aber Julia bemerkte es und rollte grinsend mit den Augen. Ich war erleichtert, dass sie es mir nicht wirklich zu verübeln schien, obwohl ich als *ihre* Freundin eingeladen und sie nicht sonderlich begeistert von ihrer neuen Familie war.

»Ja, Doreen. Wir waren mal zusammen, aber nur kurz. Die Situation muss schlimm für ihn sein.« Ich sage es mit dem angemessen höflichen Bedauern gegenüber einem Menschen, den man kaum kennt.

Offenbar ist Doreen enttäuscht von meiner verhaltenen Reaktion, denn sie presst fest die Lippen zusammen, bevor sie erneut Fahrt aufnimmt.

»Glaub mir, für uns ist es auch nicht leicht. Schließlich müssen wir mit den Leuten leben, während du dich irgendwo auf der Welt oder in deinem Haus am Waldrand verkriechst.«

»Doreen!«, ruft mein Bruder.

Sie betrachtet ihren Mann mit abfälliger Miene. »Willst du das zweite Stück Kuchen wirklich noch essen?«

Überrascht schaue ich zu Ole und nehme dabei zum ersten Mal bewusst sein neues weicheres Äußeres wahr. Die aufgeplatzten Äderchen in seinem Gesicht, das langsam schwammiger wird. Früher waren andauernd irgendwelche Mädels hinter ihm her, weil er so lässig und sportlich war.

Eigentlich müsste seine neue Erscheinung Doreen beruhigen, wo doch Neid und Eifersucht immer schon zu ihren hervorstechenden Eigenschaften gehört haben. Allerdings will sie auch gerne beneidet werden. Sie gehört zu den Menschen, die immer glauben, zu kurz zu kommen. Es muss anstrengend sein, in ihrer Haut zu stecken.

»Und wie ich das Stück essen werde«, brummt mein Bruder. Anscheinend steht er doch nicht vollkommen unter der Fuchtel seiner Frau.

Doreen scheint keine schlagfertige Erwiderung einzufallen. Mit missmutiger Miene sackt sie in sich zusammen. In dieser schlaffen Haltung erinnert sie mich an meine Mutter, so wie Ole immer mehr meinem Vater ähnelt.

Da fällt mir auf, wie still es am Tisch geworden ist. Die Kinder plappern nicht mehr durcheinander, sondern sehen angespannt zu ihren Eltern. Ihre feinen Antennen müssen die Feindseligkeit zwischen den beiden aufgenommen haben. Schnell schnappe ich mir einen Löffel und verdecke mit seiner Vertiefung meine Nasenspitze. Dann schiele ich in seine Richtung und lasse dabei die Zunge heraushängen. *Seht her! Alles nur Spaß!*

Sie lachen erleichtert auf, was mich beinahe ein wenig rührt.

»Soll ich uns noch Kaffee aufsetzen?«, fragt meine Mutter.

»Für mich nicht«, erwidere ich hastig. »Ich muss los. Wegen der Tiere.«

»Ich bringe dich zur Tür«, sagt Ole.

Sobald wir alleine im Flur stehen, schaut er mich zerknirscht an. »Tut mir leid. Keine Ahnung, was das sollte. Ich rede nachher mit ihr, wenn die Kinder nicht dabei sind.«

»Musst du nicht. Ich komme zurecht«, versichere ich. »Ist es wirklich so schlimm mit dem Gerede?«

Er schüttelt den Kopf. »Es ist jetzt nicht so, als würde man uns hier pausenlos die Hölle heißmachen. Die Leute sind doch bloß gierig auf Tratsch.« Mit einem verschwörerischen Lächeln fügt er hinzu: »Eigentlich hatte ich den Eindruck, dass Doreen die Aufmerksamkeit genießt.«

»Sie mag mich halt nicht«, sage ich achselzuckend. So was kommt schließlich vor. Und in diesem Fall beruht es auf Gegenseitigkeit.

Er nickt nachdenklich. »Seit dem Abend, an dem ... du weißt schon. Ich habe mich immer gefragt, was da passiert ist. Vorher wart ihr doch Freundinnen. Das dachte ich jedenfalls, bis ihr aufeinander losgegangen seid.«

»Was meinst du?«, frage ich verwirrt.

»Na, ihr habt euch auf dem Boden gewälzt. Ich musste dazwischengehen, damit ihr euch nicht die Augen auskratzt.« Als er meinen Blick sieht, lacht er ungläubig auf.

»Du weißt es nicht mehr! Schon klar, du warst besoffen. Aber du musst ja einen totalen Filmriss gehabt haben.«

Es trifft mich wie ein Schlag, es ausgesprochen zu hören. Dass ich keine Ahnung habe, was an dem Abend geschehen ist.

Eine Zeit lang war ich so weggetreten, dass meine Erinnerung komplett ausgesetzt hat. Ich habe mir eingeredet, dass es nichts ausmacht. Schließlich gab es einen Zeugen, der gesehen hat, dass es Julia gut ging, nachdem sie und ich auseinandergegangen waren. Aber wie soll ich mir jemals sicher sein, dass das, was mit ihr geschehen ist, nicht trotzdem meine Schuld war?

Nach Sörens Tod kann ich die Fragen nicht länger verdrängen. Schon um seinetwillen muss ich herausfinden, was damals geschehen ist. *Mädchenmörder. Mädchenschänder.* Ich kann nicht einfach so hinnehmen, wie sie ihn darstellen.

»Fällt dir noch mehr ein? Erinnerst du dich an etwas Auffälliges?«, frage ich zögernd. »Etwas, das mit Julia zu tun hat?«

»Ach, Svea.« Ole schüttelt den Kopf und sieht plötzlich sehr müde aus.

Als wir uns zum Abschied umarmen, muss ich daran denken, wie eng unsere Verbindung gewesen war, bevor sich Fenja in mein Herz schlich, um fortan beide Kammern fast vollständig zu füllen.

Auf meinem Weg zurück zum Wald, grübele ich darüber nach, was Oles Kopfschütteln zu bedeuten hatte. Hieß es, dass er nichts weiß, oder gibt es etwas, was er mir nicht sagen will? Meint er, mich aus irgendeinem Grund schonen zu müssen?

Es sind quälende Fragen, die erst in den Hintergrund gedrängt werden, als ich vor meiner Haustür stehe. Auf dem Holz prangt ein dunkelroter Schriftzug.

Mörder.

Die Farbe ist noch frisch, sie zerläuft wie Rinnsale von ... Blut?

Erst da fällt mir auf, dass es viel zu ruhig ist. Laika! Ich kann Laika nirgends entdecken. Niemals hätte sie einen Eindringling still geduldet!

Voller Panik rufe ich immer wieder ihren Namen.

SVEA

Als mir von drinnen das vertraute Wolfsgeheul antwortet, schluchze ich vor Erleichterung auf. Natürlich, ich habe sie diesmal ins Haus gesperrt! Sonntags sind zu viele Ausflügler unterwegs, und ich war mir nicht sicher, ob der Zaun reicht, um Laika aufzuhalten, wenn irgendetwas ihre Neugierde weckt.

Das an der Tür ist nur Farbe. Als ich näher herantrete, nehme ich den Geruch von Lösungsmittel wahr. Diese Erkenntnis sollte mich beruhigen, aber das tut sie nicht, denn mir ist bewusst, dass trotzdem jemand gezielt meine Abwesenheit abgepasst haben muss. Vielleicht ist es doch keine Einbildung, dass ich beobachtet werde.

Erik!

Sogleich verwerfe ich den Gedanken wieder. Er ist nicht der Typ, der anonyme Botschaften an Haustüren schmiert. Er würde mir ins Gesicht sagen, was er von mir hält.

»Dreckstück«, so hat er mich genannt, als wir uns nach Julias Verschwinden das erste Mal über den Weg gelaufen sind. Damals hatte er gerade erfahren, was ich bei der Polizei ausgesagt hatte: dass ich überzeugt bin, dass er Julia an dem Abend geschlagen hat und zu noch Schlimmerem fähig ist.

Nachdem ich Laika rausgelassen habe, mache ich mich sofort daran, die Farbe von der Tür zu entfernen. Dabei entdecke ich den seltsamen Schnörkel am Ende des Wortes, als wäre dort etwas verrutscht. Sollte es etwa *Mörderin* heißen?

Obwohl sie bei meiner Rückkehr noch feucht war, widersetzt sich die Farbe hartnäckig allen Anstrengungen. Zunehmend aggressiver bearbeite ich das Holz mit Schwamm und Seifenwasser, während mir die lauwarme Flüssigkeit über die nackten Arme läuft. Am Ende muss ich resigniert hinnehmen, dass sich die Spuren nicht vollständig tilgen lassen, aber immerhin werden sie niemandem mehr auffallen, der nicht von ihnen weiß.

Ich kehre ins Haus zurück und streife mir den Badeanzug über, um eine Runde schwimmen zu gehen. Ich will mir alles vom Körper waschen – den Schweiß, die Lauge und die verstörenden Erfahrungen der letzten Zeit, die genauso hartnäckig an mir kleben.

Diesmal sperre ich Laika nicht ein. Sören hat seine Hündinnen gut erzogen, und bislang hat sie nie Anstalten gemacht, den Zaun zu überwinden.

»Ich bin gleich wieder da«, verspreche ich ihr. »Mach keinen Blödsinn, ja?«

Die alte Weide am Wasser hat sich über das Frühjahr in einen Geisterbaum verwandelt. Die Raupen der Gespinstmotten haben ihren Hunger gestillt und sich einen Schutz vor Regen und Vögeln gewoben. Silbrig weiße Wattefäden überziehen die Äste wie eine Halloween-Dekoration. Der Spuk wird erst nach der Verpuppung der Tiere enden, aber meistens erholen sich die Pflanzen, sobald die Motten davongeflattert sind.

Ohne zu zögern, wate ich ins Wasser. Ich habe nie zu den zimperlichen Zeheneintaucherinnen gehört. Der köstliche Kälteschock lässt mich bibbern und nach mehr verlangen. Sobald das Wasser mir bis zur Brust reicht, mache ich ein paar lockere Züge, dann tauche ich unter und kraule zügig davon.

Unter Wasser höre ich das Pfeifen im Ohr nicht mehr, sondern nur noch das dumpfe Rauschen meines Blutes. Es ist die einzige Form der Stille, die mir jemals wieder möglich sein wird, deshalb liebe ich das Schwimmen vielleicht noch mehr als das Laufen. Hier bin ich in meinem Element. Und bestehen wir nicht alle zu einem Großteil aus Flüssigkeit?

Zwischendurch drehe ich mich auf den Rücken, blinzele in die Sonne und lasse den Wind die Richtung bestimmen, in die ich treibe. Mit diesem herrlichen Übermaß an Licht auf meinem Gesicht und einem leisen Gluckern im Ohr bleibe ich unberührt von dem Kampf auf Leben und Tod, der in der Dunkelheit der Seegraswiesen unter mir stattfindet. Gewiss lauern dort gerade ein paar Krebse darauf, den wachsamen Seehasenmännchen ihre Eier zu stehlen, während um sie herum Seenadeln den Schwebegarnelen hinterherjagen, um sie als ihre Beute einzusaugen.

Nach meiner Rückkehr fühle ich mich leichter. Den Rest des Nachmittags verbringe ich mit Laika draußen im Wald, bis ihr Bewegungsdrang abgeklungen ist. Danach machen wir es uns in der Wohnstube gemütlich. Sie zerbeißt zu meinen Füßen einen kleinen Ball, während ich im Sessel lese. Später am Abend lege ich ein paar Holzscheite in den Kamin. Ich zünde das Feuer nur an, weil mir züngelnde Flammen ein Gefühl von Behaglichkeit und Sicherheit geben, jetzt, da es bald Nacht wird.

»Ja, ich weiß, es ist eigentlich viel zu warm dafür«, rechtfertige ich mich lachend, obwohl Laika meine Handgriffe vollkommen ungerührt zur Kenntnis genommen hat.

Kurz darauf breitet sich der süßlich-holzige Duft der Birke aus. Ihr Holz verbrennt mit einem bläulichen Flackern, fast ohne Funkenflug. Bald wird in dem kleinen Raum der Sauerstoff knapp, sodass ich ein Fenster öffnen muss.

Laika hat sich ins Nebenzimmer verkrochen, sie fühlt sich auf den kühlen Küchenfliesen wohler. Ich bleibe noch eine

Weile sitzen und nicke schließlich im Sessel ein. Auf meinen Weg in die Welt der Träume begleitet mich von draußen der Ruf des Totenvogels, des Waldkauzweibchens: Kuwitt, Kuwitt. »Komm mit, komm mit.«

TORGE

Lina weint schon wieder. Andauernd kommt Mama in unser Zimmer, um sie zu trösten. Denkt sie echt, ich kann so schlafen, nur weil sie auf Zehenspitzen schleicht? Der Boden quietscht doch trotzdem, und Flüstern macht nur, dass man genauer hinhört. Dabei kann man Lina sowieso nicht überhören.

Ich bin zu müde, um rumzumotzen, aber jedes Mal, wenn Mama reinkommt, wälze ich mich ächzend im Bett herum. Von mir aus soll sie ruhig ein schlechtes Gewissen haben, weil sie mich nicht schlafen lassen, obwohl ich zur Schule muss. Das ist vielleicht ein bisschen fies von mir, aber ich bin total kaputt und flippe aus, wenn ich nicht bald mal wieder eine Nacht richtig pennen kann. Max nennt mich mittlerweile schon einen »verdammten Zombie«, und Ahmed macht sich Sorgen, weil ich so krasse Augenringe habe.

»Alles in Ordnung bei dir?«, hat er gefragt.

»Klar, Digga«, habe ich geantwortet.

Von wegen.

Meine Kehle ist ganz trocken. Irgendwann klettere ich doch genervt aus dem Bett und schlurfe in die Küche, um mir ein Glas Wasser zu holen, aber als ich meinen Vater am Tisch sitzen sehe, vergesse ich, weswegen ich gekommen bin. Er ist komplett angezogen, und sein Gewehr steht neben ihm.

»Gehst du etwa jagen?«

Er nickt. »Nase voll von den Weibern. Du auch, oder? Dann zieh dich an und komm mit.«

Ich könnte mir so was von in den Arsch beißen. Wieso bin ich nicht im Bett geblieben? Ich bin viel zu fertig, um mich umzuziehen und draußen rumzulaufen.

»Okay, klar, ich ziehe mich schnell an.«

Beim Klamottensuchen lege ich mich auf die Fresse, weil ich kein Licht machen wollte. »Scheiße!«

»Pst, Lina ist gerade eingeschlafen.« Meine Mutter hockt immer noch neben dem Bett meiner Schwester.

»Dann schläft hier zumindest einer«, motze ich, aber leise.

»Was machst du?«, flüstert sie.

»Ich gehe raus, mit Papa.«

»Jetzt noch?«

»Ja, ciao.«

Warum eine längere Diskussion führen, von der am Ende nur Lina wach wird? Mama hält mich eh nicht auf. Außerdem finde ich es eigentlich cool, wenn mein Vater und ich etwas zusammen machen, nur das Jagen müsste nicht unbedingt sein.

»Ist nicht gerade Schonzeit?«, frage ich, nachdem ich in die Küche zurückgekehrt bin.

Er grinst. »Wir können einen Rehbock schießen, den brauchen die Jungtiere nicht.«

Ich will ihm die Laune nicht verderben, aber ein bisschen Sorgen mache ich mir doch. Eigentlich dürfte er nicht mal mit einem Gewehr rumrennen. Sogar ich weiß, dass man dafür einen Jagdschein braucht, und mein Vater hat keinen mehr, seit er einen Typen mit dem Kolben von seinem Gewehr verprügelt hat. Das ist ungerecht, weil der andere es verdient hatte.

Passiert ist es bei einer Jagd. Mein Vater war mit ein paar anderen Männern unterwegs. Der Typ, mit dem er sich später angelegt hat, hat Alkohol getrunken, nicht aufgepasst und einen Treiber angeschossen. Papa mochte den Treiber.

Aber Leute, die beim Schießen nicht aufpassen, kann er nicht leiden, und Alkohol mag er überhaupt nicht.

»Sein Vater hat zu viel getrunken«, hat Rena mir erzählt. Der Jäger, der geschossen hat, lag danach eine Weile im Krankenhaus. Das klingt vielleicht, als hätte mein Vater seine Strafe verdient, aber ich sehe das nicht so. Immerhin ist das Bein von dem Treiber für immer kaputt. Was mein Vater gemacht hat, ist eine Straftat, hat der Richter gemeint, der Schuss aber nur ein Unfall. Mein Vater hat gesagt, das kommt, weil der andere zu den reichen Arschlöchern gehört und die immer Glück haben. Ich musste sofort an Maximilian denken, und mir wurde klar, dass die Welt mega-unfair ist.

Außerdem habe ich damals gelernt, was »auf Bewährung« heißt – dass man eigentlich in den Knast muss, aber dann doch nicht, wenn man nicht noch mehr Mist baut.

Deshalb wartet mein Vater jetzt immer, bis es dunkel wird, bevor er sich ein Tier holt. Einmal war ich dabei, und ich brauche das echt nicht noch mal.

Nachdem wir schon ein ganzes Stück durch den Wald gelaufen sind, bleibt er stehen.

»Hast du dein Messer eingepackt?«

»Wozu brauche ich das?«

Beim letzten Mal musste ich nichts machen. Nur wegschauen durfte ich nicht, als er das Tier mit dem Messer aufgebrochen hat.

»Du willst es schließlich auch essen, oder?«, hat mein Vater gefragt.

Ich habe genickt. Wildschwein schmeckt mir nicht, aber Reh und Hirsch mag ich schon. Besonders, wenn Mama daraus ein Gulasch kocht. Also habe ich meine Augen ganz weit aufgerissen. Wenn man das lange genug durchhält, ohne zu blinzeln, verschwimmt alles. Das hat geholfen. Aber ich kann mir nicht vorstellen, es selbst zu tun.

»Heute brauchst du dein Messer vielleicht«, meint er.

»Geh es holen.«

»Dann muss ich noch mal zurück.«

»Es wird Zeit, dass du es lernst. Irgendwann gibt es mal keinen Strom mehr für die Tiefkühltruhen in den Läden. Dann verrottet alles, was zu lange da liegt. Aber wir können jagen.«

»Okay, bin gleich wieder da.« Mit einem miesen Gefühl im Bauch laufe ich in die Richtung unseres Hauses.

Drinnen ist es ganz still. Wäre ich nicht aufgestanden, könnte ich jetzt schlafen. Mit einem Mal fällt mir wieder auf, wie trocken meine Kehle ist, deshalb schleiche ich erst mal zur Küche. Doch nachdem ich die Tür geöffnet habe, bekomme ich einen riesigen Schreck, weil ich glaube, dass mich etwas angreift. Dabei ist bloß meine Mutter ganz schnell vom Tisch aufgesprungen.

»Wo ist dein Vater?«

»Der wartet draußen auf mich. Ich wollte nur was trinken.«

Sie setzt sich wieder hin. Neben ihr zappelt meine Schwester auf ihrem Stuhl herum. Sie hat ihr Hemd hochgezogen und schaut ganz erschrocken auf ihren nackten Bauch. »Du hast mir wehgetan, Mama.«

Meine Mutter schaut wie gehetzt hin und her. Irgendetwas stimmt hier nicht.

»Was hat sie?«, frage ich misstrauisch.

»Nichts.«

Meine Mutter ist eine schlechte Lügnerin.

»Was hast du mit ihr gemacht?«, will ich wissen.

Lina schnieft laut. »Mama hat mir eine Spritze gegeben. Aber wir dürfen es den anderen nicht erzählen.«

»Was dürfen wir nicht erzählen?«

Meine Mutter knetet ihre Hände, bis es knackt, und starrt

zum Fenster, obwohl man da gar nichts sehen kann, weil es draußen dunkel ist und hier drin Licht brennt.

»Was?« Ich kneife wütend die Augen zusammen und verschränke die Arme vor der Brust.

Plötzlich sieht sie gar nicht mehr ängstlich aus, sondern wütend.

»Ach verflixt!«, ruft sie. »Es war Insulin. Ich habe ihr Insulin gespritzt.«

»Warum machst du das? Geht es ihr deshalb so schlecht?«, frage ich erschrocken. »Was ist mit dem Tee und diesem Dingsbums-Zeug, das du ihr geben sollst?«

»Bleibst du hier?«, fragt Lina und streckt die Arme nach mir aus. »Bitte, bleib hier.«

Ich mache einen Schritt auf sie zu, um sie auf den Arm zu nehmen, aber Mama reißt sie schnell an sich. Denkt sie etwa, *ich* würde Lina etwas tun? Bei diesem Gedanken dreht sich mir der Magen um.

»Hattest du das Gefühl, dass es ihr gut geht, bevor wir beim Arzt waren?«, zischt sie. »Es wird nicht besser, weil ich es ihr nicht immer so rechtzeitig geben kann, wie sie es braucht. Weißt du überhaupt, was das ist, dieses MMS, das Malte uns empfohlen hat? Verdünntes Chlordioxid! Hast du im Chemie-Unterricht aufgepasst? Weißt du, wie es wirkt?«

Ich glaube, so wütend hat sie noch nie mit mir gesprochen.

»Keine Ahnung«, antworte ich gespielt gelangweilt.

»Es ist giftig. Es kann die Haut und die Schleimhäute verätzen, sogar die Speiseröhre. Soll ich Lina wirklich lieber das geben?«

Meine Schwester wimmert leise.

»Pst«, macht meine Mutter. »Alles ist gut.«

»Papa war aber auch dafür«, sage ich. »Und er würde ihr nicht wehtun, nicht Lina.«

»Vielleicht nicht absichtlich«, sagt meine Mutter. »Manche glauben, dieses MMS sei ein Wundermittel, das sogar Krebs heilt. Aber es gibt auch Menschen, die Entwurmungsmittel für Pferde einnehmen, weil sie denken, dass es gegen Infekte hilft. Das ist alles Quatsch, verstehst du? Lina braucht das Insulin unbedingt, du musst mir glauben!«

»Aber ich habe doch gesehen, wie du ihr die Tabletten von Malte gibst«, sage ich.

Sie senkt den Blick. »Ich habe das Zeug gegen Brausetabletten ausgetauscht.«

»Also verarschst du Papa und die anderen.«

Sie lacht laut, aber so, dass ich eine Gänsehaut davon bekomme. »Sag es ihnen ruhig, Torge. Sag es ihnen, wenn du willst. Ich habe noch ein gesundes Handgelenk, das opfere ich gerne, wenn es Lina hilft.«

Vor Schreck halte ich die Luft an. Wir haben noch nie über ihre Verletzungen gesprochen.

Hätte ich sie doch nur nicht dabei erwischt, wie sie Lina die Spritze gibt!

Bisher war klar, dass mein Vater bestimmen darf, weil er uns beschützt, doch nun habe ich gesehen, dass Mama ihr eigenes Ding macht. Woher soll ich wissen, wer recht hat? Schadet es Lina, wenn sie ihr die Spritzen gibt? Ist es gefährlicher, wenn sie es nicht tut?

Meine Mutter war nicht immer ehrlich zu uns. Kann ich ihr überhaupt noch trauen?

»Ich habe euch gesehen, Mama«, rufe ich. »Jetzt schimpfst du über ihn, aber ich habe euch gesehen!«

»Wovon sprichst du?« Sie wirkt überrascht.

»Ist egal jetzt.« Beinahe hätte ich ihr etwas anderes ins Gesicht gebrüllt, aber ich lasse es, wegen Lina. Trotzdem bin ich wütend auf Mama, weil sie mich zwingt, meinen Vater anzulügen. Tue ich es nicht, ist es meine Schuld, wenn er ausflippt. Ich weiß nicht, wie lange ich diesen ganzen Mist noch aushalte.

»Warum seid ihr sauer?«, fragt Lina. Sie sieht traurig aus.

Meine Mutter gibt ihr einen Kuss auf den Kopf. »Hier ist doch niemand sauer, Spätzchen.«

»Alles gut, echt«, sage ich mit meiner Lina-Stimme. »Ich muss noch mal weg, aber ich bin bald wieder da.«

»Ich will nicht, dass du gehst.« Sie gruselt sich im Dunklen ohne mich.

»Papa wartet«, krächze ich. »Aber es dauert ganz bestimmt nicht lange.«

Dann schnappe ich mir das Messer aus meinem Zimmer und haue ab, ohne etwas getrunken zu haben.

Während wir durch den Wald laufen, fängt mein Vater aus irgendeinem Grund von Sören an.

»Du mochtest ihn, oder?«, will er wissen.

Schnell schaue ich zu ihm, aber er sieht nicht so aus, als ob er mich reinlegen will.

»Schon irgendwie«, sage ich.

»Muss schwer sein gerade.«

»Mhm.«

Ich will, dass er damit aufhört. Mein Vater fragt nie nach meinen *Gefühlen*. Es gefällt mir nicht, dass er und Mama sich plötzlich anders benehmen als sonst. Mir ist es lieber, wenn ich weiß, woran ich bin.

»Es ist nicht gerecht, dass *sie* alles bekommen hat«, redet er weiter.

»Wenn ich bloß einen Marder hätte!«

»Einen Marder?« Mein Vater bleibt stehen. So wie es aussieht, ist es mir gelungen, ihn zu überraschen.

»Den würde ich in ihren Hühnerstall setzen«, erkläre ich.

Mein Vater schlägt mir lachend auf die Schulter. »Du hast

Ideen! Solange es uns beide gibt, sollte sie sich besser nicht zu sicher fühlen, was?«

»Die blöde Kuh!«

Das mit dem Marder habe ich nur gesagt, weil es meinem Vater gefällt, wenn ich etwas Gemeines über Svea sage. Ich wollte von der Sache mit Sören ablenken. Dabei habe ich mir früher wirklich mal einen Marder gewünscht, nachdem ich ein Bild von einem gesehen hatte. Er sah irgendwie süß aus, aber auch so, als würde er sich nichts bieten lassen.

Zu Hause habe ich dann meinen Vater gefragt, ob ich einen Marder haben kann.

»Ich glaube nicht, dass du wirklich einen willst«, hat er geantwortet.

Zum Beweis hat er mir ein YouTube-Video gezeigt, in dem man sieht, wie ein Marder in einem Taubenstall Amok läuft. Immer wieder beißt er zu, bis da nicht mal mehr das kleinste Zucken ist.

Sören hat mir beigebracht, dass Tiere nicht böse oder gut sind, nicht einmal die Katzen, die mit den Mäusen spielen, bevor sie ihre Beute töten. Sie folgen ihren Instinkten. Aber was ist mit den Menschen?

Der Film war voll eklig, aber noch gruseliger fand ich ihn, als mir einfiel, dass er nicht von alleine ins Internet gekommen sein kann. Jemand muss die Kamera gehalten und Spaß dabei gehabt haben. Wahrscheinlich hat derjenige auch den Marder da reingesetzt. Wäre schon ein großer Zufall, wenn jemand in der Minute vorbeikommt, wo so etwas passiert.

Mein Vater und ich suchen uns einen Hochstand, von dem aus wir alles im Blick haben. Es ist Vollmond, deshalb können wir ziemlich genau erkennen, was sich auf der Lichtung tut. Erst einmal gar nichts. Aber dann kommt ein kleiner Rehbock zwischen den Bäumen hervor. Er geht zu dem Salzstein, den ein anderer Jäger auf einem abgesägten Stamm angebracht hat. Während das Tier an dem salzigen Ding leckt, denke ich an das Messer in meiner Tasche. *Verschwinde!*

Der Schuss ist so laut, dass ich vor Schreck auf den Hintern plumpse.

»Hoppla«, sagt mein Vater und kichert.

Wir sehen dabei zu, wie der Rehbock noch ein paar schnelle Sprünge macht, bevor ihm die Vorderbeine wegknicken.

»Verdammt«, flucht mein Vater.

»Was hast du?«, frage ich.

»Ich habe nicht richtig getroffen.«

Schnell klettern wir die Leiter hinunter, um die Beute zu begutachten. Das Tier lebt wirklich noch. Es zappelt mit den Beinen, um uns zu entkommen, doch mein Vater stürzt sich auf den Rehbock und hält ihn fest.

»Bring's zu Ende!«, fordert er mich auf.

»Was?«

»Na los! Stoß hier rein, dann schnell in Richtung Brust ziehen und das Messer dabei drehen.«

Mit einer Hand zeigt er mir, was ich machen soll.

»Kannst du nicht einfach noch mal schießen?«, rufe ich verzweifelt.

»Wir haben schon genügend Lärm gemacht. Los jetzt, oder willst du, dass er deinetwegen noch länger leidet?«

Ich lege eine Hand auf das Fell des Tiers, während ich mit der anderen das Messer aus der Tasche ziehe. Ich fühle, wie warm der Körper ist, wie er zuckt und atmet. Die letzte Kraft, mit der er sich aufbäumt. Seine Augen sind riesig, zwei schwarze, unheimliche Spiegel. In diesem Moment sind wir verbunden, seine Panik ist meine. Es ist viel zu viel.

»Ich kann nicht.« Ohne dass ich etwas dagegen tun kann, laufen mir Tränen die Wangen runter. Mit dem Zeigefinger fährt mein Vater am Hals des Tiers entlang. »So«, wiederholt er leise. Er klingt gar nicht wütend, sondern beinahe mitleidig.

Ich schüttele den Kopf.

»Also soll er lieber langsam an seinen Schmerzen zugrunde gehen?«

Ich tue es, weil ich nicht grausam sein will, aber ich fühle mich grausam. Mein Vater hat mir versprochen, dass mein Messer wie durch Butter schneidet, aber das stimmt gar nicht. Als ich durch Fell, Haut und Sehnen fahre, ist da ein Widerstand, der mich verrückt macht. Ich bin in meinem Körper, aber gleichzeitig auch nicht.

Zuerst denke ich, der laute Schrei kommt aus der Kehle, die ich gerade durchtrennt habe, dabei war ich derjenige, der geschrien hat. Ich spüre warmes, klebriges Blut auf meinen Händen, das gerade noch durch einen lebenden Körper geflossen ist. In diesem Moment ist es mir egal, ob mein Vater mich auslacht oder anbrüllt. Er ist ein guter Schütze, und das Tier stand ganz still. Er hat es absichtlich getan, wird mir klar.

Plötzlich liegt seine Hand auf meiner Schulter. »Du denkst, ich bin hart, aber ich habe keine Freude daran. Die Welt ist hart. Wir müssen härter sein, um durchzukommen. Ich spreche aus Erfahrung, verstehst du?«

Da fällt mir wieder ein, was Malte erzählt hat. Die vielen kleinen Narben auf dem Rücken meines Vaters. Vielleicht sagt er die Wahrheit, irgendwie. Er ist nicht brutal, weil es ihm Spaß macht. Er denkt, so muss man in dieser Welt sein.

Vielleicht hat er recht. Falls *es* irgendwann wirklich passiert, setze ich jedenfalls eher auf meinen Vater als auf Mama. Aber gerade will ich nur weg von ihm.

Wenigstens bittet er mich nicht, ihm zu helfen, als er den Bauch aufschneidet und die Organe rausholt. Den Kopf und die Innereien lassen wir zurück, verbuddeln sie nur ein wenig in der Erde. Das, was von dem Tier übrig geblieben ist, trägt mein Vater nach Hause.

»Geh jetzt schlafen«, sagt er, sobald wir auf dem Hof sind. Seine Stimme klingt freundlich.

TORGE

In der Nacht habe ich von dem Rehbock geträumt. Noch beim Aufwachen habe ich das Blut gerochen, obwohl ich mich vor dem Schlafengehen richtig abgeschrubbt habe. Die Eier, die Mama mir zum Frühstück gekocht hat, rühre ich nicht an. Ein bisschen ist mir noch übel wegen dem Reh. Außerdem soll sie nicht denken, dass alles wieder in Ordnung ist, nachdem ich sie letzte Nacht in der Küche erwischt habe.

»Isst du nichts?«

»Hab keinen Hunger.«

»Du solltest etwas frühstücken vor der Schule.«

»Fällt heute aus, die Lehrer sind bei so 'ner Veranstaltung.«

»Ach ja?«

Sie glaubt mir nicht, dabei ist es die Wahrheit. Ich habe es ihr vor ein paar Tagen schon einmal gesagt, aber sie hört nicht zu.

»Ihr habt doch viel mehr Ferien, als sie Urlaubstage haben können. Warum machen sie solchen Kram nicht in den Ferien?«

Ich zucke mit den Schultern. »Weiß ich doch nicht.«

Lina freut sich, weil ich zu Hause bleibe. Sie will unbedingt auch eine Höhle aus Stöcken mit mir bauen, seit sie weiß, dass ich eine Nacht im Wald geschlafen habe.

»Gut«, sage ich, »aber nur eine kleine Höhle, für deinen Teddy, okay?«

»Jaaaa.« Sie klatscht in die Hände und lacht. Sie sieht besser aus als sonst. Vielleicht schadet ihr das Insulin doch nicht.

Während wir Stöcke sammeln, taucht plötzlich Doreen auf.

»Hallo, ihr beiden.«

Sie lächelt, aber es ist nicht echt, das erkennt man an den Augen. Ich weiß, dass sie uns eigentlich nicht mag. Wir haben Pech mit unseren Tanten. Doreen und mein Onkel Ole haben auch Kinder, aber die sehen wir nur, wenn Oma oder Opa Geburtstag haben. Meine Mutter hat gesagt, dass Oles Frau eine *olle Zicke* ist.

Doreen will auch gar nicht zu uns, sondern zu Rena. Es kommen häufiger Leute aus den Orten hierher. Rena legt ihnen die Karten und sagt ihnen die Zukunft voraus.

Sören hat so etwas Humbug genannt, und auch Mama hält nicht viel davon. Nicht einmal mein Vater glaubt daran, aber er ist sich sicher, dass Rena Krankheiten von den Augen ablesen kann. Er sagt, dass sie so bei ihm mal eine Magenentzündung festgestellt hat.

Die Höhle, die ich mit Lina im Wald baue, sieht nicht besonders brauchbar aus, aber meine Schwester ist glücklich. Sie schaufelt einen kleinen Blätterhaufen hinein, als Bett für ihren Teddy.

»Sollen wir zurück?«, frage ich, als sie fertig ist.

»Können wir später noch mal herkommen?«

»Klar.«

Sie drückt ihre kleine, klebrige Hand in meine, und wir gehen zusammen zum Haus zurück. Mama hängt gerade die Wäsche ab, weil wir nachher grillen wollen und die Klamotten sonst nach Rauch stinken.

Mein Vater spaltet mit nacktem Oberkörper Holz. Als Doreen aus Renas Haus kommt, starrt sie ihn komisch an.

»Hallo, Doreen«, ruft meine Mutter.

Doreen dreht sich zu ihr um.

»Hallo, Fenja.« Sie klingt genervt.

»Na, was sagen die Karten? Warten irgendwo ein gut aussehender Fremder und ein Sack voll Gold auf dich?«

Jetzt sieht Doreen noch wütender aus. Vielleicht gefällt ihr nicht, was Rena in den Karten gesehen hat.

»Ich bin mit deinem Bruder verheiratet, hast du das schon vergessen? Außerdem habe *ich* einen Job und bin nicht darauf angewiesen, über einen Topf mit Gold zu stolpern.«

Nachdem sie verschwunden ist, sehen wir uns an und lachen.

»Ui, ui, ui«, macht mein Vater. »Die braucht ganz dringend mal wieder ...«

»Alles klar«, unterbricht ihn meine Mutter und deutet mit dem Kopf zu Lina und mir. »Ich glaube ja, sie kommt insgeheim nur deinetwegen.«

»Dem großen, gut aussehenden Fremden?«

Er zieht sie an sich und küsst sie auf die Stirn. Sie lacht, und es ist beinahe so wie früher an guten Tagen.

Später legen wir unser Essen auf den Grillrost über dem offenen Feuer. Das Fleisch muss im Schuppen noch reifen, aber Herz, Leber und Nieren kann man sofort essen. Meine Mutter hat Spieße daraus gemacht, mit Paprika und Zwiebeln.

Irgendetwas tropft ins Feuer. Zuerst denke ich, es ist Blut, und mir wird schon wieder übel, aber es ist nur das Zeug, mit dem meine Mutter die Spieße bestrichen hat. Tomate, Knoblauch und Kräuter.

»Irgendetwas hast du«, sagt Mama leise.

Ich weiß, warum sie nicht will, dass Papa uns hört – sie denkt, es hat etwas mit der Spritze zu tun, dass ich so still bin. Oder mit der anderen Sache, über die wir nicht reden.

»Er hat gestern sein erstes Tier erlegt«, sagt mein Vater und klopft mir auf die Schulter. »Ich habe nicht gut geschossen, und da hat sich Torge um alles gekümmert.«

Mama sieht mich ganz komisch an.

»Tut mir leid«, formen ihre Lippen. Laut sagt sie etwas anderes. »Wenn das Tier gelitten hat, *musstest* du es erlösen. Das hast du gut gemacht.«

Das vielleicht Schlimmste an meiner Mutter ist, dass sie mich oft durchschaut – und dann trotzdem das Falsche sagt. Oder das Richtige im völlig verkehrten Moment.

»Hat mir nichts ausgemacht«, murmele ich. Ich schnappe mir einen Spieß vom Grill und ziehe mit den Zähnen ein Stück Fleisch runter. Es ist noch viel zu heiß, sodass ich mir die Zunge verbrenne, aber ich esse trotzdem weiter. »Lecker.«

Mein Vater lacht. »Nimm dir eine ordentliche Portion, diesmal hast du sie dir verdient.«

Damit wir satt werden, hat Mama zu den Spießen ihr spezielles Brot ohne Mehl gebacken, so wie er es mag. Ich bekomme es nur hinunter, wenn ich mir ganz viel von ihrer selbstgemachten Paprikacreme draufschmiere, aber dann schmeckt es okay.

Später sitze ich mit einem Buch auf der Bank vor unserem Haus, als plötzlich die *Hexe* neben mir steht.

Sie lächelt. Es sieht nicht so unecht aus wie bei Doreen, aber ich traue Svea trotzdem nicht.

»Ist deine Mutter da?« Sie sieht zu dem kleinen Schuppen hinüber. An dem Moos vor dem Eingang klebt noch Blut. Ob sie es sieht?

In diesem Moment kommt mein Vater heraus, das Gewehr in der Hand. Wahrscheinlich hat er es gestern Nacht dort vergessen. Sonst schließt er es immer im Flurschrank ein.

Als er Svea entdeckt, reißt er ganz plötzlich den Lauf hoch und zielt direkt auf ihren Kopf. Mir bleibt fast die Luft weg vor Schreck. So etwas hat er noch nie gemacht. Mit seinem Gewehr geht er vorsichtig um.

Ich glaube, Svea hat sich auch erschrocken.

»Lass den Scheiß, Erik«, schnauzt sie ihn an.

Er lacht laut, bevor er die Waffe sinken lässt.

»Hast du Angst, dass ich dich kaltmache, Svea?«

Sie rollt mit den Augen. »Oh Mann, du bist so ein elender Idiot!«

Weiß sie nicht, wann man aufhören muss? So redet sonst niemand mit ihm. Es ist keine gute Idee, wenn ausgerechnet *sie* es tut. Aber sie macht einfach weiter.

»Du wilderst in meinem Wald. Ich habe den Schuss gehört, und heute Morgen habe ich den Kopf eines jungen Rehbocks und eine Hülse gefunden, die man bestimmt dir zuordnen könnte. Wie wär's, wenn ich dich anzeige?«

Mein Vater hat nach der Hülse gesucht, sie aber nirgends entdeckt. Ob er jetzt Ärger bekommt?

Ich hätte ihm besser helfen müssen. Wäre ich nur nicht so weggetreten gewesen, nachdem ich das Tier gekillt habe.

Er geht auf sie zu, doch sie rührt sich nicht vom Fleck. Nicht einmal, als er ganz nahe vor ihr steht und die Arme ausstreckt.

Er ist viel größer als sie. Seine Hände sehen auf ihren Schultern aus wie Bärenpranken.

Sie sagen nichts, starren sich nur an. Trotzdem sieht es wie ein Kampf aus.

Wer zuerst blinzelt, verliert, denke ich.

Irgendwann hat mein Vater wohl keine Lust mehr, denn er lässt sie los. »Lass mich einfach in Ruhe, Svea.«

Beim Sprechen ist sein Speichel auf ihre Wange geflogen, aber sie wischt ihn nicht weg, sondern sieht meinen Vater weiter an, als wäre nichts passiert.

Wenn sie sich so mit ihm anlegt, ist sie einfach nur irre, sage ich mir, damit ich nicht anfange, Respekt vor ihr zu haben.

»Svea, was machst du denn hier?«

Das war meine Mutter. Keiner hat mitgekriegt, wie sie aus dem Haus gekommen ist. Wir drehen uns zu ihr um.

»Wenn dein Mann schon nachts heimlich jagt, sollte er zumindest die Finger vom Blei lassen.« Svea hat meinem Vater den Rücken zugedreht. Er sieht aus, als würde er ihr gerne eine Kugel hineinschießen, aber er ist kein Feigling, der von hinten angreift. »Selbst wenn es euch einen Dreck interessiert, was es mit der Umwelt macht und dass die Vögel daran verrecken, setzt das Fleisch nicht euren Kindern vor. Das ist Gift für Nieren und Nerven.«

Ich protestiere, weil sie so tut, als wäre uns die Natur egal, dabei stimmt das überhaupt nicht.

Mein Vater sieht aus, als würde er gleich platzen. »Klar, Svea. Lass uns doch einfach wieder mit Pfeil und Bogen jagen. Fenja hat mir schon erzählt, dass du seit deinem Studium ganz schön viel schwafelst. Bist jetzt was Besseres, richtig? Hau ab, dich braucht hier niemand.«

Sie beachtet ihn immer noch nicht, sondern sieht nur Mama an. »Fenja?«

Irgendetwas stimmt wirklich nicht mit ihr. Sie hat keinen Schiss, wenn man mit einem Gewehr auf sie zielt, aber jetzt sieht sie aus, als ob sie sich gleich in die Hose macht. Dabei trägt Mama sogar Spinnen nach draußen, damit mein Vater sie nicht mit einem Schuh erschlägt. Sie könnte niemandem etwas tun.

»Erik hat recht. Geh lieber.«

Mehr sagt sie nicht, trotzdem sieht Svea aus, als hätte sie jemand geschlagen.

»Okay«, sagt sie leise. Dann dreht sie sich zu meinem Vater um. »Ich behalte dich im Auge.«

Er spuckt auf die Erde. »Verpiss dich!«

Bevor Svea im Wald verschwindet, zeigt sie ihm noch den Mittelfinger.

»Deine Schwester hat doch den Arsch offen«, sagt mein Vater.

Wenn er in dieser Stimmung ist, lässt man ihn besser in Ruhe.

Ich erwarte, dass Mama ihm zustimmt, um ihn zu beruhigen, aber das tut sie nicht.

»Weißt du was? Das mit dem Blei solltest du vielleicht wirklich besser lassen«, sagt sie stattdessen.

Bevor mein Vater etwas erwidern kann, dreht sie sich um und lässt uns einfach stehen. Er sieht ihr nach, bis sie im Haus verschwunden ist. Dann tritt er gegen den Block, auf dem er sonst das Holz spaltet.

»Immer zerstört dieses Dreckstück alles!«

Er meint natürlich Svea, und er hat recht; ich habe es gerade selbst erlebt. Endlich mal wieder ein Tag, an dem sich meine Eltern verstehen, und meine Tante verwandelt ihn in einen Haufen Mist. Es sah aus, als würde sie meinen Vater absichtlich provozieren. Was, wenn sie ihn anzeigt? Wir dürfen nicht zulassen, dass sie alles kaputtmacht!

SVEA

Wie es scheint, ist Eriks Hass noch stärker als meiner. Eigentlich sollte mir das Angst machen, stattdessen freue ich mich. Offensichtlich kann ich ihn aus der Ruhe bringen. Heute hat er nicht abgedrückt, aber bestimmt wäre es möglich, ihn so weit zu treiben, dass er die Kontrolle verliert. Wenn ich genügend Mut aufbringe, könnte darin die Lösung für mein Problem liegen.

Er muss mir wehtun, am besten in Fenjas Beisein. Eine einfache Körperverletzung tut es nicht, das habe ich recherchiert. Sollte er hingegen mit einem Messer auf mich losgehen oder mir mit seinen klobigen Stiefeln in empfindliche Körperteile treten, sollte das ausreichen, um ihn in den Knast zu bringen. Gefährliche Körperverletzung. Nur zu übertreffen durch eine schwere Körperverletzung, aber dafür müsste ich zumindest mein Gehör oder mein Sehvermögen opfern, und dazu bin ich dann doch nicht bereit. Ich kann Schmerzen ertragen, bin aber keine Masochistin, die sich danach sehnt. Die gefährliche Variante muss reichen, schließlich ist mein Schwager einschlägig vorbestraft, das hat Ole mir erzählt.

Erik wird meinen Plan nicht sabotieren, indem er hinterher so etwas wie Reue oder Einsicht zeigt. Das weiß ich, weil er und ich uns zumindest in einer Hinsicht ähnlich sind: Wir mögen keine Heuchelei.

Ihn wegen der Wilderei anzuzeigen, war eine leere Drohung. Fenja würde mich für eine kleinliche Petze halten, und seine Strafe würde gering ausfallen. Aber ich kann es später noch gegen ihn verwenden. Sollte er mir etwas antun, wird es ihn nicht in einem besseren Licht dastehen lassen, dass er außerdem unerlaubt herumballert, deshalb habe ich die Hülse vorsichtshalber aufbewahrt.

Er muss nur lange genug verschwinden, damit ich Fenja von ihm befreien kann. Jede Verletzung, die ich davontrage, erhöht meine Chancen auf Erfolg.

Mir ist nicht entgangen, wie sie mit sich gerungen hat, als sie Erik und mich gesehen hat. Sie will nicht, dass mir etwas passiert. Sie hatte schon immer ein Herz für verwundete Kreaturen.

Mein Vorhaben mag auf den ersten Blick radikal, vielleicht sogar durchgeknallt wirken, aber verglichen mit dem, was ich Erik zutraue, erscheint es mir harmlos.

In den Lauf seines Gewehrs zu blicken, war eine Grenzerfahrung. Die Sekunden, in denen ich annahm, Erik würde tatsächlich abdrücken, liefen wie in Zeitlupe ab. Ich wollte nicht so sterben, nicht durch die Hand eines Mannes, den ich verabscheute. Aber womöglich lief es die ganze Zeit darauf hinaus – ein Duell zwischen uns beiden. Um am Ende als Siegerin aus dem Kampf hervorzugehen, muss ich jetzt erst einmal verlieren.

Der Augenblick, in dem ich mir sicher war, gleich zu sterben, mag überwunden sein, doch das Gefühl hält mich immer noch fest in seinen Krallen. So hat die Wolfsstunde leichtes Spiel mit mir. Pünktlich um drei Uhr in der Nacht schrecke ich hoch. Es ist die Zeit, in der die Hirnareale, die für die Vernunft zuständig sind, in tiefem Schlaf liegen, der Geist aber hellwach und bereit ist, sich in Schrecken zu suhlen, die man bei Tageslicht belächeln würde.

Es ist die perfekte Nacht für Julia, um mich wieder einmal heimzusuchen. Im fahlen Licht des Mondes kriecht sie aus dem Wasser, die Glieder unnatürlich verrenkt. An ihrem

Körper klebt ein hauchdünnes weißes Trägerkleid. Ein Bündel wirrer Strähnen verdeckt ihr Gesicht. Erst als mich ihre knochigen Finger beinahe berühren, sieht sie zu mir hoch. Der Vorhang ihrer Haare öffnet sich und gibt den Blick auf ihr blasses Antlitz frei – von Fischen zerfressen und augenlos. Das Schlimmste aber ist das Lächeln ihrer zerstörten Lippen.

Ich fahre hoch, halte das Erlebte im ersten Moment immer noch für real, bis ich es als kaum abgewandelte Szene aus einem Horrorfilm erkenne. Nichts davon hat etwas mit der Wirklichkeit zu tun.

Oder doch?

Am Morgen komme ich kaum aus dem Bett. Der unruhige Dämmerschlaf, in den ich nach meinem Albtraum gefallen bin, lässt mich erschöpfter zurück, als es eine durchwachte Nacht getan hätte. Innerhalb weniger Stunden schütte ich einen Liter Kaffee hinunter, der nicht mehr bewirkt, als dass mir die Hände zittern und mein Kreislauf sich gegen diese Zumutung wehrt.

Nun ist es nicht mehr Julia, sondern Fenja, die mir durch den Kopf spukt. Im andauernden Schwanken zwischen Zuversicht und Hoffnungslosigkeit nehme ich es als gutes Zeichen, dass sie am Nachmittag vor meiner Tür steht.

Der blaue Abdruck unterhalb ihres Ellbogens ist neu.

Mit dem Kinn deutet sie auf die kleine Lina in ihrem Arm. »Kannst du auf sie aufpassen? Nur für eine Stunde oder so, ich muss etwas erledigen.«

Ihr ist deutlich anzumerken, wie schwer es für sie ist, mich um einen Gefallen zu bitten. Schon deshalb sollte ich einwilligen, ohne zu zögern.

Trotzdem bringe ich kein Wort hervor. Es ist lange her, dass mir ein kleines Kind anvertraut wurde, und niemand kann behaupten, dass ich mich dabei sonderlich gut geschlagen hätte.

»Erik arbeitet heute, und Torge ist in der Schule«, erklärt sie ungeduldig.

»Mhm.« *Verlang das nicht von mir.* Ich erwarte, dass sie genervt mit den Augen rollt, doch stattdessen kichert Fenja. »Du siehst aus, als würdest du dir gleich in die Hose machen.«

Jetzt grinst auch Lina. »Erwachsene machen sich nicht in die Hose.«

Verkrampft erwidere ich ihr Lächeln. »Du hast recht, Lina. Meine Hose ist ganz trocken.«

Dafür hatte ich bis eben vergessen, dass dreijährige Kinder bereits in vollständigen Sätzen sprechen. Ich bin denkbar ungeeignet für einen Einsatz als Babysitter.

»Gut, dann werdet ihr ja bestens klarkommen. Lina ist auch schon trocken.« Fenja zuckt mit den Schultern. »Meistens jedenfalls.«

»Kein Problem, wenn es nur für ein oder zwei Stunden ist«, behaupte ich. »Aber ist das für Lina auch in Ordnung?«

Fenja küsst ihre Tochter zärtlich auf die Wange. Dann setzt sie die Kleine ab und geht in die Hocke. »Spätzchen, du weißt, dass Mama etwas Wichtiges erledigen muss. Svea passt in der Zeit auf dich auf. Schaffst du das, meine Große?«

Lina klammert sich an ihre Mutter. »Du sollst nicht gehen.«

Kinder haben gute Instinkte, sagt man. Vermutlich traut sie meinen Qualitäten als Kindermädchen ebenso wenig wie ich.

Fenja schaut über Linas Schulter hinweg zu mir hoch. »Sie ist nicht an andere gewöhnt.«

»Geht sie nicht in den Kindergarten?«

»Wo uns dauernd jemand reinquatschen würde?«

Sie klingt beinahe verzweifelt. Offensichtlich will sie einerseits dringend weg, andererseits aber auch ihr Kind nicht im Stich lassen.

Ich atme tief durch, dann strecke ich Lina meine Hand entgegen. »Weißt du was? Ich war in einem Land, das ganz weit weg liegt. Es heißt Kanada. Von dort habe ich dir ein kleines Geschenk mitgebracht. Willst du es sehen?«

»Ein Geschenk?« Sie lässt ihre Mutter los.

Ich nicke. »Mhm.«

Unsere Blicke schnellen fast gleichzeitig zu Fenja, um deren Erlaubnis einzuholen.

»Geh ruhig mit Svea. Sie ist ja keine Fremde, sie ist deine Tante, das weißt du doch.«

Dass Fenja mich Lina als Familienmitglied präsentiert, kommt mir wie eine euphorische Zuneigungsbekundung vor, so weit haben sich inzwischen meine Ansprüche der Realität angepasst.

»Okay, Mama.« Als Lina zaghaft ihre Hand in meine legt, fühlt sich das ebenso fremd wie wärmend an.

In Fenjas Gesicht zeichnet sich ein Gemisch aus widerstrebenden Gefühlen ab.

»Tschüss, mein Schatz. Ich wünsche dir viel Spaß.« Sie küsst ihre Tochter auf die Wange. Für mich hat sie nur eine letzte Anweisung parat. »Bitte gib ihr nichts Süßes, das verträgt sie nicht.«

»Muss ich sonst noch etwas beachten?«

Meine Schwester wühlt in ihrem zerschlissenen Rucksack und holt eine Edelstahl-Dose daraus hervor. »Hier drin ist etwas zu knabbern für Lina, und sie trinkt nur stilles Wasser. Am liebsten eiskalt.«

»Alles klar. Das bekomme ich hin«, behaupte ich zuversichtlicher, als ich mich fühle.

Nachdem Fenja gegangen ist, sieht Lina erwartungsvoll zu mir hoch. »Und wo ist jetzt mein Geschenk?«

»Das ist drinnen, wollen wir reingehen?«

Zum Glück gefällt ihr der Biber. Es ist rührend, zu beobachten, wie hingebungsvoll sie sich dem kleinen Specksteintier widmet.

»Es gibt noch einen Bären«, erkläre ich. »Den habe ich eigentlich für deinen Bruder mitgebracht. Aber Torge ist vielleicht schon etwas zu alt für Spielzeug. Willst du ihn?«

Besorgt runzelt sie die Stirn. »Fressen Bären denn keine Biber?«

Wie viel Wissen kann man kleinen Kindern zumuten? Ich bin mir nicht sicher, aber ich will meiner Nichte auch kein Paradies vorgaukeln, in dem Löwen mit Lämmern kuscheln.

»Nun ja, sie fressen vor allem Pflanzen – Baumrinde, Beeren und Wurzeln –, aber doch, es kommt schon vor, dass sie Biber fressen.«

»Dann lieber nicht.« Lina schüttelt den Kopf und lässt den kleinen Biber über ihren viel zu dünnen Arm spazieren. Dann sieht sie zu Laika, die neben uns auf dem Boden liegt, den Kopf auf den Vorderpfoten.

»Darf ich sie streicheln?«

Laika reagiert so gelassen auf die Anwesenheit des Mädchens, dass ich bereit bin, einen Versuch zu wagen.

»Komm, wir machen es gemeinsam.« Ich führe Linas Finger so durch das Fell der Hündin, wie es Laika gefällt.

»Hast du schon einmal einen echten Bären gesehen?«, fragt sie.

»Ja. Durch das Fenster einer Hütte, in der ich für eine Weile gelebt habe. Der Geruch der Mülltonnen hat ihn angelockt.«

Angewidert verzieht sie das Gesicht. »Iiiih. Mögen sie etwa auch Müll?«

»Bären essen so gut wie alles. Ehrlich gesagt tun sie kaum etwas anderes. Sie müssen sich Speck anfressen, für die Winterruhe.«

»Hattest du gar keine Angst?«

»Ich war ja drinnen. Außerdem sind Bären für Menschen nicht sehr gefährlich, solange sie nicht denken, dass man ihren Jungen etwas tun will.«

Später gehen wir in den Garten, um Erdbeeren zu pflücken. Laika stromert unaufgeregt um uns herum. Ich lasse Lina an den violetten Blüten der Taubnesseln lutschen, so wie Sören es früher mit mir gemacht hat. Ihr gefällt der honigsüße Geschmack.

Sie klettert auf meinen Schoß und legt mir die Ärmchen um den Hals, wobei mich erneut dieses Gefühl fremdartiger Vertrautheit überkommt. Ihr weizenblondes Haar duftet nach Sonne und Kräutern. Immer wieder muss ich mich ermahnen, nicht eine kleine Fenja in ihr zu sehen, die zu mir zurückgekehrt ist.

Ob sich schon mit unseren Eierstöcken die Bereitschaft entwickelt, sich vom Duft eines Kinderkopfes betören zu lassen? Allerdings ist es mir nie in den Sinn gekommen, selbst ein Baby zu bekommen. Erst jetzt, wo es für mich bald nicht mehr möglich sein wird, keimt gelegentlich so etwas wie Wehmut auf. Ein Trick des Reptilienhirns, das von mir verlangt, meinen Körper in letzter Sekunde doch noch in den Dienst des biologischen Vermehrungsdrangs zu stellen. Abgesehen von dem Wissen darum schützt mich die Tatsache, dass weit und breit keine Samen in Sicht sind, die gierig darauf lauern würden, sich meinen wenigen verbliebenen Eizellen zu nähern.

»Ich habe Durst«, sagt Lina.

»Sollen wir reingehen?«

Sie schüttelt den Kopf. »Kannst du etwas für mich holen?«

Unschlüssig sehe ich zum Haus und wieder zu ihr. In der kurzen Zeit wird schon nichts passieren, sage ich mir dann.

»Klar.«

»Kann Laika bleiben?«

»Die nehme ich lieber mit ins Haus.«

Lina sieht enttäuscht aus, aber ich will nichts riskieren.

Drinnen lasse ich kaltes Wasser in die Karaffe laufen und stelle sie zusammen mit zwei Gläsern auf ein Tablett. In einer Schublade finde ich noch Butterkekse mit einer Schokoladenschicht, aber dann fällt mir ein, dass Lina keine Süßigkeiten essen soll. Also schmiere ich ihr stattdessen ein Butterbrot, für den Fall, dass sie Hunger bekommt.

Obwohl all das nur wenige Minuten gedauert hat, bedauere ich schon beim ersten Schritt vor die Tür, Lina alleine gelassen zu haben. Irgendetwas stimmt hier nicht, das spüre ich. Da ist wieder dieses Kribbeln im Nacken, das mich sofort nach einer Bedrohung in unmittelbarer Nähe Ausschau halten lässt.

Und da sehe ich ihn. Er hat mich ebenfalls entdeckt. Mit wildem Blick schaut er mir direkt ins Gesicht. In der Hand hält er ein Messer, so blutig wie sein Shirt.

TORGE

Ich bin einfach in ihren Hühnerstall marschiert und habe das Tier abgestochen, so wütend bin ich.

Nachdem ich aus dem Schulbus ausgestiegen bin, habe ich die Abkürzung durch den Wald genommen. Das habe ich in den Wochen davor nicht gemacht, weil ich dabei an dem Haus vorbeikomme, und das ging nach Sörens Tod irgendwie nicht.

Früher war das der beste Teil. Wenn er draußen war, haben wir uns unterhalten, und manchmal hat er mir was zugesteckt. Einen Schokoriegel, den ich nur heimlich essen konnte, oder auch mal ein paar Euro für ein gutes Zeugnis.

Heute wollte ich mich ganz schnell dran vorbeischleichen, nur um Laika kurz zu sehen, aber dann saß da Lina im Garten, ganz allein. Mein Vater hat gesagt, dass man Svea nicht trauen kann, und ich habe gesehen, wie sie meine Schwester anstarrt. Zuerst dachte ich deshalb, dass Svea uns Lina geklaut hat. Aber dafür sah meine Schwester zu fröhlich aus. Außerdem wäre es ziemlich dämlich, ein Kind zu entführen und es dann in den Garten zu setzen, wo jeder es sehen kann. Mama muss Lina hierhergebracht haben!

Irgendwie hat mich das noch wütender gemacht, als wenn Lina entführt worden wäre. *Sie macht alles kaputt*. Wegen Svea haben meine Eltern gestern schon wieder gestritten. Ich habe heute Morgen den blauen Fleck an Mamas Arm gesehen.

Meine Tante sollte ein bisschen Angst kriegen, also habe ich beschlossen, eines ihrer Hühner zu töten und dann mit

Lina abzuhauen. Ihr Pech, wenn sie sich bei uns einmischt, statt sich um ihren eigenen Kram zu kümmern.

Ich hatte mein Messer dabei und dachte, es wäre leicht für mich, einen doofen Vogel zu killen, nach der Sache mit dem Rehbock. Also habe ich mir das Tier blitzschnell gepackt und ihm mit meinem Messer die Kehle durchgeschnitten, bevor ich nachdenken konnte.

Was dann kam, war voll der Horror: Das Huhn ist einfach ohne Kopf weitergerannt. Das war so eklig, dass ich beinahe ausgerastet wäre, so ähnlich wie der Marder in dem Video. Danach wollte ich nur noch weg, aber plötzlich ist Svea aufgetaucht, und jetzt versperrt sie mir den Weg.

»Was hast du da drin gemacht?«, will sie wissen.

»Und was macht Lina bei dir?«, frage ich zurück und fuchtele ein bisschen mit dem Messer rum, aber es scheint sie nicht besonders zu beeindrucken.

»Eure Mama hat mich gebeten, auf sie aufzupassen. Sie musste noch mal weg.«

Wohin? Ich will nicht, dass sie schon wieder geheime Sachen macht.

»Warum hat sie nicht gewartet, bis ich aus der Schule komme?«

»Hat sie nicht gesagt. War wohl etwas Eiliges.«

Dann hätte sie doch Rena fragen können, wie sie es früher getan hat, auch wenn Lina nicht so gerne drüben ist. Sie gruselt sich wegen der ausgestopften Tiere dort. Unsere Nachbarin ist jetzt auch nicht der Super-Babysitter, aber sie hätte Lina zumindest etwas vorgelesen, statt sie alleine im Garten zu lassen.

»Egal, jetzt bin ich ja da«, sage ich. »Ich hole Lina, und dann verschwinden wir.«

Als ich versuche, an ihr vorbeizukommen, hält Svea mich am Arm fest. »Geh erst mal ins Haus.«

Wütend reiße ich mich los und zeige ihr den Mittelfinger, so wie sie es bei meinem Vater gemacht hat. »Ich will nicht in *dein* verficktes Haus.«

Svea zuckt mit den Achseln. »Du kannst von mir aus gehen. Aber das würde ich nur machen, wenn deine Schwester auf jede Menge Blut steht.« Sie deutet auf mein Shirt. »Ich hoffe, das stammt nicht von einem Menschen?«

Ich schaue an mir runter. Sie hat recht, der weiße Stoff ist voller roter Flecke. Ich halte nach Lina Ausschau, aber sie ist wohl in dem Teil des Gartens, den man von hier aus nicht sehen kann. Zum Glück.

»Es sind noch Shirts von Sören da. Die sind dir vielleicht ein bisschen groß, aber du kannst dir eins nehmen. Dann steckst du es dir halt in die Hose. Und wasch dir besser auch gleich das Gesicht, sonst bekommt Lina Angst.«

Eigentlich will ich nichts tun, was *sie* mir sagt, aber leider bleibt mir wohl nichts anderes übrig. Schließlich will ich nicht, dass Lina weint.

»War bloß 'n Huhn«, erkläre ich und folge ihr ins Haus, wo sie mir ein sauberes Shirt rauslegt.

»Wenn du fertig bist: Wir warten im Garten auf dich«, sagt sie.

Als Lina mich sieht, strahlt sie über das ganze Gesicht. »Bist du auch gekommen?«

»Siehst du doch«, sage ich. »Und jetzt gehen wir.«

»Ich will noch hierbleiben, mit Laika und Svea.«

»Ich bin doch jetzt da.«

»Mama will aber, dass ich auf sie warte.«

»Lina hat recht«, mischt sich Svea ein. »Halten wir uns besser an das, was Fenja gesagt hat.«

Wütend starre ich zu ihr rüber. Die kann mich mal!

»Komm, wir gehen, Lina.«

Ich schnauze meine Schwester sonst nie an. Kein Wunder also, dass sie ganz erschrocken aussieht.

Lina verschränkt die Arme. »Will nicht.«

Es passt mir nicht, wie dumm sie mich vor meiner Tante aussehen lässt, deshalb zerre ich ein bisschen an ihr. Als sie anfängt zu weinen, lasse ich sie schnell wieder los, weil ich nicht so zu ihr sein will. Schließlich kann sie nichts für den ganzen Mist.

»Okay. Dann bleib eben hier.«

»Bleibst du auch?«, will sie wissen.

»Ja, er bleibt«, antwortet Svea für mich. »Ich glaube, da ist noch etwas, worum du dich kümmern möchtest, Torge.«

»Was denn?«, frage ich genervt.

Svea stellt sich so hin, dass Lina sie nicht sehen kann. Dann fährt sie sich mit dem Zeigefinger einmal schnell an der Kehle entlang, so wie ich es mit dem Messer bei dem Huhn gemacht habe.

Mit einem Mal wird mir klar, dass ich richtig Mist gebaut habe. Sören wäre enttäuscht von mir, vor allem, weil es *seine* Hühner waren, um die er sich immer gut gekümmert hat. Ich hätte meine Wut nicht an einem wehrlosen Vieh auslassen dürfen, nur um Svea zu bestrafen.

»Sorry«, murmele ich. »Müssen wir das Mama erzählen?«

»Was denn?«, fragt Lina neugierig.

Svea kniet sich zu ihr auf den Boden. »Laika könnte ein bisschen Bewegung vertragen. Soll ich einen Ball holen? Dann können wir mit ihr spielen.«

»Jaaaaaa«, ruft Lina.

»Und was soll ich in der Zeit machen?«, frage ich genervt.

»Erst einmal nichts. Vielleicht mitspielen?«

Ich rolle mit den Augen. Es wäre schon okay, mit Laika und Lina durch den Garten zu rennen, aber nicht, wenn *sie* dabei ist. Meinem Vater würde es bestimmt nicht gefallen, wenn wir hier einen auf dicke Freunde machen.

»Musst du vielleicht noch Hausaufgaben erledigen? Du kannst sie da vorne auf der Bank machen. Im Schuppen steht ein Klapptisch, soll ich dir den holen?«

»Okay.«

Während ich versuche, mich auf Mathe zu konzentrieren, gucke ich ständig zu Lina und Svea rüber. Sie verstehen sich viel zu gut. Irgendwann halte ich es nicht mehr aus und gehe dazwischen.

»Hast du Lina zwischendurch mal hingelegt? Sie macht noch Mittagsschlaf.«

»Das wusste ich nicht.« Svea betrachtet meine Schwester und runzelt die Stirn. »Oh, du siehst wirklich müde aus, Süße. Vielleicht sollten wir reingehen?«

»Ich will aber nicht schlafen.«

Svea schaut mich fragend an.

»Dann kommt sie heute Nacht nicht zur Ruhe«, erkläre ich.

»Na komm, Lina, wir legen dich ein bisschen hin. Wenn du wach wirst, ist Laika immer noch da.«

Meine Schwester motzt zwar noch eine Weile vor sich hin, geht dann aber mit ins Haus.

Solange Svea weg ist, kann ich mir einbilden, dass sich gar nichts verändert hat. Ich habe ziemlich oft hier auf der Bank gesessen, während Sören irgendetwas erledigt hat. Gerade könnte er zum Beispiel drinnen sein, um uns eine frische Limonade zu machen.

Als Svea wieder rauskommt, hat sie ein anderes Gesicht als bei Lina. Sie sieht ernst aus. Hätte ich bloß nicht gesagt, dass Lina schlafen muss! Jetzt, wo wir alleine sind, will Svea bestimmt mit mir über das Huhn reden.

»Du warst offenbar ziemlich wütend auf den Vogel.«

Ihr Mund ist immer noch streng, aber ihre Augen lächeln. Mir wäre es lieber, sie wäre einfach nur sauer. So habe ich das Gefühl, sie nimmt mich nicht ernst.

»Jedenfalls werde ich es nicht einfach verfaulen lassen«, sagt sie. »Hilfst du mir, es zuzubereiten?«

»Mhm.«

»Dann hol das Huhn, und bring es rein. Falls du die Hauptschlagader ordentlich durchtrennt hast, müsste es inzwischen ausgeblutet sein. Wusstest du übrigens, dass sie danach noch eine halbe Minute leben und Schmerzen empfinden können, wenn man sie nicht betäubt? Wie auch immer, ich warte in der Küche auf dich.«

Mir wird flau. Scheint so, als dürfte ich mal wieder in Eingeweiden rumwühlen. Super. Aber diesmal bin ich wohl selbst schuld.

Das Huhn liegt auf dem Boden und zuckt nicht mehr. Ich packe es an den Füßen und trage es zum Haus, ohne mich nach dem Kopf umzusehen.

Als ich reinkomme, steht Svea vor der Spüle. Das Wasser darin dampft.

»Tauch es unter, und beweg es ein bisschen hin und her, dann lösen sich die Federn besser.«

»Ich soll das Huhn rupfen?«

»Klar.«

Sie lacht, als sie meinen Blick sieht. »Jetzt erzähl mir bloß nicht, du findest es schlimmer, ihm die Federn auszureißen, als ihm die Kehle durchzuschneiden.«

So, wie sie es sagt, komme ich mir dämlich vor.

»Nö«, sage ich deshalb. »Habe ich nur noch nie gemacht. Muss das Huhn nicht erst mal abhängen?«

Sie zieht die Augenbrauen hoch. »So macht dein Vater das mit den Rehen, die er nicht jagen darf, stimmt's?«

Blöde Kuh.

Sie lacht. »Schon gut. Bevor du mir gleich auch noch an die Gurgel gehst: Wenn wir es zubereiten, solange es noch warm ist, geht das ganz gut.«

»Hm.«

»Und falls du mal wieder Hunger auf ein Huhn bekommst: Man darf sie nicht töten, ohne sie zu betäuben, klar?«

»Sorry, hatte zufällig keine Spritze dabei.«

Sie lacht wieder, und diesmal kann ich mir ein Grinsen nicht verkneifen. Ich wünschte, sie würde mich nicht so an Sören erinnern. Dabei sieht sie ihm nicht mal ähnlich. Es sind eher die Bemerkungen, die sie macht, oder die Art, wie sie manchmal guckt.

Kurz darauf liegt das Tier auf meinem Schoß. Es ist ziemlich abstoßend, wie es da so schlaff rumhängt. Trotzdem klappt das mit dem Rupfen besser, als ich gedacht habe.

»Gut«, sagt sie, als ich fertig bin. »Jetzt nehmen wir es aus. Um die Füße und den Kropf kümmere ich mich, das ist ein bisschen tricky. Den Rest machst du.«

Nachdem sie mit ihrem Teil fertig ist, zeigt sie mir, wie man den Bauch aufschneidet. »Das kannst du machen. Pass nur auf, dass du nicht den Darm triffst.«

Sie presst die Lippen fest zusammen. Wetten, sie weiß genau, wie wenig ich das hier tun will?

Ich beginne zu schneiden, und sie sieht aus, als würde sie sich Sorgen machen – um mich, nicht um das Huhn. Ich glaube, eigentlich *will* sie, dass ich einknicke. Bestimmt soll ich etwas daraus lernen – wie bei meinem Vater. Nur, dass sie mich bislang zu nichts gezwungen hat. *Sie* würde mich gehen lassen, wenn ich darum bitte, das sagt mir mein Gefühl.

Den Gefallen, nachzugeben, tue ich ihr trotzdem nicht. Sie soll mich auf keinen Fall für ein Weichei halten. Bei dem

Vogel finde ich es außerdem nicht ganz so schlimm wie bei dem Rehbock.

Inzwischen weiß ich, warum es so extrem krass war, dem Tier im Wald in die Augen zu sehen. Sie haben mich an Mamas erinnert – groß und erschrocken.

»Was kommt jetzt?«, frage ich ganz cool, nachdem ich den Bauch geöffnet habe. Ich wünschte, Papa könnte mich so sehen.

»Jetzt schnappst du dir die Leber und den Magen. Du weißt ja bestimmt, wie die aussehen, oder? So als abgebrühter Vollprofi.«

In diesem Moment hasse ich sie wieder.

Als wir endlich fertig sind, höre ich meine Schwester nach mir rufen. Nach mir, nicht nach Svea! Wenigstens etwas.

»Sie ist oben in dem kleinen Zimmer neben Sörens. Da habe ich sie auf eine Matratze gelegt«, sagt Svea. »Geh ruhig zu ihr, ich mache den Rest. Du hast dich gut geschlagen.«

Als ich mit Lina an der Hand wieder runterkomme, hat Svea Zwiebeln und irgendwelche Kräuter klein geschnippelt.

»Ich mache eine Suppe daraus. Für einen Braten taugen die Legehühner nicht. Wenn eure Mutter dann immer noch nicht da ist, können wir in zwei Stunden essen.«

»Wo ist Laika?«, fragt Lina.

»Draußen«, antwortet Svea.

»Können wir zu ihr?«

»Klar, gleich, wenn ich hier fertig bin. Dauert noch zehn Minuten.«

»Wir können doch alleine rausgehen«, sage ich.

»Solange der Hund draußen ist, möchte ich das nicht so gerne.«

»Du machst dir Sorgen wegen Laika? Die kannte ich schon, als sie noch ein Welpe war.«

Ich war hier, du nicht.
Sie sieht unglücklich aus. »Okay, dann geht. Macht aber besser nicht so wild. Ich komme gleich nach.«

Draußen werfe ich für Laika immer wieder einen Ball, der schon ziemlich zerkaut aussieht. Wenn sie zu schnell damit angerannt kommt, versteckt sich Lina hinter mir und kichert. Ich habe vielleicht fünfmal geworfen, da kommt auch schon Svea angerannt. Sie muss sich sehr beeilt haben.

Am Anfang bleibt sie die ganze Zeit in unserer Nähe, obwohl ich alleine aufpassen kann und Laika vorsichtig mit Lina ist. Aber irgendwann checkt Svea, dass wir keine Bewacherin brauchen, und setzt sich mit einem Buch auf die Bank.

Ich frage mich, wo Mama bleibt. Mir gefällt es nicht, wenn sie Geheimnisse hat.

Als wir später in der Küche am Esstisch sitzen, verschränke ich die Arme vor der Brust.

»Ich habe keinen Hunger«, behaupte ich.

In Wahrheit riecht die Suppe so gut, dass ich sie gerne probieren würde, aber Svea soll nicht glauben, dass uns hier irgendetwas gefällt.

Lina löffelt ihren Teller superschnell leer und will gleich noch mehr. »Mit viel von den Sternchennudeln.«

Svea lächelt. »Gut, dass ich die noch gefunden habe. Sören hat diese Suppe immer gekocht, wenn jemand erkältet war.«

Ich weiß. Für mich hat er sie auch gemacht. Sonst habe ich nie irgendwo anders als zu Hause gegessen, bis Ahmed und ich uns angefreundet haben.

Ein paarmal war ich jetzt nach der Schule bei ihm. Er wohnt in Eckernförde, in so einem Klotz mit vielen Familien. Der Fahrstuhl ist dauernd kaputt, und die Wände sind beschmiert, aber dafür braucht er morgens nur zehn Minuten zur Schule.

Zu uns habe ich ihn nie eingeladen, obwohl er ein paarmal gefragt hat. Er würde nicht verstehen, wie wir leben. Außerdem will ich nicht, dass Malte ihn sieht und etwas Gemeines sagt. Für Malte sind alle, die ein bisschen wie Ahmed aussehen, Türken, und die mag er am allerwenigsten. Angeblich hat ihn mal einer übers Ohr gehauen. Aber Malte erzählt ja andauernd, dass einen alle nur übers Ohr hauen wollen.

Als ich zum ersten Mal bei Ahmed war, habe ich mich so ähnlich gefühlt wie jetzt bei Svea: Ich wusste, dass ich eigentlich nicht dort sein sollte. Seine Mutter war alleine zu Hause, weil Ahmeds älterer Bruder noch in der Schule war und sein Vater noch gearbeitet hat. Sie trägt ein Kopftuch, und deshalb dachte ich, sie kann vielleicht kein Deutsch, kann sie aber doch.

»Schön, dass Ahmed einen Freund gefunden hat«, meinte sie.

Ihm war das voll peinlich, aber ich fand seine Mutter eigentlich ganz nett. Sie sah müde aus. Ich weiß, dass sie immer früh aufstehen muss, um Büros zu putzen. Dafür kann sie schon mittags nach Hause gehen.

Mama hat auch mal geputzt, bei Leuten zu Hause, aber mein Vater hat es ihr dann irgendwann verboten. Sie soll nicht den Dreck von Menschen beseitigen, die auf sie herabschauen. Ich hab ihr angesehen, dass sie nicht einverstanden war, dabei wäre ich an ihrer Stelle froh gewesen.

Ahmeds Mutter wollte, dass wir uns schon einmal ins Wohnzimmer setzen. Kurz darauf kam sie mit einem Topf rein. Es roch nach Gewürzen, die ich nicht kannte.

»Esst ordentlich was.«

Ich wollte zuerst nicht, weil es Malte und meinem Vater nicht passen würde, aber es roch einfach zu gut. Es schmeckte auch gut. Und so schlang ich alles hinunter – Couscous mit Fleisch und Gemüse –, fast ohne zu kauen. Ahmeds Mutter hat gelacht und mir gleich noch eine Kelle voll auf den Teller gepackt.

»Ist echt lecker«, habe ich gesagt. »Danke.«

Sie ist ganz anders als meine Mutter, aber manchmal hat sie auch diesen Blick, als würde ihr etwas fehlen. Wenigstens muss ich bei ihr nicht rätseln, was es ist. Im Wohnzimmer stehen überall Fotos von Ahmeds kleiner Schwester herum. Da wäre ich auch traurig.

»Willst du nicht doch etwas essen?«, fragt Svea.

»Nö«, sage ich.

»Das schmeckt aber gut«, ruft Lina.

Weil ich seit heute Morgen nichts gegessen habe, gebe ich wieder mal nach. Das Essen ist okay, aber nicht großartig.

»Ich habe es vorsichtshalber nicht zu sehr gewürzt, wegen Lina«, erklärt Svea. Sie pult an der Tischplatte herum. »Ich habe gehört, dass du oft bei Sören zu Besuch warst und ihr euch gut verstanden habt. Möchtest du vielleicht etwas von seinem Zeug haben? Als Erinnerung? Nimm, was du willst.«

Ich schaue zu der Gitarre an der Wand, dann aber schnell wieder weg.

»Seine Gitarre? Kannst du spielen?«

»Ne. Du?«

»Ja, Sören hat es mir beigebracht. Wenn du sie haben willst, kann ich dir ein bisschen was zeigen.«

Ich starre sie an, und sie sieht selbst ganz erschrocken aus. Ist ihr wohl nur so rausgerutscht.

»Nö, ich will die Gitarre ja gar nicht«, behaupte ich.

Vielleicht würde es mir gefallen, ein Instrument zu spielen, aber ich will Svea um nichts bitten. Deshalb suche ich auch das *Jujutsu-Kaisen*-Buch, ohne sie danach zu fragen, als sie einmal im Badezimmer verschwindet. Ich finde es in einer Küchenschublade und stecke es mir schnell unters Shirt.

Plötzlich geht die Tür auf. Es ist Mama.

»Was machst du denn hier?«, fragt sie verwirrt, als sie mich sieht.

»Ich wollte Lina abholen. Und wo warst du die ganze Zeit?«

»Sucht ihr bitte eure Sachen zusammen? Wir gehen gleich.«

Denkt sie, ich merke nicht, dass sie mir ausweicht?

Bevor ich etwas sagen kann, kommt Svea die Treppe runter.

»Du hast da aber eine auffällige Beule unter deinem Shirt«, sagt sie.

Ich finde nicht, dass es falsch war, das Buch einfach zu nehmen. Trotzdem ist es mir peinlich, dass sie mich erwischt hat.

»Du denkst doch nicht etwa, dass mein Sohn etwas geklaut hat, oder?«, schnauzt Mama los.

»Das habe ich nicht behauptet«, sagt Svea. »Ich sehe nur vier Kanten unter seinem Shirt, wirkt unbequem.«

»Torge?«, fragt meine Mutter.

»Es ist meins«, erkläre ich und ziehe das Buch unter dem Shirt hervor. »Er hat sie mir immer geschenkt.«

Svea nimmt mir das Buch aus der Hand und blättert darin. »Ein Comic? Das hättest du doch nicht zu verstecken brauchen.«

»Er hat dir diese Schrotthefte geschenkt?«, fragt meine Mutter verärgert. »Du wusstest, dass ich sie nicht gut finde. Hast du ihn darum gebeten?«

Sie ist ziemlich empfindlich, wenn es um Geschenke geht. »Man bekommt nichts geschenkt«, sagt sie immer. Vor allem will sie nicht, dass uns jemand aus Mitleid etwas gibt, nur weil wir nicht so viel Geld haben.

»Nicht einfach so«, sage ich schnell. »Die Hefte habe ich mir verdient, indem ich kleine Dinge für ihn erledigt habe.«

»Was für *Dinge*?«

»Na, im Garten und so.«

Da mischt sich Svea wieder ein. »Gut, dann machen wir es einfach ganz genauso. Du bekommst das Heft, wenn du eine Kleinigkeit für mich erledigst. Wäre das okay für dich, Fenja?«

»Von mir aus«, sagt Mama.

»Gut. Wie wäre es, wenn du mal vorbeikommst, um meine Hühner zu füttern?«

Sie sagt es ganz freundlich, deshalb merke nur ich, dass sie mich ärgern will.

Ich würde ihr gerne sagen, dass sie mich mal kann, aber vielleicht erzählt sie meiner Mutter dann, was ich mit dem Huhn gemacht habe. »Okay.«

»Ach, und fast hätte ich vergessen, dass ich dir auch etwas aus Kanada mitgebracht habe. Warte mal kurz.«

Sie wühlt in einem der Schränke und hält mir dann mit einem fiesen Grinsen eine schwarze Bärenfigur vor die Nase.

Ich rolle mit den Augen. »Das schaffe ich nie, mir *den* zu verdienen. So oft kann ich gar nicht Hühner füttern. Behalt den mal lieber.«

Svea lacht so laut, dass ich fast auch gegrinst hätte. Schlimmer ist aber, dass ich ihr jetzt etwas schulde – für das Buch und weil sie mich nicht verraten hat.

»Habe ich etwas verpasst?«, fragt meine Mutter. »Was habt ihr nur mit den Hühnern?«

»Wir haben Hühnersuppe gegessen«, kräht Lina.

»Möchtest du einen Teller, Fenja?« Svea deutet auf den Topf. »Könnte sogar noch warm sein.«

»Ich weiß nicht. Es ist schon spät.«

»Na komm, einen Teller, und dann geht ihr.«

Ich will, dass sie Nein sagt. Papa ist bestimmt inzwischen zu Hause. Wenn er merkt, dass wir alle nicht da sind, wird er sauer.

»Ich bin heute nicht zum Essen gekommen. Also schön, her damit!« Meine Mutter lässt sich auf die Bank plumpsen.

Sie verschlingt die Suppe genauso gierig wie Lina – sogar die weißen Nudeln, die ich weggelassen habe, weil wir die eigentlich nicht essen. Hat Mama nur wegen Papa auf solche Sachen verzichtet? Aber warum macht sie es dann jetzt nicht mehr?

Auch wenn ich finde, dass Mama sich falsch verhält, habe ich ein blödes Gefühl, als ich das Fleisch auf ihrem Löffel sehe. Ich habe gehört, wie sie nach der Nacht im Wald zu meinem Vater gesagt hat: »Bitte, lass ihn keine Tiere töten. Ich will nicht, dass es ihm am Ende leichtfällt. Er ist noch so jung.«

»Das wird nicht passieren, er ist zu weich«, hat mein Vater geantwortet.

Ich habe eine Nacht allein im Wald verbracht und den Rehbock getötet. Was muss ich noch tun, um ihm zu beweisen, dass ich kein Schwächling bin?

SVEA

Es ist lange her, dass ich eine so friedliche Nacht hatte. Nach acht Stunden albtraumlosem Schlaf wache ich mit einem Lächeln auf den Lippen auf. Fenja hat sich zu mir an den Tisch gesetzt und etwas gegessen, das ich zubereitet habe. Mir ist es gelungen, ihrem misstrauischen Sohn ein Lächeln zu entlocken. Und ich habe Lina kennengelernt. Es sind erste zarte Triebe an einem verdorrt geglaubten Gewächs. Nun brauchen sie Zeit, um zu gedeihen. Ich kann nur hoffen, dass mir ausreichend davon bleibt, bevor die Vergangenheit womöglich meine Zukunft zerstört – je nachdem, was meine Spurensuche offenbart. Doch an diesem Morgen ist mir danach, zu feiern – mit einer Rumkugel. Schon als Kind hatte ich eine peinliche Schwäche für diese Schokoladenbälle, und nirgends sind sie so groß wie hier im Norden. Jede Rückkehr hat mich deshalb sehr bald in eine Bäckerei geführt.

Diesmal stand mir bislang nicht der Sinn nach süßen Naschereien, aber nun schwinge ich mich auf mein Fahrrad und radele zur Fähre. Die Sonne über dem Schilf erscheint mir strahlender als in den vergangenen Tagen, und das gleichmäßige Tuckern des Motors besänftigt mich zusätzlich. Eine Bande frisch geschlüpfter Entenküken schwimmt eifrig der Mama hinterher. Gleich daneben zappelt ein kleiner, silbrig glänzender Fisch im Schnabel eines Haubentauchers. Wasser und Himmel sind so blau wie sonst nur in der Erinnerung an die wunderbare Trägheit heißer Ferientage, an denen nichts passieren muss, aber alles möglich ist. Sonnenschein und eine leichte Brise, die die Wipfel leise zum Wispern bringt; die Klänge von Rasenmähern, Kinderlachen und Vogelzwitschern – damals brauchte man nicht viel, um glücklich zu sein.

Erst die Schlange vor dem einzigen Bäcker im Ort versetzt mir einen Dämpfer, bis ich sehe, dass ich keinen der Menschen kenne. Es sind Zugezogene und Touristen. Niemand starrt mich an oder will mir ein Gespräch aufdrängen, in der Hoffnung, dass ich irgendetwas preisgebe.

Nachdem ich mich eingereiht habe, tritt die Frau vor mir plötzlich einen Schritt zurück. Unwillkürlich weiche auch ich nach hinten aus und pralle dabei mit dem Rücken gegen einen festen Brustkorb.

»Entschuldigung«, murmele ich, ohne mich umzudrehen.

»Das kommt etwas spät, findest du nicht?«

Die Stimme ist mir vertraut. Sie trifft mich so unvermittelt, dass ich ungläubig herumfahre. Er ist es wirklich, Christopher. Seinem Gesichtsausdruck nach zu urteilen, schockiert ihn unsere Begegnung ebenso wie mich.

Ansonsten ist sein Äußeres makellos wie eh und je. Die feinen, nur an den richtigen Stellen markanten Züge wirken wie gemeißelt. In all dieser unveränderten Perfektion liegt etwas Verstörendes. Gesichter wie seines altern nicht auf die übliche Weise, sie erstarren zu Masken. Bei ihm hat der Prozess bereits begonnen.

Er trägt ein rosafarbenes Polo-Shirt mit Krokodillogo, aber wenigstens hat er den Kragen nicht hochgestellt, wie man es bei manchen Männern beobachtet, die in Strandbars Prosecco schlürfen. Wären wir uns zu diesem Zeitpunkt zum ersten Mal begegnet, würde ich in ihm nur ein Klischee sehen, das mich kaltließe. Doch leider handelt es sich um *ihren* Bruder, der zudem ziemlich grob mit mir Schluss gemacht hat.

Mehr braucht es nicht, um für einen Moment den alten Schmerz aufflammen zu lassen. Die Bilder meines alternativen Lebens, in dem Julia nicht gestorben ist und wir eine große glückliche Familie sind. Ich betrachte die goldfarbenen Härchen auf seinen gebräunten Armen, nehme an ihm den Duft von Sonne und einem aquatischen Parfüm auf warmer Haut wahr.

Dann sehe ich die Kälte in seinen Augen, und das Aufblitzen der alten Sehnsucht ist sofort wieder vorbei. Mir wird klar, dass mein Verlangen vielleicht nie ihm selbst galt. Nachdem ich seinetwegen einmal vollkommen durchgedreht bin, ist es erschütternd zu erkennen, dass ich mich bloß in eine absurde Idee verliebt hatte. Damals hat mich die Sorglosigkeit eines Goldjungen berauscht. Das überlegene Selbstvertrauen derjenigen, denen die Insignien des Wohlstands immer zur Verfügung stehen. Aber am Ende ist *seine* Familie gar nicht so sorglos gewesen, oder?

»Svea. Du bist also wirklich wieder da.« Der monotone Klang seiner Stimme ist das Äquivalent zu seiner faltenfreien Stirn. Man vermutet nichts dahinter, aber ich habe selbst erlebt, wie beides entgleist ist und sich ein Abgrund offenbart hat.

»Scheint so«, sage ich.

»Wie geht es dir?«

»Den Umständen entsprechend. Und dir?« Zwei alte Bekannte beim Bäcker, die passende Gelegenheit für ein wenig Smalltalk.

»So ähnlich.« Er kneift die Augen zusammen. Es könnte an der Sonne liegen, aber ich bin mir sicher, dass er kurz davorsteht, die Kontrolle über seinen Ärger zu verlieren.

Während sein gutes Aussehen mich nicht mehr berührt, bereitet mir seine Ablehnung weiterhin Unbehagen. Wie konnte ich mir an diesem Ort nur so viele Feinde machen? Ausgerechnet ich, die ich so lange unauffällig unter dem Radar geflogen bin?

»Man sieht sich«, sagt er, als ich den Laden kurz vor ihm wieder verlasse.

Für mich klingt es wie eine Drohung.

Auf dem Heimweg kommt mir die Landschaft verändert vor. Das auf den ersten Blick so freundliche Gelb des Rapsfelds erinnert mich jetzt nicht mehr an die Sonne, sondern an einen düsteren Wettkampf.

Julia hatte ihn vorgeschlagen.

»Wer es länger in dem Feld aushält!«

»Wozu?«, wollte ich wissen.

»Wer in einem Rapsfeld einschläft, stirbt.« Ihre Augen funkelten.

»Wie kommst du denn darauf?«

Sie verzog das Gesicht. Sie mochte es nicht, wenn man an ihren Worten zweifelte. »Hat mein Großvater erzählt.«

»Aber der ist doch tot. Oder spukt er noch durch euer Haus?«, neckte ich sie.

»Quatsch. Im Sommer haben wir ihn manchmal besucht. Er hat es mir gesagt, als wir das letzte Mal bei ihm waren. Danach ist meine Mutter nie wieder mit mir hingefahren.«

»Doch nicht deswegen!«

»Es war so.«

Mir kam ihre Behauptung unsinnig vor, aber ich wollte unseren Nachmittag nicht ruinieren, deshalb sagte ich lieber nichts.

Seit sie mit Erik zusammen war, verhielt sie sich launisch und hatte nur wenig Zeit für mich. Angeblich bekam sie zu Hause keine Luft mehr, alles sei ihr zu eng, erklärte sie immer. Ich weiß noch, dass mich diese Bemerkung irritierte, wo sie doch in dieser großen Villa lebte, während wir uns zu fünft in ein winziges Häuschen zwängten.

»Ich glaube, du hast Schiss«, sagte sie.

Das konnte ich nicht auf mir sitzen lassen. Ich hatte wirklich keine Angst. Mir war nur nicht klar, warum ich in ein Rapsfeld rennen sollte und wie man einen solchen Unsinn glauben konnte. Trotzdem folgte ich ihr, und wir lagen eine ganze Weile auf der Erde zwischen den grünen Stängeln herum.

Es war unheimlicher, als ich es mir ausgemalt hatte. Nicht wegen der angeblich mörderischen Blüten, sondern wegen der fiebrigen Aufregung, die von meiner Freundin ausging. Es war, als hoffte sie darauf, dass etwas geschah.

Es hätte mich alarmieren sollen, dass Julia plötzlich mit dem Sterben kokettierte, nachdem sie mir einmal erzählt hatte, wie sehr sie sich davor schon als kleines Kind gefürchtet hatte. Aber nachdem wir das Feld verlassen hatten – wie erwartet unversehrt –, tat ich ihren Einfall als dramatische Anwandlung ab.

Nach der Begegnung mit Christopher lasse ich den Tag verstreichen, ohne einer einzigen sinnvollen Tätigkeit nachzugehen. Am Abend holt mich Till mit dem Auto zum Treffen der Waldbesitzer ab. Die meisten Gesichter im Hinterraum der Kneipe sind mir vertraut, unter anderem das von Malte, Eriks Ziehvater und Nachbar. Früher war etwas an ihm, was Menschen in seinen Bann zog, sogar diejenigen, die ihn nicht mochten. Er scharte seltsame Leute um sich und vermittelte den Eindruck eines charismatischen Anführers. Seine archaische Männlichkeit schien bei einigen Weibchen die Urinstinkte anzusprechen: Man traute ihm ohne weiteres zu, die fetteste Fleischkeule in die Höhle zu tragen. Mir hingegen war das wissende Lächeln, das er zur Schau trug, unheimlich. Wenn er die eisblauen Augen einmal auf mich richtete, senkte ich unwillkürlich den Blick, um meine Geheimnisse vor ihm zu schützen.

Heute erkenne ich kaum noch etwas von dieser Macht. Die Augen wirken trüber, werden von den schwerer gewordenen Lidern beinahe erdrückt. Der einst gestählte Körper des Jägers und Sammlers hat seine Konturen verloren. Vermutlich sieht er selbst seine Felle davonschwimmen und beißt sich deshalb an Till, dem ahnungslosen Neuling, fest. Mit jedem seiner Sätze will er seine Überlegenheit zum Ausdruck bringen, wirkt dabei aber nur noch wie ein Relikt aus vergangener Zeit. Till erwidert alle Sticheleien mit ruhiger Freundlichkeit.

Uns Waldleuten setzen die extreme Trockenheit, gesunkene Holzpreise, Schädlinge und Verbiss zu. Wer die Arbeit nicht als reines Hobby betrachtet, rauft sich die Haare, doch wie man mit dieser Misere am besten umgehen soll, darüber werden wir uns nicht einig.

Vergeblich werbe ich für ein neues Förderprogramm, das ermutigen soll, den Arten- und Klimaschutz voranzutreiben.

Till schlägt sich erwartungsgemäß auf meine Seite, außerdem eine ältere Teilnehmerin, die ich bislang nicht kannte, doch die anderen verzichten lieber auf das Geld, als einen Haufen Papierkram und Verpflichtungen auf sich zu nehmen.

Selbst ich muss zugeben, dass die Lösung alles andere als perfekt ist. »Aber vielleicht ist es ein Anfang.«

»Und wenn es nur um den Papierkram geht, unterstützen wir gerne diejenigen, die damit nichts am Hut haben«, wirft Till ein. »Oder, Svea?«

Doch sie hören uns gar nicht mehr zu.

»War ich echt so naiv?«, fragt mich Till während der Rückfahrt.

»Naiv? Natürlich nicht! Höchstens ein bisschen idealistisch vielleicht.«

Er schmunzelt, wirkt aber ein wenig resigniert dabei. »Wahrscheinlich hat mich Thoreau verdorben.«

»'Ich ging in die Wälder, um wohlüberlegt zu leben, intensiv leben, wollte ich'«, deklamiere ich reichlich pathetisch.

Er sieht mich so verdattert an, dass ich fast ein wenig gekränkt bin.

»Du glaubst wohl, du bist der Einzige, der damals beim *Club der toten Dichter* ein paar Tränen vergossen hat?«, frage ich und knuffe ihm in die Seite. »Ging mir genauso. Allerdings hätten diese Elite-Jungs eine Eiche nicht von einer Buche unterscheiden können. Die Natur hat sie nicht sentimental gestimmt. In Wahrheit waren sie beseelt von Selbstmitleid. Weil sie geahnt haben, dass sie als angehende Prime Minister die Wildnis im eigenen, ach so bedeutenden Inneren ausmerzen müssen.«

Er lacht auf. »Du bist eine Zynikerin geworden. Aber nur zu, gib's mir! Du denkst, ich habe keine Ahnung und sollte die Klappe halten, oder? – Wie Malte mich angesehen hat, als ich nicht wusste, was ein abnormer Rehbock ist.«

Ich seufze. Immer wieder landen wir bei der Jagd. Sie scheint Till stärker zu beschäftigen als der beunruhigende Zustand unserer Bäume. Schon auf der Hinfahrt hat er mir mitgeteilt, dass er aus der Jagdgenossenschaft austreten will, in der wir zwangsweise Mitglied sind – es sei denn, wir belegen, dass dies nicht mit unserem Gewissen zu vereinbaren ist. Aber selbst dann ist es gar nicht so leicht, da rauszukommen.

»Es geht dabei um besonders geformte Gehörne und Geweihe«, erkläre ich. »Du weißt schon, so etwas wie die Blaue Mauritius.«

»Hm.«

»Sagt dir Methuselah was?«

»Der Typ aus der Bibel, der tausend Jahre alt geworden ist? Hieß der nicht Methusalem?«

»Das ist das deutsche Wort. Nach ihm wurde aber auch eine Kiefer benannt. Sie wächst seit fast viertausendachthundert Jahren irgendwo in den White Mountains, in Kalifornien. Dort findet man einige alte Bäume. Manche davon hat man mit einer Plakette versehen, aber Methuselah wurde nicht markiert. Wüssten die Leute, um welche Kiefer es sich handelt, würde sie keine viertausendachthundert Minuten mehr überdauern, zumindest nicht unbeschadet. Anscheinend gieren wir danach, das Einmalige für uns zu haben.«

»Selbst wenn wir es dafür zerstören müssen?«

Er sieht so unglücklich aus, dass ich ihn spontan zu mir ins Haus einlade, um ihn ein wenig aufzumuntern.

»Auf ein Glas Leitungswasser?«, fragt er grinsend. »Sehr verlockend.«

»Du wirst es nicht glauben, aber diesmal kann ich dir sogar Wein anbieten.«

»Mhm. Sangria aus dem Tetra Pak?«

»Vernaccia aus der Flasche!«

»Überredet.«

Nachdem wir das erste Glas getrunken haben, fragt er mich: »Warst du denn schon mal in den White Mountains?«

»Ja, war ich.«

»Hast du ihn gefunden?«

»Ich glaube schon«, flüstere ich.

»Wie war es?«

Nach einem kurzen Zögern beschließe ich, mich nicht hinter einem flapsigen Kommentar zu verschanzen, nicht bei Till. »Ich habe eine Stunde an seinem Stamm gelehnt dagesessen und geheult.«

Alles wirkt klein und unbedeutend, wenn man es vom Fuße eines fünftausendjährigen Baums aus betrachtet.

Diesmal knufft Till mir in die Seite. »Wenigstens bin ich nicht der Einzige, der hier sentimental ist.«

Wir sitzen auf meiner Bank, dicht nebeneinander. Bis eben ist mir nicht aufgefallen, dass sich unsere Schultern berühren. Er schenkt sich mehr von dem Wein ein und füllt auch mein Glas, nachdem ich es auffordernd in seine Richtung geschoben habe.

Er betrachtet die Flüssigkeit in seinem Glas, dann sieht er wieder mich an. »Ich mag es, wie deine Augen funkeln, wenn du vom Wald sprichst. Wusstest du, dass sie seegrasgrün sind? Früher fand ich immer, dass du wie eine Meerjungfrau aussiehst. Mann, waren wir jung damals.«

Nie wäre mir in den Sinn gekommen, dass mein alter Freund schwärmerische Attribute mit mir verbinden könnte.

»Du hast mich als verträumtes Wesen gesehen, das seine eigene Stimme aufgibt, um dem Prinzen zu gefallen?«

»Nein, das würdest du nie tun, oder? Ich hatte eher an eine geheimnisvolle Undine gedacht.«

In seinem neckenden Tonfall schwingt noch etwas anderes mit, das ich mir nur damit erklären kann, dass ihm der Wein ein wenig zu Kopf gestiegen sein muss.

»Wir kennen uns, seit ich ein kleines Kind war. Du hast mich in einem Haufen peinlicher Situationen erlebt. Welche Geheimnisse hätte ich denn vor dir bewahren sollen?«

»Du bist längst nicht mehr die kleine Svea. Du hast dich verändert, schon bevor ...«

Die Eindringlichkeit, mit der er mich ansieht, ist beunruhigend und verlockend zugleich. Was ich mir wiederum nur mit dem Alkohol erklären kann, den *ich* bereits intus habe.

Ich will jetzt nicht an damals denken, nicht, wenn wir getrunken haben. Als er wieder den Mund öffnet, verschließe ich seine Lippen mit meinen. Am Anfang will ich ihn vor allem zum Schweigen bringen, aber dann tastet seine Zunge über meine Unterlippe, und ich gewähre ihr Einlass. Seine Finger tänzeln sanft meinen Nacken entlang, senden elektrische Impulse, die mir die Wirbelsäule hinabwandern. Die Wärme seines dicht an mich gedrängten Körpers reizt meine Sinne auf unerwartet köstliche Art.

Wie ist es möglich, dass ich Till küsse, ohne dass es sich wie Inzest anfühlt?

Ich versinke in seiner Umarmung, presse mich an ihn. Nichts will ich in diesem Augenblick lieber, als dieser unerwarteten Lust nachzugeben, bis sie alle dunklen Gedanken tilgt.

Aber dann mache ich mich von ihm los. Die Begegnung mit Christopher hat mir gezeigt, dass meinem Hunger nicht zu trauen ist. Wahrscheinlich giere ich gar nicht nach Till, sondern nach dieser idealisierten Version von mir, an die er sich erinnert. Sie spendet mir Trost, inmitten all der Abneigung, die mir hier entgegenschlägt.

Doch dafür muss ich nicht alles zerstören, indem ich mit ihm schlafe. Seine Freundschaft bedeutet mir etwas, immer noch. Das sollte genügen.

Warum schmerzt mich dann dieser plötzliche Abstand zwischen uns, nachdem ich vorsichtig von ihm abgerückt bin?

»Ups«, sage ich lächelnd.

»Ups«, wiederholt er leise.

Ich schaue weg, um mich vor der Wärme in seinem Blick zu schützen. Sie sorgt dafür, dass ich mir wie eine Hochstaplerin vorkomme.

»Soweit ich weiß, sind Undinen ganz schön rachsüchtige Kreaturen«, sage ich scheinbar leichthin. »Sie gehören nicht gerade zu den netten Mädels.«

»Wie gut, dass ich nichts verbrochen habe.«

Seine Hand auf dem Tisch arbeitet sich ein Stück in meine Richtung vor, bis sich unsere Finger erneut berühren.

Ich zucke zurück. Die Enttäuschung in seinem Gesicht versetzt mir einen Stich.

Bitte lass es nicht zu spät sein, um zu dem zurückzukehren, was war.

»Entschuldige den Überfall«, murmele ich. »Die letzte Zeit war hart, deshalb bin ich wohl etwas aufgewühlt. Aber ich denke, es ist keine gute Idee, wenn wir …«

Bang warte ich seine Reaktion ab, dabei hätte ich wissen müssen, dass er es mir – wie immer – leicht machen würde.

»Schon okay, nichts passiert.« Mit dem Zeigefinger zieht er den Rand seines Glases nach.

Geschafft, denke ich erleichtert. *Eigentlich ist doch gar nichts passiert.*

Doch dann fährt er fort: »Bei unserem letzten Kuss habe ich dich überrumpelt, du hattest also noch einen gut.«

Ich verschlucke mich an meinem Wein und huste. »Bei unserem letzten Kuss?« Ich habe keine Ahnung, wovon er redet.

»Du weißt es nicht mehr!« Jetzt ist es Till, der ein Stück weiter von mir abrückt. »Es war an dem Abend, als …« Er leert sein Glas in einem Zug.

»Oh Gott.« Beschämt verberge ich das Gesicht hinter meinen Händen.

»Mach dir nicht zu viele Gedanken. Wir waren beide nicht mehr zurechnungsfähig. Eigentlich wollte ich die Stimmung gerade mit einem Witz auflockern, kein Fass aufmachen.«

Lassen wir die Sache einfach auf sich beruhen, sagt sein selbstironisches Lächeln. Aber dafür ist es zu spät. Etwas huscht am äußersten Rand meines Bewusstseins entlang. Etwas, von dem ich glaube, dass es wichtig ist.

Da bin ich ... mit einer Flasche in der Hand. Mir fällt sogar wieder ein, womit sie gefüllt war. Wodka, mit Fliegenpilz darin! Ein Mädchen, etwas älter als ich, hat ihn mir angeboten. Wie hieß sie noch gleich? Es war eine Bekannte von Erik, die mit ihm und seinen Leuten im Wald lebte. Von ihren Tattoos und den langen verfilzten Haaren ging etwas Ungebändigtes aus, dem ich mich nur schwer entziehen konnte. Trotzdem wollte ich das Zeug nicht trinken. Plötzlich tauchte Erik neben ihr auf und sah mich auf diese herausfordernde Art an. Jetzt hatte ich keine Wahl mehr. Er sollte wissen, dass er es nicht mit einem Feigling zu tun hatte. Ich setzte die Flasche an und kippte in einem Zug so viel von dem ekelhaften Gesöff hinunter, wie ich konnte. Danach gelang es dem Mädchen mit den Dreadlocks, sogar den vernünftigen Till zu animieren, davon zu trinken.

Silke! So hieß sie, glaube ich.

Aber was war mit dem Kuss?

»Tut mir leid«, sage ich. »Ohne mich hättest du das Zeug nicht angerührt, oder?!«

»*Darüber* machst du dir Gedanken? Dann vergiss es schnell wieder. Ich habe immer meine eigenen Entscheidungen getroffen. Aber, Svea, was weißt du überhaupt noch von dem Abend? Ich meine, nachdem wir uns dieses Gesöff haben aufschwatzen lassen?«

»So gut wie nichts«, presse ich hervor.

Er zuckt mit den Schultern. Eine Geste, die alles oder nichts bedeuten kann.

»Ich sollte jetzt besser gehen.« Bevor er die Küche verlässt, raunt er mir zu: »Pass auf dich auf.«

Nachdem er gegangen ist, fühle ich mich irgendwie wund und aufgerieben.

Was weißt du überhaupt noch von dem Abend?

Genau so hat mich mein Bruder angesehen, als ihm aufging, dass ich mich nicht an den Streit mit Doreen erinnern konnte. Sowohl Ole als auch Till stand eine Mischung aus Besorgnis, Mitleid und leichter Verärgerung ins Gesicht geschrieben. Auf längere Sicht scheine ich jeden zu enttäuschen, der mir nahesteht.

Wahrscheinlich hat es mir deshalb so gefallen, mich nie lange an einem Ort aufzuhalten. So konnte ich mit Menschen zusammenarbeiten, die mir schon aufgrund unserer gemeinsamen Ziele freundlich gesinnt waren – und sie zurücklassen, bevor jemand meinen Fehlern auf die Schliche kam.

Mit einem Mal fröstelt es mich, trotz der hohen Temperaturen. Ich beschließe, in der Wanne abzutauchen, finde aber keinen richtigen Badezusatz und gebe deshalb etwas Shampoo und eine Handvoll Lavendelblüten aus dem Garten ins Wasser.

Hinter der geschlossenen Tür höre ich ein Tapsen, das näher kommt und dann verstummt. Offenbar hat sich Laika vor die Tür gelegt, meine Beschützerin. Dieser Gedanke entlockt mir ein Lächeln.

In das schmeichelhafte Licht der beiden Kerzen getaucht, die ich in einer Schublade gefunden habe, genieße ich den Duft und die feuchte Hitze auf meiner Haut. Langsam fahre ich mit der Hand über die harten Knospen meiner kleinen Brüste, dann lasse ich die Finger tiefer wandern. Nachdem er einmal entflammt wurde, sehnt sich mein Körper nach Befriedigung. Ich habe Routine darin, sie mir selbst zu schenken, und komme beinahe schon frustrierend schnell. Ermattet lasse ich den Kopf tiefer ins Wasser gleiten, bis nur noch Augen, Mund und Nase herausragen. In dieser Stellung verharre ich, bis meine Haut die Farbe eines gekochten Hummers angenommen hat.

Nach dem Bad streife ich einen Morgenmantel über und öffne behutsam die Tür, um Laika nicht zu erschrecken. Doch sie liegt nicht mehr im Flur. Ich entdecke sie in der Küche, wo sie mit gesträubtem Fell auf mich wartet, den Blick starr aufs Fenster gerichtet.

Ich schaue durch die Scheibe, und mir entweicht ein Laut, der Laikas Heulen gleicht. Schon unzählige Male habe ich das bleiche Gesicht in meinen Albträumen gesehen. Aber dieses eine Mal ist es real.

»Julia«, schreie ich. »Oh Gott, Julia.«

TORGE

Ich helfe Mama, unsere Sachen auf das Fließband zu packen, dabei würde ich das Zeug viel lieber in irgendeine Ecke werfen. Will sie ihn absichtlich aufregen? Er würde sie erwürgen, wenn er all das sehen könnte: Pommes, Zwiebelringe, Pizza, Chips und Schokolade. Von allem das Billigste. Allerdings kommt mein Vater erst morgen wieder. Heute arbeitet er und schläft da in einem Container.

Der ältere Mann hinter uns schiebt mich mit seinem Einkaufswagen weg, damit er seinen Kram aufs Band packen kann, obwohl wir noch gar nicht fertig sind.

»Ey«, rufe ich.

Der Typ schaut erst auf unser Essen und dann seine Frau an. In ihrem Blick liegt die totale Verachtung. Die beiden packen natürlich nur Obst und Gemüse mit Bio-Aufkleber aufs Band. Ich weiß, was sie denken. Solche wie wir essen halt nur billigen, ungesunden Mist. Ich glaube, eigentlich freut es sie. Jetzt können sie glauben, dass alles stimmt, was sie über uns denken.

Wichser. Ich möchte etwas Gemeines zu ihnen sagen. Es ärgert mich, dass es mir gleichzeitig peinlich ist, wie sie uns ansehen. Eigentlich sind sie doch diejenigen, die sich danebenbenehmen. Und sie haben null Ahnung.

Mama weiß, wo Obst- und Nussbäume stehen, die niemandem gehören. Sie pflanzt Salat und Gurken in einem Holzkasten auf Beinen, den Papa für sie gebaut hat.

Früher hatte mein Vater sogar einen richtig coolen Job. Er hat einen Gabelstapler durch eine riesige Halle gelenkt. Als ich kleiner war, durfte ich ein paarmal mitfahren, das war toll. Dann hat er sich mit seinem Chef gestritten, und das war's. So etwas passiert ihm dauernd, aber seit dem letzten Mal hat er keinen neuen Job gefunden.

Meine Mutter hat gemeint, dass er sich ein Hemd anziehen und den Kragen ein bisschen hochklappen soll, wenn er irgendwo hinfährt. Sie fand, dass es besser wäre, wenn sie den Adler in seinem Nacken nicht gleich sehen.

»Die halten dich doch für einen Nazi.«

Er hat nicht auf sie gehört, weil ihm die anderen Leute egal sind.

Als wir wieder zu Hause sind, wirft meine Mutter direkt die Pommes und Nuggets aufs Backblech.

»Das finde ich nicht gut«, sage ich.

Sie rollte mit den Augen. »Wieso? Magst du das etwa nicht?«

»Papa sagt ...«

»Und ich habe nichts zu entscheiden?«, unterbricht sie mich. »Oder du? Oder Lina?«

Wenn sie so drauf ist, macht es keinen Sinn, mit ihr zu sprechen. Außerdem will ich auch was von den Pommes, jetzt, wo der ganze Raum danach riecht.

Mama schaltet unser Radio ein. Es läuft mit Batterien, damit es auch noch funktioniert, wenn es mal keinen Strom mehr gibt. Sie dreht an dem Knopf herum, bis sie irgendeinen Kack-Song findet, den sie dann auch noch laut mitsingt.

Ich verstehe nur zwei Sätze, aber die kommen immer wieder: »I'm a bitch« und »I'm a mother«.

Lina lacht und lässt sich von ihr herumwirbeln.

Mir wäre es lieber, Mama würde damit aufhören. Sie wirkt nicht normal fröhlich, sondern eher so, als würde sie gleich durchdrehen. Sie bekommt nicht einmal mit, wie die Tür aufgeht.

Plötzlich steht Malte im Raum. Ich mag nicht, wie er sie anstarrt. Es erinnert mich an das, was ich vor Kurzem gesehen habe.

»Mama!«, rufe ich laut.

Endlich bleibt sie stehen. Ihr Gesicht ist ganz rot vom wilden Tanzen.

»Was machst du da?«, fragt Malte.

»Und was machst du in unserem Haus, ohne anzuklopfen?«, fragt sie zurück und wischt sich eine Haarsträhne aus dem Gesicht.

»Hast du nicht etwas vergessen? Diese Bude hier gehört immer noch mir, Fenja!« Er geht einen Schritt auf mich zu.

»Hey, Torge. Besser, ihr kommt zu uns, bis eure Mutter sich beruhigt hat. Ich werde morgen mit Erik reden.«

Mama umarmt Lina fester, während sie sich blitzschnell vor mich stellt. »Vergiss es, Malte. Lass die Finger von meinen Kindern. *Ihr* Leben versaust du nicht!«

»Vorsicht, Mädchen. Solange du auf meinem Land lebst ...«

»Vielleicht suche ich mir einen neuen Platz zum Leben.«

»Ach, Fenja, spuck nicht so große Töne. Du bist nie alleine klargekommen. Wären wir nicht gewesen, wärst du nur ein toter Junkie, nicht mal eine Pressemeldung wert.«

Junkie?

»Vielleicht solltest du mal die Bude lüften, Süße«, sagt er auf dem Weg zur Tür. »Es stinkt.«

Dann ist er weg.

Meine Mutter wirft sich vor den Backofen und schaut durch die Scheibe, aber unser Essen ist längst verbrannt.

Sofort heult sie los. »Was bin ich eigentlich für eine Scheißmutter?«

»Mami«, ruft Lina erschrocken. Ihre Lippen zittern.

Ich muss hier weg. »Bin mal ein bisschen draußen.«

»Nimm Lina mit, ja?«, schluchzt meine Mutter.

»Okay.«

Ich wäre lieber alleine, deshalb ziehe ich meine Schwester an der Hand aus dem Haus, ohne groß auf sie zu achten. Ich will einfach nur so schnell wie möglich weg.

Draußen lasse ich mich auf die Bank fallen. Mir ist speiübel. Was war das da gerade zwischen Malte und Mama?

Lina klettert mir auf den Schoß. »Was ist mit Mama?«

»Hat nichts mit dir zu tun. Ihr geht's gerade nicht so gut, glaube ich.«

»Wird sie wieder gesund?«

Ich schlucke. »Klar.«

»Können wir zu Laika gehen?«, fragt sie. »Ich will mit ihr spielen.«

»Besser nicht.«

»Bitte.«

»Also schön.«

Dann kann ich gleich die Hühner füttern und bekomme endlich mein Buch, das ich bei Svea lassen musste.

Lina und ich nehmen die Abkürzung quer durch den Wald. Sie meckert kein einziges Mal, obwohl ich sehr schnell gehe.

»Können wir wieder den Ball für Laika werfen?«

»Mal sehen.«

Ich habe null Interesse daran, Svea zu fragen, ob wir bei ihr im Garten *spielen* dürfen.

Vielleicht ist sie gar nicht da. Nachdem wir bei unserer Tante an die Tür geklopft haben, passiert jedenfalls erst mal nichts. Aber dann rennt Laika so wild auf uns zu, dass Lina sich kichernd hinter mir versteckt. Gleich danach kommt Svea um die Ecke.

Als sie uns sieht, bleibt sie stehen.

»Ihr?«, fragte sie überrascht.

»Lina wollte Laika wiedersehen«, erkläre ich.

Svea soll wissen, dass es nicht meine Idee gewesen ist hierherzukommen und dass es nicht um sie geht.

»Klar, kein Problem. Wollt ihr reinkommen?«

»Ich dachte, ich könnte die Hühner füttern.«

Sie kann sich das Grinsen kaum verkneifen. Wehe, jetzt kommt irgendein blöder Kommentar. Dann schnappe ich mir meine Schwester und haue ab, auch wenn Lina dann rumheult.

»Gut«, sagt sie. »Dann lass uns kurz in den Schuppen gehen. Ich zeige dir, wo du alles findest.«

Der Schuppen, in dem Sören gestorben ist. Ich nage an meinem Zeigefinger.

»Sorry, wahrscheinlich willst du da nicht rein. Ich gehe schnell selbst.«

»Ich mache das schon«, sage ich und stürme sofort los, damit ich nicht einknicke.

Nachdem ich die Tür aufgerissen habe, merke ich gleich, dass etwas nicht stimmt. Das da ist nicht nur bei mir im Kopf drin.

Sören ist wieder da!

Meine Beine sind wie Gummi. Ich schreie, aber es klingt für mich so, als wäre ich gar nicht in meinem Körper.

Svea taucht neben mir auf und schlägt sich die Hand vor den Mund. »Oh, Gott.«

Sofort zerrt sie mich aus dem Schuppen und stößt die Tür hinter uns zu.

»Warum hast du das getan?«, brülle ich sie an.

Sie will mich wegen dem Huhn bestrafen, denke ich. Aber ihr Gesicht ist ganz weiß. Sie war's nicht.

Plötzlich verschwimmt sie vor meinen Augen. Dann wird alles schwarz.

SVEA

Bevor ich nach ihm greifen kann, sackt mein Neffe in sich zusammen. »Torge!«

Ich knie mich zu ihm auf den Boden. Ein paarmal flattern seine Lider noch, bevor sie sich schließen. Seine Atemzüge sind gleichmäßig, nur vielleicht etwas flacher, als sie sein sollten. Vorsichtig bringe ich ihn in die stabile Seitenlage. In diesem Moment kommen Lina und Laika aus dem Haus gerannt. Nachdem ich den Schrei gehört habe, bin ich zum Schuppen gestürmt, ohne mich darum zu kümmern, dass die Kleine und die Hündin alleine zurückbleiben. Lina reißt die Augen weit auf, als sie Torge im Gras liegen sieht.

»Was hat er?«

»Dein Bruder ist ein bisschen ... krank.«

»So wie Mama?«

»Was ist mit ihr?«, frage ich besorgt.

»Sie hat mit Malte gestritten, und unser ganzes Essen ist verbrannt. Sie hat geweint. Torge hat gesagt, dass es ihr nicht gut geht.«

Fenja! Am liebsten würde ich auf der Stelle zu ihr eilen, aber erst einmal muss ich meinen Neffen versorgen.

»Torge hat etwas wehgetan, deshalb ist er sofort eingeschlafen. Das macht der Körper manchmal, um uns zu beschützen. Gleich wacht dein Bruder wieder auf, und dann geht es ihm besser.«

»Kann ich jetzt mit Laika spielen?«

»Warte noch ein bisschen, okay? Ich kümmere mich erst mal um deinen Bruder, und solange bleibt Laika bei mir.«

»Und was mache ich?«, fragt Lina enttäuscht.

»Ich könnte schnell mein Tablet holen. Willst du dir auf der Bank einen Film anschauen?«

»Tablet?«

»Das ist ein kleines Gerät. Darauf kannst du dir so gut wie alles anschauen, was du magst.«

Sie willigt begeistert ein, allerdings stellt sich heraus, dass sie weder Serien noch Filme kennt.

»Probieren wir es mal mit *Pettersson und Findus*.« Ich weiß, dass Ole die Bücher für seine Zwillinge gekauft hat, also werden die Geschichten wohl harmlos sein.

Lina hat es sich mit dem Tablet und einem Schüsselchen voll Erdbeeren auf der Bank gemütlich gemacht hat.

Als ich zu Torge zurückkehre, lehnt er an der Wand des Schuppens und starrt ins Leere.

Ich lasse mich in unaufdringlichem Abstand neben ihm ins Gras sinken. »Tut mir leid, dass ausgerechnet du das gesehen hast. Aber ich habe nichts damit zu tun. So etwas würde ich nie machen.«

»Mhm.«

»Irgendjemand hinterlässt mir seit einer Weile seltsame Botschaften. Aber ich habe nicht damit gerechnet, dass derjenige in den Schuppen eindringt.«

Der allerdings nie abgeschlossen ist.

»Botschaften?« Torge sieht überrascht aus. »Was für Botschaften?«

»Zuerst hat er mir etwas an die Tür geschmiert. Die Puppe war bislang das Krasseste.«

Wenn man einmal von Julias Gesicht hinter dem Fenster absieht. Doch ich rede mir ein, dass ich mir die Erscheinung nur eingebildet habe. Ein Albtraum im Wachzustand, ausgelöst von den Aufregungen der letzten Zeit.

»Offenbar gibt es jemanden, dem es nicht gefällt, dass ich hier bin«, fahre ich fort und grinse dabei selbstironisch.

Mein Neffe überrascht mich mit einem zittrigen Lächeln. »Verstehe ich gar nicht.«

»Dachte ich mir.«

»Ich füttere dann jetzt die Hühner.« Seine Stimme klingt fest, aber als er aufsteht, wirkt sein Gang unsicher.

Seine anrührende Tapferkeit erfüllt mich mit einem vagen Bedauern. Wurde er so erzogen? Zu dieser Härte gegen sich und andere?

»Nein«, widerspreche ich. »Jedenfalls gehst du heute nicht noch einmal in den Schuppen. Ich hole das Futter.«

»Ich habe keinen Schiss vor so 'ner blöden Puppe.«

»Ist klar. Aber vielleicht solltest du besser mal nach Lina schauen. Sie hat sich Sorgen um dich gemacht.«

Eine Mutter würde ihn jetzt wahrscheinlich fest in die Arme schließen und ihn auffordern, den Tränen freien Lauf zu lassen, gegen die er so mühsam ankämpft. Aber ich bin keine Mutter. Ich tue nichts dergleichen.

»Okay«, sagt er.

Ich warte, bis er verschwunden ist, bevor ich die Schuppentür wieder öffne.

Ach, Torge!

Ich weiß, es ist nur eine Puppe, aber selbst ich ertrage ihren Anblick kaum. Mit einem Geschirrtuch um den Hals sitzt sie neben der Drechselbank und starrt mich aus leblosen Glasaugen an. Das Schlimmste aber ist, dass sie Sörens geliebte Lederjacke trägt, die immer noch nach Holz, Seife und Zigaretten riecht. Ich habe sie von dem Garderobenhaken im Haus genommen und in den Schuppen verbannt. Weder habe ich es über mich gebracht, sie wegzuwerfen, noch habe ich es ertragen, sie andauernd zu sehen.

Schnell reiße ich sie von dem fleischfarbenen Ding herunter, bevor ich es in einem leeren Müllsack verschwinden lasse. Ich sollte diese Attacke gegen mich der Polizei melden, doch damit würde ich sofort wieder ins Zentrum ihrer Aufmerksamkeit geraten.

Kurz darauf drücke ich Torge wortlos einen mit Futter gefüllten Eimer in die Hand. Wahrscheinlich tue ich ihm den größten Gefallen, wenn er seine Schuld begleichen darf. Er will von mir nicht mit Samthandschuhen angefasst werden, das hat er schon mehrfach sehr deutlich gemacht.

Nachdem er seine Mission erfüllt hat, bringe ich den Kindern Wasser sowie ein paar Cracker nach draußen.

Lina macht sich sofort gierig darüber her, wobei mir wieder einfällt, dass ihr Essen verbrannt ist. Sie müssen mit leeren Bäuchen hier aufgeschlagen sein.

Torge strengt sich sichtlich an, seiner kleinen Schwester den Vortritt zu lassen, dabei sieht er aus, als würde er dringend eine Stärkung benötigen.

»Ich hole noch mehr.«

Leider habe ich nicht mal eine Tiefkühlpizza im Haus, deshalb bestreiche ich dicke Scheiben Graubrot mit Butter, streue Schnittlauch aus dem Garten und etwas Salz darauf. Hastig schlingen sie alles hinunter, ohne ein Wort zu sagen. Aber ich habe auch kein Dankeschön erwartet. Hauptsache, sie essen etwas.

Danach werfen sie Bälle und Stöcke für Laika. Ich beobachte sie von der Bank aus, sehe, wie Torge seiner Schwester zuliebe so tut, als würde es ihm genauso viel Spaß machen wie ihr.

Du magst den Jungen, Svea.

Damit hatte ich nicht gerechnet.

Bis zu diesem Moment ist mir nicht aufgefallen, dass wir in etwa den gleichen Altersabstand zu unseren jüngeren

Schwestern haben. Aber jetzt sehe ich deutlich, wie weich sein Blick wird, wenn er auf sie gerichtet ist, und Torges Beschützerinstinkte sind ebenso ausgeprägt wie meine gegenüber Fenja. Ich hoffe inständig, dass er es nicht genauso verkackt, wie ich es getan habe.

Nachdem sie das Spiel beendet haben, sind sie vollkommen verschwitzt. Ich fülle kaltes Wasser in ihre Gläser und übergebe Torge sein Buch. Ich wünschte, ich hätte ihn bei unserem letzten Aufeinandertreffen nicht zum Spaß gebeten, die Hühner zu füttern. Dann wäre er nie in den Schuppen gegangen.

»Ruht euch aus«, sage ich. »Kann ich noch irgendetwas tun?«

Unabsichtlich berühre ich ihn am Arm, doch er zieht ihn sofort weg, als hätte ihn bereits diese flüchtige Berührung kontaminiert.

»Nö, wüsste nicht, was.« Seine Miene ist jetzt wieder hart und abweisend.

»Alles klar.«

»Hmmm ... oder doch.« Er sieht an mir vorbei, während er hastig fortfährt: »Ein Freund von mir will unbedingt mal mit zu mir. Ich war schon mehrmals bei ihm und habe da gegessen. Muss mich mal revanchieren. Können wir hier ...«

Ich wüsste gerne, warum er seinen Freund nicht mit zu sich nach Hause nehmen kann, verkneife mir die Frage aber. Torge ist jemand, den man von alleine kommen lassen muss.

»Ich koche nicht besonders gut, aber meine Lasagne soll ganz lecker sein«, sage ich.

»Kein Schweinefleisch, das isst Ahmed nicht.«

»Nö, mag ich auch nicht. Wie wäre es mit Gemüse oder Lachs und Spinat? Sonst kann ich euch Spaghetti mit Tomatensoße aus dem Glas anbieten.«

»Wir essen zu Hause keine Nudeln.«

»Hmm.«

»Lasagne ist aber okay, denke ich«, schiebt er rasch hinterher. »Mit Fisch.«

»Sag mir vorher Bescheid, wann ihr kommt. Dann mache ich die Lasagne rechtzeitig fertig. Sie braucht eine Weile im Ofen.«

»Dienstag, zwei Uhr?«

»Geht klar.«

»Mhm.«

Er wirkt ein wenig verwirrt, so als könne er selbst nicht glauben, wie sich die Sache hier entwickelt hat. Ich kann es ihm nicht verdenken, denn mir geht es ähnlich.

»Ich muss deiner Mutter von der Sache mit der Puppe erzählen, das weißt du, oder?« Vielleicht darf er mich dann gar nicht mehr besuchen.

»Das will ich aber nicht. Sag ihr nichts!«

Der Gedanke, seine Mutter könnte davon erfahren, scheint ihn derart aufzuregen, dass ich ihm gerne versprechen würde zu schweigen. Aber kann ein dreizehnjähriger Junge wirklich schon beurteilen, was das Beste für ihn ist?

Er war katatonisch, nachdem er die Puppe entdeckt hat. *Retraumatisierung* nennt man das wohl. Er gehört in die Hände eines Profis. Zumindest sollte jemand, der ihm nahesteht, davon erfahren.

»Das kann ich dir nicht versprechen, sorry. Lass mich erst mal darüber nachdenken.«

Danach gehen wir ins Haus. Das Wohnzimmer überlasse ich Torge, damit er dort in Ruhe sein Buch lesen kann. In der Zwischenzeit flechte ich für Lina in der Küche einen Kranz aus Gänseblümchen. Konzentriert verfolgt sie jede Bewegung meiner Finger. Laika liegt in ihrer Ecke und schnarcht so laut, dass Lina immer wieder kichern muss.

So sitzen wir eine Weile friedlich zusammen, bis ich durch

das Fenster sehe, wie jemand das Grundstück betritt. Schnell stehe ich auf.

»Warte kurz, Lina, ich bin gleich wieder da.«

»Wo gehst du hin?«

»Ich muss nur kurz nach draußen. Passt du in der Zeit auf Laika auf? Aber lass sie schlafen, ja?«

»Okay.«

Ich verlasse das Haus keine Sekunde zu früh. Erik marschiert zielstrebig auf mich zu, mit der Miene eines wütenden Stiers. Genau dahin wollte ich ihn bringen, aber nicht in Anwesenheit der Kinder.

Ich erwarte ihn mit verschränkten Armen und versperre dabei breitbeinig den Zugang zur Tür. Falls er ausfällig wird, sollen Torge und Lina es nicht miterleben.

»Was willst du hier?«, frage ich.

»Hast du meine Kinder?«

Der Anblick seiner geballten Fäuste lässt mich alle guten Vorsätze vergessen.

»Wieso weißt du nicht, wo deine Kinder sind?«, frage ich höhnisch.

»Fenja hat gesagt, dass sie vielleicht hier sind.«

»Hast du es aus ihr rausgeprügelt?«

Er macht einen Schritt auf mich zu und kommt mir dabei wieder so nahe wie bei unserer Begegnung vor seinem Haus vergangene Woche. Wie zwei Frischverliebte sehen wir nur noch einander – bloß, dass es hier der Hass ist, der den Puls in die Höhe treibt und für den Tumult in der Magengegend sorgt.

Ich wappne mich gerade für seinen ersten Schlag, als ich das pinke Haarband zu meinen Füßen entdecke.

Die Kinder!

Ich hebe das Band auf und drücke es Erik in die Hand.

»Ein anderes Mal gerne, aber nicht jetzt. Sie sind drin.«

Schnaubend stößt er die Tür auf.

»Papa«, ruft Lina, und gleich darauf betritt Torge die Küche. Er hält den Blick gesenkt, als habe er etwas Schlimmes ausgefressen.

»Wir gehen«, sagt Erik und reißt seinem Sohn das Buch aus der Hand. Nachdem er einen kurzen Blick darauf geworfen hat, lässt er es mit verächtlicher Miene auf den Küchentisch fallen.

Ich möchte ihn anschreien, ihm erklären, was Torge durchmacht und wie hart er sich dieses Buch verdient hat. Nur mein Neffe kann mich mit seinen stummen Signalen davon abhalten.

Nein, formt er mit den Lippen.

Ihm zuliebe gebe ich keinen Ton von mir. Ich hatte nicht bedacht, dass Erik es an den Kindern auslassen könnte.

Voll wütender Hilflosigkeit sehe ich dabei zu, wie er seine Pranke in den zarten Nacken meines Neffen legt, um Torge dann mit festem Griff durch die Tür bis zur Gartenpforte zu lenken. Lina läuft hinter ihnen her, ohne sich umzudrehen.

Mit bangem Gefühl schaue ich ihnen nach, wie sie in die Richtung des Waldes verschwinden. So abgeklärt sich Torge auch geben mag, er braucht jetzt dringend Zuwendung.

Und was ist mit Fenja? Wird Erik sie dafür bestrafen, dass sie die Kinder hat gehen lassen?

Jemand wie Erik sollte nicht frei herumlaufen dürfen, aber darum kümmere ich mich als Nächstes. Erst einmal gilt es, diese abscheuliche Puppe loszuwerden.

Das Ding einfach in den Müllsack zu stopfen, genügt mir nicht. Ich will, dass es endgültig verschwindet.

Kurzerhand nehme ich Sörens Beil von der Wand und schlage zu, immer wieder. Beim Anblick der Plastikfetzen geht es mir für einen Moment besser. Doch im Grunde weiß ich bereits, dass ich zwar die Puppe vernichten konnte, nicht aber das, wofür sie steht.

Ich bin Jägerin und Gejagte zugleich. Mein einstiger Zufluchtsort, dieses Haus, entpuppt sich als Falle. Ich lebe hier mutterseelenallein. Kaum jemand würde es mitbekommen, wenn mir etwas geschähe.

Worauf hat es mein Verfolger abgesehen? Will er mich für das bestrafen, was Sören angeblich getan hat, weil der nicht mehr zur Verfügung steht? Oder sollen mir diese Botschaften etwas ganz anderes sagen, nämlich, dass für ihn ich die Böse in diesem Spiel bin?

Sörens Selbstmord nachzustellen, ist eine Steigerung im Vergleich zu den vorherigen Geschehnissen.

Ich überlege, wann ich das letzte Mal den Schuppen betreten habe. Es muss am Vortag gewesen sein, als ich das Hühnerfutter gemischt habe. Wer auch immer es auf mich abgesehen hat, muss die Puppe später dort platziert haben.

Das bleiche Gesicht! War es wirklich Julia, die Rache nehmen wollte?

Der Gedanke ist vollkommen irrational. Ich bin in der Nacht sofort nach draußen gerannt, aber dort war niemand.

Bleiben die Schmiererei und die Puppe. Irgendjemand eskaliert, und ich will mir lieber nicht ausmalen, wie sich die schaurige Wirkung der Attrappe noch überbieten lässt. So langsam frage ich mich, ob mir mein unbekannter Gegner nicht noch gefährlicher werden könnte als Erik.

GEMMA - *DAMALS*

»Dein T-Shirt ist ganz gelb«, stelle ich fest.
»Svea und ich haben im Raps *gespielt*.« Sie verschränkt die Arme vor der Brust.
»Im Raps?« Julia ist sechzehn Jahre alt, sie spielt schon lange nicht mehr.
»Ich bin eben ein Adrenalin-Junkie.« Ihre ironischen Bemerkungen sollen mir zeigen, wie wenig ernst sie mich nimmt. Gewöhnliches Teenager-Gebaren. Trotzdem überläuft mich ein eisiger Schauer.
Adrenalin-Junkie. Beschäftigen sie etwa immer noch die Gruselgeschichten ihres Großvaters?
Wie ich ihn am Ende gehasst habe! Damals durften Männer noch die Grenzen einer Frau überschreiten, ohne dass man sie als übergriffig bezeichnet hätte. Aber genau das hat mein Vater getan, ohne dass sein Verhalten jemals eine sexuelle Komponente gehabt hätte. Er bemerkte weder, wie mein Körper sich veränderte, noch wie mein Charakter sich entwickelte. Ich war für ihn kostbar, sein liebstes Ausstellungsstück nach dem Verschwinden seiner schönen Frau.
Der Wert, den *er* mir beimaß, hatte wenig mit mir selbst zu tun. Vielleicht dachte ich deshalb so lange, in Wahrheit keinen zu besitzen.
Jeden Anflug von Freiheitsdrang erstickte er im Keim. Es genügte schon, wenn ich einmal versonnen aus dem Fenster in die Weite sah.
»Da draußen ist nichts!«
Einmal gab ich ihm Widerworte. »Doch da ist etwas, ein Rapsfeld.«

Mein Vater musterte mich. »Du bekommst keine Luft mehr, wenn du dorthin gehst.«

Erschrocken sah ich ihn an. Hatte er irgendwie von dem Jungen erfahren, in den ich so verliebt war, dass es mir tatsächlich manchmal den Atem raubte? An ihn hatte ich bei dem Blick aus dem Fenster gedacht. Er kitzelte verborgene Seiten aus mir heraus, vielleicht hatte ich deshalb für meine Verhältnisse forsch geantwortet.

Mein Vater redete weiter. Er erzählte mir, wie der Duft der Blüten erst betäubt und dann tötet.

»Halte dich besser von dem Rapsfeld fern«, schloss er.

Ich verstand. Meine Sehnsucht durfte nicht einmal weiter als bis zum Gartentor reichen.

Es überraschte mich nicht, als ich später herausfand, dass er gelogen hatte. Anscheinend ist der Aberglaube weit verbreitet, aber in Wahrheit tötet der Raps niemanden. Viel wahrscheinlicher wäre ich irgendwann in den Fängen meines Vaters erstickt.

Nach dem Abitur floh ich über Nacht, damit er keine Chance hatte, mich aufzuhalten. Kurz darauf schrieb ich ihm eine Karte aus München, wo ich mich niederließ.

Liebe Grüße vom anderen Ende Deutschlands. Es wird dich schockieren, aber hier draußen gibt es doch etwas. So viel mehr, als du dir vorstellen kannst.

Ich wollte nie wieder sein Edelstein sein, aber vollends gelang mir die Ablösung nicht. Äußerlich mochte ich frei sein, doch im Innern hing ich noch in der Schraubzwinge seiner Erziehung fest, sodass ich mir viele Möglichkeiten gar nicht zugestand. Ich hätte Japanisch studieren sollen, stattdessen schlief ich mit irgendwelchen Männern, begnügte mich mit schlecht bezahlten Jobs und wurde zu früh schwanger. Irgendwann besuchte ich meinen Vater sogar wieder regelmäßig, weil sich das Gefühl der Verpflichtung nicht so leicht abschütteln ließ. Dabei zählte ich jedes Mal die Stunden bis zur Abreise.

Erst nachdem er auch Julia die Geschichte mit dem Raps erzählt hatte, kehrte ich ihm endgültig den Rücken zu. Für meine Tochter war diese Anekdote nur ein schauriges Märchen, aber bei mir löste sie Schnappatmung aus. Ich würde nicht zulassen, dass mein Vater versuchte, einem weiteren Mädchen Angst vor der Welt einzuflößen.

Nach seinem Tod kehrte ich in mein ehemaliges Gefängnis zurück und beschloss zu bleiben. Solange er sich nicht darin befand, war es einfach ein sehr schönes Haus. Es bereitete mir Freude, darin alle Spuren von ihm zu tilgen.

Gemeinsam mit Julia unternahm ich lange Spaziergänge. Mein Vater hatte der Natur nie viel abgewinnen können – auf den Wiesen pikste das Gras, im Wasser war der Grund zu schlammig, und im Wald ... tja, da waren wohl einfach die Räuber.

Vielleicht gefällt mir Svea deshalb. Insgeheim gefällt mir natürlich auch, wie sie mich anhimmelt, jetzt, da meine Tochter immer weniger Achtung vor mir zu haben scheint. Aber das allein ist es nicht. Von Svea geht etwas Ursprüngliches aus. Manchmal schneit sie barfuß und in abgeschnittenen Jeans herein. Ein auf seine seltsame Art hübsches Mädchen mit einem abwesenden Leuchten im Gesicht und grünen Flecken auf dem ausgeleierten Shirt. Sie könnte sich mit einem Jungen im Gras gewälzt haben, doch viel wahrscheinlicher ist es, dass sie gerade im Dickicht eine faszinierende Pflanze aufgespürt hat.

Selbst der rebellischste Teenager spielt meistens bloß nach den Regeln der Gruppe, zu der er gehören möchte, wohingegen Svea von solchen Geboten nicht einmal zu wissen scheint. Falls überhaupt, dann beschäftigen sie die Gesetze der Natur.

Ich gebe meinem sperrigen Stiefsohn einen Bonuspunkt dafür, dass er mit jemandem wie ihr angebandelt hat. Die beiden zeigen es nicht öffentlich, aber die verstohlenen Blicke, die sie einander zuwerfen, sind eindeutig. Dabei hätte ich erwartet, dass es ihn eher zu den Mitschülerinnen auf seinem Internat hinzieht. Mädchen mit blonden Wallemähnen und Perlenohrringen, die entweder Hockey oder Geige, bevorzugt beides spielen.

Svea hat sich nicht verändert, seit sie einen Freund hat, und ich wünschte, bei Julia wäre es genauso. Es sind nicht so sehr Eriks Lebensumstände, die mich abschrecken – ich weiß nur zu gut, dass man sich die nicht immer aussuchen kann. Vielmehr ist es mir ein Gräuel, wie gerne er ihr Knutschflecken verpasst, die sie dann mit einem Halstuch kaschiert. Es kommt mir so vor, als würde Erik meine Tochter auf diese Art als sein Eigentum markieren, wo ich mir doch wünsche, dass sie nur sich selbst gehört. Sie soll freier sein, als ich es in ihrem Alter war.

Weil ich keinen Weg finde, mit ihr darüber zu reden, nörgele ich herum und gehe mir damit selbst auf die Nerven.

»Weiß der Himmel, was die da im Wald treiben. Bist du dir sicher, dass es keine Sekte ist?«

Julia rollt mit den Augen. »Du hast doch nur Schiss, weil sie hinter die Dinge sehen und nicht alles glauben, was man ihnen vorsetzt. Aber keine Angst, sie würden sowieso nichts mit Menschen wie Karl und dir zu tun haben wollen.«

»Lass Karl aus dem Spiel, er hat dir nichts getan. Außerdem hast du all die Dinge, die er bezahlt hat, gerne genommen. Die Reisen, die Klavierstunden …«

Ich breche ab, weil es mich zu sehr an meinen Vater erinnert, sie mit materiellen Dingen festhalten zu wollen.

»Ich scheiße auf das alles.«

Fair enough, wie sie selbst sagen würde.

Trotzdem kann ich nicht aufhören. Ich will nicht, dass sie zu ihm geht.

»Du weißt aber schon, dass Erik fast ein Kind überfahren hätte, weil er angetrunken Auto gefahren ist? Seine Pflegemutter saß neben ihm und humpelt seit dem Unfall.«

Julia zuckt zusammen, nimmt aber gleich darauf wieder ihre abwehrende Haltung ein.

»Und seither hat Erik keinen Tropfen mehr angerührt«, verteidigt sie ihn. »Hat nicht jeder eine zweite Chance verdient?«

Dagegen lässt sich schwer etwas sagen. »Trotzdem finde ich es schön, dass du wieder mehr mit Svea unternimmst. Es ist nicht gut, seine Freundinnen für einen Mann zu vernachlässigen.«

Sie zuckt mit den Schultern. »Wenn du das sagst.«

Ohne ein weiteres Wort verschwindet mein schönes, mir so fremd gewordenes Mädchen die Treppe hinauf in ihr Zimmer.

Ich frage mich, was sie in dem Rapsfeld gesucht hat, und plötzlich überwältigt mich die Sorge, irgendetwas Wichtiges verpasst zu haben. Sie hat so unglücklich ausgesehen ...

TORGE

Ahmed ist richtig gut im Steineflitschen. Er schafft fünf Sprünge, mein Rekord liegt bei drei.

Die letzte Stunde ist ausgefallen, und ich habe vorgeschlagen, dass wir noch ein bisschen am Wasser bleiben, bevor wir zu Svea gehen. Ich habe kein gutes Gefühl dabei, wenn wir bei meiner Tante sind. Besser, wir bleiben nur kurz da.

Es war krass, als vor einer Woche plötzlich mein Vater bei ihr aufgetaucht ist. Weil es wieder mal mit seinem Job nicht geklappt hat, ist er früher nach Hause gekommen. Wieso hat Mama ihm gesagt, wo wir sind? Sonst hat sie doch auch Geheimnisse vor ihm.

»Sehr geil!«, rufe ich, nachdem Ahmed noch einmal fünf Sprünge geschafft hat.

»Du brauchst den richtigen Winkel, hat Papa mir gezeigt«, erklärt er. »Der Weltrekord sind einundzwanzig Sprünge.«

»Echt jetzt?«

»Habe ich gelesen. Krass, oder?«

»Wieso springen die überhaupt auf dem Wasser?«

»Keine Ahnung. Gute Frage. Lass mal nachschauen.«

Ahmed findet fast nie eine Frage doof, sondern will immer sofort die Antwort darauf wissen, wenn er sie noch nicht kennt. Er hat ein eigenes Smartphone, auf dem er alles nachlesen kann.

Die Erklärung, die er findet, ist ziemlich kompliziert. Wir diskutieren eine ganze Weile, bis wir glauben, dass wir alles verstanden haben.

Danach legen wir uns am Ufer ins Gras. Heute ist es so warm, dass wir die T-Shirts ausgezogen haben. Ahmed liest irgendetwas, während ich bloß in den Himmel schaue.

»Woher hast du die Narbe?«, fragt er mich plötzlich.

»Hä?«

»Die überm Auge.«

»Da bin ich gegen eine Tischkante gelaufen. Ist lange her.« Ich war noch klein, als es passiert ist. Mein Vater war wütend, ich weiß nicht mehr, wieso. Er ist so auf mich zumarschiert, dass ich dachte, er haut mich gleich, obwohl er das außer später bei unseren Probekämpfen nie getan hat. Ich bin weggerannt und dabei gegen die Kante geknallt. Als er gemerkt hat, dass ich blute, sah er aus, als würde er gleich heulen. Aber dann hat er gleich wieder rumgeschnauzt, dass ich in Zukunft besser aufpassen soll.

Danach war er ganz merkwürdig. Meine Mutter hat erst mich getröstet, dann ist sie zu ihm gegangen.

»Du bist nicht wie die Leute, bei denen du warst«, hat sie gemeint.

So war das damals, als noch alles gut war. Jedenfalls meistens.

»Gruselig mit den Knochen im Wald«, sagt Ahmed. »War das bei euch in der Nähe?«

»Ja.«

»Hm.«

»Aber Sören war's nicht.«

»Sören?«

»Der Onkel von meiner Mutter. Sie glauben, dass er sie getötet hat. Das stimmt aber nicht.«

»Dein Onkel soll das gemacht haben? Krass, tut mir leid.«

Gestern haben sie die restlichen Knochen von dem Mädchen gefunden. Rena und Malte haben uns davon erzählt.

»Gut, dass dieses Schwein niemandem mehr etwas tun kann«, hat Rena gesagt.

»Hey, hey«, hat mein Vater gemurmelt und dabei zu meiner Mutter geguckt.

Rena hat die Hände an ihre Wangen gelegt. »Oje, Fenja, manchmal vergesse ich, dass er dein Onkel war.«

Meine Mutter hat Sören nicht verteidigt, ich auch nicht. Rena hat uns komische Sachen über irgendwelchen Kram erzählt, den sie bei ihm gefunden haben, aber deshalb ist er noch lange kein Mörder. Ich glaube nicht mal, dass er sich selbst umgebracht hat.

»Wir haben mal so einen Podcast auf deinem Handy gehört, über wahre Verbrechen ...«, sage ich zu Ahmed.

»Mhm.«

»Da wurde einer erhängt. Der Mörder hat so getan, als hätte der andere das selbst gemacht. Vielleicht hat Sören was gesehen, und der echte Mörder hatte Angst, dass es Sören jetzt wieder einfällt. Kann doch sein. Immerhin hat der Onkel von meiner Mutter da gewohnt, wo das Mädchen verbuddelt wurde.«

»Meinst du echt?«

Ich nicke.

»Hast du das jemandem erzählt?«, fragt Ahmed.

»Die würden mir doch nicht glauben.«

»Versuch's doch mal.«

»Vielleicht«, behaupte ich, damit er nicht weiterbohrt. Aber die anderen würden ganz sicher behaupten, dass ich spinne. Ich bin froh, dass wenigstens Ahmed ernst nimmt, was ich sage.

»Warst du viel mit Sören zusammen?«

»Ziemlich.«

»Muss komisch sein, dass jetzt jemand anders da lebt.«

»Jep«, sage ich. »Und meine Tante ist auch seltsam.«

»Warum gehen wir dann zu ihr?«
»Ist doch unfair, dass immer deine Mutter kocht. Aber bei mir zu Hause geht es gerade nicht.«
»Okay. Hättest du aber sagen können, dass es nicht passt. Kein Problem, wenn wir zu uns gehen. Mama freut sich.«
»Beim nächsten Mal wieder.«
Er guckt auf sein Handy. »Gleich zwei. Sollen wir los?«

SVEA

Beinahe hätte ich die Lasagne vergessen, doch dann ist mir gerade noch rechtzeitig eingefallen, dass Torge mit seinem Freund zum Essen kommen will. Ich wusste nicht, wie ich ihm absagen soll, aber eigentlich bin ich nicht in Stimmung für einen Besuch, nur einen Tag, nachdem sie den Rest von Julias Skelett gefunden haben.

Die Knochen lagen unter den Wurzeln eines Baums, der beim letzten Sturm umgerissen wurde. Ein selbstquälerischer Drang trieb mich dazu, spät am Abend ihr Grab aufzusuchen. Als ich die immer noch durch Absperrband markierte Stelle erreichte, fühlte ich zu meiner Überraschung kaum etwas. Julia war nicht mehr da, und sie war auch nie an diesem Ort gewesen. Nur ihre leblose Hülle lag hier verscharrt. Was hatte ich erwartet, eine Art geheimnisvolle Präsenz?

Von ihr ist nichts übrig, was durch eine Scheibe blicken könnte, um mich zu erschrecken. Sie ist uns verloren gegangen und hat einen Prozess in Gang gesetzt, an dem sie nicht mehr teilhaben konnte. Die Wurzeln der Bäume haben gierig den Kohlenstoff aufgesogen, der bei der Zersetzung freigegeben wird. Andere Überreste haben den Boden und kleine Tiere genährt.

Aber auch uns hat ihr Verschwinden verwandelt. Die beherrschte Gemma erschien mir danach roh und wild. Ich selbst mied lange mein geliebtes Wasser und verließ nur selten mein Zimmer in Sörens Haus, obwohl es mich vorher immer nur nach draußen gezogen hatte.

Selbst mein Onkel, der Julia kaum gekannt hatte, verhielt sich ungewohnt. Mit einem Mal fing ausgerechnet er, der sonst so schweigsam war, an zu plappern und mich dabei so seltsam anzusehen. Er wirkte unruhig, als warte er auf irgendetwas. Jetzt, da ich von den Fotos weiß, wäre es ein Leichtes, sein Verhalten als Schuldbewusstsein zu deuten, nur kann ich das nicht glauben.

Als die beiden Jungs bei mir aufkreuzen, duftet es in der Küche nach geschmolzenem Käse, Fisch und Spinat. Sie haben den Raum kaum betreten, da teilt Torge mir in ruppigem Tonfall mit, dass sie nur zum Essen bleiben – als hätte ich ihn gebeten zu kommen. In Ahmeds Gegenwart verkneife ich mir trotzdem einen fiesen Spruch, um meinen Neffen nicht vorzuführen.

»Klar, geht in Ordnung«, sage ich stattdessen. »Was habt ihr denn vor?«

Torges Mimik drückt sehr eindeutig aus, was er denkt: *Kümmere dich um deinen eigenen Scheiß!*

»Wir wollen noch ein bisschen ans Wasser oder so«, murmelt er.

Ich nicke. »Gute Idee, ich kann euch kalte Cola und ein paar Cracker mitgeben.«

Insgeheim bereitet es mir ein boshaftes Vergnügen, die vorbildliche Tante herauszukehren und zu beobachten, wie Torge sich dabei windet. Ich weiß nicht, ob es an mir liegt oder ob Erwachsene für Teenager generell peinlich sind.

»Danke, das ist echt nett«, sagt Ahmed höflich.

Torge sieht aus, als hätte er einen üblen Geschmack im Mund. »Ja, das wäre toll.«

Mir entgeht nicht, wie befangen sie in meiner Gegenwart sind, also schlage ich vor, dass sie ihre Lasagne auf der Bank im Garten essen.

»Ich bringe euch gleich schon mal etwas zu trinken.«

Als ich kurz darauf mit einem Tablett in der Hand nach draußen gehe, halte ich beim Anblick der beiden überrascht inne. Mein Neffe ist kaum wiederzuerkennen. Der misstrauische Zug um seinen Mund ist verschwunden. Die beiden Jungen lachen über einen Scherz, den Ahmed gemacht hat, und als ich ihnen die Gläser hinstelle, bedanken sie sich höflich.

Während Lina ganz nach ihrer Mutter kommt, hat Torge von Fenja nur die türkisblauen, von langen Wimpern umkränzten Augen geerbt. Sie nehmen Eriks kantigem Kinn und den ausgeprägten Wangenknochen die Schärfe, trotzdem ist Torges Ähnlichkeit mit seinem Vater deutlich zu erkennen.

Unwillkürlich muss ich an den Erik von damals denken. Sogar bei ihm gab es ein Davor und ein Danach. Natürlich war er vor Julias Verschwinden kein völlig anderer Mensch, aber irgendwie weicher, während sie auf einmal eine rauere Seite zeigte. Es war, als wären ihre Atome durcheinandergewirbelt und neu aufgeteilt worden. Er und ich wurden nie Freunde, dafür waren wir beide zu eifersüchtig auf die Rolle, die der jeweils andere in Julias Leben einnahm, aber immerhin konnten wir anfangs Zeit miteinander verbringen, ohne einander an die Gurgel gehen zu wollen.

Torge und Ahmed wollen gerade aufbrechen – mit den Crackern und der Cola im Gepäck –, als plötzlich Fenja und Lina vor dem Haus stehen. Meine Schwester wirkt genauso verdattert über diese unerwartete Begegnung wie ihr Sohn.

Dann reicht sie Ahmed die Hand.

»Hallo, ich bin Fenja, Torges Mutter.«

»Ich bin Ahmed.« Er lächelt dem Mädchen in Fenjas Arm zu. »Und du bist Lina?«

Die Kleine presst ihr Gesicht dichter an die Brust ihrer Mutter, schaut Ahmed aber durch ihren Haarschleier hindurch neugierig an.

Fenja küsst Linas Scheitel. »Sieht aus, als wärt ihr auf dem Sprung?«

»Ein bisschen ans Wasser«, sagt Torge leise.

Sie nickt. »Gute Idee, bei dem Wetter.«

Ahmed hält sich beide Hände vors Gesicht und zieht sie rasch wieder auseinander. »Buh!« Lina kichert, dafür sieht Ahmed nun fast ein wenig traurig aus.

»Komm, wir gehen«, sagt Torge zu seinem Freund. Er streichelt seiner Schwester kurz über die Wange. »Ciao, Lina, wir sehen uns nachher.«

»Warte«, sage ich. »Dein Buch liegt noch hier. Nächste Woche erscheint ein neues.«

Falls er es annimmt, werde ich die Tradition meines Onkels fortführen – von mir aus muss Torge dafür nicht einmal die Hühner füttern.

»Weiß ich.« Er nimmt mir das Buch aus der Hand und verstaut es in seinem Rucksack.

Seine gleichgültige Miene täuscht mich nicht. Irgendetwas verrät mir, dass ich ihn bald wiedersehen werde.

Nachdem sie die Tür hinter sich geschlossen haben, sieht Fenja mich unschlüssig an. »Kannst du noch mal auf Lina aufpassen? Es ist nicht für lange. Torge war ja nicht da, deshalb konnte ich ihn nicht fragen.«

»Sei nicht sauer«, bitte ich sie. »Er hat gefragt, ob er Ahmed zum Essen mitbringen darf, und ich habe Ja gesagt. Ich habe mir nichts dabei gedacht.«

»Er ist zu *dir* gekommen, weil er dachte, dass er nicht zu uns kommen kann.«

»Er ist nicht zu *mir* gekommen. Wenn ich es richtig sehe, mag er mich nicht einmal. Ich glaube, er brauchte einen neutralen Ort, weil er dachte …« Ich breche ab, weil ich nicht weiß, wie ich das ausdrücken soll, ohne sie zu verletzen.

Fenja seufzt. »Torge hat mir einmal von Ahmed erzählt, und da wusste ich gleich, dass er ihn mag. Ich habe ihm selbst geraten, seinen Freund nicht mit zu uns zu bringen. Du weißt ja vielleicht noch, wie Malte über ... darüber denkt. Ich hätte nur nie gedacht, dass Torge stattdessen zu dir geht.«

»Ich hätte dich vorher fragen müssen, ob es dir recht ist. Hätte ich Nein sagen sollen?«

Behutsam setzt Fenja ihre Tochter ab. »Schatz, möchtest du nicht im Garten spielen?«

»Nur wenn du mitkommst.«

Nach kurzem Überlegen drücke ich ihr eine kleine Plastikschüssel in die Hand. »Du kannst wieder Erdbeeren pflücken, wenn du magst.«

»Und essen?«

Ich öffne die Tür. »Klar.«

»Okay.« Und schon flitzt sie mit der Schale hinaus.

Als ich mich wieder umdrehe, sieht Fenja mich nachdenklich an. »Erik würde ausflippen, wenn er wüsste, dass seine Kinder schon wieder hier rumhängen.«

»Und?«

»Wie du siehst, sind wir hier.«

Es ist kindisch, aber am liebsten würde ich unter Triumphgeheul meine Faust in die Luft recken. Bislang hat sie jede Kritik an Erik abgeblockt, und nun ist sie sogar bereit, seine Wünsche zu ignorieren.

Fenja rollt mit den Augen. »Du hast echt kein Pokerface. Ich weiß, was du jetzt denkst. Dass ich so doof war, einem brutalen Mistkerl auf den Leim zu gehen. Aber er war früher anders, egal, was du sagst. Er hat mich nie angerührt, bis ...« Sie schluckt. »Nach Linas Geburt habe ich gesagt, dass ich mit ihm und den Kindern lieber woanders leben würde. Ab da wurde es schwierig. Es ist das einzige Zuhause, das er jemals hatte. Er glaubt, ihnen etwas zu schulden, verstehst du? Er ist zu loyal.«

»Loyal?« Diesmal kann ich mir ein Schnauben nicht verkneifen. »Ist er das? Dir und deinen Kindern gegenüber?«

Sie schließt die Augen und massiert ihre Nasenwurzel. »Ach, Svea, ich weiß ja, dass ihr euch nicht ausstehen könnt. Ich habe keine Ahnung, was damals zwischen euch vorgefallen ist, nur dass es etwas mit Julia zu tun hatte. Nachdem Rena gestern erzählt hat, dass sie Julias Knochen gefunden haben, hat Erik kein Wort mehr gesagt. Und du hast dich damals auch nicht gerade mit Ruhm bekleckert, oder? Ich weiß seit Jahren, was du und Doreen abgezogen habt. Du bist an dem Abend vollkommen ausgerastet, hat er mir erzählt. Schau nicht so! Er ist mein Mann. Denkst du, wir haben nie darüber geredet?«

Aus irgendeinem Grund dachte ich das tatsächlich.

»Weißt du auch, dass er es war, der mich abgefüllt hat? Er wollte, dass ich mich lächerlich mache!« Ich schreie fast, doch die Wut liegt nur als rissige Membran über der peinigenden Scham. Der Gedanke, dass meine süße Fenja mehr über einen der schlimmsten Momente meines Lebens wissen könnte als ich, ist mir unerträglich.

Fenja betrachtet mich zweifelnd. »Er trinkt doch nicht mal Alkohol.«

»Nein, den hat er ja auch extra für mich mitgebracht«, erwidere ich bitter.

»Und dann hat er dir einen Trichter in die Kehle gerammt, um ihn dir einzuflößen?« Sie verzieht spöttisch das Gesicht.

Es war nur ein kleiner Piks, doch er reicht aus, um bei mir alle Luft entweichen zu lassen. »Ich habe nie behauptet, dass ich keine Fehler gemacht habe.«

»Die Frage ist auch eher: Wie schwerwiegend waren diese Fehler? Warum musstest du abhauen und mich allein lassen? Das hast du mir nie erklärt. Bist du deshalb so sauer auf Erik? Weil du dich sonst mit dir selbst auseinandersetzen müsstest? Was war da mit dir und Julia?«

Als ich an ihrem Grab im Wald stand, habe ich ein Knacken gehört. Für einen Moment dachte ich, Erik würde gleich durchs Gehölz brechen, ebenso von einer unsichtbaren Macht angetrieben wie ich. Wie würde er reagieren, wenn er mich an diesem Ort sähe? Ein Showdown an Julias Grab – das wäre so geschmacklos, dass es schon wieder zu uns gepasst hätte.

Immer noch traue ich ihm am ehesten zu, sie getötet zu haben. Ihm, nicht Sören. Die Fotos und der Fundort der Leiche in der Nähe seines Hauses haben nichts zu bedeuten. Sören hat es nicht verdient, dass ich an ihm zweifele.

Ich stoße einen Fluch aus. Es ist mir lange gelungen, die Geschehnisse des Abends zu verbergen, einige sogar vor mir selbst, doch nun erkenne ich, dass Dinge im Verborgenen nichts von ihrer zersetzenden Kraft verlieren. Ganz im Gegenteil. Alles wird wieder an die Oberfläche gezerrt, darunter die schlimmste aller Fragen: Was genau habe *ich* an jenem Abend gemacht?

Du hast ein Alibi, Svea.

Genau wie Erik.

Aber ich bin die ganze Zeit am Wasser gewesen. Wie könnte ich sie in den Wald gebracht und dort verscharrt haben? Das ist vollkommen unmöglich. Ich klammere mich an diese Überzeugung, trotzdem muss ich endlich *wissen*, was geschehen ist.

»Svea. Hast du etwas damit zu tun?«, fragt Fenja wieder. Als Kind hat sie Julia vergöttert.

»Kannst du dir das wirklich vorstellen?« Ich lasse es wie eine rhetorische Frage klingen, obwohl es keine ist.

Wäre ich dazu in der Lage?

223

»Ich weiß es nicht, Svea.« Sie hält meinem Blick eine ganze Weile stand, bevor sie zu Boden sieht. »Nein, eigentlich nicht.«

Eigentlich. Damit muss ich mich wohl begnügen.

»Du denkst, ich bin ein willenloses Opfer, oder?«, fragt Fenja unvermittelt.

»Unsinn, Fenja, ich ...«

»Spar dir das. Aber vielleicht werde ich dich ja überraschen. Wirst du für mich da sein, wenn es so weit ist? Oder verpisst du dich dann wieder?«

»Diesmal bin ich da, Fenja, das schwöre ich.«

»Wirklich?«

Ich nicke. »Egal, was du vorhast. Ich bin da.«

»Gut. Dann verabschiede ich mich jetzt von Lina.«

»Wird es wieder so lange dauern wie beim letzten Mal?«

Sie schüttelt den Kopf.

»Fenja, wo warst du?« Ich muss es einfach wissen.

Sie lächelt geheimnisvoll. »Das erfährst du früh genug.«

Ihre Haltung kommt mir aufrechter vor als beim letzten Mal. Da ist diese neue Klarheit in ihrem Blick.

So sehen Menschen aus, die eine lebensverändernde Entscheidung getroffen haben, denke ich mit einem erneuten Anflug von Besorgnis.

SVEA

»Kommt Ihnen die bekannt vor?«
Die junge Kripo-Frau schiebt ein Foto in einer Plastikhülle über den Tisch zu mir. Ich muss mich zwingen, nicht sofort wieder wegzuschauen, nachdem ich die lädierte Decke auf dem Bild gesehen habe.
»Nein.« Bedauernd schüttele ich den Kopf. »Was ist damit?«
»Darin war die Tote eingewickelt«, erklärt ihr etwas älterer Kollege.
»Verstehe.« Ich schlucke die Magensäure runter, die mir die Kehle hochgekrochen ist.
So schnell hätte ich nicht mit neuen Erkenntnissen gerechnet. Es ist gerade einmal eine Woche her, dass sie die Knochen gefunden haben. Aber als Anwalt kennt Julias Stiefvater vielleicht jemanden, der die Ermittlungen beschleunigen konnte.
»Immerhin wissen wir jetzt, was die Todesursache war«, sagt die Frau.
Sie hat sich mir vorgestellt, genau wie ihr Kollege, aber in der Aufregung habe ich mir ihren Namen nicht gemerkt.
»Ja?« Das kam viel zu schrill heraus.
»Haben Sie womöglich eine Idee?«
Ihr lauernder Blick gefällt mir nicht.
»Nein. Wie sollte ich?«
Sie zuckt mit den Schultern. »Der Forensiker hat an ihrem Schädel Spuren von stumpfer Gewalt entdeckt. Höchstwahrscheinlich wurde sie mit einem Stein erschlagen.«

»Erschlagen!« Diesmal ist meine Überraschung echt. »Weiß man, wo sie gestorben ist?«

Wenn sie das Fest lebend verlassen hat, bin ich raus.

»Da sie danach niemand gesehen hat, gehen wir erst einmal weiter davon aus, dass sie im Verlauf der Feier zu Tode gekommen ist. Wir vermuten, dass sie in einem Fahrzeug transportiert wurde. Viele Menschen haben so eine Decke im Auto liegen, Hundehalter zum Beispiel.«

Wie lange dauert es wohl, bis Fell verwest? Andererseits würde es kaum etwas ändern, sollten sie Huskyhaare entdecken. Sie sind ohnehin davon überzeugt, dass Sören meine Freundin getötet hat.

Die beiden Beamten stellen mir Fragen, die ich bereits vor vielen Jahren beantwortet habe. Ich wünschte, ich würde mich an meine Antworten erinnern, damit ich mir nicht widerspreche. Diesmal geht es ihnen allerdings vor allem um Sören. Sie fragen nach seinem Auto, seinen Lebensumständen, seinen Gewohnheiten.

Ich bewahre die Ruhe, bis sie wieder mit den Fotos anfangen.

»Für Sie kommt gar keine andere Möglichkeit infrage, als dass mein Onkel der Täter ist, oder?«

Die Polizistin betrachtet mich aufmerksam. »Weshalb denken Sie das?«

»Ist es etwa nicht so?«

Ihr Begleiter setzt ein unverbindliches Lächeln auf. »Wir verfolgen auch andere Hinweise. Anscheinend ist unseren Kollegen manches entgangen. Zum Beispiel, dass der Zeuge, der Julia zuletzt gesehen haben will, ein enger Freund von Ihnen war. Das finde ich nicht ganz uninteressant, wenn man bedenkt, dass das Opfer davor nur noch bei einem Streit mit Ihnen beobachtet wurde.«

Ich will etwas erwidern, doch er lässt mich nicht.

»Ihre Äußerungen diesbezüglich waren vage«, erklärt er unnötigerweise. »Sie hatten wohl einiges getrunken und Gedächtnisprobleme. Sind inzwischen Erinnerungen zurückgekehrt?«

Ich schüttele den Kopf, meide aber seinen Blick. Beim Aufstehen legt die Frau eine Karte vor mir auf den Tisch. »Melden Sie sich bei uns, wenn Ihnen noch etwas einfällt.«

Nachdem die beiden gegangen sind, vergrabe ich das Gesicht in den Händen. Ich habe die rot-grün karierte Decke sofort erkannt. Sie lag immer in Sörens Auto. Was will ich mir jetzt einreden? Dass irgendjemand an dem Abend die gleiche bei sich hatte? Und Julias Leiche dann auch noch zufällig ausgerechnet im Wald meines Onkels vergrub?

Ich stelle mir Sören vor, wie er einem Mädchen den Schädel einschlägt. Wie er Julia den Schädel einschlägt. Alles in mir sträubt sich gegen dieses Bild. Mein stiller und sanfter Onkel hätte so etwas niemals tun können.

Ich schiebe die Puzzleteile hin und her, probiere andere Szenen aus. Am Ende bleibt ein Gedanke, der mich nicht mehr loslässt.

Sören war kein Mörder, aber für einen Menschen, den er liebt, hätte er so gut wie alles getan. Auch eine Leiche verschwinden lassen? Und was ist mit dem ominösen Zeugen, der ein guter Freund von mir gewesen sein soll? Für diesen Part kommt nur Till infrage. Er zählt zu den integersten Menschen, die ich kenne. Könnte er trotzdem für mich gelogen haben?

Vor meinem inneren Auge läuft ein neuer Film ab. Diesmal halte ich einen Stein umklammert. Vor mir steht Julia. Sie sieht mich fassungslos an. Trotzdem lasse ich die Hand mit aller Kraft niedersausen.

Schlagartig wird mir übel. Ich renne ins Bad und übergebe mich dort so lange, bis meine Kehle schmerzt und ich nur noch ätzende Galle hervorwürge.

Danach bleibe ich auf dem Badezimmerfußboden sitzen, den Rücken an die wohltuend kühlen Kacheln gelehnt. Angestrengt konzentriere ich mich darauf, meinem Gedächtnis die Bestätigung abzuringen, dass es sich bei den schrecklichen Bildern nur um Hirngespinste gehandelt hat.

Während sich all meine anderen Erinnerungen aus verschwommenen Fetzen zusammensetzen, habe ich diese schreckliche neue Version des Abends klar vor mir gesehen. Wahrscheinlich habe ich sie frisch aus dem neuen Wissen gesponnen, aber sicher sein kann ich mir da nicht.

Neben Erik und meinem Verfolger gibt es eine weitere unberechenbare Größe in diesem Spiel – mich. Ich habe nie daran gezweifelt, auf die ein oder andere Art Julias Tod herbeigeführt zu haben. Ausgeschlossen habe ich nur, dass ich sie eigenhändig umgebracht habe. Bis jetzt.

Wie soll ich Fenja beschützen, wenn das schlimmste Raubtier möglicherweise ich selbst bin?

SVEA

Es ist mir nicht leichtgefallen, mich wieder bei Till zu melden, nachdem wir uns geküsst haben. Aber ich muss wissen, ob er der Zeuge war. Ich will sein Gesicht sehen, wenn ich ihn frage, ob er die Wahrheit gesagt hat. Es sollte ein neutraler Ort sein, an dem wir uns treffen. Ich habe vorgeschlagen, ihn in Haithabu zu einem Spaziergang zu treffen.

Als wir uns zur Begrüßung flüchtig und verlegen umarmen, nehme ich seinen Duft und die Wärme seiner Haut wahr. Kurz verspüre ich den Drang, ihn enger an mich zu ziehen, doch stattdessen trete ich rasch einen Schritt zurück.

Er lächelt. »Schön, dass du dich gemeldet hast. Wollen wir einmal ums Noor gehen?«

Ich nicke.

Nachdem wir eine Weile stumm nebeneinanderher gegangen sind, durchbricht Till die Stille. »Du hast geklungen, als ob dir etwas auf der Seele brennt.«

Während ich ihm von meiner Befragung erzähle, sehe ich überall hin, nur nicht zu ihm.

Inzwischen haben wir die rekonstruierten Wikingerhäuser hinter uns gelassen. Unter dem Schäfchenwolkenhimmel grasen Highland-Rinder, und Bienen umschwirren die wild wuchernden Disteln. Es ist komplett windstill, nicht mal der leiseste Luftzug kräuselt die Oberfläche des Binnensees. Doch an diesem Tag lässt mich die bilderbuchtaugliche Idylle des Haddebyer Noors kalt.

»Es war frustrierend, dass ich ihnen so wenig sagen konnte. Ich weiß fast nichts mehr von dem Abend.«

»Du willst also über damals reden?«, fragt er.

»Nein!«
»Gut.«
»Aber ich denke, ich muss es tun.«
Nun ist er es, der meinen Blick meidet. Er sieht so konzentriert auf das Wasser, als ließe sich dort die Antwort auf eine drängende Frage finden.
»Ich habe dich überrumpelt«, sage ich. »Tut mir leid. Es war so eine Stimmung, jetzt oder nie.«
Als er sich mir wieder zuwendet, ist seine Miene undeutbar. »Was willst du denn wissen?«
»Hältst du es für möglich, dass ich Julia etwas angetan habe?«
»Wie kommst du plötzlich darauf?«
»Ich wusste nicht, dass du der Zeuge warst, der sie nach dem Streit noch gesehen hat.«
»Und?«
»Hast du ihnen damals die Wahrheit gesagt?«
»Wieso hätte ich lügen sollen?« Seine Stimme klingt arglos, aber sein nervös umherhuschender Blick verrät ihn. Er war noch nie ein guter Lügner.
»Das ist keine Antwort, Till.«
Sein betretenes Schweigen reißt mir den Boden unter den Füßen weg.
»Hast du versucht, mich zu decken?«, presse ich hervor.
Er sagt immer noch keinen Ton.
Ich balle meine Hände zu Fäusten, damit ich ihn nicht am Kragen seines Shirts packe und ihn schüttele.
»Aber warum? Hast du gedacht, ich habe etwas mit ihrem Verschwinden zu tun? Oder hast du sogar etwas gesehen?«
Die letzte Frage habe ich geflüstert.
Als er mir wieder keine Antwort gibt, ertrage ich es nicht länger. Ich lasse Till hinter mir und haste weiter, so schnell ich kann. In meinen Ohren dröhnt es so laut, dass ich nicht

mitbekomme, wie er mir nacheilt, bis er mich am Arm festhält.

»Svea!«

»Was ist?«, rufe ich.

In den Sekunden, die er braucht, um sich zu sammeln, scheint sich die Zeit bis ins Unendliche zu dehnen. Starr vor Angst warte ich darauf, was er als Nächstes sagen wird.

»Du bist ganz schön anmaßend, Svea.«

Damit habe ich nicht gerechnet.

»Wie bitte?«

»Du denkst, ich könnte dich für eine Mörderin halten oder sogar wissen, dass du eine bist, würde aber lügen, weil ich dir so ergeben bin?«

Die plötzliche Kälte in seinem Gesicht ist kaum zu ertragen. *Schade um die letzte Freundschaft, die mir noch geblieben ist.*

Mittlerweile sind wir bei der Nachbildung des Runensteins angelangt, den eine Königin namens Asfrid für ihren toten Sohn Sigtrygg hat anfertigen lassen. Ich habe das Denkmal schon oft gesehen, doch zum ersten Mal fröstelt es mich beim Anblick der archaischen, blutroten Schriftzeichen. Überall nur Tod, Verderben und Trauer.

»Ich weiß zurzeit nicht, was ich denken soll«, murmele ich.

»Du weißt vieles nicht.« Er mildert seine Worte nicht durch ein Lächeln ab.

Offenbar ist er sauer, aber das bin ich auch. Meine Wut giert danach, ihn so zu verletzen, wie er mich verletzt hat. Dank des Zeugens habe ich mich sicher gefühlt, genau, wie ich es bei Till immer getan habe. Doch nun wurde mir das genommen. Er hat gelogen!

So jäh wie der Zorn in mir aufgewallt ist, verpufft er auch wieder. Was bleibt, ist eine tiefe Erschöpfung. Am liebsten möchte ich mich wie ein kleines Wildtier im Unterholz verkriechen und dort alles an mir vorbeiziehen lassen.

»Hast du dir keine Sorgen gemacht, dass sie dich verdächtigen könnten, wenn du sagst, dass du derjenige bist, der sie zuletzt gesehen hat?«

Er zuckt mit den Schultern. »Eigentlich nicht. Als Täter hätte ich das verschwiegen, oder nicht? Außerdem gab es so gut wie keine Verbindung zwischen ihr und mir.«

Bis vor Kurzem hätte ich dem zugestimmt, doch gerade ist ein leiser Zweifel in mir aufgekeimt. Wieder mal ploppt ein Bild auf, das ich nicht zuordnen kann. Er und Julia in ein Gespräch vertieft. Wie sie verstummen, als sie mich bemerken. Er wirkt betroffen, sie trotzig. Es gefällt mir nicht, sie so zu sehen.

Was hat das zu bedeuten?

»In unserem letzten Sommer hatte ich das Gefühl, dass sich etwas verändert hat«, sage ich. »Du schienst weniger gleichgültig, was sie angeht. Oder habe ich mich da getäuscht?«

In seinem Blick flackert etwas auf, was ich nicht zuordnen kann. »Nein, hast du nicht.«

Mich zumindest in einem Punkt nicht geirrt zu haben, verschafft mir keinerlei Befriedigung. Eher fühlt es sich wie ein weiterer Nadelstich auf meiner dünner gewordenen Haut an.

»Aber jetzt ist doch alles geklärt. Sie haben ihren Täter«, sagt Till. »Auch wenn es mir für dich leidtut, dass es sich ausgerechnet um Sören handelt.«

»Wahrscheinlich hast du recht.«

Meine Zweifel sind nicht weniger geworden, aber das kann ich ihm nicht mehr anvertrauen. Seine Lüge hat eine Mauer zwischen uns errichtet, hinter der ich ihn nicht mehr klar erkennen kann.

SVEA

An den folgenden Tagen fühle ich mich wie gelähmt, bis mich ausgerechnet Torge wieder wachrüttelt. Er ist einfach so aufgetaucht, ohne Vorankündigung, mit Ahmed an seiner Seite.

»Kann ich das Buch abholen? Wir wollen schwimmen gehen. Danach kann ich die Hühner füttern oder so etwas.«

»Lieber nicht.« Ganz sicher werde ich ihn nicht noch einmal in den Schuppen schicken.

Torge sieht enttäuscht aus. »Okay, dann gehen wir wieder.«

»Ich meinte doch nur die Sache mit den Hühnern, dein Buch kannst du haben.«

Seit zwei Tagen liegt das neue Manga bei mir herum. Zum Glück hatte ich es nach unserem letzten Treffen vorbestellt, sonst hätte ich es garantiert vergessen. Am liebsten würde ich ihm das Buch einfach schenken, aber wahrscheinlich wäre ihm das nicht recht.

»Wäre toll, wenn du demnächst mal zum Rasenmähen vorbeischaust. Aber das muss echt nicht heute sein.«

»Okay.«

»Habt ihr denn schon was gegessen?«

Die beiden Jungs sehen sich an.

»Nö«, sagt Torge.

»Wollt ihr 'ne schnelle Pizza? Ich habe welche da.«

Wieder treffen die Jungs mit ihren Blicken eine stumme Absprache. Am Ende lächelt Ahmed. »Gerne, danke.«

»Was für welche denn?«, fragt Torge. »Nicht Salami. Das geht nicht.«

»Zur Auswahl stehen Thunfisch, Vier-Käse und Spinat.«
Trotz allem habe ich mich am Tag zuvor zu einem Großeinkauf gezwungen, nachdem mir sogar Brot und Nudeln ausgegangen waren.

»Kein Spinat. Wollen wir uns die anderen beiden teilen?«, fragt Torge seinen Freund.

»Klar.«

Diesmal verhalten sie sich ungezwungener als beim letzten Mal. Sie rutschen nebeneinander auf die Bank am Esstisch, kraulen Laika das Fell und regen sich über einen Mitschüler auf, der andere mobbt.

Als die Pizzen im Ofen sind, schiebe ich zwei eiskalte Cola und das Buch über den Tisch.

»Falls ihr schon mal reinschauen wollt.«

»Danke«, sagen sie gleichzeitig. Verlegen grinsen sie einander an.

Ich schaue durchs Fenster und erlebe ein Déjà-vu. Wieder einmal eilt Fenja auf mein Haus zu, während die beiden Jungs bei mir sitzen und essen. Von meinem Einsiedlerinnenleben ist nicht mehr viel übrig, aber seltsamerweise stört mich das gar nicht so sehr.

Da stößt Fenja auch schon die Tür auf.

»Svea!« Sie ist außer Atem, ihr Gesicht dunkelrot.

»Bist du gerannt? Wo ist Lina?«

Diesmal scheint sie kaum zu bemerken, dass ihr Sohn und sein Freund da sind. Sie hält sich auch nicht mit einer Begrüßung auf.

»Er hat sie!«, keucht sie. »Du musst mir helfen.«

»Was hat Erik getan?«, frage ich alarmiert.

»Erik?« Sie sieht mich irritiert an. »Malte hat sie in den Keller gesperrt, und alleine komme ich nicht gegen ihn an.«

Jetzt springt Torge auf. »Was?«

»Malte hat mich mit dem Insulin erwischt.«

Jetzt bin ich verwirrt. »Fenja, wovon sprichst du?«

»Lina hat Diabetes. Die anderen wollten nicht, dass ich ihr Insulin gebe. Ich habe es trotzdem getan, weil es ihr schlecht ging.«

»Warum solltest du ihr kein Insulin geben, wenn sie Diabetes hat?«

»Weil ...« Sie stöhnt frustriert auf. »Das ist doch jetzt total egal. Jedenfalls hat er Lina bei uns in den Keller gesperrt – damit ich sie nicht länger vergifte, hat er gesagt. Er gibt mir den Schlüssel nicht. Ich habe Angst, dass etwas Schlimmes passiert, wenn sie ihr Insulin nicht bekommt.«

»Und was ist mit Erik?«

»Jetzt hör doch mal mit Erik auf. Er hätte Lina niemals in den Keller gesperrt. Malte will mich bestrafen. Das Licht da unten funktioniert nicht, und Lina hat Angst im Dunklen.«

Das ist Freiheitsberaubung. Ich weiß, dass Eriks Ziehvater sich für unantastbar hält, aber diesmal lehnt er sich selbst für seine Verhältnisse weit aus dem Fenster.

Ich runzele die Stirn. »Wir sollten die Polizei rufen.«

»Dann nehmen sie mir die Kinder weg!« Fenjas Stimme klingt schrill. »Kommst du jetzt endlich?«

Ich zögere nicht länger. Ich muss meiner Schwester helfen und Lina retten!

Zum ersten Mal seit meiner Rückkehr an diesen Ort schließe ich den Waffenschrank auf, in dem Sören seine Büchse und einen handlichen Revolver für den Fangschuss aufbewahrt hat. Mit Kurzwaffen habe ich wenig Erfahrung, trotzdem greife ich zu Letzterem – der Revolver lässt sich besser verbergen. Ich will ihn ohnehin nicht benutzen, sondern ihn notfalls als Drohung einsetzen. Dennoch fische ich die passenden Patronen aus ihrer Verpackung und befülle die Trommel.

Fenja schaut mir mit grimmiger Miene zu, ohne Einwände zu erheben.

»Was macht ihr denn da?« Torge starrt uns an, und auch Ahmed wirkt verstört.

Schnell lasse ich die Waffe in einem Schulterholster verschwinden und ziehe trotz der Hitze noch eine dünne Bomberjacke darüber, damit Malte den Revolver nicht sofort sieht. Wer weiß, wie er sonst reagiert.

»Keine Sorge, die stecke ich nur zur Sicherheit ein. Ich habe nicht vor, jemandem damit wehzutun, okay? Ihr bleibt hier und esst eure Pizza.«

TORGE

»Wartet!«, brülle ich, aber Mama und Svea rennen weiter. Ich sprinte hinter ihnen her. Sie sind schnell, aber ich bin schneller.

»Nein, geh sofort zurück zum Haus!«, schreit Mama mich an, als ich sie einhole.

Ich packe ihren Arm und halte ihn fest. Endlich bleibt sie stehen. Erschrocken guckt sie erst auf ihren Unterarm und dann mir ins Gesicht. »Du tust mir weh, Torge.«

Ich lasse sofort los. »Das wollte ich nicht. Aber du musst mir sagen, was passiert ist. Malte hat Lina in den Keller gesperrt? Damit du ihr kein Insulin gibst?«

»Wir müssen sie rausholen. Aber nicht du, du bleibst hier. Dieses eine Mal musst du auf mich hören!«

»Warum sollte ich?«

Sie sieht aus, als hätte ich ihr noch mal wehgetan. Aber dann legt sie mir beide Hände an die Wangen und lächelt. »Ich bin immer noch deine Mutter, darum.«

Danach rennt sie einfach weiter.

Keine Ahnung, was ich jetzt machen soll, da taucht Ahmed neben mir auf.

»Was ist los?«, will er wissen.

Ich versuche, es ihm zu erklären, aber alles, was ich sage, klingt irgendwie verrückt – sogar für meine Verhältnisse. Bestimmt will er bald nichts mehr mit mir zu tun haben. Die Lehrer haben recht, Leute wie wir machen nur Ärger.

Ahmed sieht mich entsetzt an. »Sie braucht ein Medikament, und euer Nachbar sperrt sie ein, damit sie es nicht kriegt?«

»Er sagt, dass es nicht gut für sie ist.«
»Oh, Mann. Setz dich erst mal hin.«
»Wieso soll ich mich hinsetzen?«
»Du zitterst total.«
»Quatsch.«
Aber er hat recht, ich habe es nur nicht gemerkt. Erschöpft lasse ich mich auf die Knie fallen. »Und jetzt? So eine Scheiße!«
»Deine Mutter hat gesagt, du sollst warten.«
»Ja.«
So wie Mama mich angesehen hat, kann ich eigentlich nicht *nicht* auf sie hören, aber wenn ich einfach so in Sveas Haus herumsitze, drehe ich durch.
»Ich muss trotzdem hinterher!«
»Dann komme ich mit.«
»Nee, machst du nicht.«
»Du hörst nicht auf deine Mutter, ich höre nicht auf dich.«
»Ey!« Jetzt bin ich sauer. Es stresst mich, dass er es mir so schwer macht.

Ahmed darf nicht mitkommen, weil ich keine Ahnung habe, was da abgeht und ob es sicher für ihn ist. Svea hat eine Knarre eingesteckt, und bei uns zu Hause gibt es auch genügend Gewehre. Aber sie würden nicht aufeinander schießen, oder? Wir sind schließlich nicht in irgendeinem Baller-Film.

Obwohl Malte eine Kugel verdient hätte. Lina muss schreckliche Angst haben, so alleine im Keller. Bestimmt sitzt sie weinend im Dunklen und weiß gar nicht, was Sache ist.

Bei dem Gedanken renne ich los, ohne mich weiter darum zu kümmern, was Ahmed macht. Dass er mitgekommen ist, merke ich erst vor unserer Haustür. Sie steht ein kleines Stück offen. Der dunkle Schlitz hat etwas Unheimliches. Vielleicht will ich gar nicht wissen, was dahinter passiert.

»Was ist?«, flüstert Ahmed.

»Nichts.« Ich stoße die Tür mit einem Ruck auf.

»Hast du Schiss?«, fragt er.

»Quatsch!«

»Ich schon.«

»Okay, ich auch. Vielleicht gehe ich trotzdem besser alleine rein.«

Ahmed hört nicht auf mich, und eigentlich bin ich ganz froh darüber. Beim Reingehen höre ich das Heulen meiner Mutter.

Nicht gut.

Sie hockt in der Küche neben der geöffneten Kellertür und hat das Gesicht in den Händen vergraben. Lina ist nicht mehr eingesperrt.

Doch gut.

Aber wo ist sie?

Am Türrahmen entdecke ich einen frischen Blutfleck.

»Was ist mit Lina?«, brülle ich.

Mama hört auf zu schluchzen. »Was macht ihr denn hier?«

Ich knie mich neben sie auf den Boden und packe sie an den Schultern, ganz vorsichtig, weil ich ihr nicht wieder wehtun will. »Mama, wo ist Lina?«

»Ich weiß es nicht.« Ihre Stimme zittert.

»Hey.« Jetzt schüttele ich sie doch ein bisschen, bis ich eine Hand auf meiner Schulter spüre.

»Lass sie«, sagt Ahmed.

»Ihr?«, fragt Svea, als sie die Küche betritt. Aber richtig überrascht sieht sie nicht aus. Irgendwie weiß ich, dass sie mich versteht. »Na, wenn ihr schon mal da seid, könnt ihr auch suchen helfen.«

»Was ist denn passiert?«, frage ich.

»Als wir angekommen sind, stand die Tür offen, aber es war niemand da. Ich habe das ganze Haus durchsucht, und jetzt werde ich Malte einen Besuch abstatten.«

»Hier!«, höre ich Ahmed rufen.

Er kniet vor dem Schrank im Flur und hält Lina fest. Ihre Arme hängen einfach so herunter, als hätte sie gar keine Knochen oder Muskeln mehr.

Svea ist mir gefolgt.

»Fenja, sie haben Lina gefunden«, ruft sie laut.

Dann holt sie ihr Handy aus der Tasche und tippt darauf herum.

Mama kommt aus der Küche und heult sofort wieder los, als sie Lina sieht. Sie wirft sich neben Ahmed auf die Knie und nimmt Lina in die Arme.

Svea schiebt ihr Handy wieder in die Hosentasche. »Sie schicken einen Rettungswagen.«

»Woher wusstest du, dass sie da ist, Ahmed?«, fragt Mama.

»Jasina hat sich immer im Wäscheschrank versteckt, wenn Soldaten draußen waren.« Jetzt hat er plötzlich auch Tränen in den Augen.

Ich glaube, ich weiß, wieso. Meine Schwester lebt, aber seine ist tot. Ich würde ihn gerne in den Arm nehmen, lege aber nur eine Hand auf seine Schulter. »Tut mir voll leid, Bro.«

Mama weiß nichts von seiner Schwester. Es sieht komisch aus, wie sie ihn anstrahlt, weil ihr Gesicht so geschwollen ist, als hätten lauter Bienen zugestochen. »Danke.«

»Ist gut«, sagt Ahmed.

Lina brabbelt in Mamas Arm leise vor sich hin. Man hört so gut wie gar nichts, aber Mama scheint sie zu verstehen.

»Erik war hier. Er hat sie rausgeholt und gesagt, dass sie

auf ihn warten soll. Sie hat sich versteckt, weil sie Angst hatte, dass Malte zurückkommt.«

Mein Vater hat Lina gerettet! Er ist also immer noch derjenige, der uns beschützt!

Vielleicht wird ja doch noch alles gut.

SVEA

Als Erik zu uns stößt, erkenne ich ihn kaum wieder, so still ist er. Sein verwirrter Blick schweift von einem zum anderen – Ahmed, der sichtlich aufgewühlt mit dem Rücken an der Wand dasitzt; Fenja, die daneben hockt und Lina fest umklammert hält; Torge, der vollkommen überfordert mit verschränkten Armen danebensteht. Und dann bin da noch ich, seine Nemesis.

Es kommt mir wie ein Wunder vor, dass er nicht ausflippt. Stattdessen lässt er sich neben Fenja auf den Boden sinken und streichelt Lina kurz übers Haar. »Wie geht es ihr?«

Fenja zieht ihre Tochter enger an sich. »Wir können nur hoffen, dass sie es übersteht. Svea hat einen Rettungswagen gerufen.«

»Aber ...«

»Lina braucht einen Arzt, Erik. Wir müssen ja keine Details erzählen, nur dass es Probleme mit dem Insulin gab. Aber Malte darf nicht mehr in ihre Nähe, nie wieder.«

»Ich lag wohl falsch.« Er sieht bedrückt aus.

Sie zuckt mit den Schultern. »Woher kommt das Blut am Türrahmen?«

»Von Malte.« Ein mattes Lächeln überzieht sein Gesicht. »Ich musste ihm eins auf die Nase geben, damit er den Schlüssel rausrückt.«

Fenja nickt mit ernster Miene. »Gut.«

Er greift nach ihrer Hand, doch sie dreht sich weg, sodass er ins Leere fasst.

Als der Notarzt mit zwei Sanitätern eintrifft, steht Fenja auf.

»Ich fahre mit ihr, Erik. Allein.«

Seine Haut, die sonst immer leicht gerötet ist, wirkt plötzlich blass. Ich kann seine Angst förmlich wittern. Überrascht mustere ich meinen Feind. Für mich ist er immer Julias Freund geblieben, da ich ihn kaum einmal an der Seite meiner Schwester erlebt habe. Erst jetzt erkenne ich, wie sehr er Fenja auf seine Art liebt. Es ist eine vergiftete Liebe, deshalb habe ich kein Mitleid mit ihm, aber genauso wenig ist da ein Triumphgefühl. Ich bin vor allem erleichtert, dass Fenja ihm nicht gleich verzeiht, nur weil er jemandem die Nase blutig geschlagen hat.

Während die Sanitäter Lina vorsichtig auf die Trage legen, verabschiedet sich Fenja von ihrem Sohn.

»Pass gut auf dich auf.«

Ihr letzter Blick, bevor sie das Haus verlässt, gilt mir. Es ist nur ein zaghaftes Lächeln, aber es genügt, damit mir Tränen in die Augen steigen.

»Wir sollten auch gehen«, sage ich an Ahmed gewandt.

»Was denkst du?«

Nach einem Blick zu seinem Freund willigt er ein.

»Okay.«

Ahmed und ich verabschieden uns nur von Torge. Erik starrt immer noch verwundert auf die Tür, durch die seine Frau gerade verschwunden ist.

»Wer ist Jasina?«, frage ich Ahmed, nachdem wir das Haus verlassen haben.

»Meine Schwester.«

»Ist sie jünger als du?«

»Sieben wäre sie jetzt. Sie ist tot.«

»Oh Gott. Tut mir leid«, stammele ich.

Er zuckt mit den Schultern. Da er offenbar keinerlei Wert auf weitere hilflose Beileidsbekundungen legt, beschränke ich mich auf die praktischen Fragen. »Wie kommst du nach

243

Hause? Ich würde dir gerne anbieten, dich zu fahren, aber ich habe kein Auto.«

»Macht nichts. Ich nehme den Bus.«

»Dann gehst du am besten mit mir durch den Wald. Das ist der kürzeste Weg zur nächsten Haltestelle. Ich bringe dich hin. Hier treiben sich seltsame Leute herum.«

»Stimmt.« Er deutet auf die Pistole, die sich durch meine Jacke abzeichnet, wobei er den Mund zu einem kleinen Grinsen verzieht.

Erleichtert lache ich auf.

»Was denkst du jetzt bloß von uns?« Ich will ihm erklären, was er da gerade gesehen hat, doch er lässt mich nicht ausreden.

»Schon okay. Torge wird es mir schon erzählen, wenn er will, dass ich Bescheid weiß.«

»Du hast recht, das wäre besser.«

Einen loyaleren Freund könnte Torge nicht haben. Ich wünschte nur, das Leben hätte den beiden Jungen andere Karten zugespielt. Sie sollten nicht derart abgeklärt herumlaufen, wo sie im Grunde doch noch Kinder sind.

Nachdem ich zu Hause angekommen bin, werfe ich meine Kleidung noch im Flur auf den Boden. Unter der Dusche seife ich mich gründlich ein, lasse mir lauwarmes Wasser auf den Nacken prasseln und spüle alles von mir ab – den Schweiß, den Anblick der armen kleinen Lina und den von Erik. Seine zärtlichen Gesten gegenüber Fenja haben mich vorübergehend aus dem Tritt gebracht, doch dann erinnere ich mich daran, dass es die Zärtlichkeit eines Raubtiers ist.

Ich trockne mich ab und schlüpfe in mein dünnes Sommerkleid.

»Komm, Laika, wir machen einen Spaziergang.«

Selbst meine Hündin wirkt ungewohnt träge an diesem Tag. Wir gehen das kleine Stück Steilküste entlang, halten uns aber im Schatten der Bäume, wo die Hitze erträglicher ist.

Trotz meiner Sorge um Lina erfüllt mich der Gedanke an Fenjas Lächeln mit wilder Freude.

Lina wird gesund! Meine Schwester lässt sich nicht länger von Erik drangsalieren!

Für den Moment verbiete ich mir jeden Gedanken an Julia. Einen Schritt nach dem anderen.

Etwas Feuchtes berührt meinen Arm. Regentropfen. Ich habe gar nicht gemerkt, wie dunkel es geworden ist. Bevor ich es mich versehe, prasselt ein mächtiger Schauer auf uns nieder. Das Wasser fällt wie ein einziger gewaltiger Schwall aus dem Himmel.

Begleitet von Blitzen und Donnern, rennen wir nach Hause zurück. Laika scheint der Lärm nicht ganz geheuer zu sein. Sie drängt sich sofort an mir vorbei in den Flur und kauert sich auf ihrer Decke zusammen.

Ich hingegen beschließe, draußen zu bleiben und mich der Sintflut zu stellen. Mit ausgebreiteten Armen drehe ich mich im Kreis und strecke die Zunge heraus, um so viel Wasser wie möglich aufzufangen – bis die dunklen Umrisse einer Gestalt an der Gartenpforte meinen Tanz jäh beenden.

Als sie näher kommt, erkenne ich Till. Wann hat er aufgehört, für mich *nur* Till zu sein, der alte Freund aus Kindertagen?

Einem Impuls folgend stürze ich auf ihn zu. Dann fällt mir unser letztes Gespräch wieder ein, und ich bleibe abrupt stehen.

Doch er lässt sich nicht beirren, sondern kommt mir weiter zügig entgegen. Als er mich schließlich in seine Arme zieht, beginne ich endlich zu weinen. Ich weine um unsere angeschlagene Freundschaft, aber auch um Julia, Sören, Lina und Fenja. Till gibt mir Halt, während ich am ganzen Körper bebe.

»Es tut mir leid«, sagt er.

»Mir auch.« Ich schniefe.

»Ich war wütend auf dich. Aber was solltest du auch denken, nachdem du von meiner Lüge erfahren hast? Mir ist nie der Gedanke gekommen, dass ich dir damit mehr schaden als nützen könnte.« Seine Lippen streifen meinen Scheitel. »Wir waren noch so jung damals.«

»Warum hast du es getan?«

»Jedenfalls nicht, weil ich dich für schuldig gehalten hätte. Ich habe deine Bedrängnis gesehen und wollte dir helfen. Und warum auch nicht, wo ich doch ganz genau wusste, dass du es nicht getan hast?«

Ich löse meinen Kopf von seiner Schulter, um ihm ins Gesicht sehen zu können. »Aber woher denn?«

»Einfach so«, sagt er und streicht mir behutsam die nassen Haare von der Stirn.

Da ist kein Schwanken in seiner Stimme. Wie ich ihn um seine Gewissheiten beneide!

Er ist nicht viel größer als ich. Als ich meinen Kopf anhebe, berühren sich unsere Lippen schon beinahe. Wer klug ist, macht nie den gleichen Fehler zweimal, aber vielleicht bin ich ja nie so klug gewesen, wie ich dachte.

Ich presse meinen Mund auf seinen, lasse die Hände über seinen Rücken fahren. Sofort spannen sich all seine Muskeln an. Doch bevor ich mich von ihm lösen kann, gibt er mit einem Seufzen nach. »Svea!«

Gierig umtanzen sich unsere Zungen. Mit einer ungelenken Bewegung ziehe ich mir das nasse Kleid über den Kopf, sodass ich nur noch im Slip vor ihm stehe.

Diesmal zögert er nicht. Mit den Lippen umschließt er meine Brustwarzen, und ich stöhne auf. An diesem Abend wird niemand von uns einen Rückzieher machen. Umspült von der Flut, lassen wir uns von ihr mitreißen.

»Sollen wir reingehen?«, flüstert er mir ins Ohr, nachdem wir ihn gemeinsam aus den Cargo-Shorts und seinem dünnen Hemd geschält haben.

Ich schüttele den Kopf und ziehe ihn zu der Bank vor dem Haus.

Danach hält er mich im Arm und streichelt mir über den Hals, den Rücken, die Schenkel. Der Regen hat nachgelassen, und die Luft ist kühler geworden.

»Ich sollte reingehen«, sage ich. »Mal schauen, was Laika macht, und mir etwas anziehen.«

»Bereust du es?«

»Nein.« Das ist die Wahrheit.

»Aber es wird sich nicht wiederholen?«

»Ich weiß nicht«, murmele ich. »Wirklich nicht. Erst einmal muss ich Ordnung in mein Chaos bringen. Keine Ahnung, was dabei noch so alles zum Vorschein kommt. Vielleicht sitze ich bald im Knast.«

»Du warst es nicht, Svea. Oder hast du die Leiche etwa in den Wald gekarrt?«

»Sören war wie ein Vater für mich. Er hätte mir zuliebe viel getan.«

»Aber so etwas? Ohne dass du es mitbekommst?«

»Es war nicht so wie mit dir und deiner Mutter. In meiner Familie verständigt man sich eher ... nonverbal.«

»Ich kenne dich schon so lange. Du warst es nicht.«

»Du solltest mit reinkommen, damit ich dir trockene Klamotten für den Heimweg leihen kann. Sörens Sachen sind noch da.«

Er seufzt resigniert. Wie oft kann ich ihn wegstoßen, ohne ihn ganz zu verlieren?

Nachdem er gefahren ist, gehe ich direkt ins Bett, doch ich mache kein Auge zu. Die Leidenschaft, mit der wir uns geliebt haben, kam unvorbereitet. Ich wusste nicht, dass so etwas in uns steckt.

Außerdem sind da noch die neuen Traumbilder, klar und unwirklich zugleich. Immer mehr verschmelzen Fenja und Julia darin zu einer Person. Sobald Erik seinen ersten Schreck überwunden hat, wird er alles daransetzen, Fenjas Widerstand zu brechen. Ich kann nicht darauf warten, dass sie noch einmal zu mir kommt. Diesmal werde ich zu *ihr* gehen – und sie nicht mehr aus den Augen lassen.

SVEA

Das Klingeln des Handys reißt mich aus meinem unruhigen Dämmerschlaf. Unbekannte Nummer. Sonst lasse ich es einfach klingeln, wenn ich nicht weiß, wer anruft, und höre später die Voicemail ab. Aber um fünf Uhr morgens muss es etwas Ernstes sein, das keinen Aufschub duldet.
»Hallo.« Es ist Fenja.
»Seit wann hast du ein Handy? Oh mein Gott, es ist doch nichts ... ist etwas mit Lina?«, stammele ich schlaftrunken.
»Ich verlasse ihn.«
Fast glaube ich, noch zu träumen. Es kann nicht plötzlich so einfach sein, oder? Nach all den verrückten Plänen, die ich geschmiedet habe, um sie von ihm zu befreien, hat Fenja die Sache selbst in die Hand genommen – und alles, was mir einfällt, ist: »Okay.«
»Bist du jetzt zufrieden?« Ihre Stimme bricht an einem Felsen aus Wut und Verzweiflung. »Du wolltest ihn doch immer weghaben.«
»Weil er niemandem guttut. Aber mir ging es nie darum, gegen Erik zu gewinnen, falls du das denkst.« *Bist du dir da ganz sicher, Svea?* »Wie geht es Lina?«
»Besser.«
»Gut.«
»Du hast mich doch gefragt, was ich an dem Tag gemacht habe, als Lina so lange bei dir geblieben ist ... Ich habe mir Wohnungen angeschaut. Ich glaube, es war gar nicht wirklich ernst gemeint. Aber jetzt, nach der Sache mit Malte ...«
»Wo willst du hin?«

»Ich werde mich eine Weile bei niemandem von euch melden. Wenn ich ein neues Leben beginne, soll es mein eigenes sein. Ich werde mir einen Job suchen.«

»Und die Kinder?«

»Lina kommt mit mir. Sie kann in den Kindergarten gehen, während ich arbeite. Es wird ihr guttun, mit Gleichaltrigen zu spielen. Natürlich hoffe ich, dass Torge auch bei mir leben möchte, aber ich werde ihn zu nichts zwingen. Er hängt sehr an seinem Vater.«

Die Vorstellung, dass mein Neffe dann allein dem Einfluss seines Vaters ausgesetzt wäre, gefällt mir überhaupt nicht, aber jetzt ist nicht der Zeitpunkt, um darüber zu reden.

»Brauchst du Geld?«

»Ich habe welches.«

»Genug, um wegzuziehen und eine Mietkaution zu bezahlen?«, frage ich verwundert. »Woher?«

»Das willst du nicht wissen.«

»Du hättest mich darum bitten können.«

»Habe ich doch. Aber du warst nicht gerade großzügig.«

»Warum hast du mir nicht gesagt, wofür du es brauchst? Ich hätte dich bei allem unterstützt.«

»Damit du dich als meine Retterin aufspielen kannst?«

»So siehst du mich?«

»Nicht nur. Immerhin rufe ich dich an, oder?«

Für einen Moment herrscht Stille in der Leitung.

»Wir sehen uns wieder, wenn ich angekommen bin«, sagt sie schließlich. »Und dann wird es auf Augenhöhe sein. Ich bin nicht mehr die kleine Fenja. Ich bin eine erwachsene Frau und Mutter von zwei Kindern. Ich habe in meinem Leben einige schlechte Entscheidungen getroffen, aber das hast du auch.«

Wenn du wüsstest ...

»Oh ja, einige.« Ich seufze. »Tut mir leid, dass ich nicht genauer hingesehen habe und zu wenig für dich da war.«
»Okay.«
»Dann war's das jetzt? Wir legen auf, und ich warte, bis du dich wieder meldest?«
Das halte ich nicht aus! Ich will sie in die Arme schließen. Ich will diese neue Fenja betrachten und ihr sagen, wie lieb ich sie habe.
»So ungefähr. Aber eine Sache könntest du vorher tatsächlich noch für mich tun ...«
»Ja?«
»Hilf mir beim Packen. Ich werde abwarten, bis niemand da ist. Aber du musst Schmiere stehen, damit mir nicht doch noch jemand in die Quere kommt.«
»Wann soll ich bei dir sein?«
»Gegen zwölf. Gerade bin ich noch im Krankenhaus bei Lina. Und zu Hause will ich dann erst einmal in Ruhe mit Torge sprechen.«
»Ich werde da sein.«

Nach unserem Telefonat schlurfe ich in die Küche, um mir einen Kaffee zu kochen. Mit der Tasse in der Hand sehe ich durchs Fenster dabei zu, wie sich die ersten Lichtstrahlen ihren Weg durch die Finsternis bahnen.

Später mache ich mit Laika einen Morgenspaziergang. Ich habe den frisch-erdigen Geruch nach einem Sommerregen schon immer geliebt. Gierig inhaliere ich den Duft, nehme wahr, wie er sich nach und nach mit der weihrauchartigen Würze des Harzes und dem süßlich-moderigen Geruch der Blätter auf der Erde vermischt. Noch ist es den sonst nahezu unsichtbaren Spinnweben nicht gelungen, alle Tropfen loszuwerden, und so glitzern sie im Licht wie filigrane Kunstwerke.

Als wir wieder zu Hause ankommen, werfe ich einen Blick auf die alte Wanduhr. In vier Stunden bin ich mit Fenja verabredet. Ich versuche, mich beschäftigt zu halten, aber egal, was ich auch tue, die Zeiger scheinen sich hinterher kaum fortbewegt zu haben. Bis um elf Uhr halte ich durch, dann mache ich mich auf den Weg, obwohl ich erst um zwölf kommen soll.

Auf den ersten Metern begleitet mich ein flatternder Distelfalter. *Butterflies are free and so are we*, summe ich albern vor mich hin. Nun ergibt das Tattoo meiner Schwester also doch noch einen Sinn.

Kurz bevor ich mein Ziel erreiche, kommt Torge durch die Bäume auf mich zugestürzt. Auf seinem Shirt klebt Blut, wieder einmal und diesmal viel.

Als er mich sieht, bremst er ab. Er sieht vollkommen verstört aus.

»Was ist passiert?«

Ich habe mit einer patzigen Antwort gerechnet, aber stattdessen brüllt er sofort los. »Sie ist tot!«

»Wer?«

»Komm!« Er rennt zurück in die Richtung, aus der er gekommen ist.

Am Rande einer Lichtung hält er abrupt inne. Die Sonne blendet mich so sehr, dass ich zuerst nur die Konturen des Mannes ausmachen kann, der am Boden kniet. Es ist Erik. In seinen Armen hält er ein schlaffes Bündel.

Mein schriller Schrei schreckt die Vögel in den Ästen auf. Ich höre ihr Flattern wie aus weiter Ferne. Meine Beine gehorchen mir nicht mehr. Es ist wie in den Träumen, in denen man laufen will und keinen Meter weiterkommt. Mühsam stolpere ich auf die Stelle zu, um zu sehen, wen Erik in den Armen hält, obwohl ich es schon weiß.

Auf dem geblümten Stoff über Fenjas Brust hat sich eine

grauenerregende neue, dunkelrote Blüte ausgebreitet. An dem ausgeblichenen Grün der Grashalme neben ihr haften Tropfen in der gleichen Farbe, die man auf den ersten Blick für unzählige kleine Marienkäfer halten könnte. Mittendrin liegt ein Messer, das mir bekannt vorkommt.

Ich lasse mich zu Boden sinken und strecke beide Arme nach Fenja aus. Erik stößt mich so grob weg, dass ich auf den Rücken falle. Sofort richte ich mich wieder auf. Erneut versuche ich, sie seinem Griff zu entwinden. Diesmal lässt er mich zumindest mit den Fingerspitzen ihren Hals berühren. Ich fühle keinen Puls, und zum ersten Mal begreife ich, was Menschen meinen, wenn sie von einem *gebrochenen Blick* sprechen. Aber solange ich ihre Körperwärme spüre, bin ich nicht bereit, meine Schwester aufzugeben.

Ich greife in die Taschen meiner Shorts. Sie sind leer. Wo ist mein Smartphone? Ich muss es während unseres Gerangels verloren haben.

»Wir müssen sofort einen Arzt rufen!«

Erik sieht mich verwirrt an. Er wirkt, als würde er erst jetzt erkennen, mit wem er gerade gerungen hat. Dann verzieht sich sein Gesicht zu einer Grimasse so rohen Schmerzes, dass ich wegsehen muss.

Er stößt einen lauten Fluch aus. »Da ist nichts mehr. Sie ist nicht mehr da. Lässt du uns jetzt endlich in Ruhe?«

»Du bist kein Arzt.« Hektisch suche ich den Boden nach meinem Handy ab. »Bitte, wir müssen es zumindest versuchen.«

Endlich entdecke ich im hohen Gras den kleinen schwarzen Gegenstand. Auch er ist befleckt. Mit Fenjas Blut an den Händen wähle ich zum zweiten Mal innerhalb von zwei Tagen den Notruf.

Erik hindert mich nicht daran, doch sein Blick ist voller Verachtung.

»Da siehst du, was du angerichtet hast«, sagt er danach. Und da vergesse ich mich.

»Ich? Was ich angerichtet habe? Du mieses Schwein!«

Ich kann nicht einmal mehr an Torge denken, der immer noch wie paralysiert unter einem Baum steht und zu uns herüber starrt. Ohne Rücksicht auf Verluste stürze ich mich auf seinen Vater. Wir raufen wie wilde Löwen – direkt neben Torges Mutter, in deren Augen mein armer Neffe nie wieder Liebe oder Trost finden wird.

Erik vergräbt eine Pranke in meinem Haar und reißt daran, woraufhin ich ihm das Knie zwischen die Beine ramme. Für einen Moment lässt er von mir ab, doch dann trifft mich seine Faust mitten ins Gesicht. Unsere Schlägerei ist eine Parodie meines aberwitzigen Plans. Was ich hier tue, ist lächerlich, schon weil es Fenja gar nichts mehr nützt, und trotzdem kann ich nicht damit aufhören. Der Hass und der Schmerz haben eine Wirkung, von der ich bislang nichts wusste. Sie sind berauschend, fast so berauschend wie die Lust, dabei aber finster wie der tiefste Abgrund.

Willig heiße ich jeden Schlag willkommen. Solange sich meine Eingeweide unter den Schlägen krümmen, kann ich das schlaffe Bündel im Gras verdrängen.

Erik kniet jetzt über mir, mit den Händen umfasst er meinen Hals.

Tu's doch!

Sein Speichel spritzt mir ins Gesicht, als er brüllt: »Es ist deine Schuld. Du hast sie auf dem Gewissen, genau wie du Julia auf dem Gewissen hast. Du hast alles zerstört, du dämliche Schlampe.«

Wieso spricht er von Julia? Es ist doch Fenja, die tot neben uns liegt. Oder sind sie auch für ihn manchmal eins?

Ein hysterisches Kichern steigt in mir auf, aber Eriks Würgegriff hält es in meiner Kehle fest. Womöglich drückt er der

Richtigen die Luft ab. Vielleicht haben wir ja beide gemordet, und er hat ebenso viel Grund, mich zu hassen, wie ich Gründe habe, ihn zu verabscheuen. Wären wir dann auf perverse Weise quitt? Am Rande meines schwindenden Bewusstseins registriere ich, dass andere Menschen zu uns getreten sind. Ich zerre an den Händen, die mich festhalten, doch Eriks Wut ist stärker als mein Überlebenstrieb.

Ach, Sören, so war das also.

Sie sind jetzt alle bei mir – mein Onkel, Fenja und Julia –, und ich bin bereit, ihnen zu folgen. Vor meinem inneren Auge läuft jener letzte Film ab, von dem häufig erzählt wird. Doch statt meines ganzen bisherigen Lebens bekomme ich nur die Szenen zu sehen, die es für immer verändert haben.

SVEA - *DAMALS*

Ich liege auf dem Boden.
Eriks Lachen dröhnt mir in den Ohren. »Bist du etwa gestolpert?«
Mit festem Griff richtet er mich wieder auf. Dabei bohren sich seine Finger in meine Handgelenke.
»Komm schon, Svea, gib zu, dass du gelogen hast.«
»Hab ich nicht.«
Er soll endlich aufhören, mich zu bedrängen. Wieso nur habe ich das Zeug aus der Flasche getrunken? Ich versuche, mich loszumachen, habe aber längst die Kontrolle über meinen Körper verloren. Plötzlich lässt er so ruckartig los, dass ich beinahe ein zweites Mal stürze.
»Doreen hat euch gesehen«, lalle ich.
Ich weiß, dass ich das nicht hätte sagen sollen, aber nicht mehr, warum.
»Doreen? Du hast Julia gesagt, dass *du* Silke und mich gesehen hast.«
»Na und? Ist doch egal, wer es war.«
Nachdem Doreen mir erzählt hat, dass sie Silke und Erik beim Sex beobachtet hat, habe ich es Julia brühwarm als eine eigene Beobachtung aufgetischt, damit sie mir auf jeden Fall glaubt. Ich war überzeugt, dass Doreen die Wahrheit gesagt hat, aber natürlich hätte ich ihr alles abgekauft, was gegen Erik spricht.
Silke, die neben ihm steht, stößt einen abfälligen Laut aus. »Du hast es von Doreen? Die erzählt viel, wenn der Tag lang ist.«
»Ich könnte eine Pause vertragen.« Till fasst sich an den

Kopf und stöhnt. »Echt hart, euer Zeug. Svea, was ist mit dir?«

»Komme gleich nach.« Erik soll nicht denken, dass ich die Flucht ergreife.

»Okay, wie du meinst.«

Obwohl ich hackedicht bin, registriere ich, dass es Till nicht gefällt, mich hier zurückzulassen. Trotzdem stapft er kurz darauf davon.

»Im Ernst jetzt«, sagt Silke. »Doreen ist doch voll das Lügenmaul. Die ist immer noch scharf auf Erik. Ich hatte garantiert nie Sex mit ihm. Wir sind Freunde.« Sie wendet sich Erik zu. »Wette, die wollte Julia und dich auseinanderbringen. Die wusste doch bestimmt, dass die Kleine hier direkt zu ihrer Freundin rennt.«

Erik hätte ich diese Geschichte nicht abgekauft, aber Silke wirkt vollkommen aufrichtig. *Scheiße*. Das war's dann wohl. Ich wollte, dass Julia wieder mir vertraut, nicht ihm. Aber nach dieser Nummer wird sie mich vermutlich für immer aus ihrem Leben verbannen.

Ich versuche, mich daran zu erinnern, was Doreen mir genau gesagt hat. Auf jeden Fall hat sie behauptet, endgültig über Erik hinweg zu sein.

»Was soll ich mit einem Arsch, der seinen Schwanz nicht unter Kontrolle hat?« Das waren ihre Worte.

»Wie meinst du das?«, habe ich gefragt.

Sie gab sich zurückhaltend, aber vielleicht war das auch nur Berechnung. Jetzt frage ich mich, ob sie sich nicht etwas zu sehr geziert hat, als sie mir von ihrer Beobachtung erzählte?

Sie hat behauptet, die beiden gesehen zu haben. Erik, wie er den Körper von Silke gegen einen Baumstamm presst, während sie sich an ihm reibt, bis er ihr das Kleid hochschiebt.

Ich hatte keinen Anlass, an Doreens Worten zu zweifeln. Sie passten zu den wilden Gerüchten darüber, was die Menschen im Wald so alles treiben.

Julia war wütend auf mich, nachdem ich es ihr erzählt hatte, aber immerhin traf sie sich auch nicht mehr mit Erik. In den Schulpausen verkroch sie sich mit einem Buch auf einer Bank und hielt alle auf Abstand. Auch mich.

Dass sie an diesem Abend zu dem Fest gekommen ist, hat mich überrascht. Sie ist mit zwei Mädchen aus unserem Jahrgang hier, mit denen ich sie nie zuvor gesehen habe.

Es tut weh, nicht mehr an ihrem Leben teilzuhaben. Es ist keine drei Tage her, dass sich ihr Stiefbruder von mir getrennt hat, weswegen ich mich gleich doppelt verstoßen fühle. Mir fehlt mein zweites Leben mit den Geschwistern und Gemma in der Villa.

Meine Erinnerung springt.

Jetzt bin ich mit Julia am Wasser. Ich bin ihr über einen Trampelpfad ins Gehölz gefolgt, nachdem sie mich aufgefordert hat, mit ihr zu gehen.

Die Freude darüber, dass sie wieder mit mir redet, währt nur kurz. Erik hat ihr bereits von meiner Lüge erzählt. Sie knallt mir eine Beschimpfung nach der anderen an den Kopf.

Nachdem alles gesagt ist, wendet sie sich von mir ab. Ich sehe ihr dabei zu, wie sie ihre Sandalen abstreift und immer weiter ins Wasser watet, bis es den Saum ihrer knappen Shorts berührt. Ich stochere in meinem vernebelten Gehirn nach den magischen Worten, mit denen ich ihre Vergebung erlange. Mir fällt nichts ein.

»Warte! Willst du etwa baden gehen? Du hast getrunken. Spinnst du?«

»Ich spinne?« Sie lacht, aber es klingt bitter. »Frag dich lieber mal, was mit *dir* nicht stimmt. Warum erfindest du Geschichten, die mich verletzen? Wir waren Freundinnen, ich habe dir vertraut.«

Waren. Habe.

»Es tut mir leid. Aber woher willst du wissen, dass es nicht doch stimmt? Erik ist nicht gut für dich.«

»Du meinst, im Gegensatz zu einer Freundin, die mich manipuliert und nicht einmal merkt, wenn sie selbst manipuliert wird? Doreen hat dich benutzt.«

Vermutlich hat sie das. Mein Kopf schmerzt jetzt noch stärker als vorhin. Hinter meiner Stirn ist ein Drücken, als würde sie gleich aufplatzen. Wie soll ich so einen klaren Gedanken fassen?

Julia zieht etwas aus der Hosentasche und wirft es mir zu. Beim Versuch, das glitzernde Teil zu fangen, greife ich daneben, allerdings kann ich es noch aus dem Wasser fischen, bevor es untergeht. Ich halte ein goldenes Armband in der Hand, so schlicht, dass es teuer gewesen sein muss.

»Was ist das?«

»Für dich, Svea, ein Geschenk. Ich finde, ihr habt euch verdient – ihr seid beide einfach nur gruselig.«

Zuerst denke ich, dass sie Erik meint, aber der könnte sich niemals solchen Schmuck leisten.

Einmal hat er ihr eine Kette geschenkt. Damals waren Julia und ich noch so eng befreundet, dass sie mir sein Geschenk stolz vor die Nase hielt. Erik hatte ein Fünfzig-Pfennig-Stück in zwei Hälften geteilt und Löcher hineingebohrt. Sie trugen die Anhänger an Lederbändern um den Hals.

Manche hätten diese Idee vielleicht als süß bezeichnet, aber mir kam schon das Würgen, bevor Julia mich über die tiefere Bedeutung des Schmuckstücks aufgeklärt hat. Auf der

Münze war eine Frau abgebildet, die eine Eiche pflanzt. Erik hat Julia erzählt, dass sie für die Arbeiterinnen stehe, die nach dem Krieg bei der Aufforstung geholfen haben. Und jetzt kommt's: Erik wollte damit sagen, dass Julia seine *Eva* sein würde, nach der Zerstörung, an die seine Leute glauben. Ich habe mich schlapp gelacht und gesagt, dass ihr Vorbild jetzt eine zersägte Jungfrau ist. Als ich sah, wie sehr ich Julia gekränkt hatte, war es zu spät, den Spruch zurückzunehmen.

Wieder ein neues Bild.

Julia und Erik ganz dicht zusammen. Vielleicht erzählt er ihr gerade von Doreen. Er hat die Hände in ihrem Haar vergraben, und auf ihrer Wange prangt ein roter Fleck, wie ihn eine Ohrfeige hinterlässt. Erik wirkt aufgebracht. Sie küsst ihn, obwohl sie gerade von ihm geschlagen worden sein muss.

»Julia«, rufe ich entsetzt.

Sie sieht mich kalt an. »Verpiss dich, Svea.«

»Julia ...«

»Ihr kotzt mich alle an.«

Aber ich glaube, das war vorher.

Ich bin wieder mit Julia am Wasser.

»Woher hast du das Armband?«, frage ich.

»Ein Geschenk von meinem *Bruder*.« In ihrer Betonung liegt ein unangenehmer Beigeschmack. Vielleicht will sie es mir heimzahlen, indem sie mich an Christopher erinnert.

Nach der Schule stand er plötzlich vor mir. »Sorry, ich habe das Gefühl, wir passen nicht zueinander.«

Er ließ mich stehen, ohne eine Reaktion abzuwarten oder sich noch einmal umzusehen. Mein Stolz verbot mir zu weinen.

»Weißt du, warum er dich nicht mehr will?« Julia kichert schrill. »Ich wette, das hat er dir nicht gesagt. Er ist so rücksichtsvoll – oder wollen wir es lieber *feige* nennen?«
»Wie meinst du das?« Nervös lasse ich meine Fingerknöchel knacken.
Julia verzieht angewidert das Gesicht. »Er will mit mir zusammen sein.«
»Das glaube ich nicht.«
»Warum sollte ich lügen?«
»Um mir wehzutun. Aus Rache.«
»Ach, Svea. Manchmal habe ich alles so satt.«
Es ist das Mitleid in ihrer Stimme, das mich durchdrehen lässt. In diesem Moment hasse ich das goldene, perfekte Mädchen vor mir. Ich sollte sie fragen, was genau sie satthat, aber stattdessen brülle ich sie an.
»Dann geh doch schwimmen! Ersauf im Brackwasser! Mir ist das so was von egal.«
Sie lacht. Es ist ein unangenehmes Scheppern, das mir in den Ohren wehtut. Es soll sofort aufhören. So schnell, wie ich kann, stolpere ich davon.
So war es doch – oder nicht?

Die nächste Szene. Ich sitze zusammengekrümmt unter einem Baum, neben meinem Erbrochenen, und heule, weil ich alles verloren habe.
Sörens Worte dringen nicht gleich zu mir durch, aber ich höre, wie er ständig meinen Namen wiederholt. »Svea!«
Heulend strecke ich ihm das Armband entgegen, doch ich habe vergessen, wie man zusammenhängende Sätze bildet. Aus meinem Mund kommt nur schluchzendes Gebrabbel.
»Julia … Am Wasser … Sie hat … Ich wollte das nicht.«
Sören streichelt mir vorsichtig über den Oberarm. »Alles wird gut.«

SVEA

Von irgendwoher höre ich eine sanfte Stimme. »Lass.« Plötzlich lässt der Druck um meinen Hals nach. Vom hellen Licht drifte ich in Schwärze, und die Schwärze verwandelt sich in verschwommene Konturen. Mit meinem Bewusstsein kehren die Schmerzen zurück. Verzweifelt ringe ich nach Luft. Fenja ist immer noch bei mir, aber nun liegt sie wieder neben mir auf dem Boden. Kommt das gurgelnde Geräusch aus ihrer oder aus meiner Kehle? Ich suche ihren Blick, doch zurück starren nur die Glasaugen einer Puppe.

Neben ihr im Gras sitzt mein Neffe, die Knie ganz dicht an sich gezogen, sein Gesicht in der kleinen Kuhle dazwischen verborgen. Er weint.

»Was mache ich denn jetzt?« Das war Eriks Stimme.

Er kniet ein paar Meter weiter auf der Erde. Vor ihm stehen seine Zieheltern.

Malte hat ihm eine Hand auf die Schultern gelegt. »Sie wollte uns kaputtmachen. Deshalb musste ich Lina vor ihr schützen, verstehst du es jetzt? Wir werden ihnen erzählen, wie sie dich provoziert hat.«

Neben mir schießt Torge in die Höhe. »Ach ja? Wenn Mama so schlimm ist, warum hast du sie dann geküsst?«, ruft er schluchzend.

Erik steht nun ebenfalls auf. »Was redest du denn da für einen Quatsch, Torge?«

»Der Junge denkt sich Geschichten aus. Von wem er das wohl hat ...« Malte lässt seine Fingerknöchel knacken.

Torge macht einen Schritt auf ihn zu. »Es ist wahr, ich habe es selbst gesehen.«

Mühsam richte ich mich ein kleines Stück auf, aber aus meiner geschundenen Kehle dringt kein Laut.
»Erik, du wirst doch nicht glauben, dass ...«, beginnt Malte.
»Warum sollte Torge lügen?« Rena starrt ihren Mann an. Malte windet sich.
»Es ist wahr«, stellt Rena fest.
»Es war nicht meine Schuld. Sie hat mich geküsst, war ganz heiß darauf. Sie war so eine ...«
Meine Kehle ist noch nicht wieder zu gebrauchen, doch an meiner Stelle stößt Erik ein wütendes Wolfsgeheul aus. Ihm gelingt es auch, den Angriffssprung zu vollenden, zu dem ich angesetzt habe. Meine Beine haben sofort wieder nachgegeben.
»Du redest Müll!«, brüllt Erik. »Sie hat dich gehasst, wollte nur von dir weg. Was hast du mit ihr gemacht?«
Malte hat keine Chance. Sein Ziehsohn hält ihn wie in einer Schraubzwinge.
»Hör auf, ich lüge nicht«, presst er hervor. »Sie war es, ganz allein sie.«
»Bullshit! Hältst du mich für dämlich? Du hast dich an meine Frau rangemacht! Hast du deshalb die Nummer mit Lina abgezogen?«, fragt er. »Wolltest du Fenja bestrafen? Es wäre nicht das erste Mal, dass du so etwas bei einer Frau versuchst, die dich abblitzen lässt.«
»Ich weiß nicht, was du meinst. Manchmal musste ich hart durchgreifen, wenn jemand nicht wusste, wo sein Platz ist.«
Malte zerrt an Eriks Händen, die ihn unbarmherzig auf den Boden pressen.
»Und Fenja?«, knurrt Erik. »Wusste sie, wo ihr Platz ist?«
Er wartet Maltes Antwort nicht ab, sondern lässt sofort die Faust in sein Gesicht schnellen. Das Nasenbein bricht mit einem lauten Knacken. Aber Erik ist noch nicht fertig mit

ihm. Er schlägt wieder zu. Und wieder. Nach allem, was Fenja ihretwegen erleiden musste, hätte ich nichts dagegen, wenn beide draufgehen, nur will ich nicht, dass Torge dabei zuschaut.

»Hört auf«, krächze ich deshalb.

Ich schaffe es nicht, aufzustehen. Warum macht Rena denn keine Anstalten, einzugreifen?

Malte tastet blind hin und her, bis seine Finger das Messer zu fassen bekommen. Erik entwindet es ihm sofort. Mit einer geschickten Bewegung rammt er es in Maltes ausgestreckte Hand und fixiert sie so am Boden.

Am Ende ist es Torge, der den Kampf beendet, indem er weinend das Messer aus Maltes Hand zieht.

»Hör auf. Hör endlich auf, Papa.«

Das letzte Wort scheint Erik zu brechen. Immer noch auf Malte hockend, sackt er in sich zusammen. »Torge.«

Mein Neffe hält das Messer wie zur Abwehr vor sich und vermeidet es angestrengt, Malte anzusehen, dessen Gesicht diese Bezeichnung kaum noch verdient.

Fast gleichzeitig erreichen Rettungswagen und Polizei die Lichtung. Zwei Männer in Uniform kommen auf uns zu. Sie haben ihre Pistolen gezogen, zielen aber in Richtung Erde. Einer von ihnen ruft Torge zu, er solle das Messer fallen lassen, während der andere mit der freien Hand per Funk Verstärkung anfordert.

Torge wirft das Messer sofort weg. Hilflos sehe ich dabei zu, wie einer der beiden Männer meinem Neffen Handschellen anlegt und Papiertüten über seine Hände streift, wohl um Spuren zu sichern.

Sein Kollege fixiert den sich heftig sträubenden Erik am Boden.

»Lassen Sie den Jungen. Er hat nichts getan«, stoße ich mit heiserer Stimme hervor.

»Darüber können wir später noch reden«, erwidert der Polizist.

Er führt meinen Neffen zu dem Streifenwagen, wo er ihm eine Hand auf den Kopf legt und ihn so vorsichtig auf die Rückbank lenkt. Dann schlägt er die Tür zu. In der Scheibe spiegelt sich das Licht, sodass ich Torges Gesicht nicht erkennen kann.

Nun, da die Lage unter Kontrolle zu sein scheint, steigen die Rettungskräfte aus.

Eine Notärztin beugt sich über meine Schwester. Ich verstehe nur Wortfetzen.

Tot. Unnatürlich. Fremdeinwirkung.

»Ich informier die Zentrale«, sagt der Polizist, der Torge in den Streifenwagen gesetzt hat. »Kommst du klar, Peter?«, fragt er und deutet mit dem Kopf in Richtung Erik.

»Ja.«

Nachdem die Sanitäter Malte auf einer Trage in ihren Wagen gehievt haben, kommt ein junger Typ zu mir, um die Platzwunden an Lippe und Wange zu versorgen.

»Tetanus-Impfung haben Sie?«

»Ja«, sage ich.

»Weitere Verletzungen?«

»Nein.«

Das stimmt vermutlich nicht. Mein ganzer Körper fühlt sich an wie eine einzige Wunde, aber ich will nicht, dass sie mich von Fenja wegschleifen und in ein Krankenhaus bringen.

Nach und nach treffen immer mehr Menschen auf der Lichtung ein. Beamte in Uniformen und Zivil schwirren herum, sperren die Umgebung ab und reden mit denjenigen von uns, die ansprechbar sind. Ihre Fragen, der Aktionismus um uns herum ... all das wirkt irgendwie surreal auf mich.

Ein weiterer Arzt taucht auf. Seine Aufgabe ist es, den Totenschein auszustellen.

Danach kommt das Schlimmste: Der Bestatter holt die Leiche meiner Schwester ab. Erst als sich die Hintertüren des langgezogenen Autos schließen, fange ich an zu begreifen, dass Fenja unwiderruflich fort ist.

Erik wird in Handschellen zu einem Streifenwagen geführt.

»Svea, kümmere dich um meine Kinder, ja?«, raunt er mir im Vorbeigehen zu.

Rena, die gerade von einem Beamten in Zivil befragt wird, hat ihn gehört. Sie sieht so perplex aus, wie ich mich fühle. Da geht er hin, mein ärgster Feind seit Jugendtagen. Gerade wollte er mir noch das Licht ausknipsen, nun vertraut er mir seine Kinder an.

»Nachdem du ihre Mutter getötet hast?«, zische ich.

»Was soll das?«, fragt er verwirrt. »Ich habe sie doch nicht getötet.«

Bevor ich etwas erwidern kann, wird Erik zum Weitergehen gedrängt. Wir sollen keine Gelegenheit erhalten, uns auszutauschen. Aber unser kurzer Wortwechsel hat genügt, um mir ein weiteres Mal den Boden unter den Füßen wegzuziehen.

SVEA

Drei Tage sind vergangen, seit meine Schwester ermordet wurde. Erik sitzt in Untersuchungshaft. Nach unseren Aussagen besteht gegen ihn ein dringender Tatverdacht.

Am liebsten würde ich mich im Bett verkriechen und nicht mehr aufstehen, aber diesen Part hat bereits Torge übernommen. Ich darf mich nicht hängenlassen, sondern muss für ihn da sein.

Das Jugendamt hat eingewilligt, dass die Kinder vorerst bei mir bleiben. Es war der Wunsch ihres Vaters, und ich bin ihre Tante. Noch liegt Lina allerdings im Krankenhaus.

Mein Neffe trauert nicht einfach nur, er ist vollkommen neben der Spur. Von seinem alten Leben ist nichts übrig geblieben. Seine Mutter ist tot, sein Vater womöglich ihr Mörder.

Ich frage mich, wann Torge die Lichtung betreten und was genau er gesehen hat. Bisher können weder er noch ich über den Tag reden. Wir sprechen überhaupt nur wenig miteinander, und wenn doch, dann geht es um Banalitäten.

»Du musst etwas essen«, sage ich.

Widerwillig setzt er sich an den Tisch. Er kennt mich inzwischen gut genug, um zu wissen, dass ich sonst nicht aufhöre, ihn zu nerven. Die meiste Zeit lasse ich ihn in Ruhe, aber ich verlange von ihm, dass er isst.

Mit einer Kelle verteile ich Penne und Tomatensoße auf unsere Teller und stelle sie auf dem Tisch ab.

»Parmesan?«, frage ich und deute auf die Tüte mit dem fertig geriebenen Käse.

Er schüttelt den Kopf. »Kann ich Cola bekommen?«

»Klar.«

Dies ist kaum der passende Zeitpunkt, um ihn darüber zu belehren, wie ungesund die Zuckerplörre ist. Er ist süchtig nach dem Zeug, vielleicht gerade *weil* er bei seinen Eltern so etwas nicht trinken durfte. Allerdings wäre es auch mir lieber, wenn er seinen Durst auf andere Art stillen würde, denn schon ohne Koffein schläft er schlecht.

In der ersten Nacht wurde ich von einem lauten Schrei geweckt. Ich bin sofort in sein Zimmer gerannt – Sörens altes Arbeitszimmer, das ich frei geräumt habe –, aber Torge hat mich barsch abgewiesen. Uns wurde psychologische Hilfe angeboten, aber auch die hat er verweigert.

Den Blick ausschließlich auf sein Essen gerichtet, vertilgt Torge immerhin die Hälfte seiner Portion, dann wirft er den Löffel auf den Teller. »Kann ich wieder in mein Zimmer?«

»Sobald du deinen Teller geleert und in die Spüle gestellt hast.« Im Internet habe ich gelesen, dass feste Regeln dabei helfen, den Kindern Halt und Struktur zu geben. Ich nehme an, dass sie außerdem frische Luft brauchen.

»Hättest du nicht Lust, eine kleine Runde mit Laika zu drehen?« Eigentlich würde ich mich selbst am liebsten in einem abgedunkelten Zimmer verkriechen, aber es kann nicht gut sein, wenn ein Dreizehnjähriger nichts anderes mehr tut, oder? Um ehrlich zu sein, habe ich keine Ahnung.

Aber mir ist aufgefallen, dass er von Zeit zu Zeit die Nähe der Hündin sucht. Ihre gedankenlose Zuwendung scheint ihm mehr Trost zu spenden als die Nähe eines anderen Menschen. Von der Schule wurde er vorerst befreit, nicht einmal bei Ahmed will er sich melden.

»Kann sein, dass ich später mit Laika rausgehe«, sagt er.

Nachdem er wieder im oberen Stockwerk verschwunden ist, grübele ich darüber nach, wie es weitergehen soll. Auf jeden Fall muss ich Erik aufsuchen. Wir haben einiges zu besprechen, ob wir es wollen oder nicht. Mir geht nicht aus dem Kopf, wie er mich angesehen hat, als er abstritt, Fenja getötet zu haben. In dem Moment war ich überzeugt, dass er die Wahrheit sagt, auch wenn sich alles in mir dagegen sträubte. Allerdings war ich bei unserer letzten Begegnung nicht zurechnungsfähig. Ich muss ihm noch einmal gegenübertreten, um mir ein Bild zu machen.

Seit gestern weiß ich, dass die Rechte eines Menschen in Untersuchungshaft stärker eingeschränkt werden als bei einer Gefängnisstrafe. Erik darf so gut wie keinen Besuch empfangen, und wenn, dann unter strengen Auflagen. Jedes Gespräch könnte die Ermittlungen beeinflussen.

Ich habe ihnen mitgeteilt, dass ich mit ihm vor allem über seine und Fenjas Kinder sprechen muss. Man sollte annehmen, dies sei der beste Grund für ein Treffen, dennoch vermochte mir niemand zu sagen, wann ich mit einer Reaktion auf meinen Antrag rechnen kann.

Dafür darf ich nachher endlich Lina aus dem Krankenhaus abholen, sodass die Geschwister wieder beieinander sein werden. Torge und ich haben in den vergangenen Tagen abwechselnd so viel Zeit wie möglich bei ihr verbracht. Solange ich bei ihr war, hat er draußen auf dem Flur gewartet, und umgekehrt. Ich habe sogar ein Auto gemietet, damit wir flexibler sind.

Am Tag zuvor wäre Torge im Krankenhaus beinahe kollabiert. Er kam aus Linas Zimmer gestürzt, als würde er von einer Horde Zombies verfolgt, und hat in den nächsten Papierkorb gekotzt. Natürlich wollte er meine Hilfe nicht, aber er bat mich, mit Lina zu reden.

Die Kleine war ganz aufgelöst, weil ihr Bruder einfach weggerannt ist. »Ich habe nur gefragt, wann Mama kommt.«

Sie weiß zwar von mir, dass Fenja nicht mehr auf der Welt ist, aber Lina kann sich noch nicht vorstellen, dass dieser Zustand für immer gilt.

Ich soll meine Nichte nach ihrem Mittagsschlaf abholen, doch bis dahin ist noch etwas Zeit. Ich nutze sie, um mir die alte Reisetasche vorzunehmen, die ich am Vortag unter Fenjas Sachen entdeckt habe. Eigentlich wollte ich nur rasch ein paar Dinge für die Kinder zusammenpacken, aber dann begann ich, in den wenigen Habseligkeiten meiner Schwester zu stöbern. Ich dachte, ich würde mich ihr so näher fühlen, stattdessen erlitt ich einen hysterischen Zusammenbruch, als ich plötzlich ihren alten Plüschhasen Stoffel in der Hand hielt.

Aufgescheucht von meinem schrillen Schmerzensschrei kam Rena angelaufen. Sie nahm meine Hand.

»Es ist schwer zu begreifen, oder?«

Obwohl ich mich nicht gerne von Fremden berühren lasse, entzog ich ihr meine Hand nicht gleich. Nachdem sie immer Menschen um sich versammelt hatte, muss sie sich einsam fühlen, so allein im Wald. Wie es aussieht, wird Malte nicht so bald aus dem Krankenhaus entlassen.

»Ich kann es nicht fassen, dass er so etwas getan hat.« Sie schniefte. »Ich dachte, wir hätten ihn ganz gut hinbekommen, trotz allem. Es tut mir so leid, was mit deiner Schwester passiert ist. Soll ich uns einen Tee machen?«

»Ich kann Torge nicht so lange alleine lassen«, erklärte ich, denn ganz sicher wollte ich nicht mit dieser seltsamen Frau bei einer Tasse Tee zusammensitzen.

Sie nickte verständnisvoll. »Natürlich. Der arme Junge.«

Eilig packte ich ein paar Sachen zusammen; für Lina steckte ich außer ihrer Kleidung den Stoffhasen ein. Kurz entschlossen nahm ich auch noch Fenjas Reisetasche mit. Ich hatte nur einen kurzen Blick hineingeworfen, aber der

Inhalt kam mir kurios genug vor, um mich genauer damit zu befassen. Jetzt scheint mir der passende Zeitpunkt dafür gekommen zu sein. Ich öffne die Tasche und stoße auf einen Batzen Bargeld sowie einen großen Umschlag, in dem ein Handy, Fotos sowie eine einzelne goldfarbene Creole stecken.

Ich drücke einen Knopf an der Seite des Handys, woraufhin das Display aufleuchtet. Es verlangt einen Entsperrcode, den ich natürlich nicht kenne. Enttäuscht lege ich das Gerät erst mal zur Seite und nehme mir die restlichen Fundstücke vor. In der Kopfzeile eines abfotografierten Kontoauszugs entdecke ich einen Namen, der mir vertraut ist. Unsere Bürgermeisterin.

Sofort rufe ich meine Mutter an.

»Weißt du, was Fenja mit Lydia Peters zu tun hatte?«, frage ich.

»Wie kommst du denn auf die?« Meine Mutter klingt nicht so verzweifelt, wie man es von einer Frau erwarten würde, die gerade ein Kind verloren hat, sondern eher gereizt. »Hat die was zu dir gesagt? Auf einmal tun alle so, als wären sie ganz dicke mit Fenja gewesen. Gestern hat hier ein fremder Mann angerufen. Er war furchtbar aufgeregt, hat die ganze Zeit davon gesprochen, wie freundlich sie war. Anscheinend hat er bis vor Kurzem selbst da im Wald gelebt.«

»Weißt du noch, wie er hieß?«

»Jörg, glaube ich.«

Zuerst kann ich den Namen nicht zuordnen, aber dann schält sich das Bild eines unscheinbaren Typen mit langen Haaren heraus. Er hing damals hin und wieder mit Erik und Silke ab.

»Den kenne ich, glaube ich.«

»Wieso meldet sich Lydia eigentlich bei dir und nicht bei uns?«

»Sie hat sich nicht bei mir gemeldet. Ich bin in Fenjas Unterlagen auf ihren Namen gestoßen.«

»Ach so. Möglich. Früher hat Fenja bei ihr geputzt. Ausgerechnet bei Lydia, als würde die ihre Nase nicht schon hoch genug tragen.«

Ihr nörgelnder Tonfall zerrt an meinen Nerven.

»Übrigens, Mama, falls du wissen willst, wie es den Kindern geht: Ich mache mir ernsthafte Sorgen um sie.«

»Du glaubst wohl, sie wären mir egal.« *Ja!* »Aber im Moment erinnern sie mich zu sehr an ihren Vater. Ich könnte sie nicht bei mir haben, selbst wenn du deswegen denkst, ich sei herzlos.«

»Herrje, sie sind doch auch Opfer! Wir sollten für sie da sein. Sie haben ihre Mutter verloren.«

»Und ich meine Tochter. Ich lege jetzt auf. Das wird mir gerade zu viel.«

Nachdem sie unser Gespräch ohne einen Abschiedsgruß beendet hat, gehe ich noch einmal Fenjas Sachen durch. Geld, das sie nicht haben dürfte, Gegenstände, die ihr nicht gehören ...

Du willst nicht wissen, woher ich das Geld habe.

Mir kommt ein unangenehmer Verdacht. Hat Fenja diese Menschen etwa erpresst?

Es gibt nur eine Möglichkeit, in Erfahrung zu bringen, ob ich richtigliege.

Ich finde Lydia Peters' Telefonnummer auf der Homepage der Gemeinde, und zu meiner Überraschung gelingt es mir auf Anhieb, sie zu erreichen.

Sie spricht mir ihr Beileid aus, klingt dabei aber distanziert.

»Und was kann ich für Sie tun?« Sie klingt förmlich, als wären wir Fremde. Früher hat sie mich geduzt. Damals hat sie noch in Schleswig beim Sozialamt gearbeitet und jeden Freitag bei meinem Vater Fisch gekauft.

Ich beschließe zu bluffen. »Mir liegt hier ein Foto vor, es stammt von Fenja. Darauf befinden sich interessante Zahlen.«

»Ach ja?«

»Ich denke, Sie wissen, worum es geht.«

Sie stöhnt genervt auf. »Willst du dich etwa dem erbärmlichen Erpressungsversuch deiner Schwester anschließen?« Und schon ist es vorbei mit der Förmlichkeit.

»Das weiß ich noch nicht. Im Moment geht es mir eher darum, mehr über ihren Tod herauszufinden.«

»Wieso denn das? Ich dachte, sie haben ihren Mann festgenommen. Pack schlägt sich, Pack ... Entschuldigung, das war unpassend.«

Offenbar ist ihr in letzter Sekunde aufgegangen, dass sie sich besser gut mit mir stellt – zumindest, solange ich im Besitz von Informationen bin, die ihr schaden könnten. Dabei habe ich keine Ahnung, was die Zahlen bedeuten.

»Es steht noch gar nicht fest, dass es ihr Mann war.«

»Ach nein? Na, dann ist sie bei ihrem neuen ›Job‹ möglicherweise an den Falschen geraten. Bei mir ging es ja nur um Peanuts, aber wer weiß, was deine Schwester bei anderen Menschen rausgeschlagen hat. Bei Menschen, die sie eigentlich fürs Putzen bezahlt haben. Weißt du eigentlich ...«

Ich drücke sie kurzerhand weg. Soll sie ruhig eine Weile Bammel haben, dass ich ihr ebenfalls Geld abknöpfen will.

Vielleicht ist sie an den Falschen geraten.

Ich muss unbedingt den Entsperrcode für Fenjas Handy herausfinden.

Und es gibt noch etwas, was ich tun muss. Mich zerfrisst die Vorstellung, Fenjas Tod könnte etwas mit mir zu tun haben. Zwei tote Frauen im Wald. Was, wenn ich damals etwas in Gang gesetzt habe, das unaufhaltsam zum Tod meiner Schwester geführt hat?

Genau werde ich das erst wissen, wenn ich endlich herausfinde, was mit Julia geschehen ist. Was habe ich jetzt noch zu verlieren?

Meine Mutter hat mich mit ihrer Erwähnung von Jörg auf eine Idee gebracht. Ich hatte vergessen, dass er schon damals im Wald gelebt hat. Vielleicht kann er mir helfen, Silke zu finden. Sie war an dem Abend dabei, ist aber weniger in die Geschichte verstrickt, als Erik, Julia und ich es waren. Vielleicht ist sie bereit, mit mir zu reden.

Mir bleibt nichts anderes übrig, als noch einmal bei meinen Eltern anzurufen. Ich lasse es läuten, bis der Anrufbeantworter rangeht, und versuche es danach gleich noch mal. Diesmal wird abgenommen.

»Du gibst wohl nie Ruhe, oder, Svea?«, faucht meine Mutter.

»Ich rufe dich nicht an, um dir Vorwürfe zu machen, keine Sorge. Du musst mir nur eine Frage beantworten. Du kannst doch auf eurem Display die Nummern der Anrufer sehen, oder?«

»Hinterher nur noch, wenn sie uns nicht erreicht haben.«

»Oh.« Wäre ja auch zu einfach gewesen. »Dann kannst du mir nicht Jörgs Nummer geben? Mir ist etwas eingefallen, was ich gerne mit ihm besprechen würde.«

»Er hat vorher schon dreimal angerufen. Ich bin nicht rangegangen, weil ich die Nummer nicht erkannt habe. Hätte ja auch jemand von der Presse sein können.«

»Also kannst du mir doch weiterhelfen?«

»Ich verstehe nicht, was du von ihm willst.«

»Bitte, Mama.« Ich weiß nicht, wann ich sie das letzte Mal so genannt oder um etwas gebeten habe.

»Also schön. Dann lege ich jetzt auf, damit ich sie mir aufschreiben kann.«

Jörg ziert sich weniger als meine Mutter. Ich habe ihn bereits nach dem ersten Klingeln am Apparat.
»Hallo?«
»Svea hier. Die Schwester von Fenja. Wir sind uns ein paarmal über den Weg gelaufen.«
»Oh Gott. Ja, tut mir entsetzlich leid, was mit Fenja passiert ist. Sie war ein gutes Mädchen.«
»Meine Mutter war von deinem Anruf ziemlich überrascht, um ehrlich zu sein. Wir haben nicht geahnt, dass ihr so eng befreundet wart.«
»Na ja, eng ... ich weiß nicht.«
»Du hast immerhin bei meinen Eltern angerufen.«
»Okay, du hast recht.« Er seufzt. »Um ehrlich zu sein, wollte ich nicht nur mein Beileid aussprechen, sondern außerdem mein Gewissen erleichtern. Aber deine Mutter war so ... da habe ich es nicht mehr über mich gebracht, ihr den Rest zu erzählen. Stattdessen habe ich heute Morgen eine Aussage gemacht.«
»Du weißt etwas über den Tod meiner Schwester?«
»Bei meiner Aussage ging es um Julia.«
Ich zucke zusammen. »Was hat Julia mit Fenjas Tod zu tun?«
»Nichts, hoffe ich, aber ...« Er verstummt.
»Nun spuck's schon aus.«
»Erinnerst du dich noch an Eriks Alibi damals?«
»Rena hat ausgesagt, dass er zu früh zu Hause gewesen sei, als dass er Julia irgendetwas getan haben könnte.«
»Schon, aber ich bin mir nicht sicher, ob sie ihr direkt geglaubt hätten, so nahe, wie sie Erik stand.« Jörg hustet ein paarmal trocken. »Es gab noch einen Zeugen. Rena hat gerade eine Telefon-Séance abgehalten. Die Frau am anderen Ende hat eine Männerstimme im Hintergrund gehört – und wie Rena gesagt hat: ›Du bist schon wieder da?‹«

»Und?«, frage ich ungeduldig.

»Es war nicht Eriks, sondern meine Stimme. Nachdem Julia verschwunden war, hat Rena mich gebeten, es niemandem zu sagen. Sie wollte nicht, dass Erik Ärger bekommt.«

»Und da habt ihr euch darauf geeinigt, so zu tun, als hätte die Anruferin Erik gehört?«

»Das kommt jetzt echt kacke rüber, ich weiß. Aber ich war vollkommen überzeugt, dass er Julia nichts getan haben kann. Jetzt, nach der Sache mit Fenja, bin ich mir nicht mehr so sicher. Ich würde es mir nie verzeihen, wenn das mit deiner Schwester passiert wäre, weil ich ihn gedeckt habe.«

»Ich dir auch nicht«, zische ich. »Weißt du, dass sie wie verrückt hinter mir her waren, nachdem Erik dank dir aus dem Schneider war?«

»Es tut mir so leid.« Er klingt niedergeschlagen.

Ich bin immer noch sauer auf ihn, aber dann fällt mir der alte Bibelspruch wieder ein.

Wer unter euch ohne Sünde ist, werfe den ersten Stein.

Auch für mich hat jemand gelogen, der an meine Unschuld geglaubt hat. Und wahrscheinlich hätten sie mich auch ohne Eriks Alibi auf dem Kieker gehabt. Außerdem muss Erik nicht automatisch Julias Mörder sein, nur weil seine Leute ihn vor Ärger schützen wollten.

»Du kannst es wiedergutmachen«, fahre ich in einem versöhnlicheren Tonfall fort.

»Ach ja?«

»Erinnerst du dich noch an Silke?«

»Wie kommst du denn plötzlich auf *die*?«

»Ich suche jemanden, der mir ein paar Fragen beantworten kann.«

»Als Fenja zu uns gestoßen ist, war Silke schon lange weg.«

»Hilfst du mir oder nicht?«

»Silke hat damals alles hinter sich gelassen. Ich glaube nicht, dass sie noch mal mit der Vergangenheit konfrontiert werden möchte.«

»Das ist keine Antwort. Weißt du, wo sie ist?«

Er ist nervös, das erkenne ich an seinem ungleichmäßigen Atem.

Herrje! Mir fehlt die Geduld, um das Ergebnis seines stummen Ringens mit sich selbst abzuwarten, also überrumpele ich ihn mit der Opfer-Karte.

»Fenja wurde ermordet, sie haben vor Kurzem meine beste Freundin ausgebuddelt, und mein Onkel hat sich umgebracht. Ich muss verstehen, was passiert ist, um das alles zu verarbeiten.« Dass meine Stimme zum Ende hin zittert, ist nicht gespielt.

Endlich gibt er nach. »Also schön, aber von mir hast du es nicht. Versuch's mal bei ›Tante Polly‹, das ist so ein Café in Hamburg, in der Schanze. Dort habe ich sie jedenfalls vor ein paar Monaten mal getroffen. War reiner Zufall. Silke war vollkommen geschockt, mich zu sehen. Wie gesagt, sie ist nicht erpicht auf Besuch aus unserer Gegend.«

SVEA

Ich erhalte die Erlaubnis, Erik zu besuchen, schneller als gedacht. Vielleicht wegen der Kinder.
Unser Gespräch wird überwacht. In einer Ecke des Raums steht ein Beamter, der uns zuhört.
Obwohl Erik nur eine Tischbreite von mir entfernt sitzt, erkenne ich ihn fast nicht wieder. Wohin ist all seine zornige Energie verschwunden? Diese schlaffe Hülle löst eine irrationalere, vielleicht aber sogar noch heftigere Wut in mir aus als der alte Erik. Ich brauche ihn stark, um ihn weiter hassen zu können. Sonst bleibt nur die Abscheu mir selbst gegenüber, wegen all der Fehler, die ich begangen habe. Und der Schmerz, der so unerträglich ist, dass ich mich jederzeit wieder von Erik verprügeln lassen würde, um ihn zu überdecken.
All die Jahre schien die Kluft zwischen uns unüberwindbar zu sein, aber plötzlich überlappen sich unsere Welten. Der gemeinsame Raum ist angefüllt mit einer Trauer, die ich ihm nicht zugestehen will, obwohl sie sich in jedem seiner Züge eingegraben hat.
Er sieht zehn Jahre älter und vollkommen erledigt aus. Besiegt.
»Was willst du?« Es klingt nicht aggressiv, nur müde.
»Wir müssen über die Kinder sprechen.«
»Wie geht es Lina?«
»Sie wird wieder gesund.«
»Und Torge?«
»Verstockt wie eh und je.«
»Gut.« Einer seiner Mundwinkel zuckt leicht. »Tut es weh?«

»Was genau?«

»Dein Gesicht.«

Mit dem Kinn deutet er auf die geklebte Wunde unter meinem Auge. Der Wangenknochen hat sich beeindruckend blau und grün verfärbt, dafür ist die Lippe fast schon wieder verheilt.

»Gibt Schlimmeres«, sage ich.

»Bist kein Lappen, was? Früher warst du anders.«

»Wer nicht?«, entgegne ich schulterzuckend. »Warum hast du mich gebeten, auf sie aufzupassen, und nicht Rena?«

Er fixiert einen Punkt hinter meiner Schulter. »Dachte, dass es keine gute Idee ist, nachdem ich ihren Mann zusammengeschlagen habe.«

»Haben sie dir gesagt, wie es weitergeht?«

»Ich wandere in den Bau, denke ich.« Er zuckt mit den Schultern. »Maltes Trommelfell ist geplatzt, und da ist so ein kleiner Knochen im Ohr kaputtgegangen. Vielleicht kann er auf der Seite nie wieder was hören. Außerdem glauben sie, ich hätte Fenja getötet.«

»Du warst allein mit ihr auf der Lichtung. Oder war Torge von Anfang an dabei?«

Er schüttelt den Kopf. »Nein. Ich war allein.«

»Wieso warst du ausgerechnet in dem Moment da? Sie war noch warm.«

Schnell sehe ich mich zu dem Beamten um, aber er macht keine Anstalten, einzugreifen.

»Es war fast vor meiner Haustür.«

Frustriert über seine lapidare Antwort, verschränke ich die Arme vor der Brust und lehne mich ein Stück zurück. »Ich wette, du bist der Albtraum jedes Verteidigers. Mehr hast du nicht zu sagen?«

»Zu dir?«

»Warum nicht?«

»Ist eh alles egal, meine Fingerabdrücke sind auf dem Messer.«

»Du warst nicht der Einzige, der es in der Hand hatte.«

Er sieht mich ungläubig an. »Der Albtraum jedes Verteidigers, was? Jetzt erzähl mir nicht, dass du plötzlich auch einer bist.«

»Ich habe keine Ahnung, was ich denken soll. Es war Torges Messer, oder?«

Er zögert, dann nickt er. »Ja. Von ihm finden sie bestimmt auch Fingerabdrücke darauf. Und von Malte. Glaube nicht, dass mir das was nützt. Dann war da noch etwas ... Spuren von irgendwelchen Chemikalien, hat der Anwalt gesagt.«

»Was für Chemikalien?«

»Aceton und Latex, glaube ich.«

»Woher könnten die Spuren kommen?«

»Hat wohl irgendjemand vorher was angefasst.«

Ich schnaube. »Ach ne! Aber wäre es nicht interessant, zu wissen, was? Oder denkst du, Torge hat an dem Griff geübt, wie man Kondome überstreift, und dabei gleich noch ein bisschen Nagellackentferner verschüttet?«

Er sieht mich verblüfft an, dann bricht er in ein dröhnendes Gelächter aus, das aber schnell wieder verhallt.

»Fantasie hast du jedenfalls, Svea, das muss man dir lassen. Schon früher gehabt, wie wir beide wissen.«

»Im Ernst, Erik. Wie kam das Messer überhaupt dahin?«

»Vielleicht hatte sie es bei sich. Sie hat es am Tag davor einkassiert, weil Torge sich damit beinahe einen Finger abgesäbelt hätte.«

»Aber wer soll es dann gewesen sein?« Nervös drehe ich mich zu dem Mann um, der hinter mir steht, doch der sieht immer noch so aus, als wäre er ganz woanders.

»Lass gut sein, Svea. Für heute reicht's, glaube ich.«

Er macht Anstalten, aufzustehen.

»Warte.« Reflexhaft halte ich seine Hand fest, woraufhin er überrascht stehen bleibt. Sofort lasse ich wieder los.

»Willst du nicht wissen, wer es war?«

Er beugt sich ein Stück vor und spricht mir leise ins Ohr. »Das werde ich herausfinden, und dann mache ich ihn kalt. Selbst wenn ich darauf noch ein paar Jahre warten muss.«

Der Beamte räuspert sich. »Nicht flüstern.«

»Alles klar«, erwidere ich freundlich. Dann wende ich mich wieder Erik zu. »Denk einmal an deine Kinder. Sollen sie ihren Vater für den Mörder ihrer Mutter halten?«

Er hebt die Augenbrauen. Auch mir entgeht die Ironie der Situation nicht.

Noch vor Kurzem hätte ich ihn am liebsten für den Rest seines Lebens wegsperren lassen, nun grabe ich nach Indizien für seine Unschuld. Aber ich kann mich nicht länger auf der alten Feindschaft ausruhen, nicht, wenn es um Fenja geht. Ich werde mich mit nicht weniger als der Wahrheit begnügen, egal, was sie mich kostet.

Eriks Augen sind jetzt wieder undurchdringliche Tümpel, und sein Körper wirkt so schlaff wie zu Beginn unseres Gesprächs. Ich habe ihn verloren.

»Die Kinder«, murmelt er. »Passt du so lange auf sie auf?«

Ist das der Mann, der mich angeschrien, geschlagen und mir während seiner Raserei Speichel ins Gesicht gesprüht hat? Ich möchte ihn am liebsten schütteln.

»Ich verstehe nichts von Kindern«, erwidere ich ausweichend.

Er redet von der Zukunft, aber ich kann immer noch nicht begreifen, dass sich die Welt nach Fenjas Tod weiterdreht. Wie soll ich da mehr überblicken als den Moment?

Und dann ist da noch die Sache mit Julia. Was, wenn ich auch in den Knast wandere?

»Es gibt sonst niemanden, Svea!« Er setzt sich wieder hin.
»Ich will nicht, dass sie so werden wie ich. Wie Torge mich im Wald angesehen hat ...« Seine Stimme bricht.
Ich kann ihn nicht anschauen, wenn er so ist – *verletzlich*. »Fenja hatte überall blaue Flecken«, sage ich.
»Die blauen Flecken.« Er massiert sich mit einer Handfläche die Stirn, als würde sie schmerzen. »Ich wollte sie beschützen. Wer überleben will, muss stark sein. Du bist stark, Svea. Ich kann dich nicht ausstehen, aber du kannst sie beschützen.«

Deshalb hat er sie mir also anvertraut. Nicht, weil er annimmt, ich würde sie liebevoll umsorgen.

Das Eigenartige ist, dass ich seine Sichtweise in diesem Moment sogar nachvollziehen kann. Erik wurde misshandelt. Erst von den eigenen Eltern, später in mindestens einer der Pflegefamilien, in die er abgeschoben wurde. Seine Verlustängste müssen überwältigend sein, genau wie die Überzeugung, in einer feindlichen Umgebung bestehen zu müssen. Vielleicht erlebt er seinen Alltag in unserer Gesellschaft so wie ein Großstädter den Dschungel: fremd und dunkel, voller giftiger Kreaturen im undurchdringlichen Dickicht.

Ich presse die Lippen zusammen. Dass ich etwas an seinen Ausführungen verstehe, heißt noch lange nicht, dass ich ihm jemals vergeben werde, wie er Fenja isoliert und behandelt hat. Es ist ein brüchiger Frieden, den wir hier schließen.

»Also, passt du auf sie auf, Svea? Fenja hätte es so gewollt.«

Er muss wirklich verzweifelt sein, wenn er ohne Rücksicht auf eigene Verluste seine zielsicherste Waffe auspackt.

Natürlich trifft er mich damit. »Ich werde tun, was ich kann.«

Mehr als das kann ich ihm nicht versprechen. Selbst wenn die Sache mit Julia nicht wäre, bin ich keineswegs davon überzeugt, dass die Leute vom Jugendamt in mir eine taugliche Pflegemutter sehen werden.

»Dann sind wir hier fertig«, sagt Erik.

Noch nicht. »Was glaubst du, was mit Julia passiert ist?«, flüstere ich.

»Sag du's mir, Svea.« Er kneift die Augen zusammen. »Wie kamen all die Sachen zu deinem Onkel? Man kann in niemanden reingucken. Vielleicht war er ja ein perverses Schwein, der sich von kleinen Mädchen antörnen ließ. Vielleicht hat er sie kaltgemacht, nachdem er was bei ihr versucht hat.«

Beinahe gehe ich ihm auf den Leim. Doch bevor ich ausraste, wird mir in letzter Sekunde klar, dass er mich absichtlich provoziert hat. Er will etwas aus mir herauskitzeln, so wie ich aus ihm. Wir werden nie aufhören, einander zu misstrauen.

Er beugt sich ein Stück vor. »Was glaubst du denn, was passiert ist?«

»Julias Wange war rot an dem Abend, wie von einer Ohrfeige.«

»Ich habe sie nie geschlagen, nicht ein einziges Mal.« Leise fährt er fort: »Damals dachte ich noch ...«

Damals dachtest du, du könntest jemand anders werden.

Ein tiefes Bedauern überkommt mich, das vielleicht weniger ihm gilt als der Ahnung, dass es mit unserem freien Willen nicht so weit her ist.

»Weißt du etwas?«, frage ich.

»Versuch's doch mal bei der sauberen Familie! Ach nein, *solche* Leute tun so etwas ja nicht.«

Damit habe ich nicht gerechnet. »Was meinst du?«

Er schüttelt den Kopf. »Für heute ist's gut. Kümmere dich um die Kinder, ansonsten haben wir nichts miteinander zu schaffen.«

Obwohl seine Worte einem Rauswurf gleichkommen, bleibe ich sitzen – genau wie er. Er ficht einen inneren Kampf aus, das sehe ich ihm an. Am Ende beugt er sich noch einmal über den Tisch, ganz nahe zu mir. Jedes Wort scheint ihn große Anstrengung zu kosten, und er muss die Lautstärke so weit dimmen, dass ich kaum noch verstehe, was er sagt.

»Fenja war an dem Tag nicht allein im Wald«, wispert er. »Sie hatte einen Mann bei sich.«

Nur wird der Beamte ungehalten. »Nicht flüstern, habe ich gesagt.«

Erik hebt entschuldigend beide Hände. »Schon gut, Mann. Meine Besucherin wollte eh gerade gehen.«

Ich bin nicht mehr dazu gekommen, ihm zu sagen, dass sein Alibi geplatzt ist, dabei hätte ich gerne gesehen, wie er darauf reagiert. Während des gesamten Heimwegs lasse ich mir seine kryptische Botschaft durch den Kopf gehen. Von welchem Mann hat er gesprochen? Dachte er, dass Fenja ihn betrügt? Warum hat er dann Malte beinahe totgeschlagen, nachdem dieser meine Schwester als Schlampe hingestellt hatte?

Aber vielleicht ging es Erik in dem Moment gar nicht um Fenja, sondern um seinen verqueren männlichen Stolz. Jedenfalls hat es ihn sichtlich Mühe gekostet, mir von dem Mann zu erzählen. Er hat geflüstert, deshalb nehme ich an, dass er ihn im Verhör unerwähnt gelassen hat. Eifersucht ist ein klassisches Mordmotiv.

Mein Besuch bei Erik hat mehr Fragen aufgeworfen, als ich Antworten bekommen habe. Ich wüsste gerne mehr über den anderen Mann. Ob Erik ihn wirklich gesehen hat oder er bloß ein Hirngespinst war, seinen Ängsten entsprungen?

Natürlich kommt es vor, dass sich Menschen in sexuelle Abenteuer stürzen, wenn sie aus einer anderen Beziehung ausbrechen wollen. Aber Fenja? Sie war damit beschäftigt, sich um ihre Kinder zu sorgen, Geld aufzutreiben und eine Wohnung zu suchen. Ich kann mir kaum vorstellen, dass sie sich nebenher noch eine Affäre gegönnt hat.

Zu Hause spielen die Kinder im Garten. Lina sitzt auf der alten Schaukel, die ich wiedergefunden und angebracht habe. Torge schubst sie vorsichtig an.

Ich war kaum länger als zwei Stunden weg, und trotzdem setzt es mir zu, sie allein gelassen zu haben. Ich sollte sie beschützen, in jeder Sekunde.

»Ich schaff das schon«, hat Torge gesagt. »Ich habe immer auf sie aufgepasst.«

Meine Zweifel haben ihn gekränkt. Ich sollte ihm mehr zutrauen, außerdem hatte ich keine andere Wahl.

Laika habe ich trotzdem mitgenommen. Ich wollte sie nicht mit den Kindern alleine lassen. Während meines Treffens mit Erik habe ich sie vor dem Gebäude im Schatten angebunden, damit sie im Auto keinen Hitzschlag bekommt, jetzt tobt sie ausgelassen mit den beiden Kindern herum.

Nachdem ich Linas Blutzucker gemessen habe, bringe ich ihnen Schorle und belegte Brot nach draußen. Im Krankenhaus hat eine Ärztin mir genau erklärt, was wir wegen Linas Diabetes zu beachten haben, und ich halte mich akribisch an die Vorgaben.

Eigentlich hatte ich für Lina schweren Herzens Sörens kleines Schlafzimmer ausgeräumt, aber dann wollte die Kleine unbedingt mit Torge in einem Zimmer schlafen, so wie sie es gewohnt ist. Für sie ist es sicher besser so, aber was ihn angeht, bin ich mir nicht sicher.

»Willst du ein bisschen reingehen?«, frage ich ihn.

Er weiß, dass ich bei ihrem Vater war, hat mich aber nicht nach dem Treffen gefragt.

Torge nickt. »Ja, mal kurz.«

Bestimmt wird er sich wieder mit seinem *Harry-Potter*-Buch ins Bett verziehen. Obwohl er es schon mindestens zweimal gelesen hat, schleppt er es andauernd mit sich rum – vielleicht hilft es ihm, von Zeit zu Zeit in eine magische Welt einzutauchen.

Mittlerweile fällt es mir leichter, seine Signale zu deuten. Ich merke es sofort, wenn er einen Rückzugsort braucht, so wie jetzt gerade. Für Lina nimmt er sich immer wieder zusammen, aber es muss ihn ungeheure Kraft kosten, wo er im Grunde doch selbst noch ein Kind ist.

Ich bemühe mich, ihm Freiräume zu verschaffen. Dann lese ich Lina im Wohnzimmer etwas vor oder gehe mit ihr ans Wasser. Sie ist genügsam, mit ein paar Tannenzapfen und Stöcken kann sie sich lange beschäftigen. Hin und wieder spielt sie auch mit dem Bären, der inzwischen Vegetarier ist, dem Biber und dem Plüschhasen. Manchmal soll ich eine der Figuren sprechen. Am Anfang fiel es mir schwer, mich auf solche Rollenspiele einzulassen, doch da Lina klare Vorstellungen hat, kann ich einfach ihren Kommandos folgen.

Mir geht immer noch mein Gespräch mit Erik durch den Kopf, deshalb bin ich nicht richtig bei der Sache, bis mich eine neue Wendung in unserem Spiel kalt erwischt.

»Wann kommt Mama zurück?«, fragt der Bär den Biber.

Offenbar konnte keine meiner Antworten sie zufriedenstellen. Wahrscheinlich sollte ich sagen: *Sie sitzt im Himmel auf einer Wolke und passt auf dich auf.* Oder: *In deinem Herzen wird sie für immer weiterleben.* Doch ich bringe beides nicht über die Lippen.

»Ich fürchte, sie kommt nicht zurück«, sagt der Biber mit piepsiger Stimme.

Lina weint. *Mist.*

Ich nehme sie schnell in den Arm. »Wenn sie könnte, wäre sie schon längst wieder da. Aber etwas von ihr könnt ihr behalten: das Gefühl, dass sie euch ganz doll geliebt hat. Mehr als alles andere.«

»Ich will, dass *sie* wiederkommt.«

»Ich wünschte, das wäre möglich«, murmele ich in ihr seidenweiches Haar, während sie in meinen Armen schluchzt.

Nach einer Weile löst sie sich von mir. »Darf ich was gucken? Das mit der Katze und dem Mann in dem roten Haus?«

»Logo«, sage ich. »Komm, wir gehen ins Wohnzimmer, und ich gebe dir mein Tablet.«

Sie strahlt übers ganze Gesicht. »Kann ich zum Geburtstag auch eine Pfannkuchentorte bekommen?«

»Klar. Wenn ihr dann noch hier seid ...«

»Wo sollen wir denn sonst sein?«

Ich beiße mir auf die Lippe, weil ich die Antwort auf ihre Frage nicht kenne, ihr aber auch nichts versprechen will, was ich am Ende womöglich nicht halten kann.

»Schon gut«, weiche ich lächelnd aus. »Mach dir keine Sorgen, Süße. Weißt du was? Lass uns doch am Wochenende schon mal eine Pfannkuchentorte backen.«

»Au ja.« Sie klatscht in die Hände.

Am Anfang haben mich Linas Stimmungsschwankungen irritiert, doch mittlerweile glaube ich, etwas über kleine Kinder begriffen zu haben: Sie setzen sich dem Unfassbaren immer nur so lange aus, wie sie es ertragen können. Danach vergisst Lina für ein paar Stunden, dass ihre Mutter tot ist, bis sie mich das nächste Mal nach ihr fragt.

Torge hingegen spricht nie über Fenja. Während der ersten Tage konnten wir uns nicht einmal in die Augen sehen. Er muss das Gleiche wie ich gefürchtet haben: dass ein Blickkontakt jene Bilder wachrufen würde, deren Anblick wir geteilt haben. Das Blut auf ihrem Brustkorb, die leeren Augen.

Es war ein präziser Stich, das haben sie zumindest meinen Eltern erzählt.

»Wenigstens hat sie nicht lange gelitten«, hat meine Mutter gesagt.

Ich habe nicht widersprochen, obwohl mir die Floskel sauer aufstieß. Natürlich hat sie lange gelitten, immer wieder, bis zum Schluss. Als ob es ein Trost wäre, dass sie innerhalb weniger Minuten gestorben sein muss.

Und überhaupt: *Minuten!* Sechzig Sekunden. Und noch mal. Und noch mal. Das ist eine Ewigkeit.

Am Abend teilt mir Torge mit, dass er wieder zur Schule gehen möchte, schon am folgenden Tag. Danach will er nicht gleich nach Hause kommen, sondern den Nachmittag bei Ahmed verbringen.

Ich habe Torge mein Smartphone geliehen, damit die Jungs miteinander telefonieren können. Es hat mich gefreut, als mein Neffe danach gefragt hat. Zumindest sein Leben soll weitergehen.

»Meinst du, Lina ...« Er bricht mit bedrückter Miene ab, weil er die Antwort zu kennen glaubt. Er denkt, dass sie nicht ohne ihn klarkommt. Er hat sich zu viel Verantwortung aufgebürdet.

»Du kannst nicht immer auf sie aufpassen, Torge. Bald hättest du eh wieder zur Schule gemusst. Wir kommen klar. Ich passe gut auf sie auf, das verspreche ich dir!«

Er nickt, wirkt aber alles andere als überzeugt.

TORGE

Gestern habe ich Ahmed getroffen, und das war richtig gut. Wir haben über Comics geredet, auch wenn ich manchmal mit meinen Gedanken woanders war. Ahmed versteht das, ohne dass wir groß darüber sprechen. Wahrscheinlich wegen seiner Schwester. In der Schule war es okay, nicht mal Max hat was Doofes gesagt. Ein paar Mädchen sind mir um den Hals gefallen, das war irgendwie nett, aber auch peinlich, weil ich fast geheult hätte. Der Unterricht hat mich abgelenkt. Zwischendurch habe ich sogar vergessen, was passiert ist, mich danach aber mies gefühlt. Wer vergisst denn bitte, dass seine Mutter abgestochen wurde und sein Vater im Knast sitzt? Ich habe immer wieder so ein abgefucktes Lied von Oma im Kopf, mit gruseliger Stimme gesungen:

Maikäfer, flieg!
Dein Vater ist im Krieg.
Deine Mutter ist im Pommerland.
Pommerland ist abgebrannt,
Maikäfer, flieg!

Ich frage mich, wie lange wir noch bei unserer Tante bleiben müssen. Ich kapiere nicht, warum mein Vater gesagt hat, dass Svea sich um uns kümmern soll, obwohl er sie doch hasst. Immerhin hat er sie beinahe erwürgt.

Aber eigentlich ist es bei Svea gar nicht so schlimm. Und wo sollen wir auch sonst hin? Zu Rena vielleicht, aber dann bin ich lieber bei meiner Tante.

Einmal habe ich Rena getroffen, als ich Sachen aus unserem Haus geholt habe. Sie wollte, dass ich mit zu ihr komme und Kekse esse. Die waren wie Staub im Mund, und ich habe die ganze Zeit gehustet.

»Schrecklich, was mit deiner Mutter passiert ist«, hat sie gesagt. »Ich hätte früher merken müssen, dass etwas nicht stimmt, dann hätte ich ihr helfen können.«

Dann hat sie mich umarmt.

»Kommt mal vorbei, Lina und du. Ihr solltet hier sein, nicht bei eurer Tante. Wir waren doch für euch da, nicht sie.«

»Mhm.« Mehr fiel mir nicht ein. Sie war so krass drauf, dass ich nur wegwollte, aber irgendwie tat sie mir auch leid. Alle sind verschwunden, und sie sitzt allein im Wald, wie die Hexe bei Hänsel und Gretel.

Vor ihr auf dem Tisch lagen ein paar Kartenstapel. »Zieh eine.«

Ich habe mir schnell irgendeine genommen. Als sie sich die Karte angeguckt hat, war sie ganz erschrocken.

»Der Teufel«, hat sie gemurmelt.

Das war gruselig. Danach bin ich abgehauen.

Manchmal wünsche ich mir, dass mein Vater zurückkommt, dann wieder denke ich, er soll mir bloß nicht mehr zu nahe kommen. Nachdem ich alleine im Wald gewesen bin, hat er behauptet, dass ich nun ein Mann bin, es aber gar nicht wirklich gemeint. Erst nachdem Mama mit Lina ins Krankenhaus gefahren ist, hat er mich plötzlich ernst genommen. Zumindest kam es mir so vor.

Er hat immer wieder gesagt, dass sie uns nicht verlassen darf. »Das können wir nicht zulassen. Wir dürfen sie nicht gehen lassen, verstehst du? Auch wenn wir uns richtig anstrengen müssen. Ich brauche dich jetzt.«

So hat er noch nie mit mir geredet. Sonst weiß er immer,

was zu tun ist, aber diesmal hatte er keinen Plan. Ich glaube, er hatte sogar Schiss.

»Klar«, habe ich gesagt, obwohl ich gar nicht wusste, was ich tun sollte. Ich hatte ja selbst Angst.

Als Mama in den Krankenwagen gestiegen ist, dachte ich kurz, dass sie nicht wiederkommt. Sie hat mich gar nicht mehr richtig angesehen vorher. Mein Vater muss das Gleiche gedacht haben. Dass sie einfach verschwindet und Lina mitnimmt. Dass sie mich satthat, weil ich schwierig und manchmal gemein zu ihr war. Ich war richtig sauer auf sie deswegen. Inzwischen glaube ich nicht mehr, dass sie einfach abgehauen wäre. Sie hätte nicht aufgegeben, sondern sich um mich bemüht. Wie an meinem Geburtstag, als ich auch nicht gerade nett zu ihr war. Außerdem glaube ich jetzt, dass sie gar nicht so schwach war, wie alle dachten.

Aber es nützt nichts, was zu bereuen. Es ist eh zu spät. Jetzt hat Lina nur noch mich und vielleicht noch Svea. Manchmal bin ich aber gar nicht da, so wie Mama manchmal nicht wirklich da gewesen ist. Ich glaube, Lina spürt das. Sie fragt mich dann immer nach Mama, obwohl es das Schlimmste ist, was sie tun kann, wenn es mir so geht. Deshalb wollte ich auch unbedingt wieder zur Schule. Ich will nicht sehen, wie ich sie immer wieder enttäusche.

Manchmal gucke ich durchs Fenster dabei zu, wie sie draußen mit Svea spielt. Lina kommt mir dann so weit weg vor, dass ich laut nach ihr rufen möchte. Trotzdem lasse ich es jedes Mal bleiben, weil ich weiß, dass es mir sofort wieder zu viel wäre, wenn sie angerannt kommt.

Zwischen mir und den anderen ist so eine Scheibe, die ich nicht wegbekomme. Es ist, als wäre ich ein Fisch in einem winzigen Aquarium. Ich schwimme, bis mir einfällt, dass ich keine Kiemen habe. In dem engen Raum kann ich mich kaum bewegen, aber ich bin sowieso zu schwach, um auszubrechen. Vielleicht sollte ich wenigstens Luft sparen, stattdessen schreie ich so laut ins Wasser, wie ich kann, obwohl mich da keiner hört.

Früher hatte ich manchmal Angst vor dem Einschlafen, wegen der Albträume. Und weil man nicht weiß, wo man hingeht. Das ist ein bisschen so, wie ich mir Sterben vorstelle. Deshalb habe ich versucht, wach zu bleiben. Aber jetzt will ich am liebsten nur noch schlafen, weil die Tage der wahre Albtraum sind.

SVEA

Während der Fahrt nach Hamburg stiere ich angespannt aus dem Fenster und hoffe, dass es kein Fehler war, Lina bei meinen Eltern zu lassen. Ich musste sie nötigen, ihre Enkelin für ein paar Stunden aufzunehmen, aber ich wusste nicht, was ich sonst tun sollte, weil Torge in der Schule ist. Die noch zu sehenden Blessuren in meinem Gesicht habe ich mit Make-up zugekleistert, um niemanden zu erschrecken.

Tina würde mir den Kopf abreißen, wenn sie wüsste, dass ich mich gleich bei ihr um die Ecke herumtreibe, ohne ihr Bescheid zu sagen, aber ich kann mich nicht mit ihr treffen. Es war schwer genug, ihr von Julia zu erzählen, und sie weiß noch nichts von meiner toten Schwester. Irgendwann werde ich mit ihr über alles reden, später einmal, wenn ich es selbst wirklich begriffen habe.

Das Café in der Schanze, das Jörg mir genannt hat, wirkt auf diese typisch gewollte Art individuell, zu niedlich für meinen Geschmack. Die pastellfarbene Einrichtung soll wohl wie zufällig vom Sperrmüll zusammengeklaubt erscheinen, folgt aber einem ausgeklügelten Farbschema. Die handgemachten Möhrenkuchen, Dattelschnitten und Süßkartoffel-Brownies in der Auslage wurden laut Beschilderung mit Datteln statt mit Zucker gesüßt.

Auch wenn es seltsam ist, ihr ausgerechnet in diesem Bullerbü-Ambiente wiederzubegegnen, erkenne ich Silke sofort. Sie trägt jetzt einen modisch-geraden Pony und dazu ein rotes Haarband mit weißen Punkten im Rockabilly-Stil, der zu ihren maritimen Tätowierungen passt. Das leicht Verlebte in ihren Zügen steht ihr, es verleiht ihr genau die richtige Street Credibility. Munter plaudert sie mit den Gästen, wobei sie immer noch diese selbstbewusste Coolness ausstrahlt, die mich damals ein wenig eingeschüchtert hat.

Bestellt bitte am Tresen, steht auf dem kleinen Schild im Fenster. Als ich an der Reihe bin, zeigt Silkes Gesicht nichts als gleichmütige Freundlichkeit. Wieso sollte sie mich auch erkennen? Ich war damals eine von den Jüngeren, in ihren Augen vermutlich sogar noch ein Kind, und damit vollkommen uninteressant.

»Ich kann mich nicht entscheiden«, sage ich.

Sie zuckt mit den Achseln. »Es ist ganz schön warm heute. Wie wäre es mit der Smoothie-Bowl?«

»Gerne«, sage ich, ohne weiter nachzufragen. Es ist mir vollkommen egal, was sie mir vorsetzt.

Sie runzelt die Stirn, mustert mich gründlicher.

»Sag mal, kennen wir uns irgendwoher?«

»Bei einer Party an der Schlei habt ihr mich mal ganz schön abgefüllt, Erik und du.« Ich zwinkere ihr zu, damit sie weiß, dass mein Kommentar nicht vorwurfsvoll gemeint ist.

»Was machst du denn hier?« Verwirrt sieht sie mich an. »Bist du etwa deshalb gekommen?«

»Unsinn. Aber ich habe ein paar Fragen zu der Zeit.«

Ihre Miene wird starr. »Sorry, an *die* Zeit habe ich kaum Erinnerungen. Und das ist gut so. Falls du vor allem deshalb hier bist, gehst du besser wieder.«

»Ich ...«

»Ich muss jetzt weiterarbeiten.«

»... hätte trotzdem gerne die Smoothie-Bowl.«

Entnervt seufzt sie auf. »Bringe ich dir an den Tisch. Willst du was trinken?«

»Einen Filterkaffee, bitte«, erwidere ich.

Ich suche mir einen freien Platz und warte darauf, dass sie mir meinen Kaffee bringt. Sie scheint es damit allerdings nicht eilig zu haben, denn zuerst bedient sie alle anderen Gäste, selbst diejenigen, die nach mir gekommen sind. *Du bist hier nicht willkommen*, lautet die Botschaft. Erst als es keinen Vorwand mehr gibt, meine Bestellung weiter hinauszuzögern, stellt sie mit grimmiger Miene den Kaffee samt einer Schüssel mit lilafarbenem Froschleich vor mir ab.

»Das ist die Smoothie-Bowl?«, frage ich misstrauisch. Wer weiß, was sie exklusiv für mich zusammengebraut hat.

»Korrekt! Blaubeere, Himbeere, Passionsfrucht und Chia-Samen«, sagt sie zu einem Punkt über meinem Kopf. Schon hat sie sich wieder abgewendet.

»Warte«, sage ich.

Sie bleibt stehen, dreht sich aber nicht um.

»Bitte!«

Vielleicht ist es die Verzweiflung in meiner Stimme, die Silke an meinen Tisch zurückkehren lässt.

»Du wirst mich nicht in Ruhe lassen, oder?« Ihrem mürrischen Gesichtsausdruck nach zu urteilen, hat sie nicht mit meiner Beharrlichkeit gerechnet. Erinnert sie sich an die Nachgiebigkeit, mit der ich den Mist aus ihrer Flasche getrunken habe?

Ich komme direkt zur Sache. »Jemand hat Fenja getötet, meine Schwester. Sie war mit Erik verheiratet.«

Ihre Augen weiten sich. Schwer zu sagen, welche der beiden Informationen sie mehr überrascht.

»Die süße Kleine, die immer mit dir rumgerannt ist? Tut mir echt leid«, sagt sie. »Aber ich glaube trotzdem nicht, dass ich dir helfen kann.«

»Bitte. Gib mir eine halbe Stunde, danach lasse ich dich für immer in Ruhe.«

Sie zögert zu lange, um noch ablehnen zu können.

»Okay«, presst sie schließlich hervor. »In einer Stunde habe ich Pause. Du kannst hier warten. Aber versprich dir lieber nicht zu viel davon.«

Nach der Übergabe an ihre Kollegin schlägt sie vor, dass wir in den Florapark um die Ecke gehen. »Da können wir uns irgendwo hinsetzen und in Ruhe unterhalten, okay? Ich will dich nicht mit nach Hause nehmen. Das wäre zu viel altes Leben im neuen, verstehst du?«

»Besser, als du dir vorstellen kannst.«

Auf unserem Weg zum Park wechseln wir kein einziges Wort. Silke wirkt so angespannt, dass es mir beinahe leidtut, sie in diese Situation gebracht zu haben. Ich wünschte, ich könnte direkt in ihren Kopf sehen, ihre Version der Vergangenheit unmittelbar nach Hinweisen durchforsten, bevor sie gefiltert und in Sätze gepresst wird, in denen womöglich das Wesentliche fehlt.

»Hier?«, fragt Silke und deutet auf ein sauberes Stück Wiese, von dem aus wir den Skateboardern bei ihren Kunststücken zuschauen können.

»Passt.«

Wir lassen uns nebeneinander ins Gras sinken.

»Willst du auch eine?« Sie hält mir eine Schachtel Zigaretten entgegen.

»Nein, danke.«

Sie steckt sich eine Kippe zwischen die Lippen, zündet sie an und nimmt einen tiefen Zug. Den Qualm stößt sie in kleinen Kringeln aus.

»Nicht schlecht«, sage ich.

»Irgendein Talent muss ja jede haben.« Sie gibt einen kehligen Laut von sich, so etwas wie ein Lachen, aber voller Resignation. »Tut mir wirklich leid mit deiner Schwester. Das ist krass!«

»Ja, ist es.«

»Und sie war echt mit Erik verheiratet? Komische Vorstellung, weil ich sie ja nur mal als kleines Kind gesehen habe. Hätte nie gedacht, dass der mal heiratet – so richtig mit zum Amt gehen und so.«

Sie seufzt.

»Kommt mir vor wie 'ne andere Welt«, meint sie dann. »Als wäre das gar nicht ich gewesen, die dort gelebt hat. Die hatten alle nur Scheiße im Kopf, ich wohl auch. Erik war aber okay.«

Ausgerechnet. Mühsam schlucke ich einen bissigen Kommentar hinunter.

»Mhm«, mache ich nur. Das kann alles heißen. »Was meinst du damit, dass sie sonst alle nur Scheiße im Kopf hatten?«

»Na, diese ganze kranke Idee. Eine neue Gesellschaft aufzubauen. Gute Deutsche zu züchten. Hat ja nicht besonders gut hingehauen, oder?« Offenbar hat sie vergessen, dass sie nicht mit mir reden wollte. Nachdem sie einmal angefangen hat, sprudelt es nur so aus ihr heraus. »Ich habe zufällig mal Jörg getroffen. Der hat mir erzählt, dass Malte und Rena jetzt so gut wie alleine da im Wald hocken. Geschieht ihnen recht. Ich hoffe, sie machen sich das Leben gegenseitig zur Hölle und verrotten. – Hat Erik eigentlich Kinder?«

»Zwei, zusammen mit meiner Schwester.«

»Na, dann sind Malte und Rena zumindest nicht ganz leer ausgegangen. Wenn es nach ihnen gegangen wäre, hätten wir alle Kinder bekommen, egal von wem. Hauptsache jung und formbar.«

Sie lacht bitter auf, als sie meinen schockierten Blick sieht.

»Das wusstest du nicht? Ich dachte, du wärst mit dem Mädchen befreundet gewesen, mit dem Erik damals zusammen war. Er war so wütend, weil du ihr irgendeinen Mist erzählt hast.« Wieder nimmt sie einen tiefen Zug von ihrer Zigarette. »Sie ist verschwunden, oder?«

»Nicht mehr, man hat ihre Leiche gefunden. War sogar in den Nachrichten.«

»Die gucke ich mir so gut wie gar nicht mehr an. Davon komme ich nur schlecht drauf. Ändern kann ich eh nix, an dem ganzen Horror da draußen, deshalb fühle ich mich dabei wie so ein Gaffer bei Autounfällen.«

Ich nicke. »Vermutlich habe ich Julia tatsächlich Mist erzählt, aber damals wusste ich das nicht. Ich wollte sie nur beschützen.«

»Na ja, so verkehrt hast du gar nicht gelegen, wenn du sie von dem Irrsinn fernhalten wolltest. Aber Erik konnte nichts dafür, Malte und Rena waren ja praktisch seine Eltern. Nach der ganzen Scheiße, die er erlebt hat, hat er natürlich zu ihnen gehalten. Sonst war ja nie jemand für ihn da. Und er hat nie mitgemacht.«

»Bei was hat er nicht mitgemacht?«

Für einen Moment erstarrt ihr Gesicht wieder zu einer unlesbaren Maske.

»Was meinst du?«, frage ich noch einmal.

»Na gut. Ist jetzt auch schon egal. Am liebsten haben sie junge Frauen bei sich aufgenommen, um ihnen zu ›helfen‹.« Das letzte Wort setzt sie mit einem Fingerwackeln in Anführungsstriche. »Sie standen total auf solche wie mich. Von zu Hause ausgerissen, kaputt und verzweifelt. Zuerst fand ich es geil, Teil einer geheimen Gruppe irgendwo im Wald zu sein. Dieser ganze Naturkram hat mir auch gefallen. Bis Malte mich vergewaltigt hat jedenfalls.«

»Was? Oh Gott, das tut mir so leid. Wieso hast du den Dreckskerl nicht angezeigt?«

Sie macht eine abwehrende Handbewegung. »Ich stand nicht so auf Polizei. Und vielleicht war es ja auch gar keine richtige Vergewaltigung. Zumindest war er damals attraktiv, auf so eine wilde Art. Ich mochte, wie er mich angesehen hat, als wäre ich echt heiß. Eigentlich gefiel mir Erik viel besser, aber bei dem hatte ich keine Chance, dafür war er viel zu verknallt in deine Freundin.« Wieder beschleicht mich ein schlechtes Gewissen. Wäre unsere Geschichte anders verlaufen, wenn ich nicht so bereitwillig auf Doreens Lüge angesprungen wäre?

»Es war übrigens meine Idee, dich mit unserem Spezialgesöff abzufüllen, um es dir heimzuzahlen«, sagt sie. »Sorry, war nichts Persönliches.«

»Wie nett.«

»Ist aber so. Ich wollte, dass Erik mich cool findet. Nachdem er sich mit Julia gezofft hat, habe ich mir echt Chancen ausgerechnet.« Sie verzieht ihre Mundwinkel zu einem selbstironischen Grinsen. »Komisch. Bis eben habe ich kaum an den Abend gedacht, aber jetzt fällt es mir wieder ein. Da war doch noch dein süßer, kleiner Beschützer. Der Typ, der so verknallt in dich war.«

»Meinst du etwa Till?«

»Keine Ahnung, wie der hieß.«

»Der war sicher nicht *verknallt* in mich.«

Sie zuckt mit den Achseln. »Wie du meinst.«

»Eine Sache noch. Es fällt mir schwer, dich das zu fragen, aber weißt du, ob Malte so etwas auch bei anderen Frauen abgezogen hat?«

»Wie gesagt, ich weiß nicht mal, ob es eine Vergewaltigung war. Vielleicht hätte ich auch freiwillig mit ihm geschlafen. Beim Küssen habe ich jedenfalls mitgemacht, weil ich es abgefahren fand, so mit einem älteren Typen. Und er war ja so etwas wie der Boss. Ein bisschen verboten, verstehst du? Außerdem war ich frustriert wegen Erik.«

»Was ist dann passiert?«

»Rena ist aufgekreuzt. Ich wollte gleich weglaufen, schließlich habe ich gerade mit ihrem Mann geknutscht, doch er hat mich festgehalten. Und *so* wollte ich es garantiert nicht.«

»Sie hat dabei zugesehen?«, frage ich verdattert.

Silke nickt. »Ich habe nie verstanden, was in ihr vorgeht. Vielleicht stand sie ja auch unter Schock, so wie ich, und ist deshalb geblieben. Irgendwann habe ich einfach die Augen geschlossen und es über mich ergehen lassen.«

»Und du überlegst, ob es wirklich eine Vergewaltigung war? So ein Schwein!«

Sollte sich herausstellen, dass er Fenja nähergekommen ist als bei dem einen Kuss, den Torge beobachtet hat, gehe ich ins Krankenhaus und zertrümmere das Ohr, das Erik heil gelassen hat.

»Bist du danach abgehauen?«

Sie schüttelt den Kopf. »Ich wusste nicht, wohin. Und die Leute da waren trotz allem so etwas wie meine Herde. Ich hatte ja keine andere.«

»Hat Malte dich noch einmal ...«

»Ein- oder zweimal. Ich war übrigens nicht die Einzige. Vom Acker gemacht habe ich mich, als ich tatsächlich schwanger wurde. Ich wollte kein Kind – nicht mit neunzehn Jahren. Aber sie hätten niemals zugelassen, dass ich Maltes erlesene Brut wegmachen lasse.«

Ich nicke beklommen.

»Hast du Kinder?«, fragt sie.

»Nee, hat sich nie ergeben.«

»Bei mir auch nicht. Finde ich besser so. Wann immer wir genügend Geld haben, reisen mein Freund und ich im VW-Bus umher. Nur wir zwei, so mag ich's am liebsten. Vielleicht lege ich mir irgendwann einen Hund zu, 'nen Labrador oder so.«

»Klingt gut«, erwidere ich lächelnd.
»Ich muss jetzt los.«
»Ich bleibe noch einen kleinen Moment hier sitzen«, sage ich. Ich muss das alles erst mal verdauen. »Danke, dass du dir die Zeit genommen hast.«
»Okay.« Nachdem sie sich bereits abgewandt hat, dreht sie sich noch einmal um. »Ich hoffe, du findest es auch.«
»Was denn?«
»Das, was du suchst. Oder noch besser: das, was du brauchst.«
Im Gehen winkt sie mir lässig über die Schulter hinweg zu.

Am Morgen hatte ich das Auto am Schleswiger Bahnhof geparkt – in der prallen Sonne. Jetzt raubt mir die dumpfe, heiße Luft, die mir beim Öffnen der Wagentür entgegenschlägt, beinahe den Atem. Auf dem Weg zu meinen Eltern kurbele ich beide Fenster hinunter, lasse mir den Fahrtwind auf die Haut und in die Haare pusten. Im Radio spielen sie Nick Caves Version von »Death Is Not the End.«

Aus einem Reflex heraus will ich es abschalten, doch dann entscheide ich mich in letzter Sekunde um und drehe die Musik lauter. Ich singe lauthals mit. Voll schamlosem Pathos lasse ich vier Minuten lang alles heraus, was ich vor den Kindern zu verbergen versuche, die Sehnsucht und die Verzweiflung. Durch den Tränenschleier kann ich die Fahrbahn vor mir kaum noch erkennen, deshalb fahre ich an den Straßenrand und schalte den Motor ab. Immer wieder knalle ich die Fäuste gegen das Lenkrad, bis ich erschöpft den Kopf darauf sinken lasse. So verharre ich eine ganze Weile, bevor ich mit trockenen Augen weiterfahre.

Ich entdecke Lina auf der alten Schaukel im Garten meiner Eltern. Sie sieht aus, als wäre sie vollkommen in ihrer eigenen Welt versunken, aber als sie mich entdeckt, läuft sie auf mich zu und wirft sich in meine Arme.

»Können wir jetzt gehen?«, fragt sie als Erstes.

»Wo sind denn Oma und Opa?«

»Weiß nicht. Oma hat gesagt, ich soll im Garten spielen.«

»Ach so? Wartest du noch einen kleinen Moment hier? Ich muss kurz etwas mit meinen Eltern besprechen.«

»Kann ich mitkommen?«

»Es dauert nicht lange, versprochen. Danach essen wir zu Hause ein Eis, okay?«

»Na gut.«

Eis gibt es zwar auch beim Bäcker um die Ecke, aber zu Hause kann ich die Kugeln wiegen und auf der Verpackung die Broteinheiten ablesen, um Lina die genau richtige Menge Insulin zu verabreichen.

Durch die offene Verandatür schlüpfe ich ins Haus, wo meine Mutter, über ein Sudoku-Heft gebeugt, am Esstisch sitzt. Als sie mich bemerkt, schreckt sie hoch, sackt aber gleich wieder in sich zusammen.

»Ach, du bist es.«

»Habt ihr Lina etwa die ganze Zeit alleine gelassen?«

Meine Mutter runzelt die Stirn. »Was sollten wir denn machen? Sie bringt ja kaum einen Ton raus. Ich habe mich gefragt ... glaubst du, sie könnte zurückgeblieben sein?«

Sie will sich wieder ihrem Rätsel widmen, aber ich reiße ihr das Heft weg.

»Ihre Mutter ist gerade gestorben«, zische ich. »Deine Tochter, du erinnerst dich? Ist dir nicht der Gedanke gekommen, dass sie deshalb gerade etwas ›seltsam‹ sein könnte?«

»Was fällt dir ein? Natürlich weiß ich, dass Fenja meine Tochter war. Weißt du, wie schwer es für mich ist, die Kinder zu sehen? In ihnen steckt schließlich auch etwas von dem Monster.«

»Es gibt keine Monster«, erwidere ich. »Ich wünschte, es wäre so einfach.«

»Früher bist du schon ausgeflippt, wenn du nur seinen Namen gehört hast. Und ausgerechnet jetzt willst du Erik plötzlich verteidigen? Jetzt, wo er sie umgebracht hat?«

»Ich glaube nur nicht an Monster. Schon gar nicht an eines, das in Kindern steckt. Aber keine Sorge, ich werde dich nicht mehr mit ihnen behelligen.«

Empört richtet sie sich auf. »Nicht in diesem Tonfall!«

»Belassen wir es doch einfach dabei, Mama. Ich hole jetzt Lina, und dann verschwinden wir.«

In diesem Moment höre ich Doreens Stimme aus dem Flur. »Katja?«

»Hier«, antwortet meine Mutter.

Doreen wirkt überrascht, mich zu sehen. »Du bist ja auch hier.«

»Bin so gut wie weg.«

»Ole hat mich gebeten, euch etwas Fisch vorbeizubringen«, erklärt sie ohne große Begeisterung.

Mit einem schmalen Lächeln nimmt meine Mutter das Paket in Empfang. Für sie sind es ohnehin alles noch ihre Fische. Ihre und die meines Vaters.

»Ich bringe ihn schnell in die Küche«, sagt sie. »Kommt Ole auch?«

»Der hat noch irgendetwas am Kutter zu erledigen.«

Sobald wir alleine sind, spricht Doreen mir etwas verdruckst ihr Beileid aus, aber am Ende versaut sie es natürlich wieder. »Ich habe ja immer befürchtet, dass es ein schlimmes Ende mit ihr nimmt.«

»Ach ja?«

Der scharfe Tonfall sollte sie eigentlich warnen, aber Doreens Antennen empfangen nicht einmal weniger subtile Signale.

»Ach komm, Svea. Bei ihrem Lebenswandel ist es ein Wunder, dass sie überhaupt so alt geworden ist.«
»Das klingt ja fast, als würdest du ihr die Schuld geben.«
Ich mache einen Schritt auf sie zu, woraufhin sie mit einem schrillen Kichern zurückweicht.
»Was jetzt, Svea? Willst du mich wieder verhauen?«
Vorgeblich gelangweilt betrachtet sie ihre türkisfarbenen Fingernägel, aber in ihrem Blick liegt ein unruhiges Flackern.
»Aceton und Latex«, murmele ich.
»Wie bitte?« Sie sieht vollkommen verdattert aus.
»Das gibt es doch beides in einem Nagelstudio, oder?«
»Wie kommst du denn jetzt darauf?«
»Torge hat mir erzählt, dass du dich ab und zu im Wald herumtreibst. Bist du eigentlich immer noch so scharf auf Erik? Wahnsinnstyp. So ein ganzer Kerl, der Frauen hart anfasst. Warst du neidisch auf Fenja? Julia hast du jedenfalls immer beneidet.«
»Bist du jetzt vollkommen bekloppt?«
»Sag du's mir.«
»Ich weiß zwar nicht, was dich das angeht, aber ich bin höchstens mal dort, um Rena zu besuchen. Erik interessiert mich seit einer Ewigkeit null.«
»Das Gleiche hast du damals auch gesagt, als du mir die Lügen über ihn aufgetischt hast.«
Plötzlich fällt mir wieder ein, wie ich sie an dem Abend zur Rede gestellt habe.
»Na und?«, wollte sie mich eiskalt abblitzen lassen. »Deine tolle Julia ist trotzdem eine Schlampe.«
Danach kam es zu einer kleinen Rangelei. Damals war meine Impulskontrolle kaum besser als Eriks.
Doreen lacht unfroh auf. »*Das* willst du wieder aufwärmen? Wird Zeit, dass du über unsere Teenager-Jahre hinwegkommst, meinst du nicht?«

»Besser, du haust jetzt ab, Doreen. Sonst verpasse ich dir vielleicht noch mal ein blaues Auge.«

In diesem Moment tritt meine Mutter zu uns. »Wie redest du denn mit unserem Gast? Vielleicht ist es besser, *du* gehst jetzt, bis du dich beruhigt hast. Und für die Kinder musst du dir etwas anderes einfallen lassen, wenn du keine Zeit hast, hörst du? Das wird uns alles zu viel.«

»Hast du schon gesagt«, erwidere ich bitter.

Auf Oles Zwillinge passt sie zweimal die Woche auf. Aber nach dem, was sie über Fenjas Kinder gesagt hat, halte ich es ohnehin für besser, die beiden von meiner Mutter fernzuhalten.

Ohne ein Wort des Abschieds husche ich nach draußen zu Lina. Ich knie mich zu ihr hin und schließe sie fest in die Arme. Sie umklammert mich wie ein Äffchen, sodass ich beim Aufstehen kaum das Gleichgewicht halten kann.

»Uff.«

Sie kichert. »Ich bin gar nicht schwer.«

»Stimmt.« Ich trage sie bis zum Auto.

»Bekomme ich jetzt ein Eis?«

»Ja.« Ich lächele, während mir erneut Tränen in die Augen schießen.

Sie ist so süß und so zart. Jemand sollte sie in duftende Schaumbäder stecken und ihr tröstliche Geschichten erzählen. Jemand, der sich mit Einhörnern und Tortenbacken auskennt. Ich bin eindeutig nicht das Beste für sie, deshalb kann sie nicht bei mir bleiben, egal, was noch passiert. Trotzdem schmerzt die Vorstellung, sie jemals wieder loszulassen – und mit ihr ein letztes lebendiges Stück Fenja.

Am Abend ruft mich Ole an. Zuerst denke ich, dass er vorhat, mir meinen Streit mit Doreen vorzuwerfen, doch er will etwas ganz anderes loswerden.

»Er hat gestanden, Svea. Er hat endlich alles zugegeben. Wir haben es gerade erfahren.«

»Wer?«, frage ich verdattert.

»Erik natürlich! Er hat ausgesagt, dass er Fenja getötet hat. Mama hat mich angerufen. Sie meinte, ich soll es dir erzählen. Ist wohl gerade mal wieder etwas schwierig zwischen euch?«

Ohne auf seine letzten Worte einzugehen, frage ich: »Wieso sollte er es erst abstreiten und jetzt plötzlich gestehen?«

»Bist du nicht froh, dass es vorbei ist?«

»Doch. Ich verstehe nur nicht ... Gab es denn neue Hinweise?«

»Nicht, dass ich wüsste. Vielleicht hat er ja doch so etwas wie ein Gewissen.«

Er war's!

Wie konnte meine Intuition nur so versagen? Ich habe Erik geglaubt, dass er unschuldig ist, und zwar ohne jeden Zweifel. Himmel, ich habe sogar Doreen verdächtigt!

Er wirkte so aufrichtig! Vielleicht hat er sich tatsächlich für unschuldig gehalten, weil er überzeugt war, sie nach dem Gesetz seines Urwalds töten zu *müssen*. Immerhin hat er angenommen, dass sie sich mit einem anderen Kerl herumtreibt. Und sind nicht schon unzählige Frauen wegen des fragilen Egos eines Mannes gestorben? Auch mich hätte er beinahe erwürgt.

Wieso sperrt sich dann immer noch etwas in mir gegen die Vorstellung, dass er Torges Messer genommen und Fenja abgestochen hat?

GEMMA - *DAMALS*

Seit sie sich nicht mehr mit Erik trifft, ist Julia in dieser aggressiven Stimmung. Das überbehütete Mädchen und der vernachlässigte Junge – ich sehe durchaus den filmreifen Reiz in einer solchen Verbindung, aber irgendwann wird meine Tochter einsehen, dass sie sich verrannt hat. Zumindest hat sie aufgehört, von seiner schrecklichen *Familie* zu schwärmen. Wenn ich nur noch ein wenig die Zähne zusammenbeiße, wird irgendwann der Zeitpunkt kommen, an dem sie auch an Erik keinen Gedanken mehr verschwendet.

Ich habe ihr nie verboten, ihn zu treffen. Karl hätte das zwar gerne gesehen, aber ich bin überzeugt, das hätte sie nur weiter von uns entfernt und zu ihm hingetrieben.

Schon so reagiert sie selbst mir gegenüber kaum noch anders als abweisend. Trotz aller Versuche, Verständnis aufzubringen, zerrt dieses Teenagergebaren an meinen Nerven.

Karl betrachtet ihre Provokationen bislang gelassen, dafür wirkt Christopher seltsam grimmig in Julias Nähe.

Einmal habe ich es Karl gegenüber angesprochen, doch es schien ihn nicht sonderlich zu beunruhigen.

»Schöne Frauen machen Männern halt Angst«, hat er lachend erwidert.

Trotz meiner Erleichterung bereitete es mir ein mulmiges Gefühl, zu hören, wie jemand mein Mädchen als *schöne Frau* bezeichnete. Natürlich ist mir auch aufgefallen, dass sie erblüht ist. Bald wird sie mich abgelöst haben und die Blicke der Männer auf sich ziehen. Manchmal frage ich mich, was dann von einer Frau wie mir bleibt.

Vom Türrahmen aus beobachtet Julia, wie ich mich vor dem Schminkspiegel auf der Schlafzimmerkommode herrichte. Sie beäugt mich, als wäre ich ein Insekt unter dem Mikroskop.

»Was machst du da?«, will sie wissen.

»Ich trage Lippenstift auf.«

»Schon klar. Aber ist es nötig, dass du dich so schick machst? Es ist doch nur ein Dorffest.« Es klingt wie ein Vorwurf. Als wäre es ein Verbrechen, sich zu schminken.

»Würdest du es besser finden, wenn ich auch in zerfetzten Jeansshorts und knappen Tops herumliefe?«

Sie stöhnt. »Ach, Mama, du weißt genau, was ich meine.« Dann zieht sie ein goldfarbenes Armband aus ihrer Tasche hervor. »Das hat mir Christopher geschenkt.«

»Christopher?« In letzter Zeit kam es mir so vor, als könne er kaum ihre Nähe ertragen.

»Weil wir uns gestritten haben, nehme ich an«, fährt sie fort.

»Schon wieder?«, frage ich konsterniert. »Kannst du dich nicht ein bisschen zusammennehmen? Schließlich geben sich alle anderen auch Mühe.«

»Tut mir echt leid, dass ich so ein Störenfried in eurem trauten Heim bin!«

»Ach, Julia, ich wollte doch nicht sagen ...«

»Doch, wolltest du. Stattdessen solltest du es lieber seltsam finden, dass mein *Bruder* mir so etwas schenkt.«

»Zugegeben, das ist ein wenig übertrieben, aber auf diese Weise lösen solche Männer nun einmal Probleme. Sie wissen es nicht besser.«

»Schön für dich, wenn deine Probleme mit Geld zu lösen sind«, faucht sie.

»Ich verstehe nicht, warum du mich so angehst. Kannst du das Armband nicht einfach ein paarmal tragen? Um des lieben Friedens willen.«

Plötzlich sieht sie aus, als würde sie gleich in Tränen ausbrechen. Ich sollte sie in die Arme nehmen, mein mütterliches Mitgefühl ausdrücken und herausfinden, warum ein albernes Armband sie dermaßen aus der Haut fahren lässt. Aber gerade bin ich zu aufgebracht – und, um ehrlich zu sein, mit anderen Dingen beschäftigt. Nach der Feier, wenn ich wieder klarer denken kann, werde ich mich daranmachen, unsere Verbindung zu flicken.

»Also gut, Mama. Ich tue es für dich! Ist es ein gutes Gefühl, käuflich zu sein?« Sie legt das Armband um ihr Handgelenk. »Geht so.«

Ich muss mehrmals tief durchatmen, sonst würde ich jetzt aufspringen und ihr eine Ohrfeige verpassen.

»Oder willst du behaupten, dass du mit Karl aus inniger Liebe zusammen bist?« Ihre Stimme klingt abfällig.

»Lass Karl aus dem Spiel. Er hat dir nichts getan.«

»Armer *Papa*, vielleicht sollte ich mal mit ihm über deine wahren Bedürfnisse reden.«

Sie gibt sich überlegen, nur ihre Augen huschen unstet hin und her. Da ist etwas, was sie loswerden möchte, nicht über die Lippen bringt. Sie scheint trotz allem auf eine Ermutigung von mir zu hoffen, aber in diesem Moment – überwältigt von Scham und Zorn – kann ich ihr nichts dergleichen anbieten.

»Verschwinde«, fordere ich sie ruhig auf. »Jetzt.«

Ohne ein weiteres Wort verlässt sie den Raum. Ich schaue wieder in den Spiegel, sehe, wie das erwartungsfrohe Funkeln in meine Augen zurückkehrt, und plötzlich überkommt mich eine Ahnung.

Sie weiß es.

Aber woher?

Etwas Eisiges durchfährt mich bei der Erkenntnis, dass der Mensch, den ich geboren und aufgezogen habe, mir im

Grunde fremd ist. Der für Julia bedeutsame Teil ihres Lebens findet längst außerhalb von meinem statt. Und nach dem, was sie gesagt hat, weiß ich mit einem Mal genau, dass ich mein kleines Mädchen verlieren werde – auf die eine oder andere Art.

SVEA

Nachdem ich Lina ins Bett gebracht habe, bitte ich Torge, sich zu mir an den Esstisch zu setzen. Er folgt meiner Aufforderung mit misstrauischer Miene. Ich rede nicht lange um den heißen Brei herum. »Dein Vater hat gestanden. Tut mir leid.« Er blinzelt ein paarmal. »Was?« Ich wiederhole nicht, was ich gesagt habe. Er hat mich gehört, nur das Begreifen setzt etwas später ein. Seine Lippen zucken. In seinen Augenwinkeln sammelt sich Flüssigkeit, die er grob mit dem Handrücken wegreibt. Danach ist sein Gesicht wieder verschlossen und hart. »Es tut dir leid? Du konntest ihn doch eh nicht ausstehen.« Er springt auf und tritt einen der Stühle um. »Scheiße! Und was passiert jetzt mit uns? Sollen wir etwa hierbleiben, oder was?«

»Zumindest, wenn es nach deinem Vater geht. Lass also lieber meine Möbel heil, vielleicht brauchen wir sie noch.«

Er starrt mich an, vollkommen fassungslos. Ich kann es ihm nicht verdenken. Auch für mich ist es unvorstellbar, mich dauerhaft um zwei traumatisierte Kinder zu kümmern, von denen eins noch nicht einmal zur Schule geht. Ich würde es ganz sicher vermasseln, so wie ich es bei Fenja vermasselt habe. Aber dies ist nicht der richtige Zeitpunkt, Torge weitere Zukunftsängste aufzubürden.

»Willst du dich vielleicht erst einmal ausruhen?«, frage ich.

Er rollt nicht einmal mit den Augen, sondern verschwindet einfach wortlos in sein Zimmer.

Später am Abend kommt Till vorbei. Ich habe ihn gebeten, für ein paar Stunden einfach nur mein vernünftiger Freund zu sein, trotz allem, was zwischen uns war. Das kurze Zögern vor seiner Einwilligung hat mich nicht gestört, immerhin zeigt es mir, dass er es wirklich so meint. Ich bin ihm dankbar dafür, denn mir fällt niemand sonst ein, mit dem ich über Torges und Linas Zukunft reden könnte. Erik hat mir über seinen Anwalt mitteilen lassen, dass er keinen erneuten Besuch von mir wünscht, ich mich aber weiter um die Kinder kümmern soll.

Till schließt mich zur Begrüßung fest in die Arme. »Es tut mir so leid. Ich kann einfach nicht fassen, was mit deiner Schwester passiert ist.«

Für einen Moment gebe ich der Versuchung nach, mich tiefer in seine Umarmung zu schmiegen. Ich verberge mein Gesicht an seiner Brust, bis ich Tills Mitgefühl nicht mehr ertrage.

Als wir danach am Esstisch sitzen, fasse ich die Ereignisse der vergangenen Tage zusammen.

»Ich habe keine Ahnung, was ich machen soll. Überhaupt keine«, ende ich und starre blicklos vor mich hin. »Ich bin vollkommen ungeeignet, Kinder großzuziehen.«

»Hey.« Seine Stimme klingt sanft. »Hey«, wiederholt er, bis ich ihn wieder ansehe. »Wenn du davon überzeugt bist, sind Pflegeeltern vielleicht tatsächlich eine gute Option.«

»Ich habe mit dem Jugendamt gesprochen, um herauszufinden, was in solchen Fällen passiert«, sage ich. »Sie bemühen sich, Geschwister zusammen zu vermitteln, aber sie können es nicht garantieren. Ein Problem ist wohl der große Altersabstand. Sie haben es nicht so klar ausgesprochen, aber angedeutet, dass kleine süße Mädchen gute Chancen auf eine nette Familie haben, während Jungs in Torges Alter häufiger in Wohneinrichtungen landen.«

»Okay. Ich kenne mich mit dem Thema überhaupt nicht aus, aber du glaubst offenbar, das wäre schlecht für ihn, richtig?«

»Keine Ahnung. Aber was ich sicher weiß, ist, dass es ihm das Herz brechen würde, von ihr getrennt zu werden. Er hat sich die ganze Zeit um sie gekümmert.«

»Klingt nach einer vertrackten Situation.«

»Ich will Torge anbieten, bei mir zu bleiben. Wir würden schon irgendwie zurechtkommen. Aber für Lina wünsche ich mir etwas anderes.«

Till lächelt milde. »Scheint, als hättest du bereits einen Plan. Wozu brauchtest du dann mich?«

Ich denke darüber nach.

»Vermutlich, damit du mir eine Art Absolution erteilst«, gebe ich dann zerknirscht zu. »Aber ...«

Ein knarzendes Geräusch lässt mich verstummen. Es hörte sich an, als käme es von der Treppe. Auf keinen Fall soll eines der Kinder hören, worüber wir hier gerade sprechen.

»Warte mal kurz. Bin gleich wieder da.«

Ich schaue nach, doch auf der Treppe ist niemand zu sehen. Erleichtert kehre ich zu Till zurück. »War wohl nur irgendetwas im Gebälk.«

SVEA

Plötzlich steht Torge im Raum. Ertappt lasse ich das Handy sinken, das ich gerade aus Fenjas Sachen gefischt habe. Es war ein Fehler, mir den Kram im Wohnzimmer vorzunehmen, wo jeder hereinkommen kann.

»Was machst du da?«, fragt er. »Gehört die Tasche nicht Mama?«

»Ja, das ist ihre Tasche. Ich wollte etwas herausfinden.« Es wäre dumm, sein Misstrauen weiter anzuheizen, indem ich ihn belüge.

Er kneift die Augen zusammen. »Was gibt's denn da rauszufinden? Etwas, das ihnen hilft, meinen Vater wegzusperren?«

»Nein«, widerspreche ich. »Egal, was du glaubst, darum geht es mir nicht. Ich will bloß wissen, was passiert ist. Du nicht auch?«

Er senkt den Blick, was ich als widerwillige Zustimmung deute.

»Dieses Handy hier hat ihr gehört.«

Er sieht überrascht aus. »Ich dachte, sie hat gar keins.«

»Das dachte ich auch. Blöd, dass man nur zweimal eine falsche PIN eingeben darf. Hast du eine Idee?«

»Nö. Woher soll ich das wissen?«

»Mhm.«

Natürlich sollte ich das Handy der Polizei überlassen, aber erst muss ich wissen, was sich darauf befindet. Es könnte eine Erklärung für den Tod meiner Schwester liefern – oder sie bloß unnötigerweise bloßstellen. Als Erpresserin. Oder als eine Frau mit einem *lockeren Lebenswandel*.

Wird das nicht immer noch manchmal als mildernder Umstand geltend gemacht? Dass der arme Ehemann so furchtbar aufgewühlt war, dass er im Affekt seine untreue Frau umbringen musste? Ein Mord aus Liebe, als ob es so etwas geben könnte. Falls Erik meine Schwester getötet hat, soll er dafür so teuer bezahlen wie nur möglich.

Torge kratzt sich am Ellbogen. »Also, wir hatten mal einen Büchereiausweis.«

»Und?«, frage ich irritiert.

»Wenn wir Bücher im Internet verlängern mussten, hat Papa uns erlaubt, sein Handy zu benutzen.«

Herrje, was willst du mir sagen?

»Aha.«

»Wir brauchten ein Passwort, um uns bei der Bücherei anzumelden. Mama hat es sich ausgedacht und mir gegeben.«

Damit hat er meine ungeteilte Aufmerksamkeit. Die meisten Menschen sind bequem. Sie benutzen ihre Passwörter mehrfach, egal, wie oft davor gewarnt wird.

»Erinnerst du dich noch daran? Kannst du es aufschreiben?«

»Weiß nicht genau.«

Ich wühle in einer Schrankschublade, bis mir ein vergilbter Briefblock und ein Kugelschreiber in die Hände fallen.

»Versuchst du es, bitte?«

»Okay.« Er kritzelt etwas auf den Block und reicht ihn mir anschließend zurück. *TorgeLina383.* »Aber da waren noch mehr Zahlen, die habe ich vergessen.«

Ich versuche, mir die Enttäuschung nicht anmerken zu lassen. Sein Einfall bringt mich keinen Schritt weiter. In einer Handy-PIN sind üblicherweise keine Buchstaben und schon gar nicht so viele Zeichen enthalten.

»Macht nichts. Ich danke dir trotzdem.«

»Dann gehe ich mal wieder.«

»Wie du magst.«
»Bin noch ein bisschen mit Laika im Garten.«
»Okay.«
Mein Blick fällt wieder auf sein Gekrakel. Diesmal sehe ich es über Kopf, und plötzlich kommt mir etwas daran vertraut vor. Es dauert eine ganze Weile, bis mir einfällt, was es ist, und ich die fünf Ziffern eingebe. Ich rechne nicht ernsthaft damit, dass es funktioniert, doch dann starre ich auf den bunten Bildschirmhintergrund des entsperrten Handys.

38317. Die Zahlen treffen mich so unvermittelt wie der Cave-Song im Auto. Wieder schluchze ich lauthals los und kann nichts dagegen tun. Ich selbst habe Fenja den Trick gezeigt. Wenn man die Zahlen in einen Taschenrechner eingibt und ihn dann umdreht, ist dort ein Wort zu lesen: *Liebe.* Hat sie dabei an mich gedacht, trotz allem?

Es bricht mir das Herz, dass wir niemals über all das reden werden, was gewesen ist. Dass wir niemals erleben werden, was hätte sein können.

Ich tippe auf das Icon mit der Sprechblase, entdecke aber keine einzige Nachricht. Dafür stehen in der Anrufliste diverse Nummern. Die vorletzte, gewählt am Tag ihres Todes, erkenne ich sofort, es ist meine eigene. Um 4.52 Uhr hat Fenja noch geatmet, ohne es bewusst wahrzunehmen, weil es eine Selbstverständlichkeit war. Es gab eine Vergangenheit, eine Gegenwart und eine Zukunft – und dann war da nichts mehr.

Hätte ich doch nur ...

Könnte ich doch nur ...

Danach hat sie nur noch einen anderen Menschen angerufen. Mit angehaltenem Atem tippe ich auf die unbekannte Nummer.

»Ja?«

Der Klang der Stimme trifft mich wie ein Schlag. Ich muss keinen Namen hören, um sie zu erkennen. Ich lege sofort wieder auf und schnappe nach Luft. Die Puzzleteile in meinem Kopf lassen sich zu keinem stimmigen Bild zusammenfügen. Es sei denn ... Ich eile nach draußen zu Torge. Es ist unwahrscheinlich, dass er mir weiterhelfen kann, aber es scheint mir einen Versuch wert zu sein. Er hat viel Zeit bei Sören verbracht und ist so gut wie jeden Tag an diesem Haus vorbeigekommen.

SVEA

Auf mein Klingeln folgt ein lautes Hundebellen. *King.* Den hatte ich fast vergessen. Ich warte eine ganze Weile vor dem großen Haus. Als sich die Tür schließlich öffnet, steht mir Christopher gegenüber.
»Was machst du denn hier?«, frage ich ungnädig.
Seine Augenbrauen schnellen in die Höhe. »Das fragst du mich? Meine Familie lebt hier, und dich hat, soweit ich weiß, niemand von uns eingeladen.«
»Ich muss mit Gemma sprechen.«
»Du *musst*?« Ein hässlicher Ausdruck verunstaltet seine sonst so perfekten Züge.
»Sagst du ihr *bitte* Bescheid?«
»Warum sollte sie mit dir sprechen wollen? Warum sollte hier irgendjemand mit dir sprechen wollen? Hau am besten gleich wieder ab.«
Seine abwehrende Haltung mir gegenüber macht mir nichts mehr aus. Doch da ist noch etwas in seinem Gesicht, was darüber hinausgeht. Hier, auf seinem Terrain, macht er sich nicht mehr die Mühe, seinen Hass zu zügeln. Der Vernichtungswille, der von ihm ausgeht, rührt an meinen Erinnerungen. Erst liegt es wie hinter einer beschlagenen Scheibe verborgen, aber langsam klärt sich die Sicht. So hat er mich schon einmal angesehen. An dem Abend, an dem seine Stiefschwester verschwand.
»Wahrscheinlich ficken sie gerade, deine Julia und ihr Erik!« Während ich ihm das ins Gesicht lallte, ließ ich das goldene Armband vor seinen Augen hin und her baumeln. Wütend riss er es mir aus der Hand. »Woher hast du das?«

»Julia hat es mir gegeben. Sie will dein verschissenes Geschenk nicht. Vielleicht steht sie nicht so auf Inzest wie du.«

»Inzest? Was redest du da? Sie ist doch gar nicht meine ... Ach, weißt du was, Svea? Halt einfach deine vulgäre Fresse. Du und Erik sind für Leute wie Julia und mich doch nichts weiter als ein amüsanter Zeitvertreib. Der Typ ist genauso schnell weg vom Fenster wie du.«

Er schleuderte mir das Schmuckstück ins Gesicht, wo es von meinem Wangenknochen abprallte.

Er lachte. »Oh Mann, bei dir sind wohl alle Reflexe ausgeknockt, was? Wenn du nicht mit Alkohol umgehen kannst, lass die Finger davon.«

Meine Wange brannte, aber noch stärker schmerzte die Demütigung. Mit diesen Lippen hatte er mich geküsst. Diese Hände hatte er lüstern unter mein Shirt geschoben. Mit diesem Mund hatte er süße Koseworte geflüstert – und nun das.

»Wir sind also Dreck für *Leute* wie Julia und dich?« Bitter lachte ich auf. »Na klar, ihr seid ja mehr als nur Menschen. Doof von mir, das zu übersehen.«

Er warf mir einen letzten angewiderten Blick zu, bevor er mich ohne ein weiteres Wort stehen ließ.

Dass er mich jetzt wieder so ansieht, erscheint mir stimmig, wo ich doch gerade dabei bin, einen Kreis zu schließen.

»Schon komisch, dass wir nun beide eine Schwester verloren haben, oder?«, presst er hervor.

Verloren. Das klingt, als wären uns Julia und Fenja einfach so abhandengekommen. Und wie kann er nur annehmen, wir beide würden annähernd das Gleiche durchmachen? Er hat mit Julia kaum ein Jahr unter einem Dach gelebt, wohingegen Fenja ihr ganzes Leben lang der beste Teil von mir war.

»Früher hast du darauf bestanden, dass ihr nicht miteinander verwandt seid.«

Er seufzt. »Bist du darüber echt noch nicht hinweg? Du tust mir leid.«

Er denkt, ich hätte immer noch an unserer Trennung zu knapsen? Fassungslos starre ich ihn an, doch mir fehlt die Kraft für einen Austausch kindischer Sticheleien, deshalb verkneife ich mir eine hämische Erwiderung.

»Würdest du nun bitte Gemma holen?«

»Ich frage sie, ob sie dich sehen will. Du wartest hier.«

Kurz darauf steht Gemma vor mir, schön und unnahbar wie eh und je.

»Du musst also unbedingt mit mir sprechen? Geht es um Julia?« Ihre Stimme gibt keinerlei Regung preis.

Ihre khakifarbene Leinenhose wirft nicht eine Falte, und der ärmellose Rollkragenpullover in einem hellen Cremeton schmiegt sich perfekt an, ohne aufzutragen. An diesem Tag trägt sie die Haare hochgesteckt, an den Ohren glänzen kleine goldfarbene Creolen.

»Können wir irgendwo in Ruhe reden?«, frage ich.

Unschlüssig blickt sie hinter sich in den Flur und dann wieder zurück zu mir.

»Auf der Veranda. Geh schon mal vor, während ich mir Schuhe anziehe.« Sie will mich nicht hereinbitten, und sie bietet mir auch nichts zu trinken an.

»Und was wird das jetzt?«, fragt sie, nachdem sie sich zu mir gesellt hat. Sie faltet die Hände vor sich auf dem Tisch. Ihre kurz gehaltenen Nägel sind in einem auffälligen Korallenton lackiert.

Umständlich krame ich den Ohrring aus meiner Tasche und schiebe ihn über den Tisch zu ihr.

»Den habe ich gefunden«, erkläre ich. »Es ist deiner, denke ich.«

Damit hat sie nicht gerechnet. Das leichte Beben ihrer Hände verrät einen Anflug von Nervosität, aber sie hat sich sofort wieder im Griff.

Schon als mir die Creole das erste Mal zwischen Fenjas Sachen untergekommen ist, dachte ich, dass dieses Schmuckstück wie eines aussieht, das Gemma tragen würde. Nur, dass Fenja nie bei Julias Familie geputzt hat, also muss ihr der Ohrring woanders in die Hände gefallen sein.

Dann fiel mir der goldglänzende Gegenstand wieder ein – zu klein für einen Armreif, zu groß für einen Ring –, den Fenja im Haus unseres Onkels vor mir verborgen hat. Bleibt die Frage, wie etwas von Gemma dorthin gekommen ist.

Vielleicht wusste meine Schwester es. Der letzte Mensch, den sie in ihrem Leben angerufen hat, war Gemma.

»Wie kommst du darauf, dass er mir gehört? Den habe ich noch nie gesehen.«

Sie schaut mir direkt in die Augen, trotzdem bin ich davon überzeugt, dass sie lügt. Ihr Blick ist zu starr.

»Er lag bei Sören. Ich dachte, der passt zu deinem Stil.« Ich zucke mit den Schultern. »Aber dann übergebe ich ihn wohl besser der Polizei. Vielleicht sollten sie sowieso das ganze Haus noch einmal gründlicher nach Spuren untersuchen ...«

Ich lasse das so stehen und wechsle das Thema.

»Mich beschäftigt da noch etwas. Fenjas letztes Telefonat. Was wollte sie ausgerechnet von dir?«

Wir vermessen uns mit Blicken, bis Gemma zu einer Gegenfrage ausholt. »Du hast uns damals gesehen, oder?«

»Worüber sprichst du?«

»Was hast du an dem Abend getan, Svea?« Sie spricht so leise, dass ich mich sehr anstrengen muss, um jedes Wort zu verstehen. Aber dann verstehe ich, dass sie mir ein Tauschgeschäft vorschlägt. Ich ahne, dass dies meine letzte Chance ist, etwas von ihr zu erfahren – wenn ich in Vorleistung gehe. Viel habe ich ihr allerdings nicht anzubieten.

»Ich weiß es wirklich nicht, Gemma. Ich war vollkommen dicht.«

»Hör endlich auf zu lügen, Svea. Ich habe an dem Abend selbst beobachtet, wie ihr am Wasser gestritten habt. Es war laut, heftig. Kurz darauf habe ich euch nicht mehr gesehen. War sie da schon tot?«

»Glaubst du wirklich, ich wäre in der Lage gewesen, sie umzubringen?«

»Ich bin überzeugt davon, dass jeder von uns zu allem fähig ist.« Sie mustert mich kühl. »Nehmen wir einmal an, du sagst die Wahrheit. Trotzdem kannst du doch nicht *alles* vergessen haben.«

Ich senke den Blick. »Es stimmt, dass wir gestritten haben. Und zwar nicht, weil sie baden gehen wollte.«

Sosehr es mir auch widerstrebt, ein paar meiner beschämendsten Momente mit ihr zu teilen, erzähle ich Gemma alles, jedenfalls so gut wie. So erfährt sie, wie Erik und Silke mich mit dem pilzverseuchten Alkohol abgefüllt haben, weil ich ihn vorher bei Julia schlechtgemacht habe. Ich lasse nicht einmal aus, wie ich mit Christopher wegen des Schmucks aneinandergeraten bin.

»Dieses verfluchte Armband!«, flucht sie, als ich geendet habe. »Nie hätte ich sie nötigen dürfen, es zu tragen. Ich wusste nicht, dass er auf diese Art hinter ihr her ist. Sie wollte es mir erzählen. Wenn ich ihr doch nur richtig zugehört hätte!«

»Ich habe das Armband behalten, es dann aber vergessen. Deshalb lag es in irgendeiner Schublade bei Sören herum.«

Aus ihrer Kehle dringt ein röchelnder Laut, von dem sich die Härchen auf meinen Armen aufstellen.

»Soll ich dir ein Glas Wasser holen?«, frage ich.

»Nein.« Mit festem Händedruck streicht sie imaginäre Falten aus ihrer Hose. »Nein, ich brauche kein Glas Wasser. Und trotzdem war es Sören, der sie weggeschafft hat. Sie haben mir das Foto von seiner Decke gezeigt.«

»Er war kein Mörder.«

»Wer war es dann? Du? Für niemanden sonst hätte er mir das angetan.«

Wie kann sie so überzeugt davon sein? Sie kannte ihn doch kaum. Und noch etwas irritiert mich an ihrer Aussage.

»Woher weißt du, dass die Decke Sören gehört hat?«, will ich wissen.

Sie presst die Lippen fest aufeinander, aber ich gebe nicht nach. Ich habe ihr mitgeteilt, was ich weiß, nun ist sie an der Reihe.

»Gemma?«

Sie stößt laut die Luft aus. »Weil wir es auf der Decke miteinander getrieben haben. Zufrieden?«

Reflexhaft kneife ich die Augen zusammen und schüttele den Kopf. Ich muss mich verhört haben.

»Himmel, atme, Svea! Du siehst aus wie ein Fisch, der gerade an Land gezogen wurde. Ja, ich hatte Sex mit deinem Onkel, sogar an *dem* Abend. Wir haben uns wie zwei Tiere im Unterholz verkrochen. Vielleicht starb da gerade meine Tochter. Abstoßend, nicht wahr? Wir haben euren Streit beobachtet, als wir gerade dabei waren, uns eine stille Ecke zu suchen.«

Eine solch intime Beichte aus Gemmas Mund ist mehr, als ich auf die Schnelle verarbeiten kann. Sören und Gemma? Es ist schwer, sich den zurückhaltenden Waldmenschen auch nur in der Nähe dieser erlesenen Schönheit vorzustellen.

Doch je länger ich darüber nachdenke, desto weniger unwahrscheinlich kommt es mir vor. Zwei stille Wasser.

»Ihr hattet die Decke also an dem Abend?«

»Er dachte wohl, man kann mir den rauen Erdboden nicht zumuten«, presst sie hervor.

»Hat er sie später wieder zum Auto zurückgebracht?«

»Nach allem, was ich dir gerade erzählt habe, beschäftigt dich so eine Banalität?«

Ich schüttele den Kopf. »Falls die Decke irgendwo liegen geblieben ist, könnte sie jeder benutzt haben.«

Sie sieht überrascht aus. »Vielleicht hast du recht.« Nachdenklich betrachtet sie ihre Hände. »Nur erinnere ich mich leider nicht daran. Wenn man doch nur im entscheidenden Moment wüsste, wie wichtig kleine Details einmal werden können.« Mit einem Mal sieht sie furchtbar erschöpft aus. »Hast du so weit bekommen, was du wolltest?«

Die implizite Aufforderung, dass ich verschwinden soll, ist unmissverständlich. Und beinahe wäre ich ihr aus alter Gewohnheit gefolgt.

GEMMA

Ich habe die Augen geschlossen, als könne ich mein Gegenüber so verschwinden lassen. Doch als ich sie wieder öffne, sitzt Svea immer noch da. Früher wäre sie brav davongetrottet. Sie war meine treue Bewunderin, während ich in ihr nach Julias Verschwinden nur noch die Feindin sah. Nun ist das Bild verschwommen. Alles, was ich noch erkenne, sind zwei fehlerhafte Kreaturen, die irgendwie einen Weg finden müssen weiterzuleben.

»Sagst du mir jetzt, was du über Fenja und den Ohrring weißt?«, bittet Svea mich mit bebender Stimme.

Dieser Drang, alles genau wissen zu wollen, ist mir vertraut. Eine Zeit lang habe ich nichts anderes getan, als jeden Moment mit Julia in Gedanken noch einmal zu durchleben. Die vielen Augenblicke, in denen ich versagt habe. Dabei folterte ich mich mit immer neuen Einfällen, wie ich das Ende hätte abwehren können. Wie Svea dachte ich einmal, jedes Detail über Julias Verschwinden kennen zu wollen.

Es ist schwer, mit der Ungewissheit zu leben, deshalb wünsche ich mir weiterhin, mehr über den Tod meiner Tochter zu erfahren. Doch ich gebe mich längst nicht mehr der Illusion hin, das Wissen würde den Schmerz lindern. Wissen ist Macht, so behauptet man, aber Trost habe ich darin nie gefunden.

»Dann erst mal etwas anderes«, sagt Svea ungeduldig. »Warum war Karl bei Sören, so kurz vor seinem Tod?«

Ich zucke zusammen. Woher weiß sie davon? »Was meinst du?«

»Torge hat ihn gesehen.«
»Torge?«
»Fenjas Sohn.«
»Der seltsame Junge, der immer durch den Wald läuft?«
Sie zieht ihre Augenbrauen zusammen. Ihr missfällt, wie ich ihren Neffen beschreibe, aber sie weist mich nicht zurecht. Es heißt, die Kinder würden jetzt bei ihr leben, dabei wirkt sie gar nicht wie der mütterliche Typ. Andererseits: Wer oder was ist schon *mütterlich*?

Mit einem Mal regt sich das schlechte Gewissen in mir. Der Junge ist praktisch eine Waise – die Mutter tot, der Vater im Knast. Ich habe nicht eine Sekunde an die Kinder gedacht, als ich Fenjas Tod in einem schwachen Moment für einen gerechten Ausgleich hielt.

Etwas freundlicher frage ich: »Wie geht es den Kindern?«

»Die Kleine begreift es noch nicht richtig. Torge bemüht sich, tapfer zu sein, aber ...«

»Verstehe.«

»Warum war Karl bei Sören?«

»Als der Knochen gefunden wurde ...« Würgend breche ich ab.

Der Knochen. Dieser bleiche, leblose Gegenstand, der von meiner schönen Tochter geblieben ist.

»Ich glaube, ich werde mir doch ein Glas Wasser holen«, bringe ich mühsam hervor. »Möchtest du auch etwas trinken?«

Sie schüttelt den Kopf. »Ich warte hier.«

Im Haus steht Christopher und beäugt mich lauernd. »Es sah so aus, als würdet ihr euch angeregt unterhalten, da wollte ich nicht stören.«

»Wie bitte?«

»Jemand von der Presse hat angerufen«, erklärt er. »Irgendein schmieriger Boulevard-Journalist. Die ganze Sache mit Erik und Julia wird noch mal aufgerollt. Er hat aus ›zuverlässiger Quelle‹ Wind davon bekommen.«

»Aus welcher zuverlässigen Quelle denn?«

Christopher zuckt mit den Achseln. »Er wollte wohl vorab schon mal unsere Reaktion austesten.«

Niemand kann so verächtlich gucken wie mein Stiefsohn. Was diese Aasgeier angeht, gebe ich ihm recht, aber er zeigt diese Herablassung jedem, der es in seinen Augen nicht geschafft hat.

Christopher denkt, er habe seine Erfolge aus eigener Kraft errungen, weil sein Vater ihm nicht persönlich den Job vermittelt hat. Womöglich ahnt er tatsächlich nicht, wie sehr ihm allein schon dieses Selbstvertrauen den Weg geebnet hat, das er dem Geld und der bedingungslosen Unterstützung seiner Eltern verdankt. Es mag Vorteile haben, in seliger Verblendung zu leben, kein anderes als dieses privilegierte Leben zu kennen, allerdings kommt es mir so vor, als würde dabei allzu oft die Persönlichkeit verflachen.

»Hat er gesagt, warum sie alles noch einmal aufrollen wollen?«, frage ich.

»Erinnerst du dich noch an Eriks Alibi? Jemand hatte während eines Telefonats mit Rena seine Stimme gehört.«

Ich nicke ungeduldig.

»Bloß, dass es nicht stimmte. Es war ein anderer Mann bei ihr, und der hat jetzt die Polizei informiert.«

»Aber warum hat er sich nicht früher gemeldet?«

»Keine Ahnung. Aus missverstandener Loyalität vielleicht? Es war anscheinend einer von denen, die dort gelebt haben. Offenbar war er von Eriks Unschuld überzeugt. Aber jetzt ist er sich nicht mehr so sicher. Wegen der Sache mit Sveas Schwester.«

Auf der Suche nach Halt lehne ich mich gegen die Wand.

Jeder könnte die Decke genommen haben.
Ach, Sören, habe ich dir unrecht getan?

Ohne sein Alibi hätte ich Erik damals für den Täter gehalten. Er war schwierig, besitzergreifend, eifersüchtig. Wie konnte diese verlogene Kuh ihn nur decken? Die Antwort liegt auf der Hand, sie war seine Ziehmutter.

»Es muss nichts heißen«, gibt Christopher zu bedenken. »Der Waldschrat hatte Julias Armband. Und über die Fotos will ich lieber gar nicht erst nachdenken.«

Es kostet mich all meine Selbstbeherrschung, ihn nicht zu ohrfeigen.

Der Waldschrat! Das Armband!

»Das verdammte Armband, mit dem du sie an dich ketten wolltest ... So war es doch, oder, Christopher? Aber Gold an sich ist nicht mehr wert als Scheiße. Hast du wirklich nicht gemerkt, dass sie es nicht wollte?«

Mit entsetzter Miene weicht er einen Schritt zurück, was mir einen Moment billiger Befriedigung verschafft. Wenn ich ehrlich sein soll, konnte ich den Sohn meines Mannes noch nie ausstehen. Trotzdem hat er mich bislang nicht so reden gehört, weil ich instinktiv wusste, dass man jemandem wie ihm besser keine Angriffsfläche bietet. Jetzt aber zersetzt meine Wut wie Säure jedes Hemmnis. Die Wut auf ihn, die Wut auf mich, die Wut auf uns alle.

»Du wirst vulgär, Gemma. Reiß dich zusammen«, blafft er, nachdem er sich wieder gefasst hat.

»Warum sollte ich? Ab morgen bist du nicht mehr hier.«

»Hast du das mit meinem Vater abgesprochen?«

»Wenn du dich bei ihm wegen deiner bösen Stiefmutter ausheulen willst, tu dir keinen Zwang an, Aschenputtel. Aber dieses Haus gehört immer noch mir.«

Auf keinen Fall lasse ich mir den Abgang versauen, indem ich ihn noch einmal zu Wort kommen lasse. Eilig schlüpfe ich an ihm vorbei aus dem Haus, ohne mir ein Glas Wasser geholt zu haben.

Bei meiner Rückkehr schaut Svea gedankenverloren in die Weite. So sieht sie weicher aus, fast wie das Mädchen von damals. Vielleicht ist es an der Zeit, dass wir Frieden miteinander schließen. Ich erzähle ihr, was Christopher mir gerade berichtet hat.

Sie nimmt es regungslos zur Kenntnis. »Dass Erik kein Alibi hat, heißt nicht, dass er Julias Mörder ist.«

»Du wusstest es schon«, stelle ich fast ein wenig gekränkt fest. »Egal. Nach allem anderen, was er getan haben soll, ist es aber auch nicht allzu unwahrscheinlich, oder?«

»Nein, wohl nicht.« Unruhig rutscht sie auf ihrem Stuhl hin und her. »Erzählst du es mir trotzdem? Warum hast du mit Fenja telefoniert, und was hat Karl bei Sören gewollt?«

»Spielt das wirklich noch eine Rolle?«

Sie nickt. »Sonst würde ich immer darüber nachgrübeln, was passiert ist.«

Seufzend gebe ich nach. »Vielleicht hörst du es nicht gerne, aber deine Schwester wollte mich erpressen.«

Sie zuckt nicht zusammen, offenbar ist ihr auch das nicht neu.

»Torge hat ihr erzählt, dass ›ein seltsamer Typ im Anzug‹ bei eurem Onkel gewesen ist«, fahre ich fort. »Dann hat Fenja bei Sören auch noch meinen Ohrring gefunden und sich etwas zusammengereimt.«

»Was denn?«

»Ein finsteres Mordkomplott. Sie meinte, wir hätten uns an Sören für Julias Tod rächen wollen.«

Svea sieht betroffen aus. Hat sie etwa auch geglaubt, Karl und ich hätten Sören gemeinsam aufgeknüpft?

»Wer einen Selbstmord vortäuschen will, würde nicht das Erhängen wählen. Das wird fast immer aufgedeckt«, belehre ich sie.

Sie runzelt argwöhnisch die Stirn. »Klingt, als hättest du das nachrecherchiert.«

»Das habe ich mal in irgend so einer True-Crime-Sendung erfahren.«

Als ob ich so etwas jemals schauen würde! In Wahrheit habe ich tatsächlich Nachforschungen angestellt. Sogar bei mir hat es einen Moment des Zweifels gegeben, was Karl angeht. Er wusste von meiner Affäre mit Sören, wenngleich ich ihm nie alles gestanden habe.

»Hast du ihr Geld gegeben?«, will Svea wissen.

»Nein. Ich konnte mir nicht vorstellen, dass sie damit wirklich zur Polizei rennen würde. Aber an dem Tag, an dem sie ... gestorben ist, hat sie noch einmal versucht, mich unter Druck zu setzen. Sie brauchte das Geld offenbar dringend.«

»Sie hätte mich fragen sollen«, murmelt Svea mit niedergeschlagener Miene.

»Wer von uns handelt schon immer rational?«

»Aber wie kam der Ohrring überhaupt zu Sören?«, kommt sie wieder auf ihre Frage zurück.

Schade, ich dachte, sie hätte es vielleicht vergessen.

»Ich war bei ihm, nachdem sie den Knochen gefunden hatten. Auch ohne den DNA-Abgleich war ich mir sicher, dass er von Julia stammte, und da ist alles wieder hochgekommen. Ich hatte Gründe anzunehmen, dass er mir damals etwas verschwiegen hat.«

»Wie lange ging das mit euch?«

»Auf jeden Fall war es nach Julias Verschwinden vorbei. Ich konnte mir nicht verzeihen, dass ich an dem Abend mit ihm zusammen war, statt mich zu vergewissern, dass bei Julia alles in Ordnung ist.«

Aber er ist mir danach genauso ausgewichen. Wenn wir uns zufällig über den Weg liefen, hat er meinen Blick gemieden, deshalb war ich überzeugt, dass er etwas verheimlichte.

»Du hast eine Auseinandersetzung unter Teenagern beobachtet. Wärst du denn eingeschritten, wenn Sören nicht dabei gewesen wäre?«, fragt Svea.

»Wohl nicht.« Ich lächele gequält. »Aber danach habe ich sie nie wieder gesehen. Dadurch erhielt jede Kleinigkeit, die ich unternommen oder unterlassen habe, ein anderes Gewicht.«

»Warst du die anonyme Zeugin, die unseren Streit gemeldet hat?«

Ich nicke. Auf keinen Fall wollte ich erklären müssen, unter welchen Umständen ich Svea und meine Tochter beobachtet habe. »Was hat Sören gesagt, als du das letzte Mal bei ihm warst?«, will Svea wissen.

»Nichts.«

»Und Karl?«

»Er hat natürlich gemerkt, wie aufgelöst ich war. Ich denke, er wollte mir zuliebe selbst noch einmal mit Sören sprechen – so von Mann zu Mann.«

Da gibt es allerdings noch einen Teil, den ich sowohl Karl als auch Svea verschwiegen habe.

Während ich versucht habe, Sören mit allen Mitteln unter Druck zu setzen, standen wir uns plötzlich so nahe gegenüber, dass sich unsere Gesichter beinahe berührten. Niemals könnte ich erklären, wie es dazu kam, dass wir uns küssten, grob und verzweifelt. Wir sind auf dem harten Wohnzimmerboden übereinander hergefallen, haben uns aneinander festgekrallt und geschrien wie Tiere. Die Lust und die Qual waren unvergleichlich. Sicher habe ich dabei den Ohrring verloren.

331

»Weißt du, woher die Kratzspuren in seinem Gesicht kamen?«

»Es laufen Katzen bei ihm rum. Er streift durch Gehölz, wo viele Nadelbäume stehen ...«

Sie stammten von mir. Wie gesagt, wir sind nicht besonders rücksichtsvoll miteinander umgegangen. Hinterher hatte er Tränen in den Augen.

»Ich liebe dich, Gemma. Vergiss das nie. Egal, was passiert.«

Damals wurde er noch nicht offiziell verdächtigt, aber mich bestärkte sein Verhalten in der Annahme, dass er etwas vor mir verbarg. Nie zuvor hatte Sören so etwas zu mir gesagt. Ich habe mich geschämt und bin wortlos gegangen, denn mein erster Gedanke danach war: *Ich liebe dich auch, trotz allem.*

Hinterher habe ich mir selbst eingeredet, dass hinter dieser Aufwallung nur ein Reflex steckte. Jede andere Erklärung wäre ein Verrat gewesen. An Karl, an Julia und an dem, was ich über mich glauben will.

Wegen der Art unserer Verbindung bin ich mir sicher, dass Sören nicht an jungen Mädchen interessiert war. Ich habe auch nie eine Kamera bei ihm gesehen. Wie auch immer die Fotos in seinen Besitz gekommen sein mögen, in dieser Sache habe ich ihn die ganze Zeit für unschuldig gehalten. Wie ich nun weiß, gibt es auch für Julias Armband in seinem Haus eine Erklärung, die ihn nicht belastet. Was also hat er mir verheimlicht?

»Was glaubst du, warum er sich umgebracht hat?«, flüstert Svea.

»Nachdem ich das Foto von der Decke gesehen habe, dachte ich, die Schuldgefühle hätten ihn in den Tod getrieben. Dass er irgendetwas vertuscht hat, was du getan hast. Jetzt denke ich, dass es einen anderen Grund gegeben haben könnte. Er litt unter Depressionen, wie du wahrscheinlich weißt.«

Sie sieht mich an, als hätte ich ihr eine Ohrfeige verpasst. Es gibt also doch etwas, was sie nicht vor mir erfahren hat.

»Es war immer nur davon die Rede, dass er eine Weile schwermütig gewesen sei.«

»Es war mehr als das, schon seit vielen Jahren.«

»Ich begreife nicht, wie mir das entgehen konnte«, klagt sie sich an.

»Im Nachhinein, wenn man das Ergebnis schon kennt, erscheinen einem die Anzeichen immer eindeutiger, als sie es tatsächlich waren.«

Sie lächelt zaghaft. »Das trifft dann aber auch auf dich und Julia zu.«

Ich zucke mit den Schultern, keineswegs überzeugt davon, dass es für mein Versagen als Mutter irgendeine Rechtfertigung geben kann.

»Eine Sache beschäftigt mich noch«, fährt Svea fort. »Jemand versucht, mich zu erschrecken. Steckst du dahinter?«

»Was genau meinst du?«

»Erst war es nur Farbe an der Tür. Aber später hat jemand im Schuppen eine Puppe aufgehängt. Sie trug Sörens Jacke.«

Schockiert schnappe ich nach Luft. Mir fällt niemand ein, der so etwas tun würde. »Wie ekelhaft! Sicher, ich habe viele Fehler, aber hattest du jemals den Eindruck, einer davon könnte Geschmacklosigkeit sein?«

Sie verzieht die Mundwinkel zu einem kleinen Lächeln. »Nein, nie. Es gab aber noch mehr gruselige Sachen. Einmal hat mich durchs Fenster ein Gesicht angestarrt.«

Ich räuspere mich. »In dem Punkt muss ich mich schuldig bekennen. Ich wollte mit dir reden, und in der Küche brannte noch Licht, da habe ich hineingeschaut.«

»Warum bist du wieder abgehauen?«

»Plötzlich wusste ich nicht mehr, was ich mir von einem Gespräch mit dir versprochen hatte. Außerdem habe ich deine Panik gesehen und fand es verlockender, dich mit ihr alleine zu lassen.«

»Ich dachte, Julia stünde vor mir.«

»Tut mir leid«, sage ich und meine es ehrlich. »Du siehst sie also auch?«

»Julia? Ja. Sie ist immer wieder zu mir gekommen. Ich träume von ihr. Fast immer sind es Albträume. Manchmal bin darin ich diejenige, die ihr etwas antut. Ich sehe dann, wie meine Hände ihren Kopf unter Wasser halten.«

Sie schlägt die Hände vors Gesicht, als wolle sie sich dahinter verstecken. Ein wenig tröstet es mich, dass nicht nur ich von solchen Bildern verfolgt werde.

»Wir werden einen Weg finden müssen, mit den Gespenstern zu leben.« Ich seufze. »Julia, Sören ...«

»Fenja«, sagt sie heiser. »Es gibt noch etwas, was ich dir nicht gesagt habe.«

Ich lächele trocken. »Ich glaube nicht, dass mich jetzt noch etwas schockiert.«

»Das hier vielleicht schon. Ich kann nicht ausschließen, dass ich etwas mit Julias Tod zu tun hatte. Aber ich werde herausfinden, was geschehen ist – und mich stellen, falls ich in irgendeiner Form daran beteiligt war.«

Eine Träne rinnt ihr die Wange herunter, und zu meiner Überraschung empfinde ich Mitleid mit ihr. Wie muss es sein, solche Zweifel mit sich herumzutragen?

»Versprichst du es mir, Svea?«

»Ja. Ohne eine Sekunde zu zögern. Versprochen.«

Falls sie Julia etwas getan hat, soll sie dafür büßen. Doch mit einem Mal hoffe ich fast so sehr, dass sie es nicht war, wie ich mir wünsche, dass der Tod meiner Tochter endlich aufgeklärt wird.

SVEA

Nachdem Gemma und ich einander Einblick in unsere persönlichen Höllen gewährt haben, habe ich vorerst genug von Gespenstern. Ich will Zeit mit den Lebenden verbringen, den Duft von Linas Haar einatmen, mich von Torge anmotzen lassen. Doch als ich zu Hause ankomme, entdecke ich die beiden nirgends. Auch Laika ist verschwunden. Ich habe Torge aufgetragen, sie im Wohnzimmer zu lassen, während er mit Lina draußen spielt. Wo sind sie alle? Sie sollten doch das Grundstück nicht verlassen. Für ein kleines Mädchen wie Lina ist es am Wasser nicht sicher, selbst wenn es in Ufernähe flach ist, und eigentlich ist Torge zuverlässig, wenn es um seine Schwester geht. Trotzdem sehe ich mich besorgt am Ufer um – keine Spur von den beiden.

Obwohl ich im Grunde weiß, dass es sinnlos ist, durchforste ich noch einmal gründlich das Haus, rufe immer wieder ihre Namen. Erst als ich zum dritten Mal Torges Zimmer betrete, wird mir klar, was mich dort irritiert hat. Es liegt nichts herum, weder seine Klamotten noch das *Harry-Potter*-Buch. Dafür hat er mir etwas auf dem Kopfkissen hinterlassen – den Biber und den Bären. Für mich ist die Botschaft so deutlich, als hätte er sie in einem Abschiedsbrief festgehalten. *Du hast es vermasselt.* Die Figuren liegen so nahe beieinander, dass ich glaube, noch etwas anderes daraus ablesen zu können: *Du trennst uns nicht.*

Mit einem Mal bin ich mir ganz sicher, dass es Torge war, den ich während meines Gesprächs mit Till auf der Treppe gehört habe. Mein Neffe weiß also, dass ich darauf hoffe, für

Lina eine Pflegefamilie zu finden – und dass es unsicher ist, ob diese auch ihn aufnehmen wird. Falls ihm jemand von Eriks Vergangenheit erzählt hat, muss Torge annehmen, ich würde seine Schwester einer schrecklichen Gefahr ausliefern. Wie konnte ich mich nur darauf verlassen, dass er mich nicht gehört hat und nichts ahnt.

Du bist eine Idiotin, Svea!

Ich sollte wohl der Polizei oder dem Jugendamt melden, dass Torge mit seiner Schwester abgehauen ist. Sicher, sie würden mich als verantwortungslose Tante abstempeln, die nicht aufgepasst hat, aber das wäre nur fair.

Doch was, wenn sie Torges Verhalten auch ihm selbst anlasten? Es könnte seine Chance, mit Lina zusammenzubleiben, weiter verringern. Dabei bin ich diejenige, die ihn zu seiner Entscheidung gedrängt hat, deshalb ist es auch an mir, das Ganze wieder hinzubiegen.

Ich beginne meine Suche an dem einen Ort, der ihnen von jeher vertraut ist.

Die Tür zu Eriks und Fenjas Haus ist nicht abgesperrt. Im Innern herrscht Chaos. Überall stehen Schubladen offen, auf dem Fußboden liegen Kleidung und andere Gegenstände herum.

Als ich in der Küche Linas Plüschhasen entdecke, weiß ich, dass sie hier gewesen sind. Sie muss ihn in der Eile verloren haben, absichtlich hätte sie das Kuscheltier ihrer Mutter niemals so achtlos in die Ecke geworfen.

Wie weit können die beiden inzwischen gekommen sein? Lina kann nicht schnell rennen, und Torge ist bestimmt clever genug, öffentliche Verkehrsmittel zu meiden.

Ich beschließe, der Nachbarin einen Besuch abzustatten. Vielleicht hat sie etwas mitbekommen.

SVEA

Ich klopfe immer wieder laut gegen Renas Tür, ohne dass sich etwas tut. Wenn ich Torge und Lina nicht bald finde, bleibt mir nichts anderes übrig, als die Polizei zu informieren. Ich kann einen von Trauer zerfressenen Halbwüchsigen und ein krankes Kleinkind nicht stundenlang alleine herumstromern lassen.

Ich stoße einen frustrierten Schrei aus, und diesmal erhalte ich eine Antwort. Ein schriller Schmerzenslaut lässt mich schaudern. Kein Zweifel: Da drinnen ist jemand in Not!

Hastig drücke ich die Klinke hinunter und stelle erleichtert fest, dass auch diese Tür nicht abgesperrt ist. Nachdem ich sie aufgestoßen habe, fahre ich zusammen, weil ich denke, da steht jemand, aber es ist nur ein langer Mantel, der an der aus einem Geweihstück gefertigten Hakenleiste hängt. Von den Wänden bröckelt der Putz, und wie es aussieht, nicht erst seit Kurzem. Mir schlägt ein moderiger Geruch entgegen, der nicht nur von den verwitterten Steinen stammt. Da ist auch noch etwas Organisches, ein Hauch von Verwesung.

Wieder höre ich einen erstickten Laut, und diesmal bin ich mir sicher, dass er von einem Kind stammt. Drei Türen gehen vom Flur ab. Hinter der ersten entdecke ich nur ein winziges Badezimmer, aber was mich hinter der zweiten erwartet, erschreckt mich noch mehr als der bauschige Mantel. Und diesmal bin ich keiner optischen Täuschung unterlegen: Von überallher stieren mich tote Augen an. Die Regale und Vitrinen sind überfüllt mit ausgestopften Tieren.

Auf dem Tisch liegt im grellen Lichtkegel der Arbeitsleuchte eine monströse Kreatur aus nacktem, dunkelrotem Fleisch, die ich nur noch an dem bereits abgezogenen Fell als Eichhörnchen erkenne.

Mein Blick fällt auf die Werkzeuge, die Chemikalien und die Box mit Latexhandschuhen. Es riecht nach einem Lösungsmittel. Aceton?

Mein erster Gedanke ist, dass Malte hier einem dubiosen Hobby nachgegangen ist, aber das Tier wirkt zu frisch, um von Malte zerlegt worden zu sein. *Rena!*

Mein Blick schweift weiter zu einem Fellknäuel am Boden, das ich inmitten all der anderen toten Tiere nicht gleich wahrgenommen habe. Ein weiteres Opfer von Renas fragwürdiger Kunst? Eigentlich will ich es mir nicht genauer ansehen, doch etwas an dem Anblick lässt mich nicht los.

»Laika!« Ich lasse mich neben den reglosen Körper sinken und entdecke die Schusswunde in der Brust.

Ganz in der Nähe höre ich ein seltsames Scharren. Es scheint aus dem Raum hinter diesem Zimmer zu kommen. Der Kinderschrei ist lange verstummt. Soll ich wirklich weitergehen und herausfinden, was sich hinter der Tür verbirgt?

Ich bin zu spät gekommen, wieder einmal. Für einen Moment will ich nichts lieber, als mich neben den geschundenen Körper meiner treuen Freundin zu legen – nichts mehr fühlen, nichts mehr sehen. Aber noch darf ich der Verzweiflung nicht nachgeben. Solange die geringste Chance besteht, zumindest die Kinder zu retten, muss ich dieses andere Gefühl in mir entfachen, diesen Funken mörderischer Wut. Es ist die einzige Energie, die mich noch einen Schritt weitertreiben kann. Auf der Suche nach einer Waffe entdecke ich das Skalpell auf dem Tisch und greife es mir.

»Mach's gut, Laika«, flüstere ich. Wenigstens ging es für sie schneller als für ihre Namensvetterin im Weltraum.

Ich öffne die Tür, bleibe aber seitlich davon stehen. Gleich darauf bin ich dankbar für diese Eingebung, als ein Schuss das Holz neben mir mit einem lauten Knall zerbersten lässt.

»Rena!«, brülle ich. »Wo sind die Kinder?«

Sie gibt ein verstörendes Gackern von sich. »Du siehst besser zu, dass du wegkommst. Ich habe Lina bei mir – und eine Waffe. Du willst doch nicht, dass ihr etwas passiert?«

»Lina, hörst du mich?«, rufe ich.

Die Gewalt der darauffolgenden Stille bringt mich derart ins Schleudern, dass mir schwindelig wird und ich würgen muss.

Latex und Aceton.

Selbst wenn es nicht das bedeuten sollte, was ich denke, habe ich keine Zweifel daran, wie gefährlich die Frau auf der anderen Seite der Wand ist. Ich umfasse meine Waffe fester. Falls sie Torge oder Lina etwas angetan hat, werde ich sie erlegen.

»Was willst du von den Kindern, Rena?«

»Sie gehören mir«, zischt sie. »Zumindest die Kleine.«

»Ist Torge auch bei dir?«

Wieder dieses Gackern. »Irgendwie schon.«

Lina wimmert leise.

Ein Schauer kriecht mir den Rücken hinunter. *Irgendwie schon.* Was meint sie damit?

Ich sehe Torge vor mir – die trotzig verschränkten Arme, den ablehnenden Gesichtsausdruck –, und eine Welle der Zärtlichkeit überrollt mich. Ich will ihn sehen, wie er im Garten ein Buch liest, wie er mit Laika – ach, Laika! – und Lina herumtollt oder sich mit Ahmed in ein ernsthaftes Gespräch vertieft.

Ist das schon Liebe? Vielleicht noch nicht, aber der Samen ist längst gekeimt.

Komm zurück zu mir! Lass mich bessere Fehler machen!
In Zeitlupe fische ich mein Handy aus der Hosentasche, um kein Geräusch zu verursachen. Das Tock-Tock-Tock meiner Finger auf dem Display überdecke ich mit einem lauten Husten.
Rena hat die Kinder. Gefahr. Bei ihr zu Hause. Polizei. Kein Lärm.
Nachdem ich die Nachricht gesendet habe, sacke ich erschöpft mit dem Rücken gegen die Wand. Einmal noch atmen, bevor es ins eigentliche Gefecht geht. Selbst wenn ich die schwerer als ich bewaffnete Rena nicht überwältigen kann, muss ich sie von Torge und Lina ablenken. Bis jemand kommt, um die Kinder zu retten. Bleibt zu hoffen, dass Till die Nachricht rechtzeitig liest und die Polizisten etwas von ihrem Job verstehen. Ich verbiete mir, darüber nachzudenken, dass ich von Torge noch keinen Mucks gehört habe.

»Rena! Wie kommst du darauf, dass die Kinder dir gehören? Sie haben einen Vater!« *Der vermutlich genauso durchgeknallt ist wie du.*

»Erik!« Sie spuckt den Namen so angewidert aus, als habe sie gerade von saurer Milch gekostet. »Er verdient sie nicht. Nach allem, was ich für ihn getan habe, nach allem, was er mir angetan hat, überlässt er sie ausgerechnet *dir*? Er schuldet mir ein Kind.«

»Wie meinst du das?«

»Hast du nie davon gehört, dass er *beinahe* ein Kind überfahren hätte? Niemanden hat es gekümmert, dass er beim Ausweichen ein anderes getötet hat. Ich saß neben ihm, als er gegen den Baum gerast ist, im siebten Monat schwanger. Ich wollte eine große Familie, eine, die mir gehört, aber danach konnte ich keine Kinder mehr bekommen. Er hat mein Baby irgendeinem x-beliebigen Gör geopfert!«

Davon habe ich nichts gewusst, trotzdem habe ich kein Mitgefühl für sie übrig. Solange sie Lina und Torge in ihrer Gewalt hat, darf ich mich nicht ablenken lassen. Grimmig warte ich weiter auf eine Gelegenheit, sie zu überraschen.

»Trotzdem habe ich ihn geliebt wie einen Sohn, deshalb habe ich ihm verziehen.« Sie wimmert, aber nur kurz. Gleich darauf höre ich wieder ihr unheimliches Gackern. »Wenigstens war er danach handzahm.«

Für einen Moment empfinde ich Mitleid mit Erik. *Die einzige Mutter, die er je gekannt hat.*

»Das stimmt nicht ganz, oder? Am Ende wollte er seine Kinder trotzdem nicht bei dir lassen. Wahrscheinlich ist er zu dem Schluss gekommen, dass du als Mutter nichts taugst.«

Es ist riskant, sie derart zu provozieren, birgt aber zugleich die Chance, dass sie alle Vorsicht außer Acht lässt.

»Nur, weil er unter *ihrem* Einfluss stand«, kreischt sie. »Immer noch, obwohl sie tot war. Er hatte plötzlich vor, uns ihretwegen zu verlassen. Dabei wollte sie ihn gar nicht mehr. Aber das hat er einfach nicht kapiert. Dachte, er könnte sie wieder für sich gewinnen. Alles kaputtgemacht hat sie – dabei war sie kaum mehr als ein nerviges Häufchen Elend und Wehleidigkeit. Ich hatte keine andere Wahl. Sie musste weg.«

Ich konnte nicht anders – ist das nicht unsere Ausrede für jede schlimme Tat?

Ich habe mir oft die Frage gestellt, warum die Schurken in Filmen während des Showdowns so oft zu langen Monologen ausholen, statt einfach abzudrücken. In diesem Moment beginne ich, es zu begreifen. So monströs Rena mir auch erscheinen mag, verspürt sie offenbar den nur allzu menschlichen Drang, sich ins rechte Licht zu rücken. Sie will nicht die Böse in dieser Geschichte sein. Ich soll wissen, dass ihr Handeln gerechtfertigt ist, sogar dann, wenn sie mich tötet.

Ich hatte keine andere Wahl.

Weitere Bruchstücke fügen sich zusammen.

Aceton. Latex.

Er schuldet mir was.

»Du warst es!«, rufe ich.

»Und wenn schon.«

Sie hat mit ihrer Antwort nicht gezögert, weil sie davon ausgeht, dass ich ohnehin niemandem mehr hiervon erzählen kann. Aber warum hat sie keine Angst, von den Kindern gehört zu werden? Lina ist vielleicht zu klein, um alles zu verstehen, Torge hingegen wird es nicht vergessen.

Ich rufe seinen Namen, in der Hoffnung, dass er sich irgendwie bemerkbar macht, doch wieder antwortet mir nur Rena.

»Er ist ... gerade nicht ansprechbar«, sagt sie mit kalter Stimme.

O Gott!

»Und was willst du mit Lina anfangen? Sie ist nur ein kleines Kind.«

»Was bleibt mir denn noch? Malte hat deine Schwester geküsst. Oh ja, ich weiß, dass es nicht von ihr ausging. Er hat längst jede Wirkung auf junge Frauen verloren. Im Grunde ist er ein erbärmlicher Schwächling. Warum habe ich das nur so spät begriffen?«

Diese Frage scheint sie zu beschäftigen. Es vergehen zähe Sekunden, bevor ich sie wieder höre. Sie brabbelt wie zu sich selbst.

»Alle dachten immer, Malte wäre derjenige, der bestimmt, wo es langgeht. Er hatte damals so eine Wirkung auf junge Leute, die mir nützlich vorkam. Deshalb habe ich mich im

Hintergrund gehalten. Aber jetzt ist es an der Zeit, dass ich weiterziehe. Lina hat Glück. Sie ist noch formbar genug, um es zu begreifen. Sie wird Teil meines neuen Fundaments. Diese Welt ist doch rott. Wir brauchen neue Menschen, stärkere, bessere. Sie wird meine Eva.«

Sie ist vollkommen verrückt! War sie deshalb damit einverstanden, dass ihr Mann mit den jungen Frauen schläft? Um deren Kinder zu übernehmen?

»Lass Lina gehen. Sie würden dich sonst jagen und aufspüren.«

»Schluss damit, Svea. Wir haben genug gequatscht. Ich werde jetzt mit Lina herauskommen. Die Kleine zuerst. Du lässt uns einfach gehen. Wenn du etwas versuchst, puste ich sie sofort um.«

Linas Heulen weckt meine Raubtierinstinkte. Würde mir Rena in diesem Moment in die Hände fallen, wäre es mir ein Vergnügen, ihr die schlimmsten Schmerzen zu bereiten, die sie je erlitten hat. Vielleicht bin ich nicht besser als Erik.

Im Nebenzimmer tut sich etwas. Dielen quietschen unter langsamen Schritten. Dann tritt Lina mit hängendem Kopf durch den Türrahmen. Als sie mich entdeckt, glimmt ein Funken Hoffnung in ihren geschwollenen Augen auf, doch ich bin zur Untätigkeit verdammt.

Nur einen Gewehrlauf von meiner Nichte entfernt, verlässt Rena das Zimmer.

»Geh schon mal raus, und warte da auf mich«, fordert sie Lina auf. »Und mach die Tür hinter dir zu.«

Das Mädchen trottet ergeben weiter, als wäre sie es gewohnt zu gehorchen.

Rena richtet das Gewehr erst auf mich, als Lina außer Sichtweite ist. Offenbar hat sie nicht vollends den Verstand verloren. Ihr ist noch klar, dass die kleine Eva besser nicht dabei zusieht, wie ihre Tante von der zukünftigen Mutter abgeknallt wird.

Wo ist Torge?

Mir bleibt nur wenig Zeit. Meine Gegnerin wird warten, bis Lina die Tür hinter sich geschlossen hat, aber nicht länger.

Lina ist im Flur. Es ist so weit.

Blitzschnell werfe ich mich so zur Seite, dass ich neben Renas Bein lande, während ich ihr gleichzeitig mit voller Kraft das kleine Messer in die Wade ramme. Mit einem Schrei geht sie zu Boden.

Sofort stürze ich mich auf sie. Sie ist nicht schwer verletzt, aber ich habe das Überraschungsmoment auf meiner Seite. Es gelingt mir, das Gewehr wegzutreten.

Wir rangeln eine Weile – sie ist kräftiger, als ich gedacht hätte –, aber am Ende sitze ich auf ihrem Brustkorb und fixiere sie am Boden. Sie kann nur noch mit den Beinen strampeln, aber das eine ist verletzt und das andere seit Jahren steif.

Sie ist mir ausgeliefert. Ihr Anblick, so klein und ängstlich, verschafft mir ein Gefühl grimmiger Befriedigung. Sie weiß, dass es nicht gut für sie aussieht. Sie hat Fenja ein Messer in die Brust gestoßen, und nun hält ihr deren Schwester ein Skalpell an den Hals.

Es kann so schnell vorbei sein.

Alles in mir will ihr Blut sehen, doch ein Rest von Zivilisiertheit hält mich davon ab, einem wehrlosen Menschen die Kehle durchzuschneiden.

Mein Zögern entgeht ihr nicht. Sie ist seit Langem darauf getrimmt, die Schwächen ihrer Mitmenschen aufzuspüren, sie zu manipulieren, mit ihren Karten und giftigen Worten.

»Tue es doch!«, krächzt sie. »Ich gehe nicht in den Knast. Ich lasse mich nicht einsperren wie ein Tier. Niemals.«

Unschlüssig sehe ich auf sie hinunter. Darf ich es tun, wenn sie im Grunde darum bettelt?

»Deine erbärmliche Schwester hat geschrien, als sie das Messer entdeckt hat. Du hättest sehen sollen, wie viel Schiss sie hatte. ›Denk an die Kinder‹, hat sie geplärrt. Habe ich doch. So war es das Beste für Lina und Torge.«

Mein Handgelenk zuckt, und ein kleiner Blutstropfen quillt aus Renas Hals hervor. Wenn sie wirklich sterben wollte, müsste sie sich nur einmal kurz ruckartig aufrichten. Aber es ist schwer, den unbedingten Überlebenswillen des Reptiliengehirns vollends auszuschalten.

»Wie haben dir überhaupt die Fotos gefallen, die ich deinem Onkel untergejubelt habe?«

»Du warst diejenige, die die Mädchen fotografiert hat?«

»Nein, die Aufnahmen sind von Malte. Nachdem Torge deinen Onkel gefunden hat, sind wir nicht gleich zur Polizei gerannt. Die Gelegenheit musste ich nutzen. Zwei Fliegen mit einer Klappe, verstehst du? Malte brauchte einen Dämpfer. Er hat geglaubt, ich wüsste nichts von seinem kleinen Hobby. Erst als die Bilder bei deinem Onkel aufgetaucht sind, bekam er Angst. Vor mir.« Sie grinst. »Wahrscheinlich dachte er, ich hätte bei Sörens Tod meine Finger im Spiel. Eigentlich schade um deinen Onkel. Ich hatte nichts gegen ihn. Er war mir mehr als einmal nützlich, aber natürlich auch ein bisschen dumm.«

»Halt die Klappe«, zische ich erbost.

Wo bleibt nur die Polizei? Ich kann es nicht riskieren, sie loszulassen. Aber ich muss nach Torge sehen. Vielleicht sollte ich sie doch einfach kaltmachen.

»Sören war nicht dumm.«

»Dann nennen wir es doch besser ... hilfsbereit. War es nicht nett, wie er die Leiche für mich entsorgt hat?«

Es dauert einen Moment, bis mir aufgeht, dass wir nicht mehr über Fenja reden.

»Sprichst du über Julia? Du warst doch schon längst zu Hause, als sie verschwunden ist.«

»Aber wie kommst du denn *darauf*?« Leise gluckst sie vor sich hin. »Ich gebe zu, ich konnte mein Glück kaum fassen. Der eine Trottel entsorgt die Leiche für mich, der andere erzählt Lügengeschichten, wann er Julia angeblich noch gesehen haben will.«

Till! Mit seinem Versuch, den Verdacht von mir abzulenken, hat er unwissentlich auch Rena geschützt.

»Warum sollte Sören für *dich* einen Mord decken?« Sie will mich nur provozieren.

»Es war ein unterhaltsamer Abend. Du hast mit Julia gestritten, während dein Onkel und Julias arrogante Mutter in irgendein Gebüsch geschlichen sind. Ich habe in der Nähe einen Joint geraucht, aber niemand hat mich bemerkt. Als sie tot war, muss er gedacht haben, du hättest etwas damit zu tun. Dass es zwischendurch noch einen kleinen Disput gab, muss ihm entgangen sein. War wohl zu abgelenkt von der arroganten Kuh, mit der er es getrieben hat. Aber irgendwann ist er wieder aufgetaucht. Als er vor ihrer Leiche stand, dachte ich, das war's für mich. Doch dann ist er einfach abgehauen. Ich habe ein paar Minuten gewartet, wollte mich schon wieder aus meinem Versteck wagen, da war er plötzlich zurück. Mit einer Decke im Arm. Ich dachte, ich guck nicht richtig, als er Julia eingewickelt und weggeschleppt hat.«

Ich kann nicht glauben, was ich da gerade gehört habe. »Julia hast du auch getötet? Warum?«

»Reicht dir das immer noch nicht? Tu's einfach!«, faucht sie. Dann sieht sie mich beinahe flehend an. »Ich kann nicht eingesperrt sein. Ich kann das einfach nicht.«

Die Panik in ihren Augen ist echt. Rena hat ihre eigene Geschichte, die ich nicht kenne. Wer weiß, was sie durchgemacht hat. Warum sollte ich sie umbringen, wenn es eine schlimmere Strafe für sie zu geben scheint?

Ein lauter Ruf hinter mir lässt mich zusammenfahren. Sie sind gekommen.

Sofort werfe ich das Skalpell weg und lasse von Rena ab. Sie sollen wissen, dass ich nicht vorhabe, Ärger zu machen, denn jetzt zählt nur noch eins für mich. Torge.

Ich springe auf.

»Bleiben Sie stehen«, brüllt eine Polizistin.

»Bitte, ich muss nach meinem Neffen sehen.«

Statt mich gehen zu lassen, legt mir ihre Kollegin hinter meinem Rücken Handschellen an.

»Sie ist in mein Haus eingedrungen. Sie ist verrückt. Nehmen Sie sie mit«, wimmert Rena.

»Dann sehen Sie zumindest nach ihm, bitte«, rufe ich. »Ich glaube, er ist im Raum nebenan, und möglicherweise ... verletzt. Bitte!«

Als sich endlich ein Polizist auf den Weg macht, möchte ich vor Erleichterung aufschluchzen.

»Holt den Notarzt rein«, ruft er. »Hier liegt tatsächlich ein Junge mit einer Kopfverletzung. Nicht bei Bewusstsein, aber Puls vorhanden!«

Er lebt.

Ich will zu ihm, werde aber – genau wie Rena – von den Beamten nach draußen geführt. Vor der Tür entdecke ich meine Nichte, die neben einer Polizistin steht und gierig aus einer Wasserflasche trinkt.

Rena lächelt. »Lina, Kleines. Komm zu mir.«

Meine Nichte sieht ängstlich zur Polizistin, dann entdeckt sie mich. Bevor jemand sie davon abhalten kann, rennt sie auf mich zu. Ich möchte sie auffangen und in die Arme

347

schließen, aber mit zusammengebundenen Händen ist das natürlich nicht möglich. Stattdessen lasse ich mich auf die Knie fallen, damit wenigstens sie ihre Arme um meinen Hals schlingen kann. Lautlos schluchze ich in ihr Haar.

Niemand reißt mich von ihr weg. Über Linas Schulter hinweg sehe ich, wie Till zwischen den Bäumen hervortritt. Sie erlauben ihm nicht, sich mir zu nähern, egal, wie sehr er auf sie einredet. Als sein hilfloser Blick zu mir schweift, forme ich mit meinen Lippen ein Danke.

GEMMA

Nein, die Wahrheit tröstet nicht, aber ich bin überrascht über das Ausmaß des Friedens, den sie zu bringen vermag. Es ist wohl eine Ironie des Schicksals, dass ich diese Ruhe ausgerechnet Svea verdanke, die mich so lange in Rage versetzt hat.

Rena war es also. Auf sie wäre ich nie gekommen. Als Julia ihr an dem Abend über den Weg lief, hielt meine Tochter sich nicht mehr zurück, aufgewühlt und betrunken, wie sie war. Sie gerieten aneinander. Julia warf ihr vor, krank und von Erik besessen zu sein. Noch als sie gestand, sah Rena sich als das Opfer von Julias ungerechten Vorwürfen. Ihrer Ansicht nach hatten sie und ihr Mann Erik gerettet. Julia hingegen habe behauptet, Rena würde seine Abhängigkeit ausnutzen und einen bissigen Zwingerhund aus ihm machen. Schon bald würde Erik erkennen, was für ein mieses Spiel Rena und ihre Leute trieben und wenn nicht, dann würde Julia nachhelfen und ihn da rausholen. Rena bekam Panik. Sie glaubte, Erik würde die Gemeinschaft Julia zuliebe aufgeben, weil ihm nie zuvor ein Mädchen derart unter die Haut gefahren war. Sie dachte, dass Julia ihn manipulieren würde. Dabei hat Julia nie jemanden manipuliert – aber sie ließ sich auch nicht manipulieren. Das machte sie gefährlich für Rena. Ich vermute, dass Julia mit ihren Anschuldigungen der Wahrheit näherkam, als Rena es ertragen konnte. Und so verlor sie schließlich die Kontrolle. Sie nahm sich einen scharfkantigen Stein und schlug meiner Tochter damit auf den Kopf. Sie war nicht tot, aber so schwer verletzt, dass Rena in Panik geriet. Also zerrte sie

Julia zum Wasser und tauchte sie unter, bis keine Luftblasen mehr emporstiegen.

Wie sollte mich dieses Wissen trösten?

Aber wenigstens ist es nun heraus, nachdem ich zuletzt befürchtet hatte, Christopher könnte etwas mit Julias Tod zu tun haben. Ein verzogener Junge, der es nicht erträgt, dass er nicht alles haben kann.

Es wäre das Ende meiner Ehe mit Karl gewesen. Ohnehin ist es ein Wunder, dass sie noch Bestand hat. Es ist genug vorgefallen, das zu ihrer Zerstörung getaugt hätte. Ich habe ihn betrogen, und sein Sohn hat meine Tochter so bedrängt, dass sie sich im eigenen Haus nicht mehr wohlgefühlt hat.

Karl selbst hat Julia an jenem Abend eine Ohrfeige verpasst, wie er mir jetzt erst gestanden hat. Offenbar hat sie es damals auf eine Konfrontation mit allem und jedem angelegt.

Die Schuld an diesem Verhalten, das überhaupt nicht ihrem Charakter entsprach, gebe ich mir. Sie muss sich vollkommen in die Enge gedrängt gefühlt haben. Jeder zerrte aus seinen eigenen Motiven an ihr, wollte sie für sich vereinnahmen.

Mir kann ich es am wenigsten verzeihen. Ist es nicht die Aufgabe der Eltern, uneigennützig zu lieben? Ich habe ihr nicht zugehört und so den letzten Zufluchtsort genommen.

Von irgendwoher hatte sie von meiner Affäre mit Sören erfahren, wie ich jetzt weiß. Vielleicht hatte uns jemand von den Leuten im Wald beobachtet, ich hätte es nicht gemerkt. Wenn ich mit ihm zusammen war, draußen, auf allen vieren vor ihm kniend, war ich eine andere Gemma. Es fand so weit außerhalb meiner gewohnten Welt statt, dass ich nicht einmal ein schlechtes Gewissen hatte. Niemals hätte ich mit ihm leben können, aber wenn unsere Körper aufeinandertrafen, fühlte es sich ganz und gar richtig an. So, als müsse es geschehen.

Es begann bereits in unserer Jugend. Er war anders als die anderen Jungen, die in ihrer Unsicherheit so schrecklich laut waren. Er konnte schweigen, Feuer machen und Gitarre spielen. Erfolg und Besitz interessierten ihn nicht, weshalb er nicht korrumpierbar war. Vermutlich fühlte ich mich schon deshalb zu ihm hingezogen, weil mein Vater ihn gehasst hätte.

Nachdem wir das erste Mal miteinander geschlafen hatten, zog er sich von mir zurück. Ich nahm an, dass er mir auf die Schliche gekommen war. Er musste erkannt haben, dass ich allen etwas vormachte und mein eigentliches Wesen es nicht wert war, geliebt zu werden. So stand es während der Zeit, in der ich allein mit meinem Vater lebte, um mein Selbstvertrauen. Natürlich war ich verletzt, aber so hatte ich zumindest keinen Grund mehr zu bleiben.

Erst Jahre später begegneten wir uns erneut, da lebte ich bereits mit Karl zusammen. Ich suchte Sören auf, um Feuerholz für unseren Kamin zu kaufen. Er bat mich herein und kochte mir Tee. Als wir uns in seiner kleinen Küche so nahe gegenüberstanden, war plötzlich alles wieder da. An jenem Tag habe ich zum ersten Mal den Blick vor einem Mann gesenkt, aber nur um die Begierde zu verbergen, die plötzlich in mir aufwallte.

Seine Nervosität zeigte mir deutlich, dass es ihm ebenso ging. Es kostete mich alle Kraft, aus dem Bannkreis dieser Anziehungskraft auszubrechen, aber am Ende stieg ich in mein Auto, um zu meinen Alltagsproblemen zurückzukehren. Zu diesem fremden Jungen, der plötzlich bei mir wohnte und mich böse anstarrte. Zu Julia, die mir immer fremder wurde. Und zu Karl.

Das Zusammensein mit meinem Mann brachte mich zunehmend an meine Grenzen, ohne dass mir der Grund dafür bewusst war. Heute ist mir klar, wie wenig ich mit seiner bedingungslosen Wertschätzung umgehen konnte, wo ich doch insgeheim immer noch glaubte, etwas anderes verdient zu haben.

Auf halber Strecke machte ich kehrt. Ich trat ein, ohne anzuklopfen. Ich wusste, dass Sören nie abschließt.

Überrumpelt, wie er war, zögerte er kaum ein paar Sekunden, bevor er mich in die Arme zog. Wir liebten uns vor dem Kamin. Danach gestand er mir, warum er sich in unserer Jugend von mir zurückgezogen hatte.

Er hatte gefürchtet, mir nicht gerecht zu werden, so täuschend echt hatte meine Edelstein-Fassade gewirkt. Er hatte mich nicht daran hindern wollen, nach Höherem zu streben.

Ob es eine Enttäuschung für ihn war, zu sehen, was ich aus dieser Freiheit gemacht hatte?

Danach stürzten wir uns bei jeder erdenklichen Gelegenheit aufeinander, es war wie eine Sucht – bis zu dem Abend, an dem meine Tochter verschwand.

Julia hat von Sören und mir gewusst. Sie hat mich nie direkt darauf angesprochen, sondern sich mit Anspielungen begnügt, die ich als Teenager-Zickigkeit abtat. Ich hätte mit ihr reden, ihr die Last des geheimen Wissens abnehmen sollen. Aber bequem und gierig, wie ich war, redete ich mir stattdessen ein, dass es nichts zu bedeuten hatte, wenn Julia davon sprach, dass im Wald noch andere bedenkliche Dinge geschahen als nur die im Umfeld von Eriks Familie.

Doch früher oder später musste der Druck entweichen. Meine arme Tochter hatte schon viel zu viel in sich verschlossen. Und so kam es zu dieser gewaltigen Eruption, die ausgerechnet Julia selbst zerstörte, die an allem unschuldig war.

Ich wusste natürlich von ihrer Auseinandersetzung mit Svea, aber nichts von den anderen Streitereien am Rande der Feier. Auch Karl wurde von ihrem Rundumschlag nicht verschont. Sie hat ihm vorgeworfen, ein blinder Trottel zu sein, der nicht bemerkt, dass seine Frau etwas anderes als ihn braucht. Sie hörte nicht auf, Beschuldigungen zu lallen, und titulierte mich dabei mit einem so schlimmen Schimpfwort, dass dem ebenfalls nicht mehr ganz nüchternen Karl die Hand ausrutschte.

Wobei eine Hand in Wahrheit nicht ausrutscht. Es gibt immer jemanden, der sie führt.

Er hat geweint, als er mir davon erzählte. Er sagte, er habe nicht einmal geahnt, dass er zu so etwas in der Lage sei. Natürlich nahm ich es ihm übel, dass er Hand an meine Tochter gelegt hatte. Stärker aber war die Scham darüber, was ich in dieser Zeit getrieben hatte.

Es muss bitter für Karl sein, dass auf die einzige andere Grausamkeit, die er meines Wissens nach begangen hat, wieder der Tod des anderen Menschen folgte. Nachdem sie Julias Knochen gefunden haben, hat er Sören aufgesucht. Er ertrug es nicht, mich so leiden zu sehen. Mein einstiger Liebhaber war womöglich an dem Tod meiner Tochter beteiligt, rückte aber nicht mit der Sprache heraus.

Doch auch Karl biss sich an Sören die Zähne aus. Mein Mann erzählte mir viel später, wie sehr es ihn aufgebracht hatte, dass Sören so offensichtlich litt und doch schwieg.

»Ich kann nicht, ich kann nicht mehr«, soll er gebrabbelt und sich dabei die Haare gerauft haben.

In seiner hilflosen Wut stieß Karl etwas aus, was er später bereuen sollte: »Dann nimm dir doch einfach einen Strick, und häng dich auf.«

Auch das hat er mir unter Tränen gestanden. »Ich weiß, dass er dir einmal viel bedeutet hat.«

»Ich bin mir sicher, er hat es nicht deinetwegen getan. Und das mit ihm und mir ist eine Ewigkeit her, es bedeutet nichts.« Nur der letzte Teil war gelogen.

Die frühere Affäre hat Karl mir verziehen, und von dem einmaligen späteren Vorfall wird er nie erfahren. Niemals könnte ich laut aussprechen, dass ich noch wenige Tage vor Karls Besuch bei Sören in dessen Armen lag, obwohl ich mir keineswegs sicher war, dass er nichts mit Julias Verschwinden zu tun hatte.

Nachdem sich nun alles aufgeklärt hat, habe ich meinen Abschiedsgruß, eine rote Kamelie, auf sein Grab gelegt. In der japanischen Blumensprache, *Hanakotoba*, steht sie zwar auch für Liebe, vor allem aber für den edlen Tod eines Samurai. Sicher war Sörens Entscheidung größtenteils seiner Depression geschuldet, aber ich denke, dass er darüber hinaus die beiden Frauen freigeben wollte, die er liebte.

Mir bot er so eine Erklärung für Julias Tod an. Er hat die schmerzhafteste überhaupt gewählt, indem er mich derart an ihm zweifeln ließ. Aber das konnte er nicht ahnen, nachdem ich ihm und mir so lange vorgemacht hatte, unsere Verbindung sei eine rein animalische.

Zugleich schützte er Svea vor den Konsequenzen einer Tat, die sie nicht begangen hat. Arme Svea. Es muss schrecklich für sie gewesen sein, zu erfahren, dass ihr Onkel sie für schuldig hielt.

Doch weiter will ich nicht darüber nachdenken. Sören ist meine Vergangenheit, während Karl meine Zukunft ist. Die Zärtlichkeit, die ich für ihn empfinde, reicht aus, um das friedliche Leben zu führen, das ich mir wünsche. Warum wird der Zauber der Normalität so oft unterschätzt? Wir werden hier auf der Veranda sitzen, uns um die Kinder sorgen und unsere Enkel verwöhnen.

Ja, Renée, die vor Kurzem noch behauptet hatte, keine

Kinder zu wollen, ist schwanger. Etwas früh für meinen Geschmack, aber wenigstens stimmt diese Erfahrung sie mir gegenüber versöhnlicher. »Na, Oma?«, neckt sie mich manchmal, aber es klingt zärtlicher als alles, was sie in den letzten Jahren zu mir gesagt hat.

Wenn ich den Frauen jetzt beibringe, wie sie ihre Scherben mit Goldlack flicken, fühle ich dabei eine andere Energie als früher. Stärker als jemals zuvor finde ich im *Kintsugi* den *Wabi-Sabi*-Gedanken, der in verdünnter Form längst in die spirituell angehauchten Kreise des Westens übergeschwappt ist. Die Worte sind schwer zu übersetzen, aber sie enthalten eine Aufforderung, die Eleganz in der Flüchtig- und Sterblichkeit zu erkennen. In diesen Tagen sehe ich sie überall: im Herbstlaub, in den bemoosten Bäumen, im verblassenden Blau unserer Lieblingsbank auf der Veranda sowie in den Runzeln in unseren Gesichtern.

Wir werden dahinschwinden, erst unsere Körper, dann jede Erinnerung an uns. Doch bis dahin will ich Karls Liebe den Goldlack sein lassen, der die Bruchstücke zusammenfügt. Was daraus entsteht, ist weit entfernt vom Vorher, aber deshalb nicht weniger kostbar.

TORGE

Manchmal tut mein Kopf immer noch weh. Rena hat ziemlich heftig mit dem Gewehrkolben zugeschlagen. Sie wollte nicht, dass ich mit Lina abhaue.

Und sie hat Mama umgebracht. Ich kann es immer noch nicht richtig fassen. Ich hoffe, sie wird im Knast fertiggemacht. So richtig.

Ich dachte wirklich, dass es mein Vater war. So ganz kapiere ich noch nicht, warum er alles gestanden hat, wenn er doch gar nichts getan hat. Svea sagt, er konnte nicht mehr klar denken, weil ihn Mamas Tod so mitgenommen hat.

Vielleicht stimmt das, denn mir geht es so ähnlich. So ganz bekomme ich nämlich nicht aus dem Kopf, dass es irgendwie meine Schuld ist, was passiert ist. Dabei wollte ich nur helfen. Mama hat mir gesagt, dass sie abhauen will und es schön fände, wenn ich mit ihr und Lina gehe. Ich wusste nicht, was ich dagegen machen soll, deshalb bin ich zu Rena gelaufen. Ich dachte, eine erwachsene Frau weiß besser, wie man mit Mama sprechen muss, und dass wir danach alles reparieren können.

Svea meint, dass es trotzdem nicht meine Schuld ist. »Erstens ist nur Rena selbst schuld, weil sie zugestochen hat. Außerdem wusste sie schon von deinem Vater, dass er deiner Mutter zuliebe alles hinter sich gelassen hätte.«

Ich bin mir nicht sicher, ob das stimmt. Vielleicht würde Mama noch leben, wenn ich die Klappe gehalten hätte.

Svea hat gesagt, dass ich mit einem Profi über dieses Gefühl reden soll, damit ich es endlich aus dem Kopf bekomme.

»Nur, wenn du auch mit jemandem sprichst«, habe ich geantwortet.

Ich war mir sicher, dass sie kneift. Erwachsene erklären einem dauernd, was gut ist, und machen selbst etwas anderes. Deshalb hat es mich nicht gewundert, dass sie danach erst mal nichts mehr gesagt hat.

Aber nur einen Tag später stand sie plötzlich vor mir. »Okay, ziehen wir es halt gemeinsam durch.«

Jetzt konnte keiner von uns mehr einen Rückzieher machen, also haben wir es getan, obwohl sie es genauso wenig wollte wie ich, glaube ich.

So schlimm ist es aber gar nicht. Die Psychologin labert nicht so viel, wie ich dachte. Meistens rede ich. Am Anfang nur, weil ich es schräg fand, wenn keiner was sagt. Ich habe total aufgepasst, was ich ihr erzähle, aber inzwischen fällt es mir leichter, ehrlich zu sein, weil sie nie etwas doof zu finden scheint, was ich ihr anvertraue.

Wie es aussieht, bleiben Lina und ich bei Svea. Wir haben darüber gesprochen, was ich damals gehört habe. Dass sie Lina weggeben will, meine ich. Svea sah traurig aus, als ich ihr davon erzählt habe.

»Ich wollte sie nicht loswerden. Und ganz bestimmt hätte ich ein Auge darauf gehabt, zu was für Leuten sie kommt. Aber manchmal haben auch Erwachsene Schiss. Und ich hatte Angst, dass ich nicht gut für sie bin, verstehst du?«

Irgendwie habe ich es tatsächlich verstanden, und eigentlich tut es gut, nicht immer stark sein zu müssen.

Hier ist es auf jeden Fall besser als bei Fremden, aber manchmal vermisse ich Mama so sehr, dass ich in meine Faust beiße, bis es richtig doll wehtut, damit ich nicht schreie. Wenn meine Tante lächelt, sieht sie ein bisschen aus wie Mama, das ist dann schön und schrecklich gleichzeitig.

Svea hat einen großen Karton aus dem Haus von Oma und Opa geschleppt, mit Sachen, die Mama gehört haben. Lina schaut sich ständig die alten Fotos an, aber das bekomme ich noch nicht hin, genauso wenig, wie Papa im Knast zu besuchen, obwohl Svea mir angeboten hat, dass sie mich hinbringt. Er wird ein paar Jahre dort bleiben, weil er schon öfter zugeschlagen hat, und diesmal so doll, dass Malte auf einem Ohr nichts mehr hört.

Einmal bin ich ganz schnell an den Häusern auf der anderen Seite vom Wald vorbeigerannt. Ich wollte sie nicht sehen, aber irgendwie doch. Es sind jetzt Geisterhäuser. Als ich sie gesehen habe, kam es mir so vor, als ob alles, was dort passiert ist, anderen zugestoßen ist.

Vor ein paar Tagen war Svea mit uns am Meer. Da ist ein Schiff so groß wie ein Haus ganz nahe am Strand vorbeigezogen. Mir ist rausgerutscht, dass ich vielleicht mal auf einem arbeiten möchte. Ich hatte Angst, dass sie lacht, aber das hat sie nicht. Wir haben dann zusammen im Internet nachgeschaut, wie das geht, dass man zur See fährt. Wir glauben beide, dass ich das hinkriegen kann – falls ich es dann immer noch will.

Ahmed kommt jetzt öfter zu Besuch. Lina freut sich, wenn er bei uns ist, weil er viel Quatsch mit ihr macht, aber nur ganz harmlosen.

Außerdem hängt Till andauernd bei uns rum. Er und Svea haben etwas miteinander, auch wenn sie das nicht richtig zugibt.

Ich mag ihn. Einmal hat er uns mit zu einem Fest in Haithabu genommen, wo er arbeitet. Das war richtig spannend, vielleicht überlege ich mir das mit der Seefahrt noch mal. Nur als Till mir zeigen wollte, wie man mit einem Bogen schießt, habe ich sofort Nein gesagt. Erst einmal habe ich genug von Waffen.

SVEA

Später erfuhr ich, dass am Tag auf der Lichtung zwei Notrufe eingegangen waren. Rena hatte Erik eine Falle gestellt. Unmittelbar davor hatte er ihr mitgeteilt, dass er den Wald diesmal wirklich verlassen wollte, um seine Familie zu retten. Es muss eine impulsive Entscheidung gewesen sein, die den Grad seiner Verzweiflung zeigt.

Nachdem Rena meine Schwester getötet hatte, alarmierte sie die Polizei und schickte Erik unter einem Vorwand in den Wald. Tief enttäuscht von ihrem Ziehsohn hoffte sie, dass man ihn »in flagranti« ertappen würde. Auch so würde sie ihn verlieren, aber in diesem Moment war sie nur noch von Hass getrieben. Rena war es auch, die Erik eingeredet hatte, Fenja schliefe mit einem anderen Mann. Doch Erik reagierte anders als geplant. Statt seine Frau zu verstoßen oder sie noch mehr an die Kandare zu nehmen, klammerte er sich an die seiner Ansicht nach letzte Chance, seine Frau zu halten. Er wollte nicht ohne Fenja sein. Er hat sie wirklich geliebt – so gut es jemandem wie ihm möglich war.

Ich sage ihm nicht, wie fest entschlossen Fenja war, ihn zu verlassen. Dass er nichts mehr hätte tun können, um sie daran zu hindern. Er ist genug gestraft mit dem Wissen um die bittere Ironie, dass seine Entscheidung für sie zugleich ihr Todesurteil war.

Sie habe bloß mit Fenja reden wollen, hat Rena behauptet. Es sei ein so spontaner Entschluss gewesen, dass sie nicht einmal gemerkt habe, dass sie noch Latexhandschuhe trug, nachdem sie gerade mit Chemikalien gearbeitet hatte.

Vielleicht hat sie diese Geschichte auch Fenja aufgetischt. Vorstellbar wäre es. Meine Schwester hätte sich kurz gewundert und dann mit den Achseln gezuckt. Man rechnet nicht damit, von seiner Nachbarin ermordet zu werden. Wenn man Renas Worten Glauben schenkt, hat eine Aneinanderreihung von Zufällen zu der Ermordung meiner Schwester geführt. Sie habe Fenja einen Spaziergang in den Wald vorgeschlagen, weil sich draußen ruhiger plaudern ließe. Das Messer habe Fenja selbst mitgenommen, um bei der Gelegenheit noch ein wenig Bärlauch zu schneiden. Dann sei es zu einem Streit gekommen, in dessen Verlauf sich Rena bedroht gefühlt und Fenja das Messer entwunden habe. Im Grunde sei es Notwehr gewesen.

Zum Glück fanden der Staatsanwalt und die Richterin ihre Geschichte genauso hanebüchen wie ich.

Rena hätte meiner Schwester kein Messer entwinden können, ohne auch nur die kleinste Verletzung davonzutragen. Meine Schwester war aufgewühlt an dem Tag. Sie hatte vor, ihren Mann zu verlassen, und wusste, dass sie deshalb vielleicht ihren Sohn verlieren würde. In dieser Verfassung muss ihr alles Mögliche durch den Kopf gegangen sein, aber ganz sicher nicht, dass sie noch mal ein bisschen Bärlauch schneiden könnte. Ganz im Gegenteil muss sie gehofft haben, das Gespräch mit Rena möglichst kurz halten zu können.

Ich bin mir sicher, dass Rena das Messer in der Hütte gesehen und eingesteckt hat. Vielleicht wusste sie sogar, dass es Torge gehörte, und es mitzunehmen, war Teil ihres Plans, die Familie vollends zu zerstören. Sie überließ rein gar nichts dem Zufall, das verrät schon das Kalkül, mit dem sie Erik auslieferte.

Ich glaube auch nicht an ein Gerangel, sondern denke vielmehr, dass Rena im Wald ohne Vorwarnung das Messer gezogen hat. Sie selbst hat mir erzählt, wie meine Schwester um ihr Leben gebettelt hat. Ich kann mir diese Szene nicht ausmalen, ohne zu bedauern, dass ich Rena verschont habe. Wenigstens wird sie für lange Zeit ihre größte Strafe erdulden müssen, das Eingesperrtsein. Ich bin boshaft genug, diesen Gedanken zu genießen.

Was Erik zu seinem falschen Geständnis verleitet hat, weiß nur ich, und so wollen wir es auch weiterhin halten. Den Kindern zuliebe mussten wir einander ein Stück weit offenbaren, sosehr es uns beiden auch zuwider war. Ich bin nun die offizielle Pflegemutter, aber er bleibt trotzdem ihr Vater. Ihre Zukunft geht uns beide an.

Er hat gelogen, um sie zu beschützen. An einem bestimmten Punkt hielt Erik nämlich seinen Sohn für einen Mörder. Er konnte mir nicht in die Augen blicken, während er es mir erzählt hat. Er schämt sich zu Recht, wie ich finde, auch wenn es natürlich Rena war, die es ihm eingeflüstert hat. Auch ihr war ein Treffen mit ihm genehmigt worden. Sie nutzte es, um ihn weiter zu manipulieren, und ihre Bemerkungen fielen auf fruchtbaren Boden.

Erik hielt sich für das zentrale Gestirn im Leben seines Sohnes. Nur deshalb konnte ihm der Gedanke, Torge habe ihm auf diese Art helfen wollen, nicht vollkommen abwegig vorkommen. Erik hatte ihn offenbar gebeten, zu verhindern, dass meine Schwester die Familie verlässt. Vielleicht hatte der Junge diese in vollkommener Verzweiflung ausgestoßene Bitte falsch ausgelegt, dachte Erik.

»Ich habe die Verantwortung übernommen, weil ich sie ohnehin trug«, lautete seine Erklärung.

Wie nobel.

Ich bin immer noch fassungslos darüber, dass Erik seinen Sohn für einen Mörder halten konnte. Andererseits ist Erik vermutlich gar nicht in der Lage zu begreifen, dass nicht der

Berserker die größte Macht hat. Torge mag für ihn so etwas wie Ehrfurcht empfunden haben, aber seine Mutter hat er – allen inneren Kämpfen zum Trotz – geliebt.

Erik und ich sind uns darin einig, dass Torge nie erfahren soll, was sein Vater von ihm dachte. Das Geständnis lässt sich auch anders erklären.

Ich habe die Verantwortung übernommen, weil ich sie trug. Er hat Fenja misshandelt, sie untragbaren Situationen ausgesetzt.

Am Ende unseres Gesprächs unternahm Erik einen ungeschickten Versuch, sich bei mir zu bedanken, aber ich habe den Ansatz im Keim erstickt. »Egal, was du sagen willst, lass es.«

»Ich wollte nur sagen, dass du nicht ganz so ein großes Arschloch bist, wie ich dachte.« Er grinste und sah dabei fies und verloren zugleich aus.

Zu meiner Überraschung habe ich sein Lächeln erwidert. »Dito.«

Ich bin mir nicht sicher, dass ich wirklich so denke, aber mein Gefühl der moralischen Überlegenheit ist mir abhandengekommen. Blaue Flecken, eine Lüge, Unachtsamkeit – wer weiß schon, was davon die schädlichste Sünde ist? Ich glaube, ihn jetzt besser zu verstehen, was nicht heißt, dass ich ihm jemals verzeihen werde, wie er Fenja behandelt hat.

Doch ich kann an dem Groll nicht festhalten. Die Kinder haben bereits ihre Mutter verloren, sie sollen nicht auch noch ihren Vater hassen. Also werde ich die Zähne zusammenbeißen und sie darin unterstützen, ihn im Gefängnis zu besuchen, sobald sie es wollen.

Wenn Erik rauskommt, wird Torge volljährig und Lina ein Schulkind sein. Wir werden sehen, was dann passiert. Nachdem ich die beiden zuerst nicht wollte, würde ich mittlerweile alles daransetzen, dass die kleine Lina nicht bei ihm leben muss. Seltsamerweise bin ich mir sicher, dass er nichts dergleichen fordern wird.

Gemma war bei mir. Sie hat herausgefunden, dass Christopher für die Schmierereien an meiner Haustür sowie die Puppe im Schuppen verantwortlich war. Auf ihn wäre ich zuletzt gekommen, aber inzwischen sollte mich wohl kaum noch etwas wundern. Er war – nicht als Einziger, wie wir wissen – überzeugt davon, dass ich Julia getötet und mein Onkel sie für mich verscharrt hätte.

Was den letzten Teil anging, lag er nicht einmal falsch, aber ich hätte ihm nicht die Wut und den Schmerz zugetraut, den solche Aktionen erfordern. Nie wäre ich davon ausgegangen, dass ihn seine Stiefschwester nach all den Jahren noch derart beschäftigt.

Wie hinterrücks er vorgegangen ist, erstaunt mich weniger. Jemand wie er ist unbarmherzig genug, Sörens Selbstmord nachzustellen.

Selbst wenn ich Julia etwas angetan hätte – wie konnte mein Onkel nur annehmen, ich würde sein Opfer annehmen, um meine eigene Zukunft zu schützen? Dass er mir eine solche Ruchlosigkeit zugetraut hat, verletzt mich. Es sei denn, er hielt so ein Verhalten schlicht für *natürlich*. Er selbst hat mir beigebracht, dass in der Natur nichts böse oder gut ist, aber er kann nicht geglaubt haben, dass dies auch auf Menschen zutrifft. Oder etwa doch?

Er hat für mich einen Mord gedeckt, ohne ein einziges Mal mit mir darüber zu reden. Wir sprachen überhaupt viel zu wenig miteinander, in der Überzeugung, es sei nicht nötig. Wie verblendet wir waren!

Wir kennen die Menschen nicht, die wir lieben, und sie uns ebenso wenig. Vielleicht liegt das Geheimnis darin, nicht ängstlich eine Brücke über diesen Schmerz bauen zu wollen.

Ich muss mein überwältigendes Bedürfnis zügeln, diese Kinder vor allem zu behüten. Man muss loslassen, was man liebt, damit es nicht erstickt. Ich selbst bin damals geflohen, habe versucht, nichts anhaften zu lassen, aber wirklich losgelassen habe ich nie.

Ich werde mein Bestes geben, die Kinder im Auge behalten, aber so, wie *sie* es brauchen, anstatt etwas in ihnen zu suchen, das unwiederbringlich ist – meine Schwester Fenja. Es ist das Einzige, was ich für sie noch tun kann.

Ich jage denjenigen, die mir am Herzen liegen, nicht mehr hinterher, umso mehr erfüllt es mich mit Freude, dass Torge von ganz alleine beginnt, mir Dinge anzuvertrauen. Und wenn ich etwas nicht verstehe, frage ich nach oder ertrage Leerräume, ohne sie mit Interpretationen zu füllen.

Ich weiß, dass noch ein weiter Weg vor uns liegt, wenn ich unsere eigenartige kleine Familie betrachte, zu der immer selbstverständlicher auch Till gehört. Ich habe ihn endlich gefragt, worüber er an ihrem letzten Abend mit Julia gesprochen hat. Er wollte nur, dass sie unserer Freundschaft noch eine Chance gibt, weil er gesehen hat, wie ich leide. Die Veränderung, die ich zwischen ihm und ihr beobachtet hatte, beruhte keineswegs darauf, dass er sich plötzlich zu ihr hingezogen fühlte, sondern dass er sie für kalt hielt. Darin irrte er sich, aber ich bin dankbar, ihn immer auf meiner Seite zu wissen.

Irgendwann im September gehe ich mit Lina entlang der Schlei Holunderbeeren sammeln, um aus ihnen Saft für den Winter zu kochen. Die Herbstzeitlosen strecken schon ihre lilafarbenen Blüten empor. Irgendwo im Wald röhrt ein Hirsch, die Brunftzeit hat begonnen.

Lina rackert sich eifrig an den niedrig hängenden Zweigen ab, ich pflücke die Äste weiter oben leer. Wir arbeiten in andächtigem Schweigen, beschienen von der Abendsonne. Im frühen Herbst, kurz bevor es verschwindet, ist das Licht am schönsten. Statt die Haut zu versengen, taucht es die Welt in besänftigende Goldtöne. Bald wird die Oberfläche des Wassers ein opakes Graublau sein, aber noch tanzen darauf helle Reflexionen.

Vom flachen Wasser aus beobachtet uns ein Reiher. Als Kind habe ich in einem von Sörens Büchern gelesen, dass sich die Menschen im alten Ägypten nach ihrem Tod in Reiher verwandeln wollten, um sich wendig in den Himmel zu erheben. Dafür musste es ihnen gelingen, sich vor dem Totengericht zu verantworten. Dann wurden sie durch diese Verwandlung befreit.

»Schau«, sage ich zu Lina.

Mit der Hand an der Stirn, um nicht geblendet zu werden, beobachten wir, wie der Reiher sich erhebt und dicht über der Wasseroberfläche davonfliegt.

DANKE

Ein riesiges Dankeschön geht an Bettina Steinhage – dafür, dass sie an mein Buch geglaubt und dessen Entstehen so klug, klar und inspirierend begleitet hat. Meiner Lektorin Beate De Salve danke ich für die einfühlsamen Korrekturen, die meinen Text noch einmal ein ganzes Stück vorangebracht haben. Meiner Agentin Eva Semitzidou danke ich dafür, dass sie für mein Thrillerdebüt das perfekte Zuhause gefunden hat.

Außerdem bin ich meinen fabelhaften Autorinnenkolleginnen Kristin MacIver und Emily Walton sehr dankbar, die mich großzügig mit Ideen gefüttert haben – sowie Jana Lukas, die darüber hinaus ihr kriminalpolizeiliches Fachwissen mit mir geteilt hat. Manche Fakten habe ich für meine Geschichte passend gemacht. Dabei entstandene Fehler gehen allein auf meine Kappe.

Das Gleiche gilt für meine Darstellung von Wald und Jagd. Hier möchte ich Sven dafür danken, dass er einer Städterin beides mit viel Geduld und Freundlichkeit nähergebracht hat.

Meiner Freundin Laura danke ich fürs fabelhafte Laurasein – und dafür, dass sie seit mittlerweile fünfzehn Jahren an meiner Seite ist. Du bist die Beste! Liebe dich bis zum Mond ...

Ebenfalls bedanken möchte ich mich bei Barbara und Georg, Jana B., Ashlyn sowie Karla für die Unterstützung, das Zuhören und den immer bereichernden Austausch.

Last, but not least danke ich meiner Familie, vor allem meinem Mann, unseren beiden Söhnen und Lotti – für die Wärme, die Freude und die Herausforderungen, die sie in mein Leben bringen.

Zuletzt ist noch eine Entschuldigung fällig. Und zwar bei der Schlei, an der ich nie etwas anderes als Bullerbü-Tage erlebt habe. Tut mir leid, aber wenn mir etwas zu idyllisch vorkommt, wittere ich sofort verborgene Abgründe, die ich ergründen muss. Für das (fiktive) Dorf in der Geschichte stand übrigens der reale Ort Missunde Pate. Wer sich dort aufhält, wird vielleicht manches aus der Geschichte wiedererkennen – die Steilküste, die Fähre, den Wald. Letzterer ist allerdings nicht ganz so groß und düster wie sein Pendant in *Brackwasser*. Wer genauer hinschaut, entdeckt dort vielleicht sogar das abgelegene Haus, ganz nahe am Wasser, das mich zu Sveas Zuhause inspiriert hat.